U0688524

跨度长篇小说文库

Kuadu Novel Series

不管海水多么冰凉

跨度长篇小说文库
Kuadu Novel Series

不管海水多么冰凉

张晓光 ◎ 著

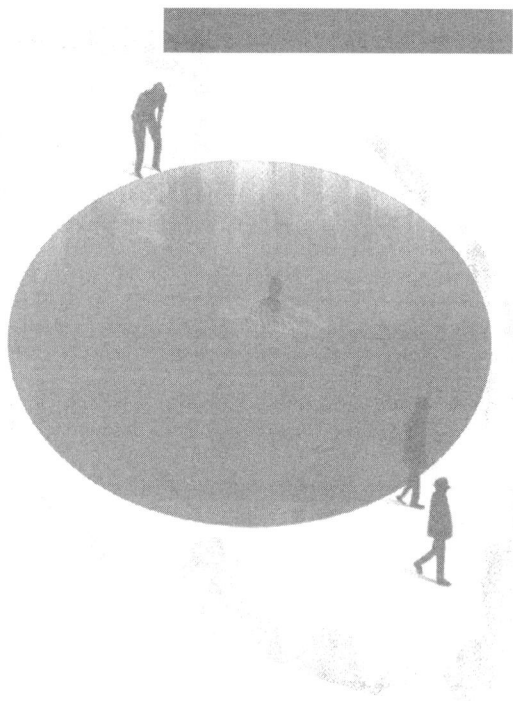

中国文史出版社

目　　录

英雄气质与历史情怀

——《不管海水多么冰凉》代序

邱华栋

张晓光曾是鲁迅文学院高研班学员，在鲁院学习的时候他很活跃，他形象俊朗朴实可爱，很快就融入到大家当中，将明快和活泼、坦诚和友善、进取和热情的东北人突出的气息播撒在学员之间，所以大家都很喜欢他。

我也觉得这个小伙儿很棒。他热心为大家服务，积极参与班务和学习，他读书很勤奋，思考很深入，写作也非常进取，年纪轻轻就出版了几部厚厚的作品，让这个青年作家班的一些同学刮目相看。

那么离校之后，我们还保持着联系，我也很关注他。我觉得他有两方面的才能：一方面自然是文学创作，我觉得他能写出独特而优异的文学作品；另外一方面，他还能在文学组织和服务工作上做出成绩。我就叮嘱他在这两方面都应该不断进取。特别是写作，要多写、常写，写作是个手艺活儿，不写了手艺容易生疏，手感没有了，就越写越糟。现在我们的时间都被切碎了，要保持一种能把碎片时间利用起来的能力。因此，等到我收到他发过来的这部作品的电子版，我内心里十分欣慰。晓光在写作上的确是取得了新的进展，而作品就是一个作家成长壮大的刻度盘和明证。

阅读晓光的这部作品，我想，也许我们时常认为自己的生活毫无质感，似乎每一天都很平常。比如在清晨，当阳光穿过百叶窗，洒在沉睡的人身上，拨弄着他的眼睑，他不得不去触摸震动的手机叫醒，一天开始了，习惯随手在墙上撕下一页薄薄的时光。如果是在某个单位上班，那交通工具就载着你驶向更加庸常的工作状态。这是一个日常的、非常不好书写的状态，这是大部分人一般的状态。但对于一个作家来说，再寻常的状态里，都埋藏着宝贝，就看你有没有善于发现的眼睛、善于感受的心灵。在城市和楼盘的限制中，在制度和规则的规训里，种种有形或无形的限制牵制了我们的理想与可能性，很多人会耽于庸常，会忘记了内心里对英雄的渴慕和崇敬。

那么，张晓光的这部作品，就是对一种英雄情结的呼唤，是对这种情结的形塑。对英雄的崇拜，是人类传说和史诗时代以来的心灵史，有着由来已久的心理积淀的历史，无论是原始图腾崇拜的符号，还是史诗中的伟大的英雄，再到近代和当代社会里的普通的英雄人物，这些独异和超拔的人，都能折射出人类不断进步的轨迹。张晓光很希望在他的作品中呈现他的英雄的情结甚至是英雄的塑造，他通过这部作品，让我们看到了他努力的成效和收获。

小说的主人公沈石头这个人身上，就这样寄托着张晓光对"英雄"的所有理解。他在解放前的动乱岁月里度过了一段传奇人生：从进城讨生活的小乞丐到行刺富家老爷的杀手；从小混混到公馆里的家丁头子，再到差点被中央军招安的土匪。他的前半生纵横在民国最混乱的时期，游离在军阀、梨园、官场、杀手、土匪、日本人之间，成为了那段被反复提及和书写的历史的亲历人和见证人。一个在乱世中能奋勇前进的青年，在1969年却带着因曾受日军残害而发疯的发小归隐山林；将近二十年后出山，换了个新名字，去了自己觉得适合养老的青岛，当了一个算命先生，每天操心的只是给同样衰老的发小吃什么好吃的。

这种在历史情境中展开一个人的波澜起伏的命运安排和架构，是晓光的文学新尝试，是能够探入到时间之海的深处打捞人物和记忆的。据说这部小说的素材，来自于张晓光对胶东半岛历史纵深的深入窥探和采风。因此，小说中，历史时势、机缘巧合对主人公石头命运的每一次的安排，都与20世纪上半叶的大历史进程息息相关，使得这部带有英雄情结和气息的小说，成为了大历史的个人叙事的脚注。张晓光通过这样的时间、记忆和背景性关联，赋予了主人公丰富的人生起落背后的逻辑价值和对历史本身的打量，也表明了他对一段时间以来甚嚣尘上的历史虚无主义的摒弃。与其说这种写法偏于传统，毋宁言，这是作者有意向读者展露的写作态度，那就是，对英雄气质的追寻，对历史情怀的塑造。

其次，张晓光在这本小说中，统合了他对人性的丰富体察，反映了他在强化自身理解的现实题材创作上的努力方向。那就是，必须牢牢地书写细节，抓住特征。尽管小说的背景故事发生的时代没有被完全架空，但小说中的人物心理、行为及掩藏其下的种种人性复杂性的暗涌，终究不可能离开现实生活的全面观照。如果我们看不到晓光的这部小说，我们不会知道主人公这个算命先生的背后会有这样的人生。小说中一个生动的细节在提示我们：1999 年，试图采访主人公沈石头的大学生也是因为要讨论街头残存的命相传统文化，但当他复述取新名字的人的原话并且解释自己名字的典故时，两个人真正产生了交集。然而，正当他心下感慨万千想要讲出自己的故事时，大学生因为他发小的出现被吓跑了。

因此，人的过去纠缠着现在，现在的人则不断地推远着过去，很难真正地面对那已经过去的记忆。当人谈起自己的过往，真正艰难的部分其实被遮蔽了，往往一带而过。晓光在处理主人公的艰涩岁月时，我很感叹，他展现的是他少年老成的写作笔法。正如前文提到，沈石头少年时在民国乱世能够发达于世，有如此毅力的人在战乱之后的青年时期选择归隐山林、苟全性命，恐怕并非作者不想细写，而是沈石头本人就避而不谈。这个老人的年纪，从行文推算，接受采访时已经八十一岁，小说主体讲述的是 1932 年到 1945 年的事情，也就是主人公十四岁到二十七岁这十三年里发生的故事，这十三年对于八十多岁的年龄而言，在人生中所占比例很低；而面对靠近他的年轻人，他则在心中感叹，五十年了！这五十年如此漫长，于他的意义却远不及那十三年的动乱岁月。这恐怕就是这个人的时间感，是他一生中最闪耀的时候；那段岁月如此深重而闪耀，五十年后依然回响在青岛的街头。由此可以揣测，在石头看

3

来，那段时光结束之后，剩余的人生都只是苟活于世的行尸走肉，曾经再多的不凡、再盛的锋芒，在那之后都收敛进一具没有光泽的躯体，承载过一段惨痛记忆的老人，最终无欲无求，以算命先生的视角看待和平年代的花花世界，活成街头与任何人无异的众人，一个有着英雄气质的人最终隐没于人间众生。

确实，对于每个人来说，所有的岁月只对经过的人有意义，正所谓风华在少年，无名亦英雄。也许昔日再精彩的故事，多年之后当事人只把它视作生命中很寻常的一部分，你若不问，我不必提及，就算我给你讲我的故事，讲故事的是现在的我，听故事的是现在的你。这种独特的视角和悲悯的情怀，是张晓光的人生况味，是他的历史情怀；这种情怀，也是对我们当下所需要的英雄气质的一种呼唤。

作品是一个作家存在的理由，也是一个作家向世界贡献的审美的世界。张晓光这部作品，让我们看到了一位实力派青年作家的成长和成熟。这是被重新讲述和不断组织的世界，晓光显然通过这部作品找到了他叙事的视角、结构的能量、打量历史的勇气、透视人性的钥匙，以及塑造人物的法门。让我们祝贺他这部作品的诞生，并在阅读中体验这部作品给我们带来的思考和欣悦吧。

2019 年 4 月

引　子

公元 1999 年，世纪之交的冬天，山东青岛。

青岛不是个历史悠久的古老城市，建制至今也不过一百来年的时光，与泱泱中华五千年的历史相较起来，实在不算是什么。且这地方濒海，又受德国殖民地的影响极深，因而上到城市建设，下至市民百姓，皆是一副摩登又洋气的年轻模样。

但若要说它年轻，似乎也不够准确。起码在国民政府时期，它就被设立为特别市，直辖于南京政府，又有着"上青天"的美名，足可看出这城市在建国之前便已然是"阔"过的了。但几十年的光阴匆匆流过，谁也没心思再去提那些入了土的老皇历，人们打扮得花枝招展，步履匆匆地穿过大街小巷，嘴里翻来覆去地絮叨着房子、票子、车子，仿佛人生除此以外便再无其他乐趣似的。

阳光明媚的初冬下午，市里最繁华热闹的商业街旁边小岔路里，懒洋洋地坐着一个算命老头儿。

老头儿看上去能有七八十岁了，稀稀拉拉的几根白头发倒是梳得整齐，穿一身半新不旧的灰卡其衣服，戴了一副夸张的黑色大方墨镜，也不知是不是个瞎子。老头儿坐在小板凳上，身前像其他算命的一样，摆了一张画有八卦图的塑料布，用碎石头压好了，免得被青岛冬日的大风一吹吹出老远去。

摩登的市民们忙着上班下班，购物约会，很少有人再对那些看着就不靠谱的封建迷信感兴趣，因而老头儿的生意很惨淡，经常一个人呆呆地靠着墙坐一下午，连一句话都没法说出口去。

不过今天下午，老头儿的运气来了。还没坐多久，就有一个水灵灵的大姑娘走到老头儿的摊前，弯下腰去，一双极漂亮的黑眼睛笑成了弯弯的月牙："大爷，您帮我算个命行吗？"

她说一口十分标准的普通话，声线纤细婉转，比路边笼子里的画眉鸟还要好听许多。老头儿眼皮一挑，张嘴说出来的却是京津那边的官话："算什么？"

大姑娘脸颊一红，声音也低了下去："就算算……姻缘呗。"

老头儿身子不动，嘴唇微微抿了起来，过了半晌，他倏忽间哈地笑了一声："小丫头，你连对象都没有，还过来算姻缘？"

大姑娘蹙起眉头，一张白嫩嫩的巴掌脸更红了，火烧火燎的，像是傍晚天边的绯云。她好像有点后悔自己方才说的话，但又并不急着离开。她从兜里掏出十块钱递给老头儿，带了一点撒娇的口气继续道："大爷，那我不算姻缘了，您再给算算别的，这次期末考试我能及格不？"

这回老头儿连想都没想，直接斩钉截铁地蹦出一个字："能。"

姑娘惊喜地瞪大了眼睛："真的啊？"

老头儿面无表情："假的。"

随着姑娘明显沮丧的表情，老头儿不易察觉地露出一点笑意："丫头，别来消遣老头子了，你老实说吧，找我干什么来的？难道你一个如花似玉的女孩子专门花十块钱跟我唠嗑不成？"

女孩惊讶地张了张口，随即有些不好意思地说："大爷，我是Ａ大新闻系的学生，最近有个课题要讨论街头的封建……啊不对，街头的传统文化，我在这儿溜达好几天了，这一溜算命的里面，我就看您靠谱，想要采访采访您，又怕您不乐意，这不就想着先算个命……"

老头儿听到"采访"二字，虽然仍然戴着墨镜，可不知怎的，立马就让人感到他那双藏在墨镜底下的昏花老眼仿佛一瞬间有了亮光，灼灼地充满了生机："你想……采访我？"

女孩欢快地一点头，像只叽叽喳喳的小麻雀："对呢，您可以给我讲讲您的过去，讲点老故事，讲讲您平常是怎么算命的……"她从背包里掏出一个小本子，开始认真地做起了记录，"请问您贵姓？"

老头儿长久地沉默了，那沉默如此之长，以至于女孩开始惴惴不安地揣测自己是有哪句话不小心得罪了这位老爷爷。但最终，他摘下了墨镜，一双布满皱纹的手互相搓揉着，他的声音轻柔而飘忽："我姓沈，沈默成。"

不待女孩询问，他就心慌似的赶紧解释道："'默而成之，不言而信，存乎德行'，出自《易·系辞上》。"

说罢，他用力地一点头，确认道："对，我叫沈默成。"

五十年了！整整半个世纪过去了，他苟延残喘地活着，再无人关心过他的过去，无人关心过他这个人。那些繁华的、花团锦簇的、困顿残忍的过往，就如他的这个名字一样，被那阵凛冽的寒风一吹，轻易地就散了个干干净净。

他看向眼前那个天真懵懂的陌生女孩子，心中乍然而起的激动不晓得要怎样同她诉说才好。

女孩子那一双弯弯的月牙眼崇拜地看着他："爷爷你真有学问呀！爷爷第一个问题我想问……"

"哈，抓住你了！"

突然一双惨白的手环住老头儿的脖子，带着刺鼻的腐臭，来者咧着嘴蹦蹦跳跳地恐吓老头儿道："我要杀了你！"

但老头儿只是习以为常地把那双手掰下去，打开身边的水壶盖，洗掉了那双手上涂得厚厚的面粉，露出一双与老头儿一样的沟壑纵横的老手。"夏生，别胡闹！"老头儿轻轻斥责道。

"我要杀了你！不，不……别杀我，奴家错了，奴家再也不敢了……"夏生的头发全白了，年龄看上去也和老头儿差不多，可脸上还描眉画眼地勾勒了一副浓妆，胭脂擦多了，红得像猴屁股，乱蓬蓬的白发编成一根斜斜的麻花辫，孤零零地垂在脑后。他看上去既怪异又可笑，既可笑又可怕。光天化日之下，竟没有与其他妖魔鬼怪一起化成一束青烟在这人间里蒸发。

老头儿耐心地拍打着夏生的后背，像在安抚一个哇哇大哭的婴儿：

"夏生乖，夏生别闹，晚上我给夏生买猪耳朵吃。"

等到夏生终于安静下来，老头儿才顾得上那个要采访他的大姑娘。可是转头一看，哪里还有大姑娘的影子？大姑娘明显是个正常人，哪个正常人被夏生这么一闹，还敢继续留在这里呢？

老头儿倦倦地叹口气，半无奈半埋怨地一指夏生："你这浑蛋，五十年不遇的采访，就让你给我搅黄了。这辈子怎么可能再有第二个人愿意来听我的故事？况且我听这城里的人说，日子就能过到1999年，今年过完就世界末日了！"他不耐烦地拨开夏生不停往他身上蹭的手，"你知道啥叫世界末日？就是过完这几天，咱俩跟全世界的人一块儿玩儿完！"

夏生痴痴地凝望着老头儿，嘴里流出了哈喇子："猪耳朵，猪耳朵。"

老头儿在夏生一迭声的"猪耳朵"里，慢慢闭上疲惫的双眼。暖暖的阳光洒在他的脸上、身上，冰凉的风吹透了他的衣服，让他忍不住打了个寒战。一切都变了，一切都没有了，只有这阳光、这风，还跟五十年前一模一样。

他是叫过"沈默成"，但这个名字出现得很晚，是他发达以后，历经沧桑，机缘巧合之下，碰见一位有文化的老先生给他起的。

他最初的名字，叫作沈石头……

第一章 离 乡

1932 年，河北。

这一夜既黑且静，黑得伸手不见五指，静得整个庄子犹如死地，家家户户都没了声息，连平常夜里常有的狗叫声都消失了。只剩村东头的一间破房子里能看到隐约的几点火光，一灯如豆，多少给这沉默得吓人的沈家庄增添了一点生气。

屋子里，沈夏生犹犹豫豫地小声说："石头哥，咱们真走啊？"

沈石头毫不犹豫地狠狠点头："走！当然走！不走难道你要在这儿饿死？"

"可是……"沈夏生还是个下不了决心的怯懦模样，白净的脸庞在昏暗灯火的映照下，愈发显出了可怜相，"你才十四，我十三，咱们出去能干什么呢？咱又能去哪儿呢？"

沈石头直接忽略了"出去干什么"这个比较难的问题，胸有成竹地回答道："咱们夫文昌县，三狗子跟他爹去过文昌县，他说文昌县又大又热闹，有白面馒头，有熏肉大饼，"沈石头暗暗地咽一口唾沫，今天晚上他就喝了半碗凉水，现在肚子正饿得咕咕叫，"听说还有七彩的风车，冲着它吹一口气就能呼呼地转起来呢。"

沈夏生的思维素来很单纯，听见石头描述文昌县风光，就兴奋得两眼放了光，"咱们……咱们去了文昌县就有白面馒头吃？石头哥，我都好久没吃过白面馒头了，哎呀，我都忘记它是什么味儿了……"

石头笑微微地颔首附和沈夏生，不愿意拿真相去扫他的兴。其实他们身上一个子儿都没有，上哪吃白面馒头去？还是喝凉水吧！

不过没关系，现在没钱，到了文昌县就有了。石头坚信着这一点。虽然他才十四，可他也是能干活的，别人拿十文工钱，他拿五文就知足，别人吃白面馒头，他和沈夏生吃杂合面的就行，总好过现在，唯一的一亩三分地也快被庄子里其他人占完了，他和沈夏生要是再不去外面的世界搏个出路，就只好啃树皮过活了。

沈夏生想着香喷喷的白面馒头，终于克服了犹豫不决的毛病："哥，咱们什么时候走？"

"现在。"

"现在？"

"对，咱们去坟前给爹娘磕个头，然后立马启程。"

"这么黑的天，还要去坟地……"沈夏生望着窗外那黑得十分纯粹的夜幕，舌头不由得有点打结，"万一，路上有鬼……"

"你怕啥！"石头瞪一眼沈夏生，他跟夏生是真好，从小玩到大的情谊，整个沈家庄的孩子里就属他俩最亲，可有时候他也真看不上沈夏生那一副胆小鬼的模样，都十三岁了，还没有一点男子汉的勇气，"你跟我的爹娘都在那片坟里睡着，就算有鬼，爹娘能眼睁着那鬼欺负咱俩吗？"

"带上水就快走吧，爹娘会保佑我们的。"

石头和夏生手拉着手走在坑坑洼洼的小土路上，夜再黑，也挡不住他们期待又雀跃的心情。

石头家和夏生家比邻而居，都是统一的破旧不堪。沈家庄本身已经够穷了，父母在时，两家就一直连沈家庄的平均水平都够不上，父母先后去世后，石头和夏生的日子更是别提了。

沈石头之所以叫沈石头，是因为他家门口有一块光秃秃的大石头；沈夏生之所以叫沈夏生，是因为他是在夏天最热的日子里出生的。石头皮肤黑，虽然五官也长得端正妥帖，可配上他那黑黝黝的脸色，看上去也就成了毫不出彩的农家子弟。夏生却不一样，虽然生在沈家庄，然而皮肤白皙，眉目清秀，身材也是瘦伶伶的，很有几分弱柳扶风的气韵，虽是男儿身，却比庄子里的大多数女孩儿更加漂亮呢！

这其中的缘故，还要从夏生的母亲说起。

夏生的母亲不是庄里人，也不是相邻村子嫁过来的。据说，夏生的母亲是一百多里地外长平县中一个老举人的女儿，那是真正的大家闺秀、名媛淑女。可偏偏出嫁路上遇到了土匪，土匪抢了嫁妆，又把她掳去山上，自是一番糟蹋。待兴致尽了以后，又不知是谁想出了个主意，打算物尽其用，发挥这倒霉女子的剩余价值，于是把她冲洗干净，换上一套新衣服，向周围相熟村子里的光棍汉推销她，企图用一百大洋把她卖出去，可哪个光棍都没有那么多钱，最后还是夏生的爹跛老二倾家荡产，凑了六十二块大洋出去，才把这位大小姐娶进了门。跛老二毕生没见过这样美这样白的女人，那段日子天天乐得嘴咧到耳朵根后面去，然而好景不长，一年多以后，这位不属于沈家庄的女子在生下夏生后去世，跛老二相当于花六十二块大洋买了个独生儿子。独生儿子虽好，但跛老二总还思念着儿子的娘，天长日久，就把老婆的死因归罪在儿子头上，因而夏生三天两头挨揍，揍得他胆子奇小，蔫了吧唧，走路也是驼着背低着头，只有跟石头玩在一起的时候才能露出几分天真活泼的少年模样。

沈夏生十二岁那年，跛老二得肺痨死了，终于没人再揍夏生了，然而夏生从此也彻底吃不上饭了。

因为夏生的邻居——石头的爹娘，早在几年前也都死了。石头一个人能勉强饥一顿饱一顿地把日子过下去，却无论如何无法在沈家庄里养活夏生。

"还得到外面去！"几个月来，石头一直跟夏生重复着这句话。

直到今夜，这句话才总算是付诸行动了。到外面去！到有白面馒头的外面去！

石头举着一支小小的火把，准确无误地从那埋得乱七八糟的沈家庄祖坟里找到了爹娘的位置。

夏生的跛子爹和闺秀娘就葬在石头爹娘的旁边，可见这两家的缘分

7

之深，生时做邻居，死后也得挨得近近的，方便两家长辈寂寞时候互相打个招呼串个门。

身处极阴之地，石头倒是没觉出害怕来。来见自己的爹娘，纵然是深更半夜的时辰，又有什么好害怕的？他只是觉得不舍，此去一别无期，还不知道自己以后有没有命再回来见爹娘，死后能不能魂归故里，回沈家庄陪爹娘。

他跪下去，端端正正地对着坟头磕了三个响头，他那已经开始变声的嗓子里仍然带了几分少年的清越："爹、娘，石头走了。"他张着嘴，似乎还想要说些什么，可终究什么也没再说出来，仿佛千言万语已在那四个字中表达尽了，他只是重新伏下身去，又重重地磕了三个头。

夏生在来的路上一直紧紧地拽着石头的衣角，现在石头向爹娘告完了别，他便也惶惶然地跪倒在旁边的坟前。他其实对那总打自己的爹和出生后一眼都没见过的娘感情不深，但一想到马上就要离开他待了十几年的沈家庄，他也不由得感到了一阵哀伤："爹、娘，我跟石头哥走了，石头哥说外面的世界比咱们沈家庄好多了。娘，爹跟我说过您是长平县的人，不知道长平县怎么样。但我们这次不去长平县，我们这次去文昌县，三狗子去过文昌县，文昌县是顶繁华顶好看的地方。对了，三狗子的爹还去过天津卫，娘，您知道天津卫吗？爹肯定不知道，三狗子的爹说天津卫是神仙住的地方，他进了天津卫，都不敢抬头看人。三狗子爹都不敢抬头看人的地方，我更不敢去了。不过我现在还很小，也许等我到了三狗子爹那个年纪，会比他有出息呢，到时候我也去天津卫里转一圈，然后回到这儿，给爹娘讲讲天津卫里的新鲜事……"

他就这样絮絮叨叨不停地说着，像个多嘴多舌的小丫头。可是一片漆黑的坟地里，没人会过来责怪他，只有石头在他身边沉默地倾听着，直到火把快要燃尽的时候，才轻轻拍了拍他瘦削的肩膀。

"走吧。"石头说。

鸡叫过第二遍，夏生和石头在黎明前最浓重的黑暗中，闹着笑着，把沈家庄抛到了身后。前路望去，无路可走，但他们脚下又的确结结实实地踩着泥土小路。回首归途……不，一个十四岁一个十三岁的少年，还不懂得要扭头往回看。

"石头哥，有天我做了一个梦。"

"啥梦？"

"我梦见我和你在饭馆子里，面前摆了大盘大盘的菜，还有酒，就是我爹总喝的那种，你冲着我笑，可是突然间，有一帮看不清楚脸的人闯了进来，把整个饭馆给砸了……"

"傻子，做个梦也忘不了吃。"石头嘲笑他，"你见过饭馆长什么样吗？还不是从三狗子爹嘴里听到的？你别总听他吹牛，他能有那么阔，还下得起馆子？"

"咕……"

"石头哥，刚才是什么响？"

这下石头不肯说话了，因为刚才响的是他的肚子。幸亏夜这么黑，夏生看不到他的面红耳赤。

"嘘……等会儿！"突然夏生停下了脚步，紧张地把声音压到最低，"石头哥，你看，前面是什么？"

石头一抬头，就看到了一片光亮。

并不是一霎时天亮了，而是一片密集的火把来回移动着，照亮了前方的景象。仿佛是在一片小树林的边缘，许多人高擎着火把，训练有素而寂静无声地在搜寻着什么，火光摇曳，把那一大批看不清数目的人映得飘忽又诡异，仿佛阴间升上来的鬼魅。

夏生凑到石头耳边，结结巴巴地耳语着："有……火把，不……不能是鬼吧，是土匪？"

石头眼尖，远远地就把最外层走动的几个人看了个清楚："不是土匪。"他嘶嘶地用气声告诉夏生，"你看他们都穿一样的衣服，头上都戴着帽子，手里还有……枪。"他的胃一抽抽，冰凉冰凉的，像是被谁用手狠狠一把攥住了。想了片刻，他做出结论道："好像是军队。"

这是个军阀混战的年代，河北地势平坦，土壤肥沃，且离京津地区很近，早就成了军阀争抢的香饽饽，因而路上遇见一支两支行军中的队伍也不算什么稀奇事。石头不知道那帮大兵在找什么，更不知道天亮以后他们会往哪边走，想要就地找个地方躲起来，又觉得不安全，心慌意乱地盘算了半天，他带着不确定的口气对夏生说："趁天还没亮，咱赶紧摸黑绕远路走，那些大兵个个可都是活阎王！"

但还不等他们开始行动，一个洪亮的男人声音划破了这最浓重的夜，是个焦虑又赔着笑的语气："司令，这都快找了一晚上了，可就是找不着哇！"

沉寂片刻，石头和夏生同时听见了另一个低沉一些的男声，凉阴阴地平静发问："这儿离沈家庄还有多远？"

"回司令的话，不远不远，也就不到十里地了。"

那个司令的声音冷笑一下："树林里没有，恐怕就是逃回家了，妈了个巴子的二狗子，装出一副憨厚相，拿了老子的饷还敢当逃兵！天亮以后要还是找不到，就给我去前面活捉二狗子，屠了沈家庄！"

二狗子是三狗子的爹，那个去过文昌县也去过天津卫，走南闯北，总是能给闭塞的沈家庄带来关于外界新鲜消息的中年汉子。

第一缕晨光照耀大地之时，石头看到了身边少年煞白的脸色与惊恐的目光。

石头知道，他在夏生眼里，一定也是相同模样。

第二章　初　到

日上三竿的时候，待那个足有几千人的大兵队伍浩浩荡荡地走远之后，石头和夏生才小心翼翼地从烂泥地里露出了头。

"哥……"夏生带着哭腔叫石头，"沈家庄……咱们的家……"

石头把头拧过去，不愿意与夏生对视。腐臭的烂泥沾在他的脸上，刚好掩饰了他一滴滴流淌下来的热泪。身为男子汉大丈夫，他是不能哭的，即使真哭了，也不能给旁人看见。

没用的，没用了。即使知道大兵的行踪，知道大兵们正浩浩荡荡地赶去屠戮他们的庄子，石头和夏生依然无能为力。

为什么夜晚那么长，黎明却又来得那样快？

十里地，石头和夏生因为路黑，又打打闹闹的，直走了小半宿。可当那个看不清面容的司令下完命令后，拂晓的光芒仿佛一瞬间就来到了，鸟儿站在枝头，开始唱出婉转的曲子，露水挂在草尖，清澈得像情人的眼泪。但是，石头从来没有像今天一样恨过这一切！

如果今天的太阳不曾升起，如果那些多嘴的鸟没有叽叽喳喳地提醒大兵时间，也许他还来得及跑回去向乡亲们报信。

乡亲们……虽然他们占了他的田，虽然他们总是嫌弃他、欺负他，可那毕竟是乡亲们。

"哥，"夏生犹犹豫豫地，小声开口，"我们要不要……回去看看？"

石头的声音是沙哑的，仿佛疲惫急极了："回去干什么？"

是啊，回去干什么？回去看那被火烧过的土地，漫山遍野的尸体？石头只是想一想那个画面，都要忍不住战栗，他实在承受不住亲自回去验证这一幕幕的惨痛。

"也许，也许他们找不到咱们的庄子呢？"夏生自然明白石头此时的感受，但他的心智比不上石头那么成熟，所以总还要抱着一丝不切实际的幻想。

石头苦笑："夏生，不过十里地，咱们晚上摸着黑都能走到这里，何况光天化日之下那几千个大兵呢？咱们庄子门口又没布下什么迷魂阵，怎么可能找不到？"

夏生无言以对，只得也沉默下来。

过了半晌，仿佛是为了安慰石头，夏生搜肠刮肚，总算是想出了一句话："还好，玉茹姐三天前嫁出去了。"

"我知道，石头哥你喜欢玉茹姐。"眼见石头垂着的手指猛然颤抖了一下，夏生又补上一句。

"我……"石头下意识地想否认，可那个"不"字到了嘴边，却始终没有吐出来。夏生说的是实话，面对夏生，他没必要撒谎。

他是喜欢玉茹姐，玉茹姐比他大两岁，长得温柔又漂亮。庄子里的女孩大多和他一样，生的是黑黢黢的肤色，只有玉茹姐白，和夏生一样白。不过夏生的白是没有用的，夏生是男儿身，迟早得下田种地或者去城里做苦力，炙热的烈阳一晒，白瓷人儿也得变成黑焦炭。玉茹姐就不同了，只要待在屋子里做饭洗衣服养孩子，干女人该干的一切事，就能永永远远地这样白皙细致下去。

石头自然是不知道该怎么谈恋爱的。他只是单纯地想见着玉茹姐，天天都得见，一天不见就抓心挠肺地难受。与玉茹姐说几句话，玩闹一番，或者把他从小树林里采来的野花送给玉茹姐，看玉茹姐把那带着芬芳香气的小花朵别在胸前，别在乌黑的秀发里，然后露出羞涩而明艳的笑容。

"石头，谢谢你。"这是玉茹姐经常对他说的话。

"石头，你真能干。"这是石头帮玉茹的爹收完一次麦子后，玉茹竖起大拇指夸奖他的。

"石头……"突然有一天玉茹哭着来找他，大大的杏仁眼红肿得像烂桃，长长的麻花辫蓬松而凌乱，"爹要把我卖给隔壁村的地主当小老婆，我不去！"

石头只觉得全身的血液腾地一下全涌上了脑袋，他梗着脖子，冲去玉茹的家要和玉茹爹理论，然后毫不意外地被玉茹爹一把推搡到地上指着鼻子骂："滚蛋！没爹没娘的东西，以后再敢见玉茹，看我不打断你的腿！"

从那以后他就真的再没有见过玉茹。玉茹被她爹娘关在屋子里，直到三天前，也就是出嫁的大喜日子，才被强塞进大红的喜轿之中，迎亲的轿夫一刻不停，风风火火一溜烟地跑出庄子。石头只在那许多看热闹的村民身后远远地瞥见一条蜿蜒的红，漫天遍地，像是刺眼的鲜血。

那天的他没有力量救玉茹，恰如今天的他没有力量阻挡那浩浩荡荡的数千大兵。

可是夏生说得对，还好玉茹姐三天前就嫁出去了。嫁了出去，玉茹失掉的是一生的幸福；不嫁出去，玉茹到今天就会连命都没有。说来真是可笑，阴差阳错之中，竟是那个五六十岁面目猥琐的老地主救了玉茹一命。

石头仰头，怔怔看着碧蓝的天空，万里无云，太阳高高悬挂，金黄的光芒耀人致盲。一瞬间，他感到了一股无可名状的悲凉。"造化弄人"这四个字，他是不懂的，但这并不妨碍他此刻体会着这四个字的巨大力量。

烂泥干在他的脸上了，他用力一把抹去脸上的污泥，一边把半个身子还陷在烂泥地里的夏生拉上来："前面的林子里应该有小河，我们去洗个澡。"

夏生一丝不挂地跳进湍急的河流中，被冰凉的河水冻得打了个激灵："石头哥，咱们还有多久才能到文昌县？"

石头也跳了进去，顺便把他俩的脏衣服一起泡进水里："走得快一天多也就到了，我记得几条近路，可以省不少时间。"

夏生惊讶地张口问道："石头哥，你去过文昌县？"

"当然，你忘了？"石头笑一笑，"十岁那年随我娘去的。"

后面的话石头咽进肚子里，不与夏生说了。娘当时去文昌县是为了给爹抓药，爹的病一天比一天严重，已经完全不能下地了。他那时候年纪小，还不懂事，听到娘要出门就死缠烂打地求娘带他去。在文昌县，他果真见到了后来三狗子向他们吹牛时提起的七彩风车，一阵风吹过，风车就呼呼地转起来，七种颜色融合在一起，好看极了。他在人家摊子前站了好久，眼睛眨也不眨地盯着风车，娘怎么拽他他也不想走。可惜娘把所有钱都给爹买药了，直到最后，他还是不能带走一架风车。

没有风车，娘从文昌县大药房里抓的药也没能起作用。爹还是走了，留下伤心欲绝的娘和懵懂的他。再往后，娘也走了，残忍地把他抛下，让他在这世上茕茕孑立、踽踽独行，走得艰辛又孤单。

"石头哥，"夏生的声音把石头拉回现实里，只见夏生手脚麻利地从石头手里抢走那两套脏衣服，"你别洗了，我有劲儿，我帮你洗。"

石头的胸腔里，慢慢生出一股暖意。

不，他才不是一个人，他才不孤单，在这大到无边无际的广阔世界中，至少有夏生与他一路同行。

两天后，石头和夏生抵达了文昌县。

天已擦黑，他俩赶在城门关闭之前，用尽了最后一点力气，连滚带爬地通过城门洞，然后就跟两条死狗似的，四仰八叉地仰躺在路边，一动也动不了了。

真是动不了了，走了整整两天路，就啃了一个半冷的硬烧饼。要是在秋天，他们还能在林子里摘些野果子充饥，可这会儿已是初冬时节，野外除了冰凉的河水外再无其他对他们有用的东西。夏生还害了感冒，不停地打喷嚏流鼻涕。那日为了赶路，洗完的衣服没干就被他们披在身上，硬挺着走到现在，他们早已是强弩之末，不过是凭着对文昌县那一腔子赤诚的希望，才不至于晕倒在半途罢了。

"哥……"夏生气息奄奄地叫石头，嘴角却忍不住地一直往上翘，"咱到了……咱终于到了！"

石头的双眼也明亮得发了光，文昌县，是多么的热闹！看那笔直宽大的马路，又平坦又干净，一辆辆黄包车跑在上面，能看见各色阔气的先生太太，不管年纪老少、身材胖瘦，却是统一地穿着新衣裳，昂着头，那精气神就跟沈家庄里耕地的农民大不一样。

若是运气好，还能看到四个轮子的洋车呢！洋车上的车窗玻璃反了光，通常看不清坐在车内的人，可单看那锃明瓦亮的纯黑车身，那神气的车头与姿态优美的车轱辘，也能让石头和夏生大饱眼福了。

暮色四合，文昌县大道两旁支起了各式卖饭的摊子，包子、馒头、驴肉火烧，在浓烈的食物香味与摊主们不停歇的叫卖声中，石头和夏生从未觉得腹中的饥饿这般难熬过。

夏生打了大大的一个喷嚏，饿得眼睛都发红了："哥，咱们今晚吃啥？"

石头不知道。

这真是一个亘古难题，有句老话说"巧妇难为无米之炊"，又有谁能教给他没钱怎么去买上一顿饭？

许是老天爷终于开了眼，见这两个长途跋涉的孩子实在太过可怜，就在石头和夏生愁眉苦脸的时候，倏忽间就有一辆黄包车在他们面前停下来了。一个穿着长袍马褂、戴着一副金丝眼镜的中年男人探出头去，瞅了石头、夏生一会儿，旋即怜悯地啧啧说道："这俩小孩儿，可怜见儿的！"

他从怀里掏出一块钱，扔到夏生跟前："喏，拿着，今晚去吃点好吃的吧。"

夏生迷迷瞪瞪地看着男人，突然反应过来了，一把攥住钱，他一迭声地对男人道谢："谢谢老爷，谢谢老爷！"

男人慈祥一笑，便由着黄包车将他拉走了，而石头和夏生拿了钱，却在不久之后就激烈地争执起来。

"石头哥，我想吃驴肉火烧。"

石头觑一眼那枚小小的钱币，忖度着说："明天又不是一定能找到工，驴肉火烧多贵！咱们去买点窝头，把肚子填饱就行了，剩下的钱，留着以后再花。"

向来老实听话的夏生这回却不干了："你听那位大老爷说的话了没？他让咱们今晚吃好点。"

"今晚吃好了，明天白天你吃啥？"石头有点气，不是气夏生，是气那驴肉火烧味道太香了，连他都快要坚持不住了，"驴肉再好吃，能管你三天不饿吗？听我的，买窝头去。"

"我不，我就想吃那个！"夏生一边说，一边把流下来的鼻涕用手背子抹去，"哥，你闻闻，你闻闻，多好闻啊……"

石头："……"

该死的夏生，他都恨不能把鼻孔堵上了，他还非得要他闻那驴肉火烧的味儿！

吵了一阵子之后，石头和夏生达成了共识：买一个驴肉火烧，两人分着吃，剩下的钱放在石头那里，要是明天找不到工作，至少还能吃上窝头。

热腾腾的火烧被他俩捧在手里，像是捧了一块金疙瘩。不，比金疙瘩还要珍贵，金疙瘩能有这么香这么好吃？一口一口小心翼翼地咬下去，幸福得仿佛到了天堂。

这个火烧的味道，给石头留下了极深的印象。几十年的岁月一年年咬着牙熬过，石头高了，壮了，有钱了，发达了，可夏生那天在厚重暮色里流着鼻涕大快朵颐的模样，他始终无法忘怀。经历的事越多，他的感慨就越深，当初一个驴肉火烧就是活着的全部快乐，后来看惯金山银山、酒池肉林，一桌宴席足够买下十个驴肉火烧摊子，可吃得多了，也就厌倦了，也就味同嚼蜡了。

不过这些感慨终究是许久之后的事，我们暂且按下不谈，只说这刚刚吃完晚饭，手指嘴角都是油水的石头和夏生。

"哟，你们俩，吃得还挺欢？"

一个高大的阴影笼罩到他们俩的头顶。

第三章　挣　扎

男人露出一口焦黄焦黄的烂牙，手里掐着一个烟屁股，无声无息地踱到石头和夏生背后，单等石头、夏生惊慌转身，才露出一个不怀好意的笑容。

"小子，要饭之前也不先做点功课？"他的笑意加深，张大的嘴中飘出一股股恶臭，"不知道这块地盘是大爷我的啊？"

石头的脸涨红了："我们……不是要饭的。"他下意识地小声解释着，"我们就是路过这儿，累了，想歇一会儿，马上就走。"

"嗬，不是要饭的，刚才接钱还接得那么熟练？"男人舔一口烟屁股，陶醉似的眯起了那双小小的三角眼，"既然不是要饭的，就把钱留下吧。要不是你们捣乱，刚才那一块钱就是大爷我的了。"

把钱留下？石头脑子再慢，也明白这个男人是来找事儿的了。他暗暗攥紧刚才摊子老板找给他的那几张毛票，直接拒绝道："没门！"

对方扑上来的那一刹那，石头猛地一拳打了出去！

这一拳不偏不倚，正好打在乞丐的心窝窝处，而且效果远远超出了石头预期。乞丐的身形在半空中一滞，居然一下子躺倒在地，捂着胸口，十分痛苦地呻吟起来。

石头茫茫然地发着愣，万万没想到自己一记铁拳竟有这般威力。身体还下意识地是个防御的姿态，心底却开始不着边际地嫌弃起了那失败者：这家伙比我们都脏，瞧他缩在地上的那一摊破布烂衣服，真臭！

夏生在一旁欢欣雀跃地拍着手，还没开始变声的嗓音尖尖的，清亮明澈，仿佛一个小丫头："石头哥，你真棒！石头哥，还是你最厉害！"

"嘿嘿，别说了。"石头挠挠头，美滋滋的，也觉得自己挺厉害，并且很有天赋，若能再长个两三年，等身材再高大一些，拳头再硬一些，说不定还能当个大侠呢。

"咱们走，"石头威风凛凛地一挥手，懒得再管地上那个无赖，示意夏生跟着他离开，"天都要黑透了，快走，咱找个地方睡觉去。"

可惜石头不认字，没读过书，更没跟沈家庄之外的人打过交道，因而不知道人心狡诈，不知道正大光明地打不过，还可以来"偷袭"这一招。

拐进一个小巷子，石头正兴致勃勃地跟夏生阐述他明天的计划："县里人口那么多，肯定有需要盖房子的，明天早上我就四处转转，看哪里正在垒房子，就去哪里帮人家干活，前两年我家的房顶漏了，就是我自己修好的哩！

"即便真没有要盖房子的，也不怕，县里机会多，只要肯卖力气就肯定能养活自己，劈柴、烧水、洗碗、抹桌子擦地那些活我全会干。可惜咱们没钱买一辆黄包车，不然我也跟那些车夫似的，满大街揽活去，我肯定比他们还勤快！

"你力气小，最好能找个轻快一点的活，可是去哪里找呢？这个我还没想好，没事，你不着急，我能……呃……"

石头雄心勃勃的声音中断，后脑骤然间一阵剧痛，身体一下子变得无比沉，控制不住地往地上倒，眼前先是冒了金星，随后便成了一片漆黑，黑得很纯粹，仿佛前两天那个绝望的夜。夏生尖厉的惊叫声那样遥远，像是隔着云端，像是隔着阴阳两个世界。

只有一个陌生又熟悉的男人声音很近，近得就在耳边，恶狠狠的，带着报复后酣畅的快意："能你妈了个×！"

当石头再一次睁开双眼，天光已经大亮了。夏生斜躺在他的身旁，昏迷不醒。脸上青一块紫一块的，人中处的鼻血早已凝固，暗红暗红的，像是一块脏东西。

后脑的疼痛再一次袭来，石头想自己的脑袋快要裂开了，伸手一摸，摸到一片干干的硬块，不用看，一定还是血。贴身揣着的那几毛钱理所当然地不见了，连他们唯一一套衣裳也被撕成了破布条，石头艰难地拾起散落一地的破布条，发现自己又一次一无所有。

一无所有。本来就是一无所有的，不过是偶尔过路的人发一点善心，施舍给他们一块钱。那点钱连一宿都还没过，就又被人夺走了。

石头抱起夏生，一下下地掐着他的人中，轻声呼唤他。"夏生，夏生，"他说，竭力不让自己哽咽出来，"你快醒醒啊！"

我还有力气。他拼命地告诫自己，别难过，别灰心，我才不在乎那几毛钱，只要还有这一条命、一口气，那点子钱，我一天就能挣回来！

可是日子，为什么就能那么难？

石头简直想不明白，偌大的一个文昌县，顶繁华顶热闹的文昌县，怎么就没一个人肯雇他做工？

他跑了无数店铺，赔了数不清的笑脸，可人家一看他那衣衫褴褛的模样和满身的伤痕，就想也不想地把他轰出去。偶尔有那么一两个掌柜似乎实在缺人，刚刚露出几分犹豫神色，却立马又被其他模样更为体面、穿着更加干净的应聘者吸引过去，常常日出而作日落而息地跑了整整一天，除了消耗几个窝头以外，他的行为堪称是毫无意义。

他们至今没有被饿死，反倒是要感谢夏生。夏生自那次被狠揍一顿后，很多日子走路走不利索，无奈之下，他挑了一个偏僻的小角落当真做起了乞丐——就是当乞丐也不能去阳光明媚的大马路主干道，那里通常早就被一些恶霸式的无赖给占住了，要是再去，恐怕还得挨揍。

这个时候，夏生的好模样就显出优势来了。只要是人，总会有向美之心，就算是打赏要饭的，一个眉清目秀的小小少年也比那些一团污臭脏看不出人样的乞丐更加赏心悦目些，更何况那小少年还十分乖巧，嘴巴甜得像抹了蜜，只要收了钱或者收了剩饭，都会先生太太小姐之类地一顿恭维，嗓音甜美而干净，仿佛大户人家里精心豢养的名贵鸟儿。

石头不愿意夏生要饭，要饭的没有尊严，这个道理人人都懂。哪怕是去饭馆里跑堂，给大户人家当下人呢，虽说也是伺候人的活，但听起来似乎还总比要饭的高等一些。

然而问题的关键在于，夏生不要饭，他们就只能饿死。

所以石头也不好意思把那些话对夏生说，全是自己没出息，那些大道理被现实一压迫，他就一句也说不出口来了。

夏生真是一个善良而单纯的好孩子，知道石头心里焦虑，他就总是笑着安慰石头："哥，你别急，反正现在我每天也能要着点吃的，你就慢慢找，等你身上的伤养好了，就凭你这个壮实模样、这把力气，还愁找不到活计？到了那时候，咱们也就阔起来啦！"

石头每回听了，心底便有微微的酸涩，但愿有那个时候，他想，但愿。

某天的一个黄昏，石头又一次无功而返，回他们晚上睡觉的桥洞路上，他会路过文昌县最繁华的长安大道。低头耷拉脑地溜过长安大道，他却忽然在路口驻了足。暖黄的暮光倾洒在屋檐上、树叶上，倾洒在车水马龙的大街、洋车与黄包车的车顶，倾洒在过往路人与街边小贩的肩头，给他目之所及的一切地方仿佛镀了一层淡淡的金子，令他眼前的所有光景都一瞬间变得温柔了、陈旧了。

然后，他逆着光眯了眼，远远地看见大道尽头走过来一个小姑娘。

小姑娘很美，就算隔着整整一条繁忙的大路，石头也能看出小姑娘的美来，因为他觉得这小姑娘长得像玉茹姐。

这想法其实是带着极强的主观性的。首先年岁上就不符合，玉茹出嫁的时候十七了，小姑娘的脸上还带着几分孩童般的稚气，顶多和石头同岁，或者更小，也就十二三；其次玉茹是杏仁眼，小姑娘是含了媚气的丹凤眼；玉茹整日梳一条油光水滑的大辫子，小姑娘则时髦多了，烫的是卷发，戴的是洋帽，活脱脱一个摆在百货商店柜台里的昂贵洋娃娃；最后玉茹对待石头从来都是笑声笑气的温柔模样，而那小姑娘竟也十分眼尖，发现石头在愣愣地盯着她看，就蹬着小皮鞋直直地走到他面前，高傲发问道："喂，你看我干什么？"

石头被问了个措手不及，舌头登时就在口中打了结，支支吾吾地答不上来："我没……"

"还敢不承认!"小姑娘的嗓音还有些奶声奶气,说出话来却很是刻薄,"喂,我告诉你,就你这样又黑又丑的家伙,"她扫一眼石头破烂的衣服,嗤笑了一声,"以后看都不准看我,听到没有?"

石头低声嘟哝了一句:"谁叫你走在这马路上……"

小姑娘没想到这个丑家伙竟敢顶撞自己,霎时就气得拧起了秀眉,想要动手教训教训他,打得他跪下来跟她求饶,又觉得他这全身上下一水儿黑,实在脏得无处下手,气鼓鼓地犹豫了半晌,她拔高了语调,瞪着他重复道:"反正就是不准看!"

石头没打算跟这个陌生的小姑娘置气,不让就不让吧,反正萍水相逢,以后大抵也不会再看见了,就放软了语气,哄人似的说:"好好好,我不敢看你了。"

小姑娘满意了,不再理会石头,正要笑微微地离开,却忽又想起了什么,补充道:"你当我乐意上街?那么些人吵吵嚷嚷的,净让我心烦!都怪家里的听差下人们没见识,我要一张胡蝶的海报,他们竟给我拿回来一张画了真蝴蝶的画儿,还跟我说是什么大画家画的,非逼得本大小姐亲自往洋行里跑一趟不可!"

石头听得莫名其妙,既不懂真蝴蝶假蝴蝶的区别,也不知她为什么要跟他说这些话,只得照旧好声好气地回应她:"是是是,你厉害,你比你们家下人都聪明。"

小姑娘不耐烦地冲石头翻了个白眼:"废话,这还用你说?"她头一偏,看到不远处驶过来一辆崭新的洋车,就急急地道,"喏,我不跟你说了,我家汽车来接我了。"

石头目送着这个蛮不讲理又爱说话的小姑娘离开,没有生气,并依然固执地认为她好看,像玉茹一样好看。那是因为他还没学会鉴赏女人的美丑,既然玉茹是天上地下第一好看之人,那其他美人漂亮的标准,自然就是越像她越好了。

玉茹姐,你还好吗?

他的嘴微张,不出声地对着天空询问道。

第四章　转　机

　　临近年关的寒冬时节，终于有一个人愿意雇石头做事了。

　　那日的天不好，阴沉沉的，又刮起了北风。石头没有御寒的棉袄，冻得缩起脖子驼了腰。但他的心情很好，东三街街口的包子摊老板熬不住冷，想早早收摊，剩下五个热腾腾的肉包子也不要了，全用一张旧报纸包着送给了石头。石头把包子焐在怀里，兴冲冲地准备拿回去与夏生分享。

　　走在半路上，一个人鬼鬼祟祟地叫住了他："嘿，小兄弟！过来一下！"

　　石头停下脚步，有些警惕地看着那人，没有动。

　　那人等了片刻，却把手头的烟扔到地上踩灭了，径直向石头走过去："我手里头有个活，想让你帮着干，你愿意吗？"

　　石头的眼睛里发了光："愿意，愿意！您需要我做什么？"

　　那人古怪地笑了一下，没有正面回答石头："这活比较复杂，得干很长时间，先去我的住处吃顿便饭吧，我们边吃边谈，你放心，我不会亏待你。"

　　石头犹豫了，怀里揣着包子，夏生还在等他回去一起吃饭，要是跟着这人走，那几时能回去就没个准点了。但他可不敢让这位老板久等，文昌县的工作那般难找，他去给夏生送包子的这一小会儿时间，恐怕也会丧失这从天而降的好机会。

　　不想那人与一般趾高气扬的雇主不同，见石头是一副吞吞吐吐的样子，不但没有拂袖而去，反而主动发问道："怎么了，小兄弟，是不是有什么难处？"

石头便把自己那一点事竹筒倒豆子地全告诉了他。"老板，就在三条街之外，"他忙不迭地说，"您等我一刻钟，不，半刻钟就行，我肯定能回来！"

那人听完，一点没嫌他，反而宽宏大量地说："哦……你还有一个小伙伴，没关系，你去把他叫过来吧，横竖只是多添一双筷子的事，今天晚上我请你们俩吃饭！"

石头和夏生同时觉得，自己今天真是走了狗屎运，遇上大好人了。

随那人七拐八拐地走半天，他们进了一座僻静而不甚起眼的小四合院。

小四合院外表看上去灰扑扑的，一到正房，却当真是让石头和夏生大开了眼界，惊得半天合不拢嘴。

灯是水晶枝式吊灯，透明的闪光的水滴形坠子层层叠叠地垂挂下来，将暖黄的灯光反射得雍容又华贵。陈列摆设一概是西洋风格，崭新的真皮沙发、柔软的羊毛地毯、高高的红木酒柜，里面整整齐齐地放着一瓶瓶洋酒，酒瓶本身，就是一件精巧无比的艺术品……

石头和夏生忽然间自惭形秽了。

两个要饭的，乍然进了一间这样高档的屋子，如何能不难堪？手脚都不知该往哪儿放了，亦不敢轻易再往前走一步，生怕自己沾满了泥的脚底会糟蹋了那块纯白干净的地毯。

领他们进屋的那人看穿了他们的窘迫，悠悠地走到酒柜前，取了两个干净的玻璃杯，分别倒进去两种不同的酒。一种是深红的，如大户人家太太手上戴的红宝石戒指，在灯光照耀下，显出一丝妖冶的美；一种是透明的，澄澈见底，纯如处子，不带一丁点的杂质。

他把红的酒递给石头，把透明的酒递给夏生，亲切地鼓励他们："小兄弟，别害怕，尝尝看。"

踌躇良久，还是夏生先喝了，而且是个一饮而尽的拼命式喝法。夏生不会喝酒，也没有酒量，喝完后就被呛得直咳嗽，白净的脸颊旋即泛上一坨嫣红，不必打扮，竟也有了几分颠倒众生倾国倾城的艳。

那人不动声色地瞥着夏生，嘴唇略一上翘，但没有说话。

然后轮到石头了。石头总不能输给夏生，于是也一憋气一口把红酒喝见了底。喝完后他才反应过来——沈家庄里的劣质白酒可以一口闷，这么好的酒，是不是得细细品味，方才不算辜负？他双手抱着玻璃杯，心里惴惴不安起来，觉得自己是平白糟践了东西。

这个时候，四合院的主人手里夹了一支纸烟，舒舒服服地坐在沙发上，跷起二郎腿，对着石头和夏生发表了重要讲话：

"小兄弟，知道为什么满大街来来往往那么多人，我单单叫住你吗？因为我从你身上啊，看到了我的过去。"他点燃了烟，一张嘴就开始自叙身世，"二十年以前，我和你一样，不，我还不如你呢，你起码还有这么个平头正脸的小伙伴，"他的眼往夏生脸上勾，单只是笑，"我可就惨喽，一个人孤孤零零地要饭，从十五要到二十五，从山沟沟要到四九城，我要饭那是要遍了半个中国。可是你们看看我现在，我现在的日子，过得还不错吧？"

石头和夏生用力点头，岂止是不错，简直就好得跟神仙一样。

"俗话说得好，男怕入错行，女怕嫁错郎。"男人很满意石头和夏生的反应，抽一口烟，继续大大咧咧地为他俩做人生导师，"你说，要饭能要出什么出息来？你要一辈子饭，还能当上丐帮帮主不成？"

石头顿时对他肃然起敬了，这道理与他想的一模一样，而且眼前就现放着这么个成功例子，益发让石头坚定了自己的想法："对，老板，我也是这么想的，可一直找不到合适的活计。您说文昌县这么大，铺子这么多，怎么就没有一家肯雇我做事呢？"

男人不耐烦地一挥手："不对不对，要饭的没出息，那些跑堂的伙计、伺候人的听差就有出息了？而且文昌县有什么大的？一个破县城罢了！就算是新修了火车站，铺了些平坦路，也没什么了不得的。若我一直窝在文昌县里，我能有——有这个品位？"他指一指自己，又指指屋里的陈列摆设，"我告诉你们，你们刚才喝的酒，可是法兰西进口的！"

这人跟石头、夏生比起来，那的确是品位不俗。虽然长得不怎么

24

的，有点尖嘴猴腮的意思，石头觉得他还不如自己周正，但人家可是穿黑西装、打领结、蹬皮鞋，短短的头发上了生发油，梳得一丝不苟，甚至身上还有一股子女人特有的雪花膏味，这么一身行头穿下来，就是天生长得眼歪嘴斜，也能生出一种时髦人士的派头来。

石头有点头晕，法兰西进口的酒劲儿上来了，而且他脑子慢，跟不上这男人夸夸其谈的思路："那您是……？"

"我是从天津卫来的，天津卫，知道不？"

他们当然知道天津卫。

天津卫，传说中的地方，神仙住的地方。

看着他们的表情，男人就了然了，话锋一转，循循善诱起来："怎么样，小伙子们，想不想跟着我去那天津卫开开眼？"

石头一瞬间觉得口干舌燥，这事儿来得太突然，几乎像一场不切实际的美梦："我们，也能去天津卫……"

倒是夏生头脑还略微清楚一些，抢着问道："老板，我们去天津卫能干啥？"

男人脆笑一下，正大光明地欣赏起夏生的脸庞："能干啥，能干的事很多呀。比如你吧，小模样长得这么好，去了天津卫，哪怕只随便露个笑，唱两嗓子戏，就有大把的老爷公子争着给你送大洋呢。"

石头皱起了眉："夏生是男孩儿。"

男人略略把目光收敛了："美人还分男女？你们这些毛头小子知道什么！"

夏生时时刻刻不忘石头，男人话音刚落，他就急急地追问道："那……石头哥能干什么？"

男人的眼神暧昧了，他本来就只是想找石头一个人，夏生不过是偶然添上的，不过添上也没关系，夏生同样有用。"说了这么久，你们饿了吧，家里的下人已经把饭备上了，走，跟我吃饭去，咱们边吃边说。"

饭桌上，男人终于把他的真实意图说出来了。

他竟是要石头帮他杀人。

"一百大洋，人死了就是你的了。而且那老家伙很好杀，到时候我给你一把刀，你趁他每天傍晚上街散步的时候，把刀用力地从后面一捅，这事儿就结了！"男人看出石头是个老实孩子，就故意轻描淡写地说，把杀人描述成杀猪一般简单的事，"你们在街上要一整天饭，能要到几个钱？三毛还是五毛？"

或许真的很容易吧。六七十岁的老家伙，头发也白了，老眼也昏花了，走长一点的路都得拄起拐棍，如何能敌得过有备而来小牛犊一样的孩子？并且那孩子一点都不起眼，衣衫褴褛，皮肤黝黑，跟街头无数到处浪荡的孤儿没什么两样。

但是杀人毕竟不是跑堂刷碗盖房子，杀人是最深重的罪孽，一旦做了，就要生生地把那凶手拖进无底深渊里。

开弓没有回头箭。妓女尚且可以从良，杀人犯却没有回头路。身体的脏清水能够洗掉，灵魂的脏是永恒的烙印，一旦印上，终生也别想洗脱。

石头骤然间觉得满桌子的山珍海味、鸡鸭鱼肉都索然无味了，不但索然无味，而且看着令人恶心。他想，这屋子里一切美好昂贵的东西，是否都是用沾满了鲜血的罪恶钞票换来的？

男人还在热心地絮叨着空画出来的美好蓝图："这单事儿结了以后，我就回天津，到时候我带着你们俩，不用讨饭，你们俩的生计由我来解决。"

石头说："不。"

"多谢你的招待，"石头把碗推开了，没吃多少饭，胃却胀得很饱，"可是这件事，我做不到。"

男人的脸色霎时间变了。

"做不到？"他冷笑，眉宇之中倏忽浮上狰狞的恶意。电光火石间，一把手枪从西装裤兜里掏出来，狠狠顶上夏生的额头！

"那老家伙的命和这个小崽子的命，你选一条吧。"

第五章　初　染

　　没人教过十四岁的石头，不要轻易相信陌生人的话，不要轻易跟着陌生人走。战火滔天、诸恶横行的乱世里，人间即是地狱，奉行的是恃强凌弱的丛林法则，笑脸背后一定藏着尖刀，好处与利益从来不会从天而降。

　　人生不是剧本，没有修改的余地，走错一步就万劫不复，任何人都要为自己的愚蠢和无知付出代价。

　　石头没有办法。这个男人比欺负他们的乞丐更加可怕，可怕一万倍。乞丐只能趁他们不注意用棍子从背后偷袭他们，男人眼睛眨也不眨地就掏出了枪，是真正的亡命之徒。一屋子的荣华富贵都是人命堆积出来的，而夏生的一条命甚至一文不值。

　　日薄西山之时，他怀里揣着亡命徒给他的短刃，第无数次穿梭在文昌县的大街小巷，心情从未如此绝望过。

　　老人颤巍巍地出现在他的前方，如那人说的一样，白发苍苍，弓腰驼背，看上去即使没有石头的动手，也决计活不了多久。石头慢慢地跟在他身后，掌心中全是汗，却迟迟下不去手。

　　没走几步路，老人心有所感似的，停下脚步，转过身，与石头四目相对。

　　老人的白眉毛山羊胡在此刻显得格外和蔼："孩子，你总跟着我干什么？"他问道，"你是不是饿了？"

　　石头仰脸看着老人，不再像以往一样刻意掩盖自己的哭腔，他轻声对老人说："爷爷，对不起。"

他的匕首在下一刻刺了出去。

那人告诉了石头这次杀人任务的一切细节，却独独在石头杀人之后最要紧的逃跑环节上撒了谎。

他说石头只要在街上路人反应过来之前拼命跑掉就行了，他会在约定的地点等着石头，把一百大洋和夏生交给石头。

其实细想一下，若这事儿当真如此简单，那人又何必连哄带骗并付出一百大洋来让石头替他杀人？就算石头比他更不让人设防，可那老人连路都走不利索了，又哪里有能力去防范任何人呢？更何况他的手里有枪，甚至根本不必冒着风险搞近身刺杀，只要躲在暗处放冷枪就够了。

唯一合理的解释，便是其实这次任务极其危险，男人收了雇主的佣金，又不愿意亲自冒险，就在街上挑了石头，做他的替死鬼。

为什么挑石头？因为石头的命贱。没爹没娘，偌大的文昌县没一个认识的人，横死街头也不会有人过问。而且人们常说，半大的孩子悍不畏死，许一点好处就敢梗着脖子往前冲，他不合适谁合适？什么，你说石头才不过十四岁？普天之下，十四岁的孩子多了去了！有的孩子千尊万贵，受一点损伤就要万人陪葬；有的孩子命如草芥，死了以后只会增添收尸人一份辛苦劳作。

石头撒开脚丫子狂奔了没几步，左胳膊便是一阵剧痛，接着是肩，接着是大腿。石头不用回头，就知道后面必定是一群追兵，呼唤同伴的叫喊声响天震地，无数子弹刹那间都把高速逃窜的石头当成了活靶子。老人看上去是独身一个人在散步，其实身边到处都是忠心耿耿的保镖听差，只是一时事出突然，未来得及反应而已。

不到一根烟的时间，包围圈已经非常密集，石头人矮腿短，身上又中了枪伤，怎么可能跑过那数不清的成年男人，且情急之下他瞎跑一气，反应过来之后已经被一条人工河挡住了去路。

人工河是新挖的，亭台楼阁，小桥流水，是个附庸风雅的所在。河不宽，但人类是绝无可能跃过去的。河上用汉白玉修了一座小拱桥，崭新又漂亮，可惜石头要是顺着桥过河，只会变成一个任何新手都打得中的显眼靶子。

石头深吸一口气，没有详细考虑的时间了，他跟跟跄跄地助跑了几步，咕咚一声，一个猛子扎进了河里。

河水登时被石头的鲜血染红了，血一丝丝地从水底浮上来，靠近河边的空气中弥漫起淡淡的腥甜，瞅着有几分刺目，有几分瘆人，又有几分诡异。

老人的保镖听差们在河边好整以暇地等了半天，不见石头露头，掐算时间，一致认为这小子应当是死透了。河中没有空气，这小子又不是一条鱼，憋也该憋死了。

此时又有一人跑过来传话，说是围观看热闹的人太多，留下来照看老人尸体的听差却太少，几乎要把控不住场面，既然那小子已经死透了，就赶紧都跟他回去，从看热闹的那帮浑蛋人群中杀出一条血路，把老人尸体妥善搬回去才是正事。

"可惜不能把那小子的尸体一并拖回去，"有人惋惜地说，"谁抢到了他的尸体，大少爷肯定有重赏。"

"别做梦了，"另外一人嘲笑刚才说话的人，"就凭你那几下三脚猫的功夫，就算那小子真被打死在平地上，你能抢得着？"

他们一边闲扯着淡，一边匆匆离开了。

命贱的人，通常命硬。

野火烧不尽，春风吹又生。这句话从今往后可以用来描述石头了。石头就是那砍不断烧不绝的野草，三魂七魄丢了一大半，可就仅凭着幸存的一魂或者一魄也能绝境逢生。保镖听差走后，一只惨白的手倏忽间扒上桥墩子，颤颤巍巍地扒了半天，两只鼻孔艰难地露出了水面。

从人工河爬到岸上用光了石头的全部力气。他很想倒在岸边，在来往路人的指指点点中就此死去，他也该死，他疲倦至极地想道，一命偿一命，这是自古以来的真理。可是他死了，夏生怎么办？夏生还在那人手里等待他去救他。夏生若最终还是没了性命，他又何苦去杀那不相干的无辜老人？他今天所做的一切、所承受的一切，岂非全变成了一幕荒诞而毫无意义的独角戏？

石头做够了无用之功，自打进了文昌县城门以来，他所做的全是无用功。这地方那么好，又大又热闹，有白面馒头，有熏肉大饼，还有七彩的风车，可是这地方拒绝接受他，成千上万的人在此安居乐业，偏偏就没有他石头一分一毫的立足之地。

石头心底突然间愤怒了，不甘了，这股子愤怒化成了他的精气神，他挣扎地站起来，一步一个血脚印地往前走去。他跟那个拉皮条的杀手约在城西一个僻静的地方见面，那地方有点远，走着走着，他站不住了，腿一软倒在地上，他开始爬。幸好天黑了，没几个人看见他的那副模样，否则一定会把过路的陌生人惊得魂飞魄散——一个血葫芦在地上爬！

夜半时分，打更的人将更鼓敲过三遍，石头苟延残喘地抵达了约定的地方。

自然是没有人来赴约的，却有一个钱袋子压在一块石头底下，钱袋子是灰色的，半新不旧，很不起眼，里面正正好好地放了一百大洋。看来那故意设了套害石头的男人也尚有几分职业操守——钱留在这儿了，有命便来取，没命就谁捡到算谁的，横竖他已经付出去了，也不算食言。也或许是他觉得这钱是石头的买命钱，留在身边不吉利，经常与死亡打交道的人，通常在这些事上格外讲究。

没有夏生的踪影，那人看到夏生的第一眼就起了歹心，这么漂亮的小男孩，当乞丐实在是太可惜了，夏生的命是一分钱不值的，可夏生的脸和那瘦伶伶的少年身材是一棵摇钱树。天津卫里贵人多，有特殊癖好的贵人也多，他要把夏生带去天津卫，利用夏生为他赚来成百上千的大洋。

石头攥紧了钱袋子，在两眼一抹黑地昏过去之前，心里只存了唯一的一个念头：这天津卫，他是非去不可了。

第二年开春以后，石头花掉了钱袋中的大部分钱，总算将身体养得差不多了。那些拿着枪追他的保镖听差都是孬种，准头差得很，绝大多

30

数子弹都是擦着石头的皮飞过去了，虽然石头大量出血，身上也仿佛一块好皮肉都没有了，看着既吓人又阴森，可终究没有伤筋动骨，不至于危及性命，也没有留下残疾。漫长的凛冬一天天地熬过去，春回大地，万物复苏的崭新时节里，石头又生龙活虎了。

而那件杀人案子，说起来倒是颇有些蹊跷。石头本来以为自己会遭遇文昌县巡捕房与死者家属的双重通缉，甚至做好了逃进山林的准备，却不料这般恶劣的一桩案子竟是雷声大雨点小，除了开始几天还有几个巡捕在街上盘查过往路人，不到半月之后，衙门竟仿佛全然忘记了这件事，敷衍了事地将其作为一件无头悬案就此了结了。

官面上装聋作哑，文昌县老百姓们私底下的流言却是传得飞快。

文昌县近年来安定富足，既没有抢地盘的军阀来祸害，也没闹什么饥荒与旱涝灾害，人们安居乐业得几乎闲出了屁，因而那天傍晚的杀人事件很快就成为市井街坊间的第一重大新闻，感慨评论，添油加醋，极短的时间内，这桩事情的来龙去脉、因果动机，乃至受害老人的身家背景，全被描述得完完整整、栩栩如生，仿佛事发之时，所有人都在那里跟逛戏园子一般，认认真真地全程观摩了似的。

原来这老人本是文昌县人士，年轻时候闯荡天津卫发了家，变成赫赫有名的大商人，手底下银行当铺、百货公司、剧院戏台子，乃至工厂实业，诸般产业多到数不清，老人壮年时候跟任何成功男人一样，娶了一十八房姨太太，生了十几个少爷小姐，可谓家大业大，人丁兴旺，再无一丝事情胆敢不遂他的意。

这几年老人年纪渐大，不由得开始思念故土，又加之前几个儿子已然长成可以独当一面的成年人了，一年中便总有几月时光搬回文昌县居住。清晨喝喝茶逗逗鸟，黄昏时出门看场戏或者散散步，还能亲眼看着故乡熟悉的大街小巷，听着故乡亲切的方言土语，呼吸着故乡带了土腥味的空气，日子过得堪称是惬意无比。

他又如何能想到，自己纵横了一世，精明了一世，却会在那又亲切又熟悉的故乡当街丢了性命呢？

"肯定是他儿女找人做的。"小酒馆里，一个市民几杯白酒下肚，言之凿凿地说道，"老头儿太能活了，儿子们等着承接产业分家产呢！嘿，我跟你说，这种事我听得太多了，那些大户人家，看着是花团锦簇、烈火烹油的派头十足，其实内里早都烂透了。也算那老头儿造孽，几十房姨太太，纵使儿子都是那老头儿亲生的，人家当娘的不会挑唆？金山银山一样的家业面前，又能讲出几分骨肉亲情来？"

另一个喝酒的人仿佛心思还比较良善，听完那市民的高论就连连摇头："不会不会，我看不是。我觉得是仇家干的，生意做到那么大，必然会跟很多人结仇，哪一家良心一坏，起了杀人灭口的想法，便也会造成这种惨剧。不过……行凶的小子抓不到，幕后的雇主揪不出来，又有什么用？咱们讨论来讨论去，讨论的也不过是一桩无头案子罢了。"

又相对着干了一瓶酒，两人醉醺醺地一致得出了最终结论：

"钱多有什么好？还不是横死街头、不得善终的惨淡结局？还是咱们这样，小酒喝着，回家以后老婆在炕头睡着，平平安安地过一辈子才是最大的福气呢！"

第六章　少　爷

1933 年春，天津。

晚饭时分，齐公馆门口一片车水马龙，高级轿车一辆又一辆地驶过来，加长林肯、庞蒂亚克、布加迪，个个都是威武明亮，比赛似的停在齐公馆正门前的马路上。听差弓腰打开车门，一位位衣着光鲜的达官显贵、太太小姐便优雅地走出来，脸上是无可挑剔的客气笑容。因平素都是在一个圈子里玩的，所以往往进门之前就开始寒暄，许多高低不同的寒暄声汇合在一起，嘈杂不堪，不知情的人若是在此时远远地经过齐公馆，大概会以为齐老爷把动物园搬到家门口了吧。

齐老爷站在自己公馆门口，穿一身簇新的长袍马褂，拈须微笑着，认为自己的面子很大。

自己给长子办一个归国晚宴，就轻轻松松地把天津城里大半有头有脸之人全给请来了。

齐老爷在公馆外扬扬得意，与此同时，今次宴会的主角——大少爷齐清梧则在他卧室的玻璃镜前站定，最后一次检查自己的仪表仪容。

大少爷今年年方二十五岁，是齐家的嫡长子，未来齐家产业理所当然的继承人，身份贵重自不必说。且他继承了齐老爷与齐夫人的优秀基因，生就一副英俊模样，浓眉大眼，肤色白净，身材高大又挺拔，衣架子似的穿什么都好看。只可惜英俊是英俊，但英俊得毫无特色，常常让人记不住他的长相。不过长得让人记不住没有关系，大少爷令人印象深刻的，是他的气质与学问。

与一般纨绔子弟不同，大少爷从小就爱读书，无论是中式私塾还是西式教会中学，他回回都能考第一，连第二都没有拿过，把他下面那些庶出的弟弟们衬得屁都不是。一个人自小到大在书卷堆里熏陶着，自然便有了温文尔雅的气质。出国留学五年，大少爷成果喜人，读完本科又攻读研究生，最终取得文学硕士学位，身上兼具了东西方学者的双重气质，又新添了一副金丝眼镜，看过去愈发地文质彬彬、风采过人。

大少爷轻轻弹去西装领口的一点灰尘，把一支花杆镀金的钢笔别在胸前，很满意地对着镜中的自己点一点头。

宴会开场，要先仿照西洋的规矩，跳一支开场舞。大少爷当仁不让地做了领舞，舞伴则是财政局陈局长家的千金陈小姐。陈小姐不过十八岁，正处在人生中最美丽的时候，又精心梳妆打扮了，华丽的及地纯白坠珍珠长裙配大少爷笔挺的西装，两人在舞池中央翩翩起舞，旋转，跳跃，真是一对完美的璧人。

一舞终结，陈小姐红着脸颊，正想与齐家少爷做进一步的攀谈，却乍然听见一个清亮中带了几分稚气的小女孩声音，快活地喊道："清梧哥哥，你还认不认识我了？"

齐清梧转头，注意力果然马上被吸引过去了："哎……认识认识，哪能不认识？你是瑶妹妹嘛！几年不见，你都长这么大了！"

小女孩嘻嘻一笑，撒娇道："清梧哥哥留洋都回来了，还不许我长大呀？"

陈小姐见齐清梧全然不理会自己，反而与这不知从哪里跑出来的毛丫头打得火热，并摆出一副要叙旧长谈的架势，顿时就生气了，一言不发地踩着高跟鞋离开，她在心底恨恨地骂着："小狐媚子！"

齐老爷是大银行家，同时在国民政府中挂了个厅长的闲差，暗地里还搞一些走私贩大烟白面的不法生意。闲暇时刻，他还喜欢写一些古体诗，同城里的学者教授们互相恭维吹捧一番。他觉得自己爱好广泛，手眼通天，唯一欠缺的地方就是军事，没法像全国各地的大小军阀一般，揭竿而起，盘踞一方，因而社交的时候格外愿意拉拢那些手中有枪有兵的人，天津城里的冯定乾冯司令就是其中一位。

而这个一身洋装活像洋娃娃的小女孩，是冯司令的幺女，闺名唤作冯芷瑶。

大少爷与齐老爷父子一心，齐老爷重视的人，大少爷自然也十分热情："冯伯伯身体还好？我刚刚回来，诸事仓促，方才还想着哪日得了空，登门拜访冯伯伯呢。"

却不料这第一句寒暄之语就出了错漏，冯芷瑶神情一怔，清澈的大眼睛倏忽间流下一对极大的泪珠："家父……家父两年前就去了。"

齐清梧大惊，不觉问道："那你家里现在……"

"现在家里是我哥哥主事，父亲手底下的军队也全由我哥哥接管了。"

齐清梧明了，冯芷瑶的哥哥他认识，不仅认识，出国留洋前他俩因为父辈的关系，一向是私交很好的。"瑞德少年才俊，能力我是很拜服的，"他直呼芷瑶哥哥的台甫，以显亲近，"有他继承家业，冯家必定不会逊于冯伯伯在世之时。"

冯芷瑶依然是一副愀然不乐的模样："也许吧，这些我不懂，反正自从哥哥带兵以后，就很少有时间跟我玩了。"她看着这个熟悉又陌生，与自家哥哥几乎一般大的旧相识，忍不住就抱怨起来，"哥哥现在忙死了，今天本来说要跟我一起来看望清梧哥哥的，可下午又被他手下的那些丘八拖走了。我真讨厌那些人，又粗鲁又没礼貌，真怕哥哥跟他们在一起混久了，也会变成他们那样。还有啊，去年哥哥出远门，说把我一个人丢在天津的家里不放心，非把我送去文昌县的表姑母家。清梧哥哥，你是不知道，那地方差劲极了，没有电影院，只有戏园了，连个像样的饭馆都寻不到，我在那儿啊，简直就像坐牢一样难过！"

齐清梧耐心地听着冯芷瑶抱怨，一点不觉得无趣。芷瑶人长得可爱，声音娇滴滴的，婉转又动听，不管她说的是什么，传到听者的耳朵里，都是一番享受。等到冯芷瑶抱怨完毕，齐清梧温和开口，劝慰道："瑶妹妹，别难过啦，瑞德现在忙了，可你清梧哥哥这不回来了吗？你若是无聊，就多来找清梧哥哥玩吧，我带着你看电影、逛公园、吃意大利菜去。"

"噢噢，"冯芷瑶果然高兴起来，笑靥如花地缠着齐清梧，"清梧哥哥，你给我讲讲你在国外的事吧，国外跟咱们是不是完全不一样？清梧哥哥，你知道卓别林吗？我最喜欢看他演的片子了……"

当齐清梧与冯芷瑶躲在宴会一角，兴致勃勃地谈论国外生活时，一个不速之客突然闯进了齐公馆。

这位不速之客也是乘汽车来的，而且穿西装，打领结，喷法国香水，头发梳得比谁都一丝不苟。然而每当他经过一处地方，那些本在虚伪寒暄着的达官显贵就登时全都噤了声，眼神里纷纷流露出几分惶恐、几分暧昧，仿佛都想要跟他打招呼，可最终又没有一个人真的付诸实践。

这个人，是一把刀，一支枪。

天津卫里能人众多，有的靠武馆立名，有的靠帮派立名，但是杀人杀出名号来的，只他一家，别无分号。

这人看上去三十多岁，不到四十，身材偏瘦，并没有中年发福。他的长相不佳，小眼睛小鼻子小嘴，大长马脸，看上去是个贼眉鼠眼的模样，打扮成上流人士的摩登风格，更让人联想到"斯文败类"四个字。据他自己说，他的大名叫作王渚崖，取的是《庄子·秋水》里的意思，可实际上根本没人这么叫他，大家背地里叫他"王四"——他在家排行老四，这也是他自己说的，当面则尊称他一声"王老板"。

没人敢得罪王四，都知道他这人阴得很，手下还控制着一帮亡命之徒，而且这些达官显贵财路众多，仇人也多，说不准什么时候就能用得着他。自然了，有头有脸的人也绝不肯跟他走得过分亲近，一是败坏自己的名声，让人说闲话；二是他手里人命太多，跟死亡离得太近，总是让人觉得瘆得慌。

齐老爷看见他，不由得心里暗暗犯起了嘀咕：自己并没有给他送请帖啊，他怎么就不请自来了？这么高兴的日子，他跑过来，可不是给自己找晦气吗！

不过虽然暗自腹诽，齐老爷还是露出微笑，春风满面地招呼来者："王老板，您可是来迟了啊！"

王四一笑，露出一口被烟熏得焦黄的牙："不请自来，齐老爷子不要见怪才是啊！"

"怎会？"齐老爷的笑意加深，"王老板诸事繁忙，肯赏光来老朽这里，我求之不得呢。"

那王四便不再与齐老爷说废话寒暄，转而压低了声音，有些诡秘地笑道："齐老爷子，我这次登临贵府，是想卖给老爷子您一个人，您跟着我，去公馆门口瞧瞧？"

齐老爷子想怎么你不杀人，转成卖人了？自是有些迟疑，下意识地婉拒道："王老板，我府上听差下人多得很，实在不缺人使唤……"

王四凑近齐老爷，声音更低了："一只野生兔子，顶新鲜的货色，老爷子您真没兴趣？"

齐老爷一怔，不动声色地扫视他一眼，一颗心霎时就不受控制地有些蠢蠢欲动起来。

齐公馆门口的一辆黑色轿车中，果然五花大绑地捆了一个人。

居然是夏生。

夏生拼命而徒劳地挣扎着，嘴里被堵上了一块破抹布，苍白的小脸上全是汗，眼神惊恐，犹如一只掉进陷阱的小鹿。这样看过去，真是既让人想要搂在怀里好好怜惜一番，又想进一步狠狠地欺负他。

齐老爷是有那么点特殊癖好的。

他爱捧戏子，尤其喜欢刚出名或者没出名的少年小旦。少年的气息干净而充满朝气，再加上戏班子里特有的女性阴柔气质，更使那些少年们有了男女莫辨的魅惑之感。

捧戏子没什么不光彩的，有钱人家的男子，有几个不捧戏子的？捧戏子也不耽误他传宗接代，家里置了几房姨太太，嫡生的大儿子又这样争气，旁人说不出齐老爷的闲话来。所以齐老爷也从戏班子班主或人贩子手里买过几个伶人，不为别的，就是个乐子，玩玩而已，玩过就算。

不过这种被绑得严严实实的野生兔子，他还是第一次见到。

他蹙着眉，承认夏生的模样的确生得好，可并不怎么心动："这……王老板，我向来只买调教好了的啊。我每天事情多得很，哪有工夫跟不听话的兔子扯皮？况且清梧回来了，我最近得手把手地教给他生意上的事，并没有买兔子的想法……"

那姓王的却不客气，拼命地向齐老爷推荐夏生，有一种不把夏生卖出去誓不罢休的劲头："老爷子，您再仔细看看，您看看这模样、这身段，虽然没唱过戏，可是绝不比那些名角差吧？我也就是偶尔兼做一回这种事，等过了这村，可就没这店喽！"

他把夏生口中的抹布抽出来，催促夏生道："快，快叫声老爷听听。"

夏生恶狠狠地瞪着这两个男人，嘴里骂了一句脏话。

王四顿时变了脸色，一个耳光重重地抽过去，夏生的脸颊很快就肿起了一个红手印。

而那边的齐老爷一听，也彻底断绝了买下夏生的心思："嘿，王老板，您听听他这口音，荒腔野调的，哪个兔子说这么一口乡下话？一听就让人兴致全无，我看您啊，还是另找买主吧。"

王四的神色阴沉下去，知道自己今次白跑一趟，是做不成齐老爷的买卖了。也不怪人家齐老爷，人家说的字字句句都在理，兔子买回来是为了逗乐子的，要这么一个桀骜不驯，连天津官话都不会说的乡下小子有什么用？王四想到这里，忽然就动了气，掏出手枪，一枪托猛地砸上夏生的额头！

眼瞅着夏生的额头开始渗出一丝丝鲜血，王四嘴角上扬，礼数周全地向齐老爷道别："既然这样，我也就不打扰老爷子您的宴会了，咱们以后有缘再见。"

"哎，王老板，别急着走啊，"齐老爷觑一眼四周，见听差都站得挺远，应当听不到他们的谈话，"本想着过两日专门去拜会王老板的，今晚赶了巧，择日不如撞日，您随我去内室坐坐吧，我最近手头有件棘手之事，还得烦劳王老板帮忙解决。"

王四笑容变大，是个听到有生意上门时的喜悦样子。他敲了敲轿车前排司机的车窗，嘱咐道："你把车子开到后街去，别挡在人家齐老爷子门口碍事，还有，把这小子给我看牢了。"

　　然后他转身面向齐老爷，把一口大黄牙完全展露在齐老爷面前，以显示他真诚的笑容。酝酿片刻，他福至心灵地产生了灵感，文绉绉地扯出一句不伦不类之语："齐老爷子，在下，那个，久仰您的大名，那是很乐意为您鞠躬尽瘁，听凭您的差遣的。"

　　齐老爷子继续捋须微笑，走在前面为王四引路，心底却忍不住地感叹道："快闭上你的狗嘴吧！"

　　夏生瘫在汽车后座，任凭额头的血缓缓流淌下来，迷了他的眼。他不敢伸手去擦，一擦，就是钻心的疼。

　　他紧闭着双眼，第无数次地向老天发问，虽然老天爷并没有一次回应他的问题——

　　石头哥，你在哪儿啊？

第七章　追　寻

其实石头与夏生，此刻正处在同一座天津城里。

但天津卫可不是他们沈家庄，从村东头跑到村西头也不过一袋烟的工夫。天津城太大了，大到居住其中的人卑渺如蝼蚁，两只蝼蚁同处一片广袤无垠的大森林中，又怎么可能那么正正好好地相遇？

从离开文昌县，赶往天津城的路上开始，石头就在一遍又一遍地后悔。

他觉得自己真是人如其名，蠢到家了！

当初在沈家庄，夏生问他："咱们出去能干什么呢？咱们又能去哪儿呢？"

那会儿他觉得夏生胆小又磨叽，大丈夫志在四方，走一步看一步，无论干什么，也总比留在沈家庄啃树皮强吧！

可是现在，不过几个月的时间，夏生被掳走了，他差点死在文昌县的人工河里，好不容易捡回一条命，他却又迷茫自己的这条命到底还有什么意义。前路一片渺茫，他已是手染鲜血的杀人犯，他的人生才走过十四年，但他恍恍惚惚地觉得自己的一辈子都该是这样了，去了天津卫又有什么用？他是要继续要饭，还是继续杀人，去赚那每回一百大洋的酬金？

石头就这样怀着极为悲观的心情，在二月二龙抬头的大日子里，进了他梦想中的天津城。

此后的一个多月时间里，石头消耗着身边为数不多的大洋，满天津地寻找夏生。他问路边要饭的乞丐，问卖报纸的小童，问拉黄包车的憨厚车夫，也问成日在街上无所事事瞎溜达的小混混，每遇到一个人，他总要问上一句："有没有见过一个十三四岁、眉目清秀、肤色白净的小男孩？"

那些人便带着找乐子的心情，挨个儿地为他在大街上指人："您看那一个，被那位阔太太牵着手的小少爷，哦哟，又白又嫩的，是不是你要找的人？"

石头说："不是，夏生穿得很破旧。"

他们就又把目光放远，专找街上那些衣衫褴褛的半大小子："你瞧瞧那个，提着篮子卖纸烟的，平头正脸的，哦……就是有点斗鸡眼。"

石头又说："不是，夏生没有斗鸡眼。"

"哎，哎，那一个！路口卖鲜花的那个！等会儿，不对，那是个小丫头。"

……

逼得无法，石头只得转换思路，继续问道："那你们见没见过一个穿西装、打领带、长得有点尖嘴猴腮的中年男人？"

那帮子混在街头的下层人士便又一起开始起哄："哎哟，我的小兄弟，这可不是你们乡下老家，你打眼往这大街上看看，有多少穿西装打领带的男人！"

石头补充道："他有一把枪。"

这下众人全不说话了。有枪的男人，跟他们不是一个世界的，他们惹不起，所以顶好一点闲话也不要往外说。

石头见状，知道指望不了他们，也不再强求，一个人默默地离了这边，又去另一边，照例要对陌生人问一句："请问，有没有见过一个十三四岁、眉目清秀、皮肤白净的少年？"

一番流浪之后，石头依然没找到夏生，可是运气比在文昌县时略好一些，石头找到了一份固定工作。

这份工作的具体内容，是给一位在欢场上班的舞小姐充当保镖。舞小姐周旋于红香软玉温柔乡中，自然免不了被浪荡子弟骚扰，骚扰倒也罢了，舞小姐尚且可以打碎牙往肚子里咽，可有些时候，尤其是下了晚班之后的深夜，舞小姐孤零零一个人往住处走，要时刻警惕着周遭状况，天长日久地担惊受怕，舞小姐实在是忍不得了。

那天晚上，舞小姐偶然看到石头瑟缩在一条小路的角落里睡觉，石头黑黝黝的，可是神色平静，显得老实又让人心安，舞小姐走过去把石头叫醒，问了问石头的基本情况。听石头说完，舞小姐动了恻隐之心，想自己也是孤身一人来到天津城闯荡，与这孩子不是一样吗？便不免有了些同病相怜的感慨，于是雇下石头，让石头自称为她的远房表弟，包吃包住，一月另给十块大洋，只要石头每天护送她上下班，并在那些花花公子闹得过分之时挺身而出，为她把那些家伙打跑。

而后，舞小姐又若有所思地分析道："听你这么说，那个男的八成是想把你兄弟卖去下九流的行当，要么是窑子，要么是戏班子，戏班子的可能性大些，窑子里毕竟还是女人多。我与那些行当的人总归还有一些接触，我帮你打听着，要是有了信儿，一准告诉你。"

石头感激地看着眼前这位浓妆艳抹的舞小姐，大声地对她说："姐姐，谢谢您！"

舞小姐笑了，温柔地摸摸石头风尘仆仆的脸颊："你放心，这事包在姐姐身上了。"

大少爷齐清梧既然学业有成地归了国，便自然要将那旧日的社交生活重新建立起来。旁人暂且不谈，他从前的好友，现今有权有势，天津城里的大红人瑞德兄，可是一定要找个机会好好叙叙旧的。

这天下午，冯瑞德往齐公馆打来了电话，表示今晚空闲，并且已在利顺德订了一桌子酒席，特特邀请齐清梧赴约。齐清梧当然应允，正准备挂电话，却听见好友在对面有些无奈地跟谁纠缠着：

"喂，喂，别闹了！这是哥哥们之间的约，就不带你去！哎……"不知道对方戳痛了冯瑞德哪里，他负痛地抽一口凉气，语气也不复刚才的强硬，不情不愿地妥协道，"好了，知道了，你这疯丫头！"

他颇有些不好意思地唤齐清梧的表字："子清……"

齐清梧知道冯瑞德这人其实性情偏于冷酷，却独独对家里的那位小妹宠溺至极，便当即说道："芷瑶要来，你就带她来嘛。上回 PARTY 结束以后，我也一直惦念着她呢。"

　　于是当晚，利顺德最大的包间里坐了两位青年才俊，与一位打扮成圣诞树一样的冯芷瑶。

　　冯瑞德斜眼瞅着妹妹的打扮，害了牙疼似的表情抽搐："你说你这是个什么模样，在家里非逼我带你出来，我带你出来就是为了当众丢人的？"

　　冯芷瑶不以为然地一偏头，把她哥的话顶了回去："你懂什么？我这是特意为了见清梧哥哥而准备的，我看过电影，还有画报，人家国外的贵族小姐都是这么打扮的。清梧哥哥，"她亲亲热热地叫齐清梧，准备寻求支持，"我说的对不对？"

　　齐清梧无奈地与冯瑞德交换一下目光，嘴里敷衍着回答她："对，对。"——文艺复兴时候的贵族小姐的确这么穿，可二十世纪的摩登小姐们绝不这么穿了。

　　待把冯芷瑶哄老实之后，齐清梧端起一杯酒，敬冯瑞德道："冯司令，我敬你一杯。"

　　冯瑞德与他一碰杯，一饮而尽以后，脸上笑得灿烂，嘴里还是连连客气："清梧，别叫我什么劳什子司令，就跟从前一样，叫我端德，端德不比那什么司令好听？"

　　齐清梧微笑，是个温润如玉的学者派头："好，瑞德兄，你这些年来过得怎样？"

　　"不怎么样！"冯瑞德大大咧咧地一挥手，"老头子在时，我成天什么都不用干，从早晨玩到半夜，还记得不？那会儿我老嘲笑你做学问的那个认真劲，结果老头子怒了，非把我塞进你念的那个教会中学，结果呢？我二十六个英文字母都认不齐全，上学第三天就把那个神父校长给打了。唉，把我家老头子气得啊，把我吊在房梁上用马鞭子抽！"他回味地咂了咂嘴，目光遥遥地落向远方，仿佛当年被父亲抽的惨痛记忆到了现在也变得甜美起来，"想来真是可怕，一眨眼的工夫，七八年都过去了。"

齐清梧扶一扶眼镜框，点头道："诚然，现在我回了天津卫，常常恍惚，觉得自己从未出过国，还是二十的年岁。可我家的管家都已经换过了，老管家六十三了，实在做不动事了。"

冯瑞德追忆完无忧无虑的往昔，思绪渐渐辗转到现在，不自觉地他浑身散发的气质陡然间不同了，少了纨绔子弟的奢靡习气，多了几分凌厉、几分阴沉、几分粗鲁而蛮不讲理的丘八之气："现在的日子可就难喽，事事都得我亲自管，清梧，你不晓得那些丘八有多么难缠。去年冬天，老子在文昌县那边的乡下招了几个新兵，结果呢？看着是唯唯诺诺的老实人，胸口拍得啪啪响，说愿意为我出生入死，谁知道拿了我的军饷就跑得不见踪影了。军队里最忌讳出逃兵，能跑一个，就能跑十个、一千个、一万个。老头子千辛万苦经营了一辈子的基业，难道能在我手里败落下去？所以我啊，直接带了几千兵，屠了那几个逃兵的庄子……"

正讲到兴头上，冯瑞德却陡然收住了声音，一双黑幽幽的丹凤眼瞥向自己小妹，该死的，光忙着跟久别未见的挚友诉苦，忘了这小丫头还在席间了。他掩耳盗铃似的捂住小妹耳朵，嘴里絮絮叨叨地抱怨着："这段你不准听，小丫头片子听完晚上睡觉要害怕的。真是的，早就说不让你来，你非得跟着来，净给我添乱！"

冯芷瑶不耐烦地把哥哥的手从耳朵上揪下来，哥哥的手常年握枪，已经生了厚厚的茧子，硌得她耳朵疼。她倒是没被那血淋淋的故事吓到，只是觉得哥哥的说话内容老旧又土气，让她提不起兴趣来，还是清梧哥哥好，知道那么多新鲜玩意儿。她一偏头，笑盈盈地对齐清梧道："清梧哥哥，咱们不理他。你上回给我讲的莫奈的画，我回去看过了，的确是很美，比现实里的莲花池还要漂亮。"

冯瑞德气结："你这丫头片子，就跟清梧见了一面，就不要我这个亲哥哥了？"

酒足饭饱之后，冯芷瑶终究还是个小孩子，贪睡，吃饱了饭就困得睁不开眼睛。冯瑞德见状，就命令听差和老妈子先把妹妹送回冯公馆。冯芷瑶走后，冯瑞德长吁一口气，立马露出男人本质，笑嘻嘻地问齐清梧："清梧，一会儿我们去舞厅玩玩？"

齐清梧素来洁身自好，无论在国内还是国外都不曾出入声色场所，可转念一想，自己都二十五了，要还是连个舞厅都不敢去，岂不是要被这已然当了大军阀的家伙笑掉大牙？就强装成老手模样，神情严肃地点点头："好的。"

于是他们一起出了饭店，坐上汽车，直奔圣安迪娜舞厅。

圣安迪娜是新装修过的，里面自是灯红酒绿，极尽奢华。门童见冯司令大驾光临，就赶忙赔着笑将冯瑞德与齐清梧引进雅座，又点头哈腰地询问道："司令，您今晚选哪位小姐？"

冯瑞德很熟练地说："就要永莲、莉桢。"同时一转头对齐清梧笑道，"这俩是这场子里最漂亮的舞女，包你满意。"

不过片刻，就袅袅地走过来两个凹凸有致的舞小姐。齐清梧细细看过去，果然是五官出挑，丰胸细腰长腿，加之化了浓妆，在昏暗的灯光下，显得十分美丽。可惜齐清梧圣贤书读多了，只喜欢清高纯洁的才女，对风尘女子提不起几分兴致来，眼看着冯瑞德已迅速跟其中一个舞女打得火热，就暗暗感慨自己这位朋友真是浪荡习气，十年不改。

下了舞池，齐清梧自认为舞技绝佳，十分严谨地与那位舞小姐跳起了华尔兹，谁知舞没跳一半，舞女就媚笑着把一对大胸脯往齐清梧怀里蹭，身上的香水味呛得齐清梧直想打喷嚏："这位爷，第一次来跳舞啊？"

齐清梧一惊，自己既未错了步，也没踩过舞小姐的脚，怎么就被识破了？眼睛一斜，看见那边冯瑞德与另一位舞女跳得恨不能合成一个人，便不肯承认，只说道："不是，前几年常与我那位朋友过来，最近几年去了国外，舞步便有些生疏了。"

舞女还是笑，用涂着鲜红蔻丹的纤纤玉手轻轻刮一下齐清梧鼻尖，软声软气地说："爷就别蒙我了，您的舞步娴熟得很，可是啊，您这跳法是跟太太小姐们跳的，不是在舞厅里跳的。"

齐清梧又不甘心地瞧一眼冯瑞德，发现冯瑞德的手已经滑到了舞小姐的屁股上，只得承认自己这位舞伴说得对极了。

　　受刑似的跳过几支舞，齐清梧见冯瑞德陶醉其中，丝毫没有要走的架势，就随便找了个借口，告辞离去。塞给舞小姐一卷钞票，他带着几名听差快步走出圣安迪娜舞厅，顿时觉得空气都清新了许多，他深吸一口气，知道自己今晚初进舞厅的经历彻底失败，真是有些鄙视自己。

　　上车之前，他不经意地扫了一眼四周，蓦然间看到一个黑黝黝的半大小孩，有些古怪地坐在角落里。

　　说他古怪，是因为他双手抱膝，面无表情地仰头看着天空，是个思考者的姿势，而且长时间一动不动，宛如一尊石头做成的雕像。

　　齐清梧生出了兴趣，暗想这小子大半夜地坐在这儿思考什么呢，莫非是个讨饭的？是了，圣安迪娜舞厅里人那么多，还都是有钱人，他肯定是等着过会儿舞厅关门，众人往外走的时候，预备着讨两个钱的。

　　想到这里，齐大少爷发了善心，随手从兜里掏出一张钞票，扔到那孩子面前："喏，给你的。"

　　然而那孩子居然看都不看钱一眼，只淡淡地告诉他："我不是乞丐。"

　　齐清梧问："那你是干什么的？"

　　孩子似乎是不想搭理他，可是齐清梧站在他面前，不得到答复就死活不挪窝。最终那孩子无奈了，解释道："我给这场子里的一位舞小姐当保镖，过会儿散场了接她回家。"

　　齐清梧恍然大悟，同时也迅速对那孩子失了兴趣，他懒得捡地上的钱，便一边迈开步子回自家汽车那里，一边懒洋洋地嘱咐他："把钱拿着吧，买两套衣服穿，瞅你脏的。"

　　齐家的汽车轰鸣着发动了，旋即迅速开进沉沉夜色当中，消失不见。

第八章　小试锋芒

事实证明，那位雇用石头当保镖的舞小姐，当真是有几分先见之明的。

石头护送她回家的第七个晚上就出了事。

舞小姐虽说在那乌烟瘴气的欢场里挣饭吃，性子却最是贞烈清白，跳舞时的搂搂抱抱、动手动脚虽然少不得咬牙忍了，但她给自己划定了底线，只卖艺，不卖身，为的是今后从了良，还能嫁个老老实实的好夫君。

那些浪荡子弟对此自然十分不满，可见到舞小姐态度坚决，并非是矫揉造作为了自抬身价，通常也就不过分强求。一来这位舞小姐并非舞厅里的头牌，姿色终究好看得有限，不值得为了个庸脂俗粉耗费许多精力；二来这位舞小姐不愿意，自有其他许多舞女愿意，这事讲究的是两情相悦，即便真动强把她掳上床，舞小姐又哭又闹还动用女人的利爪子把男人挠出一头一身的血痕来，岂非自己讨个没趣？

然而道理虽是这个道理，世间之事却又总是容易出现意外。"不怕一万，只怕万一"这话，此刻就运用在了一位审美观奇特、单单就对这位舞小姐爱得死去活来的富家子弟身上。

富家子弟的长相实在抱歉，大概就是勉强还能称之为"人"的水平，几个月前一腔热血地恋上了舞小姐，又是送花又是送首饰，更愿意每月出三千大洋把舞小姐包养为他的外宅。奈何舞小姐一见他那张脸就忍不住直犯恶心，更触犯了舞小姐绝不卖身的根本原则，自然就绝无应允的可能。而那位富家子弟在自作多情地把许多钱财花在舞小姐的身上之后，忽然某一天醒过神来，发现这位佳人恐怕永无与他欢好的可能，于是就忍不住地恼羞成怒起来。

凌晨一点，舞小姐带着一身疲倦走出圣安迪娜舞厅，叫过蹲在地上正呆呆愣神的石头，两人肩并着肩，一边淡淡地说一些家乡趣事，一边往舞小姐的住所走去。

走过三个街口，两人转进一条偏僻小巷，小巷里只有一盏陈旧不堪的路灯，近些日子还坏了，总是亮了灭灭了亮地制造恐怖氛围。好在有石头尽忠职守地作陪，因担心舞小姐害怕，还唱起了从前娘教给他的乡谣："星儿闪第那个月儿明，姑娘在房中扎风筝，第那个，祖辈相传的巧手艺，一代更比一代精，第那个……"

石头的声音洪亮，歌谣的歌词质朴，不知怎的，就流露出几分沧桑味道。寂静的深夜里，万人陷入沉眠，唯有这样一首歌反反复复地吟唱着，悠扬盘旋，仿佛在撩动谁的心。

舞小姐微眯了眼睛，浓妆艳抹的脸上渐有动容之色，只是不知她想起了怎样的过往。

温柔的歌声中，那个男人的叫骂便显得格外突兀：

"苏春红，臭婊子，还记得我不?!"

舞小姐脸色大变，与石头一同看到了三五步外的那几个成年男人，情知今日必定不能善了，但舞小姐依然强撑出一个笑容，装作无事道："是吴七爷呀，七爷今晚怎么没去圣安迪娜，反而在这儿等着我?"

那个长相惊悚的富贵公子吴七爷听到此话，当即冷笑一声："臭婊子，你当我是傻瓜? 占不着一点好处还天天上赶着去那破地方给你送钱?"

舞小姐暗想你可是已经傻好几个月了，现在才反应过来? 但看到对方人多势众，且个个都操着家伙，心中自然就七上八下地忐忑起来，自己这边只有一个未长成的石头，真要动起手来必会吃大亏，不由得放软了声气，哀求道："七爷，您行行好吧，我一个庸脂俗粉，实在配不上七爷的抬爱，今晚您放了我和我的表弟，以后我夜夜在圣安迪娜里伺候您，好不好?"

吴公子这人面相长得丑陋，胸中也是毫无点墨，今晚既然携了家丁浩浩荡荡地特意来堵舞小姐，自是决意要与她撕破脸了，翻着白眼冷哼一声，他露出一个下流的笑容："臭婊子，大爷以后用不着你伺候了，今天晚上，你就好好伺候伺候我这些兄弟吧！"

说罢，他得意扬扬地一挥手，仿照街头地痞流氓打群架的方式大喊一声："弟兄们，给我——"

谁又能想到石头的动作这样快呢！

那个"上"字还没说出口，吴公子只觉得眼前一花，旋即一把带着凉气的小小匕首已然以迅雷不及掩耳的速度，架上了他柔软的脖颈。

锋利的刀刃抵住吴公子的喉咙，石头的声音低却不容置疑："吴七爷，别动，闭上你的狗嘴。"

吴公子一瞬间被足足低了他一个头的黑小子扼住要害，顿时又惊慌又气恼，结结巴巴地梗着脖子逞强："你敢……你敢动我！我老子是警察局局长，你敢动我一下，不扒了你的皮！"

石头轻笑一声，偏不听他虚张声势，匕首微微向里压了半寸，鲜血随即就顺着皮肤流进吴公子雪白笔挺的衬衣领口。在吴公子杀猪似的惨叫里，石头慢条斯理地开口："没有关系，吴七爷，您的命值钱，我与姐姐的命不值钱，就算是以后被您的爹扒了皮要了命，也改变不了今晚您横死街头的结局，不是吗？"

石头的声音冷冰冰的，没有怒吼，却依然轻易盖过吴公子的哀号。吴公子在石头不带感情的陈述中停止号叫，动用仅有的智慧想了想其中的逻辑关系，然后瞬间毛骨悚然了。

所谓软的怕横的，横的怕不要命的。

暂且不说实际行动如何，但是在这清清淡淡的几句话里，石头已经显露出了不要命的架势。

吴家的家丁全傻眼了，他们今天本来是抱着有好事的想法美滋滋地跟少爷过来的，谁知道竟半路杀出这么个半大的亡命徒？如果少爷今晚真出了什么事，老爷能不能扒到那小子的皮他们不知道，可老爷肯定得扒了他们的皮。然而现在，他们是既想不到营救少爷的办法，也不敢轻举妄动——少爷已经这样了，他们动作再快，能快过石头手里的匕首？

绝望之中，家丁之一孤注一掷地对石头喊起了话："臭小子，你别装！老子就不信你真敢杀人！"

接着众人一起看见石头嘴角扯出一个骇人的惨笑，匕首在吴公子伤口处左右转动了一下，伴随着吴公子再一次爆发出的痛苦叫声，石头的话低得几乎让人听不清："去年冬天，我在文昌县杀了一个人，得了一百大洋的报酬。"他微微提高嗓门，笑着询问眼前的吴公子，"吴七爷，我看您的命，不止一百大洋吧？"

吴公子断断续续地自我催眠道："你……瞎编的，我不信……"

石头说："就是用现在在你喉咙上的这把刀。"

吴公子狗叫似的呜咽一下，不敢说话了。

"喏，现在我不要你的钱，只要你滚蛋。"石头抹了一点鲜血，放进嘴里舔了舔，"不但今晚滚蛋，以后也不准骚扰姐姐。当然了，今晚之后，您回到安全的家里，必定要咽不下去这口气，那我就把话先放在这儿——如果再敢来找我姐姐一次，您这条命我要定了！您是天津卫里有头有脸的人，我有的是办法打听您的位置，可是呀，天津卫里除了姐姐没一个人认识我，您永远找不到我在哪儿！"石头把刀刃略微往里一伸，"吴七爷，听明白了吗？"

吴公子痛哭流涕地连连做出保证："是，是，一定一定……"

石头拿下匕首，又把刀尖直直地指着他，依然是个威胁的动作："滚吧！"

十秒钟之后，吴公子连滚带爬地带着自己一众家丁飞快地滚了。

石头收了刀，快快乐乐地转头，对一直站在他身后的舞小姐道："姐姐你看，他们被我打跑了。"

舞小姐脸色发白，眸子里是显而易见的惊恐："石头……你真的……杀过人？"

石头一愣，随即微微笑着垂下眼睑，摇了摇头："姐姐别怕，我编胡话吓他们的，那些家伙都是欺软怕硬的东西，不编点厉害的话，镇不住他们。"

舞小姐长出了一口气，温柔地为石头擦拭掉额头的汗水，说道："对，我相信石头，石头这么乖的孩子，怎么会干那种事呢？"

为了报答石头的救命之恩，舞小姐动用了自己的全部关系，开始夜以继日地为石头找寻夏生的下落。

舞小姐的所谓关系，无非也就是舞女、窑姐、兔子之类下九流的人物，但这些人平日里做的都是迎来送往的买卖，每一个人又自有一个广大的交际圈，因而彼此之间口耳相传，十数日之后，竟真被舞小姐打听到了一些消息。

提供消息的人是舞小姐朋友的朋友，也是一名舞女，花名唤作曼怡。这曼怡近日正和庆成戏班子里一个唱武生的男人相好着，跟男人调笑间听到一桩趣闻，就把话传给了舞小姐。

"你说要找一个十三四岁的乡下小子，我倒想起了前两日我家那口子跟我抱怨的一件事。"曼怡坐在舞小姐家的客厅里，一边仔仔细细地查看自己指甲上的蔻丹涂得均不均匀，一边漫不经心地说道，"几天前王四去了趟庆成戏班，带着一个十三四岁的半大小子，死活要把那孩子卖给庆成的班主唱戏。庆成的班主当然不要，本来嘛，戏班买孩子都是买五六岁的，从小开始学，要是天分高的，十三四岁都能登台了，十三岁才开始学戏，那可不是黄花菜都凉了嘛！可是王四那人横啊，见班主不同意，嘴里竟就开始不三不四起来，说什么唱不好戏有什么关系，反正戏班子都是拿唱戏当幌子，背地里做兔子的买卖，当场差点没把班主气疯过去。听我男人说，人家班主那是真正爱戏的，把京戏当成自己的命根子一样，哪能听得王四在那里放屁？可是听不得也得听，王四那天带了好几个跟班，自己兜里也揣了枪，班主那是胳膊拧不过大腿啊，好不容易勉强点了头，王四却又狮子大开口，要让班主掏二百大洋。二百大洋能买多少个唱戏的好苗子，偏就让王四给抢去了。所以这几日啊，他们班主的脾气暴躁到了极点，连我男人也无缘无故地挨了好几顿臭骂……"

说完这段逸闻，曼怡又想起来什么似的，推一推舞小姐："哎，那个王四，你知道的吧?"

舞小姐点一点头，心中渐渐有了数，但为保险，还是追问了一句:"就是那个长得贼眉鼠眼，成天穿西服打领带喷香水冒充上流公子哥的?"

曼怡一打响指，咯咯地笑起来:"对，我猜你也能知道。那老色鬼，天津城里哪个场子的姐妹会不认识他!"

舞小姐心里有了计较，就回卧房从妆台的首饰盒里取出一枚戒指，给曼怡戴在手上算是谢礼。"还得央求你一件事，"舞小姐找出纸笔，道，"你能不能把庆成班的地址给我写下来?"

第九章　相　逢

翌日清晨，石头在舞小姐的指点之下，一路找到了庆成戏班子。

庆成乃是一个大班子，班主顾壁成更是成名已久的名角儿，财力自非一般草头班子可比，所以能够租下一套独门独院的大宅子，供戏班成员饮食起居与练功之用。

石头去得太早了，站到庆成戏班门口时，街上还清静得很。石头闭眼，深深呼吸了三口气，然后微微颤抖着，叩响了戏班子的门扉。

朱红的大门敞开了，石头还未来得及反应，就听见一声熟悉的惊叫："哥！"

随即夏生跟一颗炮弹似的，一头钻进了石头的怀里。

"哥……"夏生狠狠地抱着石头，哭得满脸都是泪，"你来了，你终于来了，哥，你怎么才来啊……我都要等死了……"

石头无言地同样搂紧夏生，心中的激动自不必说。这种久别重逢，这种失而复得的心情，没有经历过的人是很难体会到的。过了半晌，直到实在抱得累了，石头才放开夏生，转而从头到尾仔仔细细地打量起他来。

夏生看上去全须全尾的，并未受什么重伤，只是消瘦了很多，原本就略微削尖的小脸益发变小了，显出一副楚楚可怜的凄惨模样。忽然，石头嗯了一声，伸手拨开夏生久未修剪而长长了的头发，额角处便露出一块青紫的瘀痕。

石头紧张地问道："夏生，这是怎么弄的？"

夏生想了一下，就笑道："没什么的，石头哥。是有一回我走路不小心绊倒了，这才磕破了额头。过阵子瘀青退掉就好啦。"

石头有些半信半疑，可这终究不是什么大伤，便也没有继续追问，只说："夏生，你现在怎么样？"

夏生一歪头，很活泼地说道："我挺好的。班主说我是个没用的，唱不了戏，就让我每天在这院子里干些粗活，虽然挺累的，可一天三顿饭都能吃饱，晚上也有一张通铺给我睡觉，总比……"他顿了一下，"总比以前好多啦！"

石头没说话，只是轻轻摸了摸夏生额上那块明显的瘀青。知道他说的以前是指他俩当初在文昌县要饭那段饥一顿饱一顿的日子，以及后来他被迫跟石头分开，被王四囚禁在身边的时候。

夏生乖乖地被石头摸着头，又急急地问道："石头哥，你呢？你现在过得怎么样，在哪里做事呢？"

石头答道："我也挺好的，给一位跳舞的姐姐做保镖，姐姐待我很好，每月还单独给我十块大洋，下回我买好吃的给夏生带过来……"说到舞小姐，石头又忽然想起昨晚舞小姐告诉他的关于这件事的来龙去脉，知道庆成班的班主必定对夏生这没有用又白白浪费他二百大洋的孩子心怀怨恨，就又一次紧张地吊起心来，"这戏班子的班主对你怎么样？没有打骂你吧？"

夏生眨眨眼睛，有些犹豫地说："骂是经常骂的，每天都要骂我好几回，但没打过我。其实班主只是脾气暴躁，我看得出来，他是个正派的好人……"

石头点点头，心里松了一口气，夏生既然这么说，想必那个班主也真的不是坏人。挨骂不是事，反正再怎么骂也少不了一块肉，左耳朵进右耳朵出就是了，石头是害怕班主咽不下当天的那口气，拿夏生泄愤。夏生身子骨这么单薄，一定受不住的。

石头悄悄把庆成戏班那朱红的大门关好，然后拉着夏生，在门前不远处一棵大树底下坐了。半年多没见，他有太多话要跟夏生倾诉，恨不能说上个三天三夜，把头说晕，把嗓子说哑。

"夏生，我跟你说……"石头眉开眼笑地打开了话匣子。

从雾蒙蒙的清晨一直说到晌午时分，两人仍是叽叽喳喳地笑着闹着，肚子都饿得咕咕叫了，可是谁都不舍得起身，浪费时间去找一点食物。

最后，还是一个中气十足的男子声音骤然把他们的谈话打断：

"你们两个，在那干什么呢？"

石头和夏生一抬头，就看见一个穿着月白长衫、高高瘦瘦的男人溜着步向他们走过来。

夏生腾地一下站直了身体，又深深鞠躬下去，大声问候道："班……班主好！"

石头看着这鼎鼎有名的庆成班班主顾壁成，却是一瞬间愣住了。

这个男人，长得也太好看了。

三十出头的年纪，按理说已经过了好看的最佳年龄，可这班主不蓄胡须，眉清目秀，长身玉立地站在那里，简直像是从画里走出来的人。而眉目之间隐隐含着的那一分春色、一分水汽，更为他增添了雌雄同体的诡异美感。

幸而这班主一开口，就彻底打破了他的中性之美，让人立刻意识到他是个完完全全的老爷们儿，只见他一抬手捂了石头一把，怒道："小子，你他妈的总盯着我看什么？大爷我脸上长钱了？！"

石头回过神来，赶忙道歉道："对……对不起。"

班主翻了个白眼，开始转过头去训斥夏生："你坐在外面挺会偷懒啊！地扫了吗？衣服洗了吗？碗刷了吗？我昨天让你洗的那两件戏服，你要是敢给我洗掉了上面的一颗珠子，看我怎么收拾你！"接着，他又不耐烦地一指石头，"对了，这黑小子是谁？"

夏生小心翼翼地觑着班主的脸色，斟词酌句地回答道："哦，他是我们庄子里的，从小跟我一块儿长大……"

"庄子！"班主嫌恶地一挥手，想了想，又问石头，"你跟他一块儿长大的？那想必感情还不错吧，你身上有钱吗？有钱就赶紧带着他给我滚蛋！"

石头问："班主，您要多少？"

班主张开手掌，毫不心虚地把自己当初的损失一下子翻了两倍多："五百大洋，不二价！"

石头赔笑："我兜里只有二十五块大洋……"

班主仿佛出离愤怒了，用那比大姑娘还漂亮的纤纤玉指戳着石头的额头，评价道："又是一个穷鬼。"旋即他扭头，继续对夏生做狮子吼状，"臭小子，还愣着干什么，快去给我干活啊！"

夏生深深地看一眼石头，然后一撒腿跑掉了。

石头暗暗地咧着嘴笑了，也彻底把心放回了肚子里。经过这一番接触，他看出这位班主果真是个火药桶的脾气，但人不坏，的确不坏。夏生赖在这里，帮人家干点活换个有吃有睡的生活已经很是不错了，毕竟石头自己现在还寄住在舞小姐那里，不好再把夏生带回去麻烦人家。

而那班主既然把夏生轰回了院子，一时也就失了可以咆哮的对象。于是他又把目光转到石头身上，不客气地开始撵人："你个穷鬼，还不快给我滚？以后别让我在这门口见到你！"

石头不与他计较，笑嘻嘻地给他鞠一个躬，也跟夏生一样，就此撒丫子跑掉了。

此后的一段时间里，石头过得非常开心。

他依旧是给舞小姐做保镖，陆陆续续地也帮舞小姐打跑了几个纠缠着她不放手的男人。这些男人都是形单影只地往舞小姐身边凑，很容易打发，也再没有出现上回那样的凶险场面。至于那位吴公子，仿佛真的是被石头吓破了胆，不但没再来找舞小姐的事，连圣安迪娜舞厅都不再去了，石头和舞小姐也算是帮了舞厅里全部舞女一个小忙。

"春红，多亏了你。"永莲笑盈盈地握住舞小姐的手，"你可不知道，我都要烦死那个死猪头了！偏偏他钞票给得足，又不好意思撕破脸拒绝。这下可好了！走，春红，带上你那个小表弟，我们请你们吃馆子去！"

于是石头兴高采烈地跟着舞小姐去吃了他人生中的第一顿馆子。

空闲时候，舞小姐也很能体会石头与夏生之间从小一块儿长大的深厚感情，便经常在白天放石头的假，让他去庆成班子看望夏生。庆成班的班主虽然难缠，但他身为天津卫里的名角，每日自有许多交际应酬，当然不可能天天待在院子里盯着夏生干活。时间一长，石头和夏生摸索出了班主每日的行程规律，便趁着班主出门时候偷偷地见上一面，石头把舞小姐给他的大洋都攒起来，专门买各种新鲜吃食带过去给夏生品尝。

这样的日子一直持续了大半年，数九寒冬的天气里，舞小姐赶在除夕之前，攒足了钱，准备回老家了。

"姐姐，"石头看着终于卸去了浓妆、素面朝天的舞小姐，真心地为她高兴，"你以后不回来了？"

"不回来了，"舞小姐笑一笑，"在天津城里干了这两年，总算是攒了一笔小钱，节省着点花的话，嫁妆和爹娘的养老钱都够了。"她的脸颊泛起一抹绯云，"姐姐今年二十五了，再不结婚，就彻底嫁不出去喽！"

她认真地询问石头道："你打算怎么办，是回家还是继续留在天津卫？"

石头多么想像舞小姐一样回老家啊！可惜的是舞小姐有家可回，石头已经无路可退了，他真羡慕她。强自抑制住鼻尖的那一点酸，他笑着对舞小姐说："姐，我还是打算留在这儿。你不用担心我，我总还能找到新的活计的。"

舞小姐早就猜到他会这么说，就用力地一拍石头肩膀，鼓励他道："留在这儿也好，大丈夫志在四方，就该留在繁华的大城市里奋斗。若我不是个妇道人家，行为处处受着限制，我肯定也要多混几年这天津卫！"

石头郑重地点点头："姐，我记住了。"

舞小姐把一张她的黑白照片留给石头，让石头做个纪念，又开口说出了她为石头做的打算："石头，你也不必到处去找新的活计。我有个同乡的姐妹在齐家做丫鬟，齐家你知道吗？开同商银行的那家，她跟我说齐家过年之前要再招一批新的听差，我把齐公馆的地址告诉你，等我明天走了以后，你就打扮得精神些去应招吧。"

第二天上午，石头果然穿着一身新衣裳，把脸洗得干干净净，步行到了齐公馆的门口。

然而他刚走到门前，那扇阔气的大门就毫无预兆地打开了。

齐清梧齐大少爷匆匆忙忙地从里面走出来，一边走一边对管家嘱咐着："一会儿书店的人过来送书，你们小心着点搬，别给我弄坏了！"

管家赔着笑连连点头："是，是，大少爷您就放心好了。"

接着，齐清梧因为正偏着头说话，没看前路，一抬腿就差点跟石头撞了个满怀。

齐清梧颇有些恼怒地皱起眉头："谁……"随即他乍然间看到了前面挡路的石头，却是被逗乐了。

"嘿，沉思者，是你呀。"大少爷博览群书，果然记忆力非凡，石头对他已经完全没有印象了，他却还一眼就认出了石头，"你堵在我家门口干什么？"

石头没听明白"沉思者"的意思，也不多做理会，只是规规矩矩地随着管家的口叫道："大少爷，听说您的府上在招听差，我是来应征的。"

大少爷想了一想，没想出结果来，就又问管家："真有这事儿？"

管家微微躬身答道："是，前两天老爷说家里听差不够用了，让我再找几个伶俐能干的，不过还没正式开始招呢。"

齐清梧听罢，就大手一挥，做出了决定："把这'沉思者'要了吧！他当时那姿势，真是太好玩了，哈哈！我当年特意慕名跑到巴黎博物馆，去参观那尊罗丹创作的'沉思者'雕像，要是早看到他，何必费那个劲儿，咱们天津城圣安迪娜舞厅门口，不就摆着一尊活的嘛！"

笑完之后，他撇下管家和石头，自顾自地匆匆走向停在前面的崭新奔驰轿车，一边走一边拿出一只金壳的怀表，看一眼时间之后便开始哀叹起来："糟糕，肯定迟到了，芷瑶那小丫头又该闹我了！"

大少爷一阵风似的离去了。

第十章　小　姐

　　过完年之后，齐老爷又添了一件心事。

　　这桩心事是关于大少爷的。

　　宝贝儿子回了家，齐老爷自然是很高兴的。然而高兴了没多少日子，齐老爷掐指一算，发现大少爷今年都二十六了，该成亲了。

　　若是在从前，大户人家的少爷断没有拖到二十六岁还不结婚的，就是放到现在也属于异类——冯家公子瑞德不过比大少爷年长了一岁多，如今姨太太都不知娶进门多少个了，虽然暂时还没儿子，总也有了两个女儿承欢膝下，然而大少爷出国留学整整五年，就把成亲的好时候给耽误了。

　　平心而论，齐老爷子不怎么看重大少爷拿回来的那个文学硕士的学位，宁可他早早地跟着自己熟悉家族生意，但大少爷的这个爱好并非吃喝嫖赌抽一流，乃是最清高最正经不过的事情，齐老爷子也就不好过分干预。如今千盼万盼地总算把儿子盼回来了，然后齐老爷子放眼四周一看，发现合适的好姑娘全都嫁人了。

　　齐老爷子打心眼里是很看重冯家的，因为冯家有着齐老爷子手头唯一欠缺的权力——军队。清梧与瑞德从前交好，现在依然有空就玩在一起，并未因为五年不见而有所生分，不过齐老爷子站在长辈的立场，更希望能跟冯家联姻，以彻底巩固两家的关系。

　　麻烦之处便在这里了。冯瑞德下头的妹妹，除了冯芷瑶，已经全部出了阁，冯芷瑶又太小了，十四岁，还是个半大孩子，与清梧的岁数实在不相称，如果她再早生四年，就比现在合适多了。而其他的家族，真

59

正上层的豪门贵族女孩子通常早嫁，十七八岁就嫁到门户相当的家庭进行政治联姻，此时急忙忙地现找，并没有一个与清梧年岁相合的。略微差一些的家庭，齐老爷子又颇有点看不上眼，认为那些家庭的女儿不配当自家大儿子的正妻，顶多纳进来做个姨太太。

如此矛盾纠结之下，齐老爷子还没把话跟儿子提，自己就先犯了难，简直不知道该如何解决才好。

而大少爷那边，齐老爷子不说，他也绝口不提自己的婚姻大事。这大少爷仿佛是读书读得太多了，文雅睿智的同时就有点书呆子气，既不急着讨老婆生孩子，对风月场上的俗媚女子也提不起兴趣来，总是想找一位饱读诗书、容貌美丽、出身清白的才女做伴。只是这三个条件单独拎哪一个出来都算好找，全放在一起却就难了，退一万步说，就算真有这么一位三好才女的存在，人家也不一定真能看得上大少爷呀，指不定人家就爱粗鲁没文化的军阀呢。

于是无奈之下，齐清梧只好经常跟冯芷瑶混迹在一起。

有一天，冯瑞德十分郁闷地来找齐清梧取经："为什么芷瑶这丫头对着你就成天叽叽咕咕讲个不停，清梧哥哥长清梧哥哥短的，对着我就老是不耐烦加顶嘴呢？"

齐清梧大笑："谁让你连二十六个英文字母都认不齐全！你妹妹最喜欢听国外的新鲜事，你对这些一无所知，怎么可能和她找到共同话题？"

冯瑞德更加郁闷了："这……都是一个爹妈生的，差别怎么就那么大？洋鬼子有什么好看的，不都是黄头发蓝眼睛大高鼻子这一副模样？"

齐清梧点头："是啊，我太了解你了。你能清楚地知道怡红院与秋香院里的姑娘有什么不同，却分不清楚美利坚人与印第安人的长相。"

冯瑞德理所当然地说："那是自然。秋香院的姑娘烧大烟泡子技术好，怡红院嘛，就别提那些丫头笨手笨脚的水平了，上回气得我都想拿枪崩了她们！"

齐清梧扶额，十分认真地提建议道："所以说，瑞德兄，你以后可别再试图对你妹妹言传身教了，我担心你妹妹一个好好的大家小姐，会被你带偏到不知什么地方去。"

冯瑞德一瞪眼，仿佛是想张口骂人，不过转念一想，他把那到了嘴边的骂娘之语生生憋回肚子里，反而站起身，夸张地对着齐清梧一抱拳："好好好，大才子，你学问高，有文化，以后我妹妹的教育事宜就全盘托付给你了，我现在太忙了，实在顾不上那小丫头！"

齐清梧故意揶揄他："冯大司令，你现在是忙着给秋香院的姑娘写情书呢，还是忙着给东平饭店里的舞小姐送花篮？"

"老子是忙着养家糊口！"冯瑞德颇为忧郁地仰天长叹，"你这无忧无虑的大少爷，哪里懂得我们这些枪杆子底下讨生活之人的艰难？"

三天之后，养家糊口的冯瑞德果然带着一批冯家军，浩浩荡荡地出城了。

冯瑞德出城的当天，一辆汽车安安稳稳地把冯芷瑶送到了齐公馆门口。

原来自从前几年冯老爷与冯太太相继过世后，冯瑞德继承全部家业，一边把足了岁的妹妹们一个个嫁出去，一边使出种种手段，把庶出的弟弟们全部撵出家门。又因为冯瑞德这人生性浪荡，不肯娶正室太太，只在家中安置了几房姨太太，所以偌大的冯公馆，现今就只有他与芷瑶两位正经主子。

冯芷瑶是个古灵精怪的，家里谁都管不住她，冯瑞德生怕这位妹妹在他出门攻城略地期间惹出什么大娄子来，总是或把她送去关系好的亲戚家小住，或者请亲戚来冯公馆镇宅。冯芷瑶既留恋着哥哥，又留恋天津城的舒适繁华，故而每回出门之前都要翻天覆地地大闹一场，把冯瑞德闹得头疼不已。

现在，齐清梧回国了，这可就太好了！

而那齐老爷子最近正在暗怀鬼胎地考虑冯芷瑶嫁为齐家新妇的可行性，听到清梧说起此事，当即热情异常，笑容满面地对冯瑞德放出话去："没问题！芷瑶想什么时候来就什么时候来，一定要把齐公馆当成自己的家，千万不要客气！哈哈！"

冯芷瑶便当真辞别了哥哥，带着大箱小箱一堆衣服首饰洋娃娃，兴高采烈地来齐公馆借住了。

下午两点，冯家的汽车在齐公馆门口停好，车门打开，一条瘦伶伶的套了白色蕾丝长筒袜的细腿从车中伸了出来，石头随着几个齐家听差一起在那儿候着，见到正主到来，就赶忙提醒道："冯小姐，小心脚下。"

冯芷瑶从轿车里钻出来，一眼就看到了为她拉开车门的石头，扑的一声笑了出来："咦，我们又见面了呀！"

站在听差后面的齐清梧一听也起了兴趣："怎么，芷瑶你也见过他？"

"是啊，"冯芷瑶一边撒欢似的蹭到齐清梧身上，一边漫不经心地说，"去年我在文昌县街上散步，他老盯着我看，我还特意走过去，教育他不准再看我了呢！"

齐清梧听罢，就歪头笑着对石头说："沉思者，看来你跟我们俩还挺有缘分的。"

石头也觉得挺奇妙，谁能想到从文昌县到天津城，他竟又重遇了这位冯小姐呢？不过他不喜欢大少爷总叫他"沉思者"，他请教了齐公馆的账房老先生，觉得"沉思者"这个称号是在讽刺他。他就放低了声腔，辩解道："大少爷，我叫石头。"

大少爷学富五车，当即就评价道："石头这名有什么好的，太土气！哪比得上'沉思者'这个深刻高级的称呼？"

然而大少爷怀里的冯芷瑶认真想了一想，却是提出了不同意见："清梧哥哥，我觉得石头这名也挺好的，你看他那呆头呆脑的样子，又黑黝黝的，可不就是一块石头吗？"

齐清梧仔仔细细地打量了满脸通红的石头一遍，发现芷瑶妹妹的形容真是恰到好处，就接受了石头的新称呼，使唤道："石头，你把冯小姐的行李搬到屋里去！"

石头沉默无言地干活去了。

自从石头进了齐家当听差，工作便忙碌许多，不能再像从前那样隔三岔五地跑去看夏生。幸而夏生在庆成班子里过得一切安好，随着日子一天天过去，班主渐渐接受了自己那二百大洋的损失，又见夏生的确是个老实勤快的好孩子，比那些整天偷懒耍滑专门逃避练功的丫头小子听话得多，也就愿意对夏生露出几个好脸色，连骂都很少骂他了。

而石头虽然在齐公馆中从天亮忙到天黑，做的皆是伺候人的活，可齐公馆毕竟家大业大，每月发给石头的工钱也比当初舞小姐给得多。更好的一点在于，齐公馆里装备精良人高马大的保镖听差甚多，打群架保卫自家主子之类的事自是用不着石头这么个半大小子出头，石头不必再时刻揣着匕首防范身边那些色眯眯欲对舞小姐行不轨之事的男人，那精气神自然也就与先前完全不同了。

这一天，轮到石头休假，石头起了个大早，特意去街上买了一大堆吃食以及两架精致的风车，熟门熟路地跑去了庆成班子。

夏生看见风车，顿时高兴得蹦起高来："石头哥，你真给我带风车了啊！"

石头笑着挠挠头："前阵子总忘，好在现在天气热了，街上卖风车的摊子多起来，才提醒我了呢。"

夏生捧着风车，呼呼地对风车吹气，眼见风车果真越转越快，变成一团七彩的光环，就痴痴地感叹道："果然跟三狗子以前说的一模一样呢。"

这话一出，石头和夏生同时想起了什么似的，脸上笑容慢慢消散了，相对着不再说话。

三狗子现在大概已经重新转世投胎了吧，不知道他有没有运气，托生去大户人家当那衣食无缺的小少爷？

过了一会儿，夏生打开包裹严实的油纸包，拿出一个包子递给石头："石头哥，你看，咱们现在的生活好多了。"

石头用力一点头："是，以后一定会更好的。"

两人又没有话说了。

搜肠刮肚地想了半天，石头终于勉强想出一个话题来打破眼前这尴

63

尬的缄默："你们那班主，最近心情好点了？"

"班主前两天领着班子去给一个大老爷唱堂会，听说博得了满堂彩，班主便很高兴，还特意给我们都加了一碗肉当作奖励。"夏生顿一顿，"只是班主总翻来覆去地骂王四，说以后找到机会一定饶不了他，要把他揍得满地找牙。"

石头听完这话，突然就面无表情地说了一句："不只你们班主，以后我要是长了本事，也绝不会放过王四。"

夏生瞪大双眼，惴惴不安地赶紧劝解石头："哥，你别这么说，过去的事就过去了，王四虽然害咱们吃了很多苦头，可要是没有他，咱们现在恐怕还在文昌县里要饭呢。再说他那么嚣张，我听戏班里的哥哥姐姐说，一般的大老爷都不敢招惹他呢，哥你可千万不要去找他啊！"

石头看着夏生，知道他是担心自己的安危，便有些心神不定地从嘴角扯出一个笑容："好的，夏生说得对，我都听夏生的。"

这样的日子，如果能一直平平淡淡地过下去，是不是也挺好的？

第十一章　祸　根

六月初的几天里，天朗气清，惠风和畅，正是个外出郊游的最佳时间。然而近几日石头脚不沾地地在齐公馆里从天不亮一直忙到半夜，端茶、倒水、传话、接引宾客，更要在管家的支使下搬运大批新采购的食材酒水，不由得晕头转向，感觉自己快要忙成一条狗。

因为六月八日这天，齐老爷子广发请帖，又要声势浩大地请客了。

此次请客的缘由，乃是为了庆祝齐家的同商银行顺利在上海开出第三家分行，不过那些前来赴宴的达官显贵，但凡与齐老爷有几分深交，都知晓齐老爷子想要庆祝的还有另一桩事情。

六月三日的傍晚，黄家大爷在外出吃饭的路上，被人打了冷枪，当场就不行了。家仆们急急忙忙地把他送去医院也无济于事，硬撑着熬到半夜，还是一命呜呼地上了西天。

"前阵子黄家跟齐老爷子抢商路，让齐老爷子在烟土方面受了好大的损失。"晚宴当天，来宾们端着酒杯，三五成群地凑在一起，带着诡秘的笑容，小声讨论起来，"黄家大爷这一死，黄家内部率先乱了套，一个个地斗争起来，都想抢那当家人的位置。这样乱哄哄地内耗下去，自然也就没人有精力去抢齐老爷子的财路了。"

众人都深以为然，过了片刻，又有一位周厅长把声音压得极低，揣测道："是齐老爷子找了王四吧?"

其他人便高深莫测地微笑起来，言语之间，竟还带着几分赞美："除了王四，还有谁能把活干得这么利索?"

"说起来，还真是天理循环，报应不爽。"有一人的联想能力超出凑堆的旁人，此刻缓缓饮一口齐家提供的高级美酒，故意吊身边人的胃口，等到一同八卦的老爷们再三催促了，方说相声似的打开话匣子，"诸位细想，去年冬天黄老爷在文昌县街头被一个要饭的捅死了，那要饭的为什么平白无故要去捅黄老爷？必定是有人雇凶杀人。"他说到兴头上，不由得微微提高了声调，"诸位再细想，这手法像是谁做的？"

这下所有人都反应过来了，七嘴八舌地叫出同一个名字："王四！"

"我记得上回曹大帅也是这么死的，曹大帅从窑子里出来，戒备本是很森严的，偏有一个跪在地上讨饭的老头儿乍然从怀里掏出一把枪，一下就把曹大帅给打死了。那老头儿后来被曹大帅的部下凌迟处死，听说刺杀黄老爷的那个乞丐也被黄家家丁逼得跳了河，只是一直没把尸体打捞上来……"

"对对对，王四这人，最喜欢使一些阴险手段……"

那位联想能力高超之人见大家不再关注他，而是不知不觉间把话题扯了开去，就有些挂不住脸，索性一横心，急吼吼地又爆出一件重磅秘闻："你们别打岔，我还没说完呢！我有个远房亲戚给黄家做律师，黄老爷死后，黄家大爷就拿出一份遗嘱，说爸爸把全部家产都留给了他。我那亲戚后来跟我说，那遗嘱的笔迹虽然与黄老爷的很相似，一时将黄家上下都欺瞒了过去，可他毕竟跟了黄老爷十来年，见过黄老爷签署的文件不计其数，一眼就看出来那遗嘱是别人伪造出来的，绝非黄老爷亲笔。但看出来也没用，看出来他也不敢说，黄家里面数大爷势力最大，即便没有遗嘱，其他人也是斗不过他的。"

"所以啊，"见其他人都是一副目瞪口呆的表情，那人便得意扬扬地下了结论，"八成是黄大爷雇王四杀了自家老子。"

"那……"周厅长有些骇然，"王四前几个月刚接了黄大爷的生意，现在就又帮着齐老爷子杀前任雇主？"

众人于是哄然笑了，皆道周厅长不懂行情："王四又不是黄家家奴，收一笔钱做一单生意，凭什么就不能杀前任雇主了？"

周厅长问完那句话，当即也意识到自己的无知，一张国字脸憋得通红，晓得今天自己是在诸位显贵之间丢面子了，便赶忙转移话题道：

"嘿，咱们别老提那个王四了，听着都觉得晦气！最近丽池别墅里新来了一批黄花大姑娘，各位有没有去尝鲜啊？"

"哎呀，最近事情多，我可有日子没去丽池了。周厅长，那批新人如何？"

"黄花大闺女嘛！那滋味自然是……销魂至极了。"

"哦哟，周厅长艳福不浅，艳福不浅……"

这一边，那帮衣冠楚楚的老东西正在齐家客厅的角落里大谈窑姐；那一边，年轻的齐清梧与年轻的陈小姐也相谈甚欢。

陈小姐便是上回与齐清梧一同领舞的陈局长千金，她既出身官宦之家，容貌也娇丽可爱，又读过几本外国小说，会说几句洋文，满脑子里都是罗曼蒂克的思想，按理说该是非常符合齐清梧的择偶标准了，故而齐清梧也打足了精神，文质彬彬地说着各种俏皮话与她逗趣。虽然目前还没有书中所写的那种"触电般的"奇异感觉，但齐清梧决定暂且抛弃自己的幻想，与那陈小姐做一番深入接触。

可惜正当齐清梧绘声绘色地为陈小姐讲述他旅居意大利威尼斯，白天前去拜访圣马可大教堂，黄昏站在叹息桥上吟诵莎士比亚诗篇之时，一个清凌凌的少女的声音轮回一般地打断了他的思绪。

"清梧哥哥，清梧哥哥！"

陈小姐听到这个称呼时已觉得不好，一转头，发现向他们跑过来的果然还是上回那个毛丫头，一下子就气得柳眉倒竖，心想你这是跟我较上劲了，怎么我一跟齐公子说两句话你就跳出来搅局？！

维持着最后一分大家闺秀的矜持，她面无表情地发问道："小妹妹，你是哪家的小姐呀？"

冯芷瑶天真无邪地望着陈小姐："噢，我叫冯芷瑶，我哥哥是国民军司令冯德祁。"

陈小姐点点头，不再问下去了。随即她冲齐清梧勉强露出一个微笑："清梧，你们先聊，我走了。"也不等齐清梧的回应，就踩着细高跟鞋一阵风似的走掉了，一边走一边难过得想哭。不怪齐清梧对冯芷

67

瑶更加热情，冯德祁多么大的名头，人家二十八岁已然比她那四十八岁的老爹有权有势多了！

她决定这辈子再也不来参加齐家的宴会，再也不要见到齐清梧了。

而齐清梧并未意识到自己刚刚失去了一位交往对象，见陈小姐走远了，就把注意力放回冯芷瑶身上："芷瑶，怎么了？"

冯芷瑶露出委屈的表情："清梧哥哥，你带我去外面吃饭吧！"

齐清梧蹙眉："怎么突然要出去吃？厨子做的饭菜不合你的胃口？"

"不，不是饭菜。"冯芷瑶揪着自己裙子上的流苏，目光扫了一圈不远处的中年贵妇们，"是那些阿姨，我一个都不认识，她们却都抢着与我说话。先是问我哥哥怎么没来，我说哥哥出城打仗去了，又问我哥哥去哪儿打仗了，我说我记不住那个县城的名字。接着她们就把话题一转，问我为什么哥哥到现在还不娶正室妻子，想什么时候娶，想要什么样的，我哪知道哥哥什么时候娶，想要什么样的？好不容易敷衍过去了，她们却又一个个地非说自己家的女儿最适合我哥哥，让我有空把她们的女儿引见给哥哥……简直要把我给烦死了！"

齐清梧不禁失笑，心想冯芷瑶给瑞德找了无数麻烦，现在也终于轮到她为瑞德的事情烦恼了。笑完以后，还是少不得要安抚冯芷瑶："乖，别烦了，我带你下馆子去，你想吃什么？"

冯芷瑶仰着脑袋想了想，突然露出一个促狭的笑容："清梧哥哥，我要吃法式大餐。"

"没问题，我知道一家很正宗的法国馆子……"

"清梧哥哥，咱们带着石头一块儿去吧。"

齐清梧定定地看着冯芷瑶，怀疑自己的听觉出了问题。

"带……石头？"他犹犹豫豫地重复道，见冯芷瑶点头，就百思不得其解地问道，"为什么要带石头去？"

冯芷瑶的神情清醒，不像是在说梦话："清梧哥哥，你没发现石头跟一般的听差不太一样吗？"

"哪里不一样了，长得特别黑？"

这回轮到冯芷瑶笑得前仰后合了："不是这个！哎呀，具体的我也说不清楚，就是一种感觉，人家说女人的感觉最准了。清梧哥哥要是不信的话，就听我的，把这当成一个试验如何？"

齐清梧认真回想一下，确实没觉出来石头有哪里与众不同，不仅如此，齐清梧还认为石头长相土气，没有贴身伺候自己的那几个下人干净体面，所以让他到门房当值，只给他安排一些粗活。

不过，齐清梧当然不缺石头那一份饭钱，既然冯芷瑶提出来了，自己不妨也就顺水推舟，把这当成一个新奇的乐子。他想，一个没见过世面的乡下孩子去吃那最复杂无比的法式菜肴，会是个什么场面？思索到这里，他不由得怀疑起冯芷瑶是跟自己抱了一样的心思。

"芷瑶，你跟我说老实话，"齐清梧盯着冯芷瑶那笑靥如花的小脸蛋，"你是真想跟我证明石头有特别之处，还是想看他当众出丑？"

冯芷瑶的小粉拳轻飘飘地打在齐清梧身上："当然是前者，清梧哥哥想到哪里去了？清梧哥哥，你快找人叫石头出来啊，再晚人家饭馆该关门了。"

齐清梧便也不再多言，随便抓过一个听差，吩咐道："你去找五少爷要一套正式礼服，要新的，再把衣服送给石头，让他穿戴整齐后过来见我。"

然后他对冯芷瑶交代道："芷瑶，分头行动，你去让老刘开辆汽车出来，我上楼拿钱夹子去。"

第十二章 前 兆

　　黑色奔驰轿车平稳地开过天津城的大街小巷，司机专注地盯着路况，一心要为自家大少爷找寻那个"地脚极偏，口味极正"的法国馆子。

　　石头与大少爷、冯小姐肩并肩地坐在汽车宽敞的后排，身上穿着五少爷的小燕尾服，简直是如坐针毡，浑身不自在。

　　通过大少爷与冯小姐之间的聊天，他大致明白是冯小姐突然想吃法国菜了，可他们自去吃他们的，带上他做什么？还给他套上这么一身不伦不类的衣服，他们是在耍弄他吗？

　　不对，石头对自己摇摇头，大少爷和冯小姐是什么身份，犯不着耍弄他这么一个最底层的听差。况且冯小姐在车里还一直和颜悦色地与他说着话，问他一些乡间的趣事，那态度比文昌县初见那一次要好上许多，只可惜他笨嘴拙舌，说不出玩笑话来逗冯小姐开心。

　　石头对法国菜自然是一无所知，不过有了上回他与舞女姐姐在春熙楼的吃请经历，他多少学会了一些下馆子的技巧，比如不能吃得太快，要多与同桌之人说话打趣，实在有不懂的地方也不能露怯，可以偷看旁人的做法，照葫芦画瓢地依样学起来，总不至于当众丢人现眼。

　　就在石头惶惶然地胡思乱想时，汽车缓缓停在一家纯鸟语招牌的餐厅门口。

　　这家餐馆面积不大，但内里装修优雅考究，厨师乃是一位地地道道的在华法籍人士，金发碧眼白皮肤，看着就很令人信服。

　　大少爷是这里的常客了，一推开门，立刻就有西装笔挺的侍者前来引路，在落地窗旁的一个桌位坐定了。大少爷没有接侍者手里的菜单，单是笑眯眯地瞅着冯芷瑶。

冯芷瑶知道清梧哥哥的意思——你提的建议，具体便全由你来操作。于是漂亮的丹凤眼一挑，偏头问石头："石头，你想吃什么？"

石头哪里知道这儿有什么能吃的，就连连推辞："都行，都行，小姐您点就是。"

冯芷瑶抿嘴一笑，招手唤过侍者，用流利的英语把三人的菜品点齐全，自己喜欢吃乳酪焗生蚝，清梧哥哥喜欢鹅肝酱煎香贝，只是不清楚石头的口味，就按照菜单上的套餐给他点了一份。侍者躬身退下，没过一会儿，在悠扬的梵阿玲声中，三道头菜先被送上来了。

事实证明，女人的第六感——虽说冯芷瑶才十四岁，还算不上真正的女人——有些时候当真是灵敏得出奇。

此后的一个多小时用餐时间里，齐清梧慢吞吞地饮着甘醇的白葡萄酒，觉得自己今晚真是开眼了。

因着齐清梧与冯芷瑶是主子，所以石头每吃一道菜前都不肯率先动餐具，非得等两位主子拿起刀叉开动了，他才跟着吃起来。桌子上二十多把刀叉，他愣是一次都没拿错过！

吃到最后，齐清梧彻底忍不住了，脱口而出问道："石头，你原来是哪家的少爷啊？"

石头憨厚一笑："大少爷说什么呢，我是文昌县底下一个小村子里的。"

齐清梧更惊讶了："那你是第一次来吃这个？"

"对的，第一次。"

"那你怎么能分得清这些刀叉，还有这些菜的吃法？"

石头脸红了："大少爷和冯小姐的动作这么标准，我在旁边看着，多少也就学会了。"

齐清梧不动声色地跟冯芷瑶交换一个眼神，眼见冯芷瑶笑得得意扬扬，是个意料之中的神情。大少爷一口饮尽高脚杯中的酒水，暗想真是人不可貌相，石头身上穿的这套衣服的主人——齐家五少爷，餐桌礼仪还没有他标准呢!

顿时,齐清梧就对石头起了爱惜之心。

"石头,你别在门房当差了,我赶明儿跟管家说一声,以后你就跟着我吧。"

石头"哎"地答应一声,一颗心不由得怦怦跳了起来,不枉自己一整个晚上全神贯注地对付这些规矩多得烦死人的饭菜,这下总算是获得回报了。齐家的下人都知道,伺候大少爷乃是齐公馆里第一美差。大少爷手松,跟着大少爷的听差们月钱已然比其他下人高出一截,还经常能得到大少爷随手赏的零钱。而且大少爷为人随和,又深受西方先进思想的教育,待下人很尊重,力所能及的事情都是亲自动手,所以那些伺候大少爷的下人,一天里倒有大半时间在偷闲。

看到石头抑制不住地高兴,冯芷瑶生出兴趣来,故意逗他道:"石头,今晚可是我央求清梧哥哥带你来的,你要怎么谢我?"

石头的脸更红了,像是熟透的番茄:"我……"

"发了工钱请我吃糖哦,反正哥哥一时半会回不来,我要在齐公馆里常住啦!"

"一定一定!"石头满口答应着,心里想的却是,等下个月工钱涨了,他就可以给夏生做两身好衣裳了。

然而冯芷瑶的心思转变,比那夏天的雷阵雨来得还快,没过几分钟,她吃完了自己面前那盘甜甜的冰淇淋,忽然就盯上了石头的盘子:"石头,我不用你请吃糖啦,这盘冰淇淋……"

石头身为一个半大的男子汉,本来就不喜甜食,看见她小馋猫似的盯着自己的盘子,就暗暗好笑,想她出身这般高贵,原来也与家乡庄子里的馋嘴小姑娘没有什么不同,就把盘子推过去,说道:"小姐,你吃吧。"

齐清梧在一旁笑得打跌:"芷瑶,慢点吃,小心晚上回去闹肚子。"

冯芷瑶心满意足地吃了两份半冰淇淋——最后半份清梧哥哥死活拦着不让她吃了,怕这么多凉食一下子下肚,翌日起来再真的闹出什么病症。把小银勺放回桌上，冯芷瑶犯起了老毛病——只要一吃饱，必定马上困得睁不开眼睛。

三人结账离了席，轻轻松松地往外走，却在走出餐馆的那一刻，迎面撞上一对才来吃饭的男女。

石头看着一步之外的男人，心中复杂的感情霎时激荡着要喷涌出来了！

穿西装打领带蹬皮鞋，香水味道招摇地香飘十里，这个男人，不是王四又是谁？

王四原本搂着一个浓妆艳抹十分风骚的歌女来约会，乍然与石头在这种地方相遇，一时也是微微睁大了双眼，面上显出猝不及防的表情。

这小子居然没死？！

而且……王四略微打量一眼石头，发现他竟还穿了一身剪裁考究的燕尾服，是个少爷的打扮，自然更加大惑不解。眼角一斜，却又看见完全忽视了他，正牵着冯芷瑶的手等待自家汽车的齐清梧。

这下王四找到了目标，眉头一松，露出一个招牌式的虚伪笑容，大声招呼道："齐大少爷！"

齐清梧转头，有些迷茫地与王四对视，显然并没有认出来王四是谁："哦，您好……"

王四也不表白身份，单是热情洋溢地与齐清梧寒暄："大少爷也来这里吃饭？"

"呃，是啊，带我妹妹来。"齐清梧一边顺着话题敷衍对方，一边拼命在脑海中回忆这人的身份。看着有点眼熟，仿佛是在哪里见过，可完全想不起来。而且看他这个怪里怪气的样子，既不像富商官员，也不像上流社会的公子哥，自己应该与他并无交集才对。

可是那人出奇地自来熟，看一眼困得直往齐清梧身上靠的冯芷瑶，又饶有深意地看向石头，笑道："妹妹？还有弟弟吧，不知道这位是府上的几少爷？"

齐清梧顿时尴尬了，心底暗骂这人多管闲事，故意沉吟了一会儿，不肯明说，打算让那人自己识趣地更改话题。却不料那人耐性十分之好，身边风姿万千的伴侣也不搭理了，非要带着礼貌的笑意站在齐清梧面前，等待他的回答。

于是齐清梧只得支支吾吾地现编瞎话："不是我弟弟，是我一个朋友的侄儿，我领出来玩的。"

"原来是这样。"那人点点头，脸上是一副不怀好意的样子，看得齐清梧心里很别扭，"耽误齐大少爷的时间了，等有空了，我再去贵府上拜访。"

齐清梧愈发莫名其妙了，心想你到底是哪一号人物啊，怎么这般不长眼，还想来我府上拜访？难道看不出来我压根儿不认得你吗？

这般想着，也不再与那人多废话，温和而冷淡地跟他告别，就自顾自地牵着冯芷瑶走掉了。

石头也不多做耽搁，看都不看那王四一眼，直接迈开大步子，也跟随齐清梧离开了。

只是渐渐有一种不祥的预感，从心底氤氲弥漫开来，猫挠掌心似的，说不清楚缘由，可是很焦虑，很烦躁，总觉得这样突然毫无预备地与王四碰面不是一件好事，恐怕要出问题。

如果石头念过书，就一定会联想到一句古人的诗，恰恰符合了他此刻的心境——

溪云初起日沉阁，山雨欲来风满楼。

第十三章　眼　乱

石头惴惴不安地担心了几天，见世界一切如旧，齐公馆照样是花团锦簇，十分安宁，便渐渐放下心来，觉得自己是杞人忧天了。

王四纵是知道自己没死又如何？自己现在在齐公馆里当差，等闲不出大门，王四还能带着人冲进齐公馆来杀人？谅他也没那个胆子！再说自己这么一个小角色，自然无人费心出钱买命，王四也实在没有必要对自己动手，难道子弹不要钱的吗？

这样想着，石头慢慢把王四那张恶心的嘴脸抛到脑后，转而专心致志地开始适应在大少爷身边当差的生活。

其实也没什么可适应的，大少爷省事得很，穿衣打扮自有丫鬟伺候，石头所做的无非也就是每天送几杯热茶或咖啡，在大少爷出门的时候帮他拉开汽车车门。唯独只有一样要紧事——万万不能把书桌上大少爷看到一半的书挪动位置，也不能自作主张地为大少爷整理那四五个满满当当的书架，要是大少爷回家之后看到心爱的书籍被他人动过了，会当场翻脸不认人。

石头很珍惜这份清闲的工作，所以从来不手欠。偶尔有其他听差或者冯芷瑶恶作剧，趁大少爷出门后把几本要紧的书藏匿起来，石头也必定耐着性子一本本地讨回来，依照记忆里书皮的颜色再给大少爷摆回原位，因为知道大少爷虽坐拥金山银山，平生却也只有看书写字这一点子爱好，自己身为他的跟班，不愿意看他在这上头着急上火。

如此过了大半个月，终于轮到石头休假一天。大清早的，石头先是向伺候冯芷瑶的丫头讨一把国外进口的高级糖果，又急匆匆地带着工钱去了一趟成衣铺，给夏生挑出一件湖蓝色绸缎制的旧式长袍，料子光滑柔软，剪裁扎实考究。石头小心翼翼地抱着包好的衣服，心想夏生穿上这么一件行头，肯定比一般的小少爷更加体面。

来到庆成戏班，照例是轻轻地叩三下朱红大门。这是石头与夏生的暗号，每回见完面，他们总要先约定好下次见面的具体时间，然后夏生提前在门后守着，听见敲门的声音就拉开一条门缝溜出去，为的是不惊动戏班子里的其他人。

这一次，夏生对石头送他的衣裳自然很欢喜，可明显更加稀罕石头兜里那一把花花绿绿的外国糖果。捧着糖果，夏生眉开眼笑地一颗颗抚摸它们，却又不舍得吃，非得把这吃第一块糖的殊荣让给石头。

石头吃了一块巧克力，觉得是还不错，可远远没有街上卖的大肉包子好吃。看着夏生无限陶醉地舔着一块太妃奶糖，石头觉得他跟冯芷瑶馋嘴起来一模一样，不过冯芷瑶是个小姑娘，馋嘴那是天经地义，怎么夏生也这般嗜甜？哦，对了，他俩都比石头小了一岁，可能都还是小孩子吧。

思及此，石头十分慈爱地拍了拍夏生的肩膀，以一种准大人的口吻道："不用吃那么仔细，我兜里还有很多，全是你的。"

夏生欢天喜地地冲石头一笑："石头哥，那我就不客气啦！"

"嘿，跟你石头哥客气啥，哪一次有好吃的我不是先想着你？"

半口袋的糖，夏生足足吃了一个上午，剩下一小把死活不舍得一口气吃光了，打算偷偷塞到枕头底下，每天晚上睡觉前含一粒。石头随他去，仰头看看晌午的大太阳，说道："夏生，你在这儿等着，我去买点午饭回来。"

然而刚走没两步，远远地就有一个丫鬟打扮的小姑娘慌慌张张地跑了过来，同时夏生在后面招呼道："小怜，你来啦？"

没注意到小丫鬟煞白的脸色，夏生还十分大方地掏出一块糖来："喏，我请你吃糖。"

小怜一跺脚："谁要吃你的破糖！"莽莽撞撞地就去用力拍门，一边拍一边问夏生道，"大家都在吗？"

夏生懵懵懂懂地答道："哦，有几个师姐昨天傍晚出去了，还没回来，怎么就你一个人过来了？班主呢？班主不是轻易不让你离身的吗？"

小伶尖尖的嗓子里霎时就带了哭腔："你们……你们快去看看吧，班主不好了！"

仁爱医院。

石头和夏生随着一群戏子匆匆忙忙地赶到医院，一进病房，就看到有气无力地歪倚在床头的顾壁成，几个女戏子当即控制不住，嘴一咧，开始哭天抢地地号起了丧。

一边号还一边尖声咒骂着："这是哪个没心肝的王八蛋干的？头顶长疮脚底流脓的东西！生孩子没屁眼！呜呜呜……班主……您以后可怎么办啊……"

顾壁成本来就浑身上下没一处不疼的地方，听见手底下这几个女人在病房里公然撒泼，窑子里骂街似的吵个不停，一颗心更是气得怦怦跳。艰难地一挥手，他也没力气骂人了，气若游丝地支使一个唱老生的男人道："把这几个泼妇……给我……轰出去。"

他这一出声，病房里骤然安静了，静得连根针掉地上都听得清清楚楚。不是因为害怕自己被班主轰出去，而是他们都发现，班主的嗓子坏了。

再无一丝名角儿的清亮，班主的声音沙哑、粗糙，苍老得好像一个老头子。

脸和嗓子是一个戏子的命根子，嗓子坏了，以后还怎么唱戏？不能唱戏了，戏子还拿什么活下去？

众戏子暗暗地交换着眼神，一个个心底都慌张起来，来的路上只听说班主得罪了一个大老爷，昨天晚上被那大老爷指使人打了，进病房以后，他们见班主的脸还算干净，没被毁容，便以为只是一些皮外伤，养几个月也就好了，是而才开始咧着嘴骂人，那是为了向班主表忠心。可是现在，班主的嗓子怎么会坏成这样？万一班主的嗓子好不了了，要怎么办？

庆成戏班里只有顾壁成这一个红角儿，要是顾壁成以后不能唱了，庆成戏班或许就完了！

半晌，谁都没敢说话，单是这样尴尬地沉默着，病房被一班戏子挤得满满当当，可是气氛冰寒，仿佛已经进了停尸间。最后还是夏生从人群里挤出来，端起茶壶，倒了一杯热茶递给顾壁成："班主，您嗓子哑了，喝口水润一润吧。"夏生不懂事，还以为班主只是如受风寒一般哑了嗓子，多喝些热水也就养过来了。石头看得难受，也走上前去，给顾壁成披上一件外套。

顾壁成看到他，倒是微微笑了："黑小子。"他轻声唤他，"上回我骂过你……对不住。"

石头一瞬间悲从中来，细心地为顾壁成掖着被角，他低低回了一句："班主，您还记着啊。"

"记着……记着，"顾壁成低下头，梦呓似的絮絮说着，"我记性好，那么多的戏本子……我从来没记错过一个字……"

疲倦地闭上双眼之前，他轻声轻气地告诉他们："你们都走吧，我这个样子，不愿意见人的。"

傍晚时分，夏生随戏班子里的人回宅子了，石头一个人慢慢走在回齐公馆的路上。下午四五点钟，苍蓝的天空正一点点染上橘红色的薄暮，被黑色电线分割成一块一块，很有几分凄凉的美感。石头在大华戏院门口停住，呆呆望着门口的预告牌龙飞凤舞地写着今晚的演出剧目，想到顾壁成从今往后也许再也不会登上大华戏院的台子了，他鼻子一酸，却是想起自己唯一一次看顾壁成唱戏的场景。

那会儿的顾壁成一呼百应，风华绝代。水袖一抛，嗓子一开，台下是性子粗豪的老爷们儿，上了台就娉娉婷婷地化为绝代佳人，一会儿杨贵妃一会儿王宝钏，看得台下诸人都被迷住了眼，勾去了魂。

齐老爷是顾壁成的疯狂票友，那天顾壁成排了新戏，齐老爷子就包了大华戏院最大的包厢，浩浩荡荡地带着整个齐公馆去给顾壁成捧场。顾壁成在台上一开腔，齐老爷子在台下就激动得不得了，随便拽过一个人便开始长篇大论地讲着顾壁成的好。可惜全家上下除了齐老爷，没一个懂戏的，嗑瓜子的嗑瓜子，神游天外的神游天外，让齐老爷听戏听得很寂寞。

石头也不懂戏，但站在大少爷背后，照样看得很热闹。小时候庄子里去过草头班子，稀里哗啦地乱唱一气，他也觉得很有意思。但现在顾壁成在台子上一亮相，他就比出好坏来了，一个男人，尤其是他还见过这个男人，知道这男人本性的，怎么就能比女人还漂亮？就算真是那些传说里的杨贵妃、虞姬、貂蝉活到了现在，只怕也比不过他顾壁成哩！

石头这一生一共就见过顾壁成三面：第一面顾壁成中气十足地指着石头鼻子让他滚蛋；第二面顾壁成光芒万丈地在戏台上化为女儿身，演的是假贵妃，台下戏迷却都把他当成贵妃转世，恨不能跪下身去给贵妃请安问礼；第三面顾壁成虚弱地躺在医院病床上，形容枯槁，却还笑微微地为了当初的那几句骂向石头道歉。半个月后，顾壁成悄悄地出了院，把自己一手扶植起来的庆成班子传给大徒弟，一件戏服，一支扮戏时的首饰都没带走，反而给戏班里的每一个成员发了一份钱，算是临别赠礼。怔怔地扶着那朱漆的大门许久，顾壁成一句话都没说，只是哑着嗓子一声接一声地叹气，叹到最后，他还是走了，一个人孤零零地消失在众人视线中，三十刚出头的男人，背已经明显地驼了。

石头在天黑以前回到了齐公馆，刚顺着角门悄悄走进去，便被吓了一大跳。

齐老爷在后花园里，蹦着高地不知道在骂谁，从大少爷到五少爷全都围着老父，试图让齐老爷情绪平静下来，可是一点用都没有。石头随手拦下一个过路的丫鬟，压低声音问道："这是怎么了？"

丫鬟便同样小声告诉他："你还不知道？不就是为了顾老板的事吗！

老爷这样跳着脚骂了两个钟头了，还一直放话说要是让他见到张老爷，非扒了他的皮抽了他的筋，给他灌碗哑药不可！"

石头有点茫然地重复道："张老爷？"

那丫鬟受了自家老爷的影响，也对张老爷满口鄙夷起来："就是个开当铺的，没什么出息，叫他一声老爷都是抬举他！就他这种货色，还癞蛤蟆想吃天鹅肉地巴望着顾老板呢！常听戏的，谁不知道顾老板是最正派不过的人，从来没有那种……"丫鬟的脸一红，"那种乱七八糟的事情，那开当铺的居然涎着脸说要包顾老板！顾老板当然不干了，指着他的鼻子就是一顿臭骂，那人咽不下这口气，居然花钱雇了一批地痞流氓去堵顾老板，还给顾老板灌了药，毒坏了他的嗓子。也算是顾老板倒霉，平常去哪里都有几个徒弟跟着的，偏偏那夜也不知是喝醉了酒还是怎么的，身边一个人都没有，还净顺着小路走，这不就……"

说到这里，小丫鬟颇为惋惜地叹一口气，虽然她不懂戏，可也知道顾老板是个大红人、大明星，这样的大红人阴沟里翻船，栽在一个无名鼠辈手里，总是让人感慨的。

而齐老爷经久不衰的怒骂声也背景音似的响了起来："他妈的！什么东西！敢动顾老板！顶好他死在警察局里，否则我非……"

齐大少爷第无数次苦口婆心地劝道："爸爸，您别生气了，气坏了身子可怎么好。反正那家伙已经被抓进了警署，您还能冲进警署去杀他不成？您要真气不过，警署里咱们有关系啊，使点银子，让他们好好修理那人一顿，这事不就结了吗？"

齐老爷刚才已经被气得智商全无，经大儿子这么一点拨，才一迭声地叫道："对对对，老王！快拿我的支票本子去！再打电话给吴局长，说我明天晚上请他吃饭！这狗娘养的，看我收拾不死他！还有，去给我打听顾老板现在在哪家医院里住着，我得了空就看他去！"

石头冷眼瞅着齐老爷在那边调兵遣将，心里倒是有了些暖意。虽然班主的损伤不可逆转了，可有这么一批有权有势的票友为他报仇，似乎也可以聊作安慰。他自己没本事帮班主做些什么，此刻就很积极地随大少爷一起把齐老爷扶回内堂，又是添热水又是加衣服，生怕齐老爷在给班主报仇雪恨之前，自己先被后花园里的冷风吹出病来。

班主……晚上睡觉前，石头想着这一天的事儿，也忍不住跟那丫鬟似的叹一口气：您是那样豪爽的性子，离了戏，总还得活下去，唉……等着老爷给您报完了仇，您也就安安心心地去找其他生路吧。

第十四章 心 魔

他一个人，静静地坐在黑暗之中。

四面俱是沉寂，眼前一片昏茫，可是他不畏怕，也不焦急，他知道他在等待着什么。无论过去多少春秋、几多寒暑，他总要等着他来，而他，也必定会前来与他相会。

这份约定是从何而来，几时定下，又是与何人而定？他统统不知道，但只是心安，发自内心的安定，吸了大烟炮似的，眼前一片虚幻，头脑中轻飘飘地很快乐。

头顶，一只惨白的顶灯骤然开启，他被那刺眼的灯光一惊，猛地站起身来。他发现自己仿佛是正身处一间西式的大剧院中，一个人也没有，唯有他站在戏院二楼的正中央，往下望去。猩红的大幕紧闭着，顶灯照不见的地方仍是一片漆黑，可见大戏尚未开场，他所等的那人也还未曾出现。

他想自己是要无止境地等下去了。没有关系，人生数十载，他早已习惯了等待。他觉得很累，想要把眼睛闭上，可为什么明明闭了好几次，他还是能看见那猩红的幕布？那大幕红得像血，又像最高级的红酒一杯杯洒在上面，沤进去以后染就的，既诡异又奢靡。自己今天是不是又抽大烟了？还是扎了吗啡？反正是肯定碰过其中一样的，否则，他不会亢奋得连眼皮都闭不上。

忽然大幕就敞开了，可是好像并没有拉幕的人，要是有人，总该有几丝人气儿。那猩红的大幕是飘飘摇摇地自己散开的，没有风，幕怎么自己散开？也许是一只鬼甘愿做白工，帮了他们一把的吧。

他可懒得管那只看不见的鬼，勉勉强强集中了注意力，他定定看向舞台中央，万盏华灯簇拥下的那个人，一身白袍素得如顶灯一样刺目，脸上却是浓墨重彩，看不出本来模样。那人仰头，面无表情地与二楼的他对视，哦，原来是个戏子。

他是来听戏的？记不清了。那个戏子是哪位名角儿？记不清了。他一直要等的人是谁？记不清了。

"唉……"他张嘴说道，"您老既然上了妆，倒是唱两句啊，老跟我这么干瞪着眼算是怎么回事呢？"

这一句话他自觉着是讲出去了，可是耳边却没有声音。他自己没听见自己说出口来的话，底下的戏子却听见了。戏子露出一个极妩媚的笑，朝楼上的他轻轻勾一个眼风，然后就拈起兰花指，张开红艳艳的嘴，自顾自地唱了起来。他瞧着那戏子开始唱戏了，但依然听不见声音，好像是谁把这世界的音响一下子给关了似的，好在他不曾多想，没有声音也罢，他正好就着戏子的身段，开始兴致勃勃地猜他唱的是哪一折。

《贵妃醉酒》？不是，没有高力士。《霸王别姬》？不是，没有楚霸王。《武家坡》？也不是，没有薛平贵。

呀！他突然反应过来了，这难不成唱的是《窦娥冤》？

可窦娥也不是这样的扮相啊！到了这时，他开始着急起来，怎么听不见声音呢？台子上唱得那样起劲，只要让他听清一句唱词，就足够他确定了，戏子的嘴一张一合，的的确确是出了声的啊，声音跑去哪里了？

一个念头电光火石般地闯进了他的脑海——难道，是他聋了？

他陡然间害怕了，拼命向下挥着手，示意戏子再唱得大声点，自己也用尽全力地吼出一些毫无意义的字句，耳边却还是一片寂静。他自己没听到声，然而显见是把楼下的戏子惊扰了，戏子停下动作，直愣愣地看着他，两眼之中慢慢流下两行血泪。

红到发黑的血脏污了戏子的妆，戏子还在满面春色地冲他笑，嘴角翘着，风骚中又有几分羞涩，是个刻意讨好卖乖的模样。

那个费尽心思的笑一点没打动他，反而立时将他吓得几近魂飞魄散。他一扭头，什么也不管了，跟跟跄跄地就开始往外跑，伴着触目惊心的血污，他一下子就看明白了戏子的意思，那个笑是在麻痹他呢，他可坚决不能上当。

这个戏子，分明是来向他索命的！

齐公馆偏房。

大半夜的，八姨太被吓了个够呛，白藕似的赤裸手臂紧紧箍着身边男人的身体，她带着哭腔连连唤道："老爷，老爷，您快醒醒啊！"

但齐老爷始终醒不过来，双眼紧紧闭着，眉头深锁，一头一脸的虚汗，嘴里还叽叽咕咕地说一些谁都听不懂的话。八姨太年轻，没经过事，最后还是一个老妈子听见卧室里的动静闯了进来，急慌慌地说道："姨太太，您别压着老爷了，老爷好像是魇住了！"

八姨太手足无措地哭道："那……那该怎么办啊？"

老妈子毕竟多了些经见，此刻就劝道："梦魇的时候外人不能叫，得靠着自己醒过来才行，不然会出事的。没别的办法，咱们就等着吧。"

静静地等了一会儿，果然齐老爷的气息慢慢平稳了，又过了约莫半支烟的工夫，齐老爷一下子毫无征兆地睁开了双眼。

齐老爷直勾勾地瞪着天花板，面无表情，也不说话，脸上的皱纹现在看上去格外深了，仿佛一下子苍老了许多。八姨太被齐老爷的表情骇住了，半晌才极尽温柔地小声唤一句："老爷……"

齐老爷缓缓地看她一眼，直到把她看到心底发毛了，才淡淡地一挥手："你先出去。"

八姨太现在巴不得听见这句话，脸面也不要了，穿着一件红肚兜就扶着老妈子跌跌撞撞地跑出去。她到底是年轻，平日里对齐老爷二十四小时地柔情似水，争宠献媚，遇上这么点事就把本性暴露出来，躲避齐老爷简直像是在躲避洪水猛兽。

幸而齐老爷现在没心思跟她计较。随手摸到茶几上的一盒烟，抽出一根点燃了，齐老爷在烟火缭绕中渐渐把那颗快跳出来的心脏回归本位，同时也就忍不住地琢磨起梦里那个戏子的身份来。

他第一时间想到的，当然是顾壁成。下午刚刚为顾壁成打抱不平了好几个小时，晚上就有一个戏子入了他的梦，这也太过巧合了。可往深里一想，他又觉得不对。顾壁成嗓子虽然坏了，可到底还是活着的啊——入夜时候已经有家仆替他打听出来了，顾壁成正在仁爱医院里住着，他还打算明天处理完公务就提着礼品去看望顾老板，顾老板又怎么能大半夜地跑来吓唬他？

再者说，自己虽然有那么点特殊癖好，却从来未对顾老板起过歹心。顾老板不是少年了，性子也硬，齐老爷是真正因为爱才才去捧他，大洋花了无数，头面置办了许多套，从来不求回报，更决意在那事发生之后为顾老板出头。齐老爷反思自己，认为自己对顾壁成真是仁至义尽了，连家里的姨太太他都没花那么多心思。

然而，想到自己的那点子特殊癖好，齐老爷又忽然间心虚了。

他对大红角儿顾壁成仁至义尽，但他对自己前些年买回来的那几个伶人却堪称刻薄至极，因为压根儿没把他们当成人，既然是被买回来的小玩意儿，自然怎么被折腾也该是毫无怨言的。

他记得其中有一个少年小旦忍受不了他的折磨，趁他不注意的时候偷了他的钱袋子跑掉了。齐老爷既然纵横天津卫数十年，还能不断把家业扩大，自然不会是他一贯表现出来的慈眉善目。小旦连天津城都没跑出去就被齐家听差抓住了，听差把小旦绑到齐老爷跟前，齐老爷和蔼可亲地摸一摸小旦的头，转身就命人给小旦灌下毒药，扔进水井里溺死了。

不过小旦死了得有两三年了，从来没有胆子出来吓唬齐老爷，怎么偏偏今晚出现了？今天也不是七月半的大日子啊！

第五支香烟抽完，齐老爷鬼使神差地琢磨出自己的一番逻辑：难道是小旦看着自己给顾老板出头嫉妒了？小旦死得惨，小旦的同行却有无数权贵人士护着，他这是不甘心哪！

想到这里，齐老爷子冷笑一声，居然胆大包天地骂起鬼来：顾老板什么身份，你是什么身份，也敢攀比这个？攀比也就罢了，竟然还敢跑到梦里吓唬我，真是该杀第二回了！

酣畅淋漓地骂完，齐老爷重新躺回床上，拉上电灯，扯住被角，却在闭眼之后，丧失了方才的所有匪气，不知不觉地有点害怕起来。

他显然是不能再杀小旦第二回了，但万一真是小旦阴魂不散，待他睡着后继续装神弄鬼地吓唬他可如何是好？

翻来覆去地在床上滚了半宿，齐老爷始终不敢合眼。好不容易熬到天蒙蒙亮了，他一个猛子下了床，无可奈何地支使下人道："你去买点纸钱，拿到街口给我烧了。"

下人走后，齐老爷颇为神经质地抬起头，对着空气叽叽咕咕道："唉，我给你烧钱了，你就好好在那边过吧，以后不准再来找我了。再来找我，我就去请个大仙作法，让你魂飞魄散，永世不得超生！"

第十五章　玉　碎

一个月后，顾壁成顾老板，在自家宅子的后院中，上吊自杀了。

顾宅后院空空荡荡的，为的是顾壁成每日晨起喊嗓练功夫时有足够宽敞的空地。唯有西南角栽了一棵老槐树，槐树高大而幽深，树叶浓密，远远看过去犹如一团墨绿的浓云。顾壁成是半夜吊死的，早晨伺候他的丫鬟小怜照例捧着洗漱用品送到顾壁成的卧室，却没在屋子里瞧见他。前前后后整个大宅子翻找了一圈，小怜在后院里发现顾壁成晃晃悠悠地吊在槐树上，穿着戏服上了戏妆，身子早就僵硬冰冷了。

小怜一屁股坐在地上，当场吓得神魂出窍。

石头是在翌日的早报上得知这个消息的。

彼时大少爷刚刚起床，优哉游哉地坐在长桌前吃奶油面包，听差把早报送过来的时候，大少爷拍拍手，抖掉手上的碎面包屑，一边看报纸，一边端起玻璃杯开始喝牛奶。

刚看完头版头条的一行文字，大少爷一口牛奶喷了出去，半桌子的精美食物霎时集体报废。

石头一个箭步冲过去，用力拍着大少爷的后背，以便他能把呛在喉咙里的牛奶给咳出来。拍着拍着，石头手上的力道减轻了，注意力不知不觉间被桌上那份报纸吸引过去。

石头不识字，但报纸第一版用大半的版面刊登了顾老板的死亡现场照片。黑白的照片有些模糊，石头定定地看着那个几乎看不出模样的戏子尸体，心底渐渐生出不好的预感。

他从丫鬟手里接过一条丝绢手帕，递给齐清梧，同时轻声问道：

"大少爷，照片上那个人，是顾老板吗？"

齐清梧颔首，有些诧异地转头看一眼石头："你也认识顾老板？"

石头苦笑，也不具体说他与顾老板的那些渊源，只回答一句："大少爷忘了？当时老爷为了给顾老板捧新戏，领着全家上下去大华戏院看过一次，我那时一直就站在您的身后。"

大少爷想了想，随口说道："你眼力倒好。"随即他受到石头的启发，赶忙问那个把报纸送过来的听差，"报纸给爸爸送上去了吗？如果还没就先不要送了，爸爸看着这条消息又该难受了。"

听差微一欠身，回道："已经给老爷送上去了，老爷倒是没跟上次一样激动，只是长长地叹了口气，然后把我们这些伺候的人全撵了出来。"

"哦……"齐清梧因为不懂戏，对顾壁成也不熟悉，所以无法体会自己老父对这位名伶的爱惜之情。他拿起报纸又把那条新闻仔仔细细地看了一遍，然后不痛不痒地评论道："何必呢！三十多岁的大男人了，除了唱戏他就不会干别的？不过是嗓子哑了，又不是毁了容——就算真毁容了，男人又不靠脸吃饭，至于把一条命也搭上吗？"

石头虽然在学问上与大少爷有云泥之别，可看着那张惨烈的图片，他觉得自己仿佛还是有些懂班主的。从前他总以为班主台上台下完全是两个人，台上是女人，台下是男人，互不干涉，泾渭分明。但人类是何等脆弱的生物啊，十五六年的大戏唱下来，哪能分得那么清楚？班主的骨子里早就融进了古往今来许多女子的魂儿，京剧更是他的命。这样一瞬间把他的魂儿与他的命生生从身体里剥离了，要他如何能承受得住？那么多的戏本子，连一个字都不会背错的人，恐怕此生是无法真正走下戏台子了。

这些想法，石头是不会与旁人说的，所以他只是很勤快地帮着丫鬟们收拾大少爷那一口牛奶造成的杯盘狼藉。正收拾着呢，却听见大少爷那厢不自觉地放低了声音，有些鬼鬼祟祟地问他："石头，芷瑶还在睡觉吧？"

石头忍着笑答道："是的，芷瑶小姐贪睡，每天总得日上三竿了才肯起床。"

齐清梧松了一口气，对着石头一招手，他不耐烦而又带着几分兴奋地说道："别擦桌子了，走走走，跟我去南开大学！"

徜徉于南开大学的校园中，齐清梧感受着那浓郁的书香氛围，认为此地与他的气质很是相符。唯一有些不妥的是他的年龄——二十六岁，说是学生太大了些，说是老师太年轻了些，不过没关系，他坚信这点微不足道的尴尬会完全被他那温文尔雅的人格魅力所掩盖。

当然了，齐清梧这般兴致勃勃地逛大学校园可不是为了重温自己的学生时光。空窗整整二十六年的感情，在几天前终于有了宣泄的对象——一个南开大学文学院的女学生，兼任话剧社副社长，齐清梧回国后闲来无事创作的一个剧本，便是由她担当女主角，可不是巧得很？

才华横溢的年轻剧作家与才华横溢的年轻话剧女演员，彼此之间若是看不对眼，简直都有些说不过去了。

齐清梧与石头在人工湖边的一个长椅上略等片刻，果然便有一位穿着蓝衬衣黑裙子的女生远远地向他们走来，短发齐耳，眉目清秀，低一低头便是无限旖旎的温柔风情。齐清梧腾地一下站起身，从石头手中接过一本厚厚的莎翁诗集，又从西服上衣口袋里掏出一副金边眼镜戴好了，方才大步流星地走过去，与那位女学生打招呼道："密斯赵，咱们已经有两天没见了。"

赵小姐莞尔一笑："密斯特齐，这两日你在做什么呢？"

"我吗……"齐清梧谦逊地微笑，下意识地有些口干舌燥起来，"还是老样子，不过是读读书、写写剧本而已。密斯赵的英文考试顺利吗？"

赵小姐双手捂住心口，说话的语气却依然还是轻柔悦耳："张教授从来不按套路出题，我很担心我会通不过呢。"

"你这么聪明，肯定没有任何题能难得住你。"这句话说完，两个人心有灵犀地沉默下来，只是面对着面，隔了一步之遥，相互含情脉脉地看着对方。齐清梧一面轻飘飘地感觉自己幸福得要上天国，一面却不知怎的十分煞风景地想起了自己的那位朋友——大军阀冯瑞德。

要是冯瑞德看到他现在这个样子，只怕会笑得满地打滚吧。不过，哼，谁跟他这种浪荡子弟一般见识？逛窑子，包舞女，娶姨太太……就算那家伙上过无数女人，他可懂得"爱情"这两个字如何写吗！

齐清梧略一闭眼，强迫自己把脑海中冯瑞德狂笑的画面甩出去，然后风度翩翩地冲赵小姐伸出手，笑道："不如我们去话剧社吧，其他同学是不是该等急了？我昨天晚上修改了一些台词，还想跟你们探讨一下。"

石头一个人坐在长椅上，面无表情地目送着大少爷与那位女学生手拉着手缓缓离去。大少爷彻底把他忘到脑后去了，他也乐得清闲，睁大眼睛看一圈周围如诗如画的美好环境，朝气勃勃的男学生与文静美丽的女学生，他忽然觉得这些人的命真是好，从来不必为生计发愁，二十多岁了还可以浪费大把的时间风花雪月，不知人间疾苦，却为了笔下文章强作忧愁。

但石头也只是想想，并不感到愤慨或嫉妒。各人有各人的命，这个道理石头从小就懂，这是石头娘教给他的唯一一句人生哲理。三狗子会死在大兵的枪底下，自己和夏生却提前一晚逃出来了，这就是命；大少爷学富五车，含着金汤匙出生，自己却不识字，活了十五年没看过一本书，这也是命。

石头对自己能活成现在这样已经很满意了。他一个杀过人的罪人，不用给那老爷爷偿命，还每个月有吃有穿有大洋拿，他还敢再奢求什么？

发了一会儿呆，石头突然意识到大少爷一时半会儿肯定用不着他——大少爷最近几次去话剧社，基本都要傍晚才能出来。想到这里，石头猛地从椅子上跳起来，偷偷摸摸地看一眼齐家的汽车，汽车停在挺远的地方，司机应该不会注意到他。他略一衡量，当即自作主张地给自己放了半天假——他都好长时间没去看夏生了。

一路小跑地到了庆成戏班，刚要伸手敲门，石头才突然反应过来，班主刚刚过世，戏班里的人肯定得忙着为班主处理后事啊，自己这会儿去打扰，是不是太不好？可来都来了，直接打道回府石头又实在不甘，拳头终究还是嘭嘭地敲上朱漆大门，石头心想自己好歹也与班主相识一场，有什么需要出力气的地方，自己也顺便尽尽心吧。

　　敲了许久，才有一个粗使的丫头前来开门，看到石头，她冷冷淡淡地说："大人们都不在。"就打算重新把门关上，石头赶紧一把顶住门，赔着笑说道："这位姐姐，请问夏生在吗？"

　　丫头看他一眼，没说话就走掉了。不过片刻，院子里传来脆生生的叫声："夏生！外面有人找！"

　　夏生一身孝服，两眼红通通地站在石头面前。

　　石头有些诧异地看着他："你没去顾宅里帮忙？"

　　夏生揉了揉眼睛，看来累得够呛："我昨天晚上在那儿守了一夜，现在换师兄师姐们去了。"

　　石头点点头，又问道："顾宅还缺人手吗？用不用我去帮着干些活？"

　　夏生"唉"了一声，摇头道："石头哥，不用了。戏班里成年的师兄师姐都在顾宅，都快把顾宅挤满了。"

　　石头看出来夏生情绪不好，别说夏生了，他自己一想到班主心口也闷闷地堵着难受。可他天生嘴拙，实在不知道怎么安慰夏生，只好换了一个话题，企图转移夏生的注意力："你们新上任的班主，对你还好吧？"

　　夏生依旧是有点心不在焉的样子，石头又把那话问了一遍，夏生才刚刚惊醒过来似的连连答道："哦，还好还好，新班主是班子里的大师兄，一直住在这宅子里，与我平常也还算熟悉了。"说罢，他双手绞着衣角，轻飘飘吐出一条让石头吓了一跳的消息，"对啦，石头哥，大师兄说让我以后也跟着学戏呢。"

　　石头大惊，脑海中一瞬间浮现出早报上那张顾壁成吊死在树上的黑白照片，当即就觉得有些不祥。他盯着夏生那张尖尖的白嫩巴掌脸，焦急问道："怎么突然让你也学上戏了？班主不是说你年龄大了，不是个学戏的好苗子吗？"

谁料这话石头不说还好，一说却生生把夏生的眼泪给招出来了。夏生在石头面前从来不会遮掩，哭哭啼啼地对着石头开始怀念他们那刚刚过世的班主："呜……大师兄说，以前班主在的时候，戏班全仰赖班主的名声才能维持下去，现在班主没了，若大家再不努力，过个一年半载的，还有谁会记得庆成戏班的名号呢？大师兄问我愿不愿意跟着学戏，也算是帮着班子一块儿渡过难关。我也不能老觍着脸在戏班里吃白饭啊，当然大师兄怎么说我就怎么答应了。石头哥……"夏生抽一抽鼻子，"你说，班主怎么突然就想不开了啊？半个月前出院的时候，班主还跟我们保证他以后一定会好好地把日子过下去呢！"

石头也不知道班主为什么突然就想不开了，然而比起已经不可挽回的顾老板，石头更担心眼前的夏生。顾老板那样粗豪的爷们儿性子，嗓子毁了以后尚且不肯苟活，夏生本来就胆小怯懦，跟个小姑娘似的从小跟在石头屁股后面，若是以后唱上了旦角，行为举止乃至性格内在，岂不是必然更得往女性那边靠拢？万一以后出点什么事，夏生能承受得住吗？

想到这里，石头咽一口唾沫，有些艰难地开口："不唱不行吗？"

夏生不知道他的石头哥极短时间内已经在脑子里动过无数念头，有些惊讶地看一眼石头，他也毫无保留地把自己的想法全盘托出："不学戏……以后班子里收入减少了，我还哪有脸继续待在这儿呢？干杂活儿又换不来大洋，戏班子也不是大户人家，师兄师姐们本来也不需要人伺候啊！再说……石头哥，我还不到十五，难道我能一辈子在戏班里打杂吗？这几年多吃苦多下功夫地熬过去，等以后我登了台有了名号，就算达不到班主那样的成就，只要稍微有一些名气，也就足够养活咱们俩了，到时候，石头哥你也就不用在齐公馆里做那看人眼色的听差了。"

这一番话把石头说得哑口无言。其实在自身前途这件事上，夏生一直要比石头清醒得多。当年在沈家庄，他就敏感地先提出"出去能干什么"这个问题，后来在文昌县遇到王四，石头还在傻乎乎地幻想着王四

92

给他勾勒出的那座天津城，夏生便意识到光去天津城可不行，别说天津了，就是到了美利坚、法兰西，没个工作谋生也不成啊。而现在，石头只模模糊糊地觉得夏生不能去唱小旦，夏生则已经深思熟虑后得出了结论——班主走后，为了庆成班子，也为了几年后的他自己和石头哥，他非得学戏不可，只有这一条路可走了。

石头好歹还皮糙肉厚地长了一身力气，夏生身为一个男孩子，肩不能扛手不能挑的，又不像大少爷那样坐拥万贯家财，在如今这个兵荒马乱的乱世里，从上到下地想一圈，好像还真的只有戏子这一个职业适合他了。

石头无奈地长叹一声，知道自己是没有理由阻止夏生了。他隐约觉得，这个仓促之间做出的决定，已然开始转变夏生的人生轨迹，然而这人生轨迹是往好的方向发展还是往坏的方向下坠，却不是他的脑袋可以想出来的了。

他忽然与齐老爷一样，极度仇恨起那个下作的当铺张老板了。这一连串事情，可不就是因为那男人的一时恶毒而挑起来的吗？虽说顾壁成的遭遇，在千百年来的梨园行当中，早已是家常便饭，屡见不鲜。

石头用力一握夏生柔软纤细的双手，深深看着这个与自己从小玩到大的伙伴，口中吐出的许诺似有千斤之重："夏生，无论如何，一旦有什么事，一定要来找石头哥。"

夏生仰起头，少年明媚的容颜犹如划破黑夜的第一束破晓晨光："哎，石头哥，我记住了。"

第十六章　情　谊

天津城内大小报纸一连三天大篇幅地报道一代名伶顾壁成的陨落，感慨的、惋惜的、追悔自己未曾好好看过几场顾老板大戏的，一时多如牛毛，倒让天津的戏曲圈子很是热闹了一阵。不过随着时间过去，人人皆有自己的一份人生要过，除了几位铁杆票友，"顾壁成"这三个字也就渐渐从人们的口中消失了。

千古梨园事，何人论短长。

顾壁成从出道开始，在天津城里一红红了十五六年，然而他走以后，不到十五六个月，看戏的观众已经兴致勃勃地讨论起新起的角儿，很少再有人会充满神往地唤一句"顾老板"，就仿佛他那个人从未存在过一样。

这天上午，石头从厨房里出来，手中端着一壶刚煮好的新鲜黑咖啡，正往大少爷的书房走去。行到半路，他听见一个脆生生的小女孩声音："嘿，石头！"

石头转身，微微一低头："早上好，冯小姐。"

冯芷瑶笑嘻嘻地看着石头："清梧哥哥又在书房里用功呢？"

石头答道："回冯小姐，是的，大少爷最近在忙着写剧本。"

冯芷瑶一撇嘴，半开玩笑半认真地抱怨道："清梧哥哥真坏！我刚来的时候，他天天都陪我出去玩，现在就成日里窝在书房写什么劳什子剧本，想见他一面还得提前预约！"

石头心想你刚来那会儿，大少爷不是还没认识南开大学的话剧演员嘛。不过嘴上还是少不得要为大少爷打掩护，免得把眼前这位大小姐惹生气了："冯小姐，您也知道大少爷唯一的爱好就是看书做学问，您要是想出去玩，不如找四小姐一块儿逛街去？"

齐家四小姐是五姨太所出的庶女，也是齐老爷唯一的女儿，只比冯芷瑶大两岁，平常也经常与冯芷瑶在一起玩。不过今天，冯芷瑶听了石头的建议却是连连摇头："哼，以后我再也不跟她玩了，她小气死了，我不过是弄脏了她的一件旗袍，她就不高兴了，连着好几天给我使脸色看。"

石头的建议被否决，便也不再多说："哦，那冯小姐您就另找别人吧，我先走了，大少爷还等着喝咖啡呢。"

冯芷瑶眼珠一转，忽然有了主意，娇声娇气地命令石头道："哎，你不准走，今天你陪我逛街去！"

石头一缩头："我？我还得伺候大少爷呢，我可不去。"

冯芷瑶横行霸道惯了，自己说出来的话向来不许别人反对，见石头想溜，就蹭着小靴子跟上他："清梧哥哥一个人窝在书房里，哪里还需要人伺候，我跟你一块儿去，等清梧哥哥同意了，我看你还拿什么借口搪塞我！"

齐清梧写剧本正写得不能自拔，生怕冯芷瑶撒着娇前来骚扰他，见冯芷瑶这次却是来向自己"借"石头，立马笑容满面地点头应允，又从钱夹里抽出几张钞票，塞到石头手里，嘱咐道："石头，你好好陪芷瑶玩去，多玩一会儿，没有关系，我这儿今天用不着你。"

石头看着冯芷瑶趾高气扬得意扬扬的那副样子，只好十分无力地认了命："冯小姐，走吧。"

冯小姐一身淡金色洋装，戴一顶装饰了粉红蝴蝶结的圆礼帽，纤纤玉手灵巧地撑一把小小洋伞，花枝招展地漫步于商业大街。石头不过是寻常听差打扮，刻意与冯芷瑶保持了两步之遥，脸上保持着严肃认真的表情，脑子却早就走了神，乱糟糟地开始瞎想一通。

夏生已经开始学戏了吗？他学得怎么样？会不会挨打？人家都说，

唱戏的角儿都是一棍子一棍子打出来的，唉……不过夏生从小就经常挨揍，想来也无事。每个月的轮休真是太少了，从前也就罢了，现在夏生可真不让人放心。大少爷什么时候再去话剧社呢，闷在书房里写了那么久，也该写完了吧……

石头正一个人想得起劲，走在前面的冯芷瑶不知是逛烦了还是无聊了，忽然就停下脚步，转身对着石头发起小姐脾气来："喂，石头！你干吗老跟在我后面？跟我并肩走路难道还难为了你不成？"

石头的思绪还停留在庆成班子里的夏生身上，此刻就显得很迟钝。用力地眨眨眼睛，他才小声回答道："呃……您是大小姐啊，我一个听差，怎么能跟您并肩走路呢？"

石头说得那是十分有理，然而现在的冯芷瑶显然丝毫不想讲道理，"听差听差，那就得听我的。我没让你跟在我后面走，你凭什么自作主张？"

石头脱口而出："可是您也没让我跟您一块儿走啊！"

冯芷瑶瞪着他，因为一时间想不出反驳之语，不由得更生气了。

盯了他半晌，不知怎的，冯芷瑶原本那对细长的丹凤眼今天变得格外大，看得石头心里直发毛。石头正想自认倒霉，先对冯芷瑶赔不是，可冯芷瑶的情绪十分诡异，气着气着，居然扑哧一下又笑出声来。

"哎，石头，"她软声软气的，全然不像方才那个毫不讲理的刁蛮女孩，"我刚才近距离地观察你半天，我发现你长得还挺不错的啊！当初在文昌县我怎么会觉得你丑到没个人样呢？"

石头面对着冯芷瑶这不知是褒是贬的妙语，一点脾气都没有。他对冯芷瑶向来是没脾气的，一个洋娃娃似的小姑娘，骂人时候的语气都是娇滴滴的，谁舍得跟她计较？石头也不知道该针对自己的长相说些什么，只好咧开嘴，尽量向冯芷瑶展示他憨厚的笑容。

冯芷瑶霎时又发现了一块新大陆："嗬，石头，没想到你这口牙还挺白的啊！"

"不过你以后可别再这么笑了，"冯芷瑶一脸正经地对他提建议，"你这一口白牙，衬得你这张脸更黑了。"

"真黑啊，"冯芷瑶摇头晃脑地下了结论，"你说你怎么能黑成这样？"

石头："我爹娘就黑……"

冯芷瑶点点头，一瞬间仿佛也有了几分大少爷的学究气质："你这话讲得对，遗传作用是很大的。你看我白吧？我爸爸妈妈也很白，我哥也白，他出门从来不擦东西，可就是比那些又涂雪花膏又擦脸油的公子哥儿漂亮！"

石头没见过冯芷瑶哥哥的尊容，不好盲目附和，于是便继续露出两排洁白牙齿冲着冯芷瑶傻笑。

冯芷瑶："……"

"不是不让你笑了吗？"冯芷瑶白嫩嫩的手指轻轻一点石头的鼻尖，"快把嘴闭上吧，真是吓死人了！哎，对了，清梧哥哥不是给你钱了吗？你陪我到前面那家店买衣服吧！"

推门走进一家精致的洋装店，冯芷瑶顿时又摆出一副很难伺候的小姐架子，小脸绷得紧紧的，好像跟谁有仇一般。石头虽然已经习惯了她一会儿晴一会儿阴的脸色，却还是不能理解她这快得令人咋舌的变脸，明明是她自己要来店里看衣服的啊，又没人逼着她进来，怎么进来以后反而不高兴了？

石头觉得冯芷瑶今天抽风抽得不轻。

殊不知冯芷瑶本来就是这样一个对外人很喜欢摆架子的大小姐，娇滴滴的撒娇只对至亲之人奉送，比如自家兄长，比如清梧哥哥，或者上流社会里相熟的长辈，比如清梧哥哥的父亲齐老爷，比如哥哥来往结交的各类军阀富商。面对为她服务的洋装店店员，她下意识地就要冷着脸挑剔一番。

冯芷瑶和石头都没意识到，不知从什么时候起，石头成了那唯一的一个例外。

"石头！"冯芷瑶拿过一件玫瑰红的束腰长裙给石头看，"你觉得这件怎么样？"

"嗯……"

"喂，快说你的意见啊，不然我带着你进来干吗？"

"好像有点太花了，没有你身上的这件好看……"

一旁的店员小姐也赔着笑劝说道："是呢，这件适合大一点的女孩子穿，您可以去看看那一排的裙子，颜色更淡雅，也有适合您的尺码。"

冯芷瑶对店员小姐一瞪眼："我自己会挑，不用你给我推荐。"

店员小姐讪讪地离开了。冯芷瑶挑来挑去，没找到喜欢的，一扭头，却对店面角落里的几顶绅士帽起了兴趣。

"石头，过来过来！"她顺手把一顶绅士帽扣在石头脑袋上，左看右看地打量了半天，她又忍不住笑起来，"你别说，虽然跟你这身衣服不大配，不过也不难看嘛，我给你买一顶回去戴着玩？"

石头无奈地连连摆手："冯小姐，您可别耍我了，我成天在齐公馆里端茶倒水的，戴这么顶帽子算是怎么回事？"

冯芷瑶想了想，觉得也对，就颇为失望地替他把帽子摘下来："我还是买给清梧哥哥吧，清梧哥哥出门的时候能用上。哼，说不定清梧哥哥看到这顶帽子就想起我的好儿了，不会再一个人憋在屋子里神神道道地写那剧本子了！"

石头一乐，心想一顶帽子怎么能抵得上那位温柔秀丽的女学生呢，嘴里却偏偏异常积极地附和着冯芷瑶："是，冯小姐说得对极了，大少爷看到这顶礼帽，肯定以后天天带您出去玩。"

冯芷瑶便笑眯眯很得意地去结了账，一双漂亮的丹凤眼眯成了弯弯的月牙，嘴角往上勾着，像个很容易满足的小孩子。

一路逛到夕阳西下的黄昏时分，冯芷瑶兴致不减，一双穿着时髦小靴子的脚依然走得十分起劲。石头手里提着大包小包却是感觉已经累得半死。没道理啊，石头在心里想道，自己从小在庄子里是出名的有力气，怎么今天连一个娇生惯养的冯芷瑶都赶不上了？

他当然想不通了，因为他不懂得，古往今来所有女人逛起街来都是不知疲倦的，嗯，虽然冯芷瑶十四岁，只算半个女人。

"石头!"冯芷瑶快快乐乐地张望着街边新涌出来的许多小摊贩,"你那儿还剩多少钱?"

石头连数都不用数,直接回答道:"两块。"

"两块啊……两块钱能干什么,随便找个乞丐捐了吧。"

石头想两块大洋可是能做不少事的,不经意地一扭头,他看见不远处一溜儿卖小吃的摊子,他来了主意,笑着对冯芷瑶道:"别给乞丐了,我请你吃糖葫芦。"

艰难地把右手上三个扎着缎带的大纸盒倒到左手,他走过去,给冯芷瑶挑了一串又大又圆又红的糖葫芦,珠圆玉润,清澈的冰糖,红红的山楂,仿佛有钱人家太太脖子上戴的红玛瑙项链。

冯芷瑶很久不曾吃过糖葫芦了,好像只在很小的时候,被爸爸牵着手领去看庙会时吃过,还被那顽劣的哥哥抢去一大半。咬着糖葫芦,口中一片酸酸甜甜,她歪头看向石头,笑得很天真:"嘿,还挺好吃的呀。"

石头也憨憨地笑,心道我知道你会喜欢的,你那么个馋嘴小姑娘,哪有不爱吃的甜食?

华灯初上,冯芷瑶与石头一同乘着汽车返回齐公馆。冯芷瑶很开心,觉得这一天过得很是不错,并暗暗下了决定,以后清梧哥哥要是再不陪她出去玩,她就找石头去。

石头觉得真是累啊,简直比干一天苦力还要累,他现在什么想法都没有,只想赶紧回那大通铺上,睡他个昏天黑地!

第十七章 归来

立冬以后没几天，冯瑞德冯司令一身黄呢军装，披一件厚重的黑色大氅，手上戴着牛皮黑手套，风尘仆仆而又派头十足地回城了。

他这次一走就是小半年，因为把自家妹子寄存在了齐公馆，所以打起仗来慢慢悠悠，毫不着急。先是在保定与张大帅干了一架，原本是个势均力敌的胶着状态，他在城外派兵硬攻，张大帅在城内固若金汤地死守，可没出俩月，忽然传出消息说张大帅在城里出了事，似乎是一个姨太太与副官私通时被张大帅看见了，张大帅大怒之下就要拔枪毙了这对奸夫淫妇，谁料副官眼见自己生命受到威胁，哪里还管得了尊卑之别，竟然手比脑子快，随手摸起茶几上的手枪，反手一枪把张大帅给崩了。

主帅意外身亡，城内自然立马乱了套。冯瑞德听到这消息后乐不可支，赶忙加紧了攻势，大炮开轰，大兵一个接一个蚂蚁似的往城头爬，不过三四天，保定城便被攻陷了。

冯瑞德在士兵护卫下，纵马一路奔到张大帅府，张大帅尸体还倒在偏房卧室的地上，前额一处黑乎乎的血洞，是被子弹贯穿了头颅。两只眼睛铜铃似的大睁着，死得不甘，死不瞑目。

而冯瑞德喜滋滋地坐在正堂黄花梨大椅上，外头便是冲天炮火，他歪带了一顶军帽，五官端正，皮肤白皙，像个无辜的公子哥。

不过这公子哥只要一张嘴，必然又显出军阀本色来："兄弟们，这次干得很好！"他略略收敛一下笑容，一双丹凤眼闪闪发亮，美得带着煞气。他温文尔雅慢条斯理地吐出那最关键的一句话："大伙儿就地放抢三天吧！"

抢完保定，冯瑞德犹不满足，又率兵把周围那些个富庶的县城挨个搜刮了一遍，一直搜刮到秋末冬初的时候，他搂钱总算是搂够了，手下大兵也自力更生地抢来了许多军饷，便不由得饱暖思淫欲，开始怀念起天津卫里那数不胜数的舞场窑子戏班子。这般心思一动，荒郊野岭的战场便吸引不住冯瑞德了，于是马上从上至下地传了命令，浩浩荡荡地班师回城。

冯公馆门口，姨太太与冯家女儿们早打扮出光鲜亮丽的模样准备迎接自家老爷，然而劳斯莱斯车门一开，冯瑞德笑容满面地从汽车里走来，对着门口那群千娇百媚的女人视而不见，单单一把抱起洋娃娃似的冯芷瑶，吧唧一声用力亲了她一口："妹子，你哥我可算回来啦！"

冯芷瑶经久不见哥哥，早不嫌弃哥哥的老土和不肯读书了。蹭在哥哥暖烘烘的怀里，她无限眷恋地拖长了声腔："哥哥呀——"

冯家姨太太们，尤其是为冯瑞德生下女儿的两个姨太太，一个个地寒着脸站在一边，心里都要嫉妒疯了。

冯瑞德在自家略歇一晚，第二天上午就提着重礼携着妹妹亲自前往齐公馆拜访。自家妹妹在齐家叨扰了半年，纵使齐家家大业大，不差冯家小姐这一口吃的，可妹妹那个古灵精怪专门惹事的娇蛮性子，他可是太了解了。

面对齐老爷，冯瑞德恭谨而客气地继续唤他"齐伯伯"，如同父亲在世时一样。又口出豪言，放话说齐伯伯以后若要往外走什么贵重货物，只管来向他借兵，有冯家的军队护卫，沿途中那些山贼土匪就算有一万个胆子也绝不敢惹是生非。

齐老爷摸着胡须，笑得又慈祥又正派。原本他是动着让冯芷瑶做他儿媳妇的心思极力邀请冯芷瑶来齐家小住的，不过冷眼打量了一阵子，他觉得冯芷瑶还是太小，只把清梧当成陪她玩耍的哥哥，连男女之心都还没生出来。大户人家联姻，二十六岁的公子与十来岁的小姐终归差距悬殊，不成个体统。

但这番无心插柳，却正好把那小柳枝插在了冯瑞德的心窝上。冯瑞德是个冷血狠辣的性子，天生适合当军阀当土匪，搂起钱来天王老子也敢上手捅刀子，唯独把这同父同母小他十几岁的妹妹放在心尖上疼。谁对冯芷瑶付出一点好，他必定十倍百倍地报偿；谁让冯芷瑶受一点委屈吃一点亏，他也必定要先把那人凌迟处死，然后再追到天涯海角灭其九族。

齐老爷的主业银行乃是个钱滚钱利滚利的买卖，并不需要走货，其他一些明面上的正经生意经营数十载，也早就铺好了商路，培养了一批能干的手下，不必劳烦军队护送。不过齐老爷最近私下里与缅甸那边的一个大毒枭搭上了线，对方答应为他提供高纯度的烟土白面，且齐老爷人脉交际广阔，自有许多销售途径，只要烟土白面能平安到达他的手里，便是一笔笔十数倍往上翻的高额利润。

这次不比齐老爷以前在烟土方面的小打小闹，数量多，质量好，且货源稳定，现下唯一的问题便是，如何把这一批南京政府明令禁止的贵重违禁品跨越大半个中国，运进天津卫。

齐老爷前两天找了一家相熟的镖局试着运了一次，虽说是成功了，不过烟土在路上的那几天时间里齐老爷日夜担惊受怕，不由得感觉为了赚这笔钱，自己快要把一条老命搭进去了。再说以后进货勤了，货量走得大了，镖局那点人手和装备终归是靠不住。

这年头军阀混战，政府内派系复杂混乱，各地又有小日本鬼子撒开脚丫子横征暴敛，齐老爷若想做成这风险极高然而利润更高的不法生意，非得借助大兵的力量不可。

齐老爷笑微微地又与冯瑞德寒暄了一阵，然后随便找个借口把自家大儿子与冯芷瑶支走了，他端起茶杯，饮一口上好的正山小种，随即略略压低了声音对冯瑞德道："贤侄这半年来征战沙场，一定辛苦得很吧？伯伯这里倒是有一桩赚钱的买卖，不知贤侄有没有兴趣入上一股？"

冯瑞德的一双墨黑眼睛开始发出了亮光："哎呀，齐伯伯，家父在世之时就老说您是个钱生钱的好手，安坐家里大洋也能自己往您口袋里钻。不像我们冯家，干的那是脑袋别在裤腰带上的营生，您老要是有什么路子，可一定要带着晚辈我发财啊！"

齐老爷与冯瑞德叽叽咕咕地商量到晌午，总算大致商定了彼此的责任以及利润分成。正事谈完，两人都有点饥肠辘辘了，于是齐老爷命厨房开始上菜，与清梧、瑞德、芷瑶三个小辈和乐融融地共享了一顿丰盛午餐。

吃完午饭，齐老爷要出门去银行查验账目。齐老爷走后，冯瑞德好说歹说地哄着自家妹妹先去跟齐家小姐玩，随即便带着一副贱兮兮的笑脸，走进了齐清梧的房间。

"大才子！"冯瑞德倚着门框，挤眉弄眼地冲齐清梧坏笑，"不错啊，活了二十六年，总算是开窍了！"

原来齐清梧终于捺不住激动之情，已经在书信里向冯瑞德宣告了自己与那女大学生赵小姐的恋爱之事。

齐清梧红了脸，腼腆地笑着，简直像个初经人事的毛头小子："这不以前一直找不到合适的嘛。"

冯瑞德点点头，也赞道："女学生不错，干净，有气质。我知道你看不上那些窑子里的泼货，"说到这儿，他故意凑到齐清梧耳边，带着隐秘的笑意小声问道，"怎么样，应该还是个雏儿吧？"

齐清梧一下子往后退去，足足离冯瑞德有三步远，又是气愤又是羞恼。他想冯瑞德这人果然是狗嘴里吐不出象牙，自己与赵小姐那么清白、那么浪漫的感情，到了他那儿就只会想些龌龊之事！

冯瑞德看到齐清梧这个反应，一愣，马上便明白过来。他掐着手指头算了算，不觉讶异道："嘿，我说齐大少爷，你俩这也有好几个月了吧，还没上手？那你平常都跟她干什么啊？"

大少爷梗着脖子反驳道："能干的事太多了！排话剧，逛公园，看电影，教她英文……"

冯瑞德强忍住自己想翻白眼的冲动，看齐清梧的目光像是在看一个白痴："得，您老真有空，真清闲，真痴情……"他忽然想到一事，也顾不得放低声音了，直接大刺刺地瞪着齐清梧问道，"等一下，我说……你该不会还是个雏儿吧？"

齐清梧真想一脚把他踹出去。

见齐清梧只是气哼哼地怒视着他不说话，冯瑞德张大的嘴巴足足能放下一个鸡蛋："嗬！不会吧，你还真是啊？"

齐清梧一拂袖："我不是！"

"不是？别撒谎哦，咱俩这关系，你可别跟我装。你要真是个雏儿，哥哥给你找个好的。"

这下轮到齐清梧毫不掩饰地翻了个大白眼。

虽然齐清梧在爱情方面仿佛是有点纯洁得过了头，可他也不至于都快而立了还没经历过男女之事。十八岁的时候，齐清梧的亲生母亲齐家大太太还没过世，就给自己儿子张罗着安排了个通房丫头。齐清梧同那丫头睡过几次，虽说也挺快乐的，可饱读诗书的少年之心总是过不去那道门槛，认为这毫无感情的纯肉体交流实在是俗不可耐，久而久之，心思也就淡了。后来他出了国，按说看到丰胸翘臀的洋妞应该爱得不得了，但他只要稍微与洋妞们深入交流一下，便觉得对方与自己的思维差距太大，恐怕是无法顺利谈恋爱的，既然恋爱都没有兴趣谈，自然就更到不了上床那一步了。

齐清梧不愿意在这个问题上与冯瑞德纠缠不休，就很艰难地转移了话题："我说，今晚赵小姐的话剧在明月大剧院开演，我是一定要去捧场的，你去吗？"

冯瑞德其实本来今晚还有一场应酬，他外出多时，总不能回来之后只跟齐家一家往来。但他对齐清梧女朋友的好奇心实在太大了，当即就选择性地忘记了应酬，一口应允道："去啊，当然去了，我问问芷瑶去不去，要是她也去的话，我就先领着她回家换身衣服。"

冯瑞德找到芷瑶之时，她正跟石头待在后院无聊地看蚂蚁搬家。

拜无数次逛街的情谊所赐，冯芷瑶现在跟石头是很要好的了。冯芷瑶发现石头虽然呆头呆脑的，但也有许多好处。首先便是任劳任怨，无论自己逛多久的街，买多少东西，石头总是很耐心地陪着她，这一点可是连大少爷都做不到的。其次便是知道很多新鲜玩意儿，冯芷瑶自小长在深宅大院里，所交往的都是上流社会的少爷小姐，故而有时候石头逛

104

街时给她买一点便宜的小吃食，讲一些街头抑或乡下的小趣闻，就让她感到很有意思。夏末收稻子时田里真是金灿灿的一片吗？她充满神往地想到，真想找机会去看一看啊！

冯瑞德走进后院，看见妹妹正跟一个黑小子肩并着肩地蹲在地上，不由得就蹙了眉头。"芷瑶，"他招呼她，"晚上哥哥要跟清梧哥哥一块儿看话剧，你要不要去？"

冯芷瑶现在恨不能一天二十四小时地黏着自家哥哥，所以立马就把石头抛到了脑后，高高兴兴地蹦跶到哥哥跟前，她连连点头："要的要的!"

冯瑞德捏捏她的小脸，牵着她的手往外走去："那咱们先回家换衣服……"

一边走，冯瑞德一边在心底直犯嘀咕：跟芷瑶在一起的那小子到底是谁啊？

而这边，石头慢慢地站起身，死死盯着冯瑞德的背影。

这个声音，他一辈子都忘不了。

第十八章　春　心

为什么，冯芷瑶的哥哥竟会是他？

石头永远无法忘记自己离开沈家庄的第一夜，那些摇曳在黑暗中的火把与衣着一致训练有素的大兵们，他更无法忘记那个在最浓重的夜里响起的男子声音，凉阴阴的，很平静，一句话就抹去了一个村庄。

石头的胸腔中一瞬间涌上一股极为复杂的感情，他找到这个人了，这个害死乡亲们的人！

他该怎么办？找他复仇？等下次他来齐公馆的时候找机会一刀捅死他？嗯，应该不算难，他刚才来这儿的时候神态很放松，想必不会有很强的戒备之心。

石头心潮澎湃地想了半天，然而渐渐地那股子激动的情绪慢慢退下去，他冷静了头脑，却是苦笑着摇摇头。

冯芷瑶的哥哥是统领万千大兵的司令，即使自己出其不意，当真杀了他，自己这条命必然也是要给他陪葬的。自己才十五岁，同一座天津城的庆成戏班里还有一个夏生，自己真的要这样不顾一切地赴死？

更何况，冯芷瑶的哥哥没杀自己爹娘，没杀夏生，没杀玉茹姐，一切对石头来说重要的人，冯芷瑶哥哥终究都没动过，他所杀的，也只是乡亲们。

乡亲们，占了他家田骂他没爹没娘的乡亲们，有时候看他可怜也会救济他一个杂和面馒头的乡亲们，这样的乡亲们，石头一想起来，心中就又酸涩又难过。

他想，出来久了，自己是不是也变得冷血了？如果冯司令动了夏生动了玉茹姐，他一定会毫不犹豫地跟他拼命，可是现在找到这个屠戮沈家庄的凶手，他却犹豫着，觉得自己没必要为了乡亲们的命牺牲自己。

又或许，这才叫作成熟。石头又想道，没脑子的鲁莽小孩在外面的世界是活不久的，当初王四哄他骗他，唆使他去杀人，不就因为他是个傻乎乎的老实孩子吗？这个世界上，没有一个长辈疼他爱他、指点他提携他，他只能一个人战战兢兢地走下去，两边都是万丈深渊，他摇摇晃晃地在钢索上行走，稍有不慎，就是粉身碎骨万劫不复。

他鼻子一酸，却又很快强迫自己平静下来。命该如此，他淡淡地看着院子里那株落叶纷纷的高大梧桐，命该如此，感伤终归是没有用的。既然没有用，就干脆想也不要想。

然而即使不向冯司令报仇，石头也不想再见到冯芷瑶了。他明知自己不该迁怒到冯芷瑶，冯芷瑶一个半大的小女孩，又懂什么呢？可他没法不迁怒，正是这个半大小女孩的哥哥，轻易毁了他的家乡。

在最后一次给爹娘上坟告别时，石头知道此去一别无期，但心底总还盼望着老了之后重回沈家庄与爹娘做伴，死了以后埋在沈家庄祖坟，永永远远地与爹娘在一起，谁又能想到这个卑微的愿望在第一晚就变成了再也无法实现的奢望。

"冯芷瑶，冯芷瑶，冯芷瑶……"第一次，石头这样喃喃地不停重复着冯芷瑶的名字。

那一声声的呢喃里，饱含着连他自己都未曾意识到的复杂情愫。

晚七点整，明月大剧院。

齐清梧、冯瑞德、冯芷瑶三人占据了明月剧院最好的一间包厢。齐清梧神情严肃，正襟危坐，只等着舞台的大幕开启，自己的心上人表演着自己为她量身定做的剧本，真是充满了罗曼蒂克的美好含义。

冯芷瑶扭糖似的蹭在冯瑞德怀里，一边抚摩着哥哥手上的老茧，一边转过头去好奇地道："清梧哥哥，你这个话剧写的什么内容啊？"

齐清梧脸上露出文人特有的含蓄微笑，暂时让目光离开舞台，对冯芷瑶解释道："嗯……也没什么，只是写一个雄心壮志的年轻富商与一位留洋归来的女学生之间的故事。富商与女学生相遇之后，很快陷入热恋，本来一切顺遂，可富商突然在生意上出现了问题，状况十分凶险，幸好那位女学生不离不弃，帮助富商渡过了难关，两人最后在教堂里穿着西服与白色婚纱共结连理了……"

"哦……"冯芷瑶似懂非懂地眨眨眼睛，"好像还蛮好玩的。"

冯瑞德把玩着妹妹裙子上的蝴蝶结装饰，不搭腔，因为不想让自己的想法扫了齐清梧的兴致。据他多年花丛中混迹的经验来看，女人这物种，最是精明无比，有钱的时候一切好说，一旦看到男人们穷了、落魄了，便要当场翻脸不认人。不过自己向来只是在风月场合结交女人，连正经人家的小姐都不怎么敷衍，因为觉得太麻烦。也许那些女学生受着学堂的熏陶，会跟齐清梧一样，比较理想主义呢？

冯瑞德眼珠一转，心思一动，登时打起了女学生们的主意。

他装作无意地问齐清梧："清梧，你这剧本里只有赵小姐一个女演员？"

齐清梧以为他是对话剧起了兴趣，就很热心地介绍道："不是，女二号是富商的妹妹，女三号是女主角的同学，女四号是一个当红歌女。"

冯瑞德点点头："等她们出场的时候你记得给我指指啊。"

"为什么？"

冯瑞德的笑容又开始猥琐起来："我刚才仔细思考了一下，觉得我那一堆姨太太的出身实在太不堪了，所以决定洗心革面，以后专找女学生。我身边七姨太的位置，就从话剧里这几位配角中找了，要是家世显赫，娶进门来当个正室也不是不能考虑的嘛。"

齐清梧要被他气死了。

没过一会儿，话剧开演。冯瑞德起了纳妾的心思，果然眯起眼睛，专门往台子上那几位年轻女演员身上瞟。女主角赵小姐是齐清梧的，自己不能下手，所以只在一开头打量了一番，满足好奇心之后便彻底无视掉了。女二号富商妹妹一团书卷气，是个端庄无比的大小姐，看着也没什么乐趣。女三号赵小姐的同学姿色平平，仿佛是专门用来衬托赵小姐这朵红花的，也不值得冯瑞德过去上赶着献殷勤。最终，冯瑞德的目光凝在了那戏份不多的歌女身上。

冯瑞德平生交往过无数歌女舞女，从北平到天津，再到南边的上海，他可以十分自豪地说，有点名气的歌女舞女几乎已经被他泡了个遍，不过这女学生扮出来的歌女，他还是第一次见。

其实坦白地讲，这位歌女演得并不地道，女学生脸皮薄，又都出身正经人家，行为举止自有着好女孩的羞涩与矜持，演不出歌女们打情骂俏时的那股泼辣劲儿。但冯瑞德在舞厅窑子混多了，对那些作风大胆的真正风尘女子司空见惯，乍然看到这么一个明明青涩单纯却偏偏要用力演一个风骚入骨红歌女的女孩，一颗心就忍不住蠢蠢欲动起来。

两个小时后，话剧圆满收场。齐清梧心情激动，匆匆与冯家兄妹道一声别，就炮弹一样冲出包厢，奔去后台为自己的心上人庆祝。而冯芷瑶常看外国电影，读白话小说，对话剧倒是比对京戏昆曲更有兴趣些，此刻就对着哥哥发表了她的一番见解："清梧哥哥写得很好啊！唉，男主角与女主角怎么会经历那么多苦难曲折呢，还好最后两人终于打败了那些坏蛋，开开心心地在一起了……"

冯瑞德十分耐心地听着妹妹发表感慨，及至妹妹说完了，他别有用心地撺掇妹妹道："芷瑶，你既然这么喜欢这出戏，我领着你去后台见见那些大姐姐吧。你跟人家说会儿话，问下人家的名字，要个电话号码什么的……"

冯芷瑶天真地望着哥哥："好呀好呀。"

到了后台，冯瑞德担心齐清梧还在里面，会一眼看穿自己的居心，就把妹妹先推进去探路。等待片刻，他没听见妹妹尖着嗓子清梧哥哥长清梧哥哥短的，便放下心来，整理一下西服领口，抹一抹短短的头发，然后文质彬彬风度翩翩地推门走了进去："芷瑶——"

这次的话剧演员无论男女，全是南开大学的学生。此时卸了妆换回平常衣服，一个个都是青春勃发的模样，不由得让冯瑞德怀念起他那不学无术的少年时光。

冯瑞德装成一个前来寻妹的好哥哥形象,嘴角挂上歉意的微笑:"芷瑶,你怎么跑到这儿来了?打扰了哥哥姐姐们可如何是好?"他一边伸手把自家妹子拽回来,一边迅速四处张望,寻找自己看上眼的那个女孩。

一名男学生在旁边笑道:"没有关系,令妹实在是很可爱的。"

冯瑞德对男的不感兴趣,敷衍地客气了几句,他眼睛一亮,看到了端坐在化妆台前的那位女学生。

卸掉浓妆艳抹的歌女扮相,她素面朝天地坐在那里,穿一身月白碎花旗袍,眸如秋水,冰肌玉骨,十分沉静秀美的样子。

冯瑞德暗暗流起了口水,心道这姑娘卸完妆可比清梧的那位赵小姐还要好看啊,清梧这是个什么眼神?这么大一块天鹅肉居然视而不见?哈哈,看来她是跟本大爷我有缘的啊!

内心已然想入非非,冯瑞德面上却还维持着一副正经表情,目光悠悠一转,他装成偶然发现她的样子,刻意惊喜道:"哎呀,您不是演歌女的那位吗?不瞒您说,我在台下就觉得您的歌女演得极好,活灵活现,又不失于流俗,就像那个谁说的一样……"他本想转几句文言文附庸风雅,奈何腹内墨水空空,平生只会讲大白话,只好自己胡编乱造起来,"啊,别人是演什么像什么,您是演什么是什么。尤其是第三幕,您与男主角闹翻的那一场,我觉得……"

冯瑞德动用自己在应酬场上牛皮吹破天的技能,把这位小姐演的歌女角色夸得天上有地上无,及至眼前这位美人脸颊红得像番茄了,他才抓准时机,仿佛不经意地问道:"不知能否请教小姐的名讳?"

女学生低了头,扭扭捏捏地不肯说话,还是周围的同学起哄叫道:"周洁,你别害羞啦!这位先生懂得很多呢!"

冯瑞德一笑,记下"周洁"这个名字。他在后台这间休息室里没看到齐清梧与赵小姐的身影,知道两人恐怕是先行离开,去过那小两口的私密时光了,于是嘴上更没个把门的,张口进一步恭维周洁道:"可惜啊,你演得这么好,戏份却不怎么多,真是让人看得意犹未尽。要我说,你不该是女四号,你应该是女一号!"

此话一出，无人回应，休息室里的气氛也瞬间变得微妙而尴尬起来。

冯瑞德近几年来承继家业，早在社交场里摸爬滚打地混成了人精。略一思忖，他就明白了这其中的微妙关窍——这个话剧不过是学生们的玩票之作，放在大学里演演也就罢了，如何能进入天津城里数一数二的明月大剧院？必然是齐清梧在背后使上票子了。而赵小姐与这么一位思想单纯的大金主交往，肯定也要防范着话剧社里其他的漂亮女孩子，所以才唆使齐清梧给周洁安排了这么一个戏份不多、身份低贱的狐媚子角色。

冯瑞德心中暗笑，哎哟，可怜的小美人，清梧那家伙没眼光，还是让大爷我来好好疼你吧！

冯瑞德在这一边铆足了劲地泡姐，齐清梧那一边也与赵小姐相处甚欢。两人在西餐厅里共进了一顿迟来的烛光晚餐，轻声细语地互相说了许多情话，又约好等明天赵小姐下课后一同去逛书店看电影。一直约会到凌晨快一点，齐清梧才把赵小姐送回学校，然后乘坐自家轿车返回齐公馆。

回到家，齐清梧依然十分兴奋，对着哈欠连天赶来伺候自己的石头吩咐道："石头，去厨房给我拿壶咖啡过来。本少爷现在灵感大发，决意马上开始写新的剧本！"

石头端来咖啡，见齐清梧已经铺开雪白的稿纸撸起袖子准备开写，就赶紧小心翼翼地道："大少爷，那个……我明天可以请天假吗？我……肚子疼……"

大少爷想自己明天要与赵小姐约会，应该是不需要跟班的，就痛快地准了假："好的，既然肚子疼现在就回去休息吧，我需要安静，不要来烦我。"

石头："是是是，谢谢大少爷……"

第十九章　染　洁

翌日，等大少爷哼着小曲出了门，石头也猫着腰偷偷从角门溜出去了。

他当然不是真的肚子疼，只是自从昨天下午，他见到冯芷瑶的哥哥冯司令以后，他就特别特别地想念夏生。

这偌大的漫无边际的世界中，除了夏生，再没有人与他有关系，除了夏生，也不会有人能够耐心地听他倾诉，能够感同身受地点着头，唤他"石头哥"。

可是这一次，他却没有在那朱漆的大门外等到夏生。

一个粗使的丫头把门打开一条缝，看到是他，就神色紧张地小声撵他走："你以后别来了，班主说夏生要专心学戏，不让他见你了。"

石头一怔，忍不住质疑道："哪有这样的道理？我一个月不过就来一两回，一次见面不过半天，学戏再忙，这点时间还抽不出吗？难道夏生一天到晚二十四小时地学戏，一点休息时间都没有？"

这些话问那粗使的丫头，她自是答不上来的。忧心忡忡地看石头一眼，她不再多言，直接把门关上了。

石头心头的火气腾地一下蹿上来了，他不满意庆成戏班新任班主的态度，又觉得那丫头说话吞吞吐吐，蹊跷得很，便用力拍打大门，同时扯着嗓子高喊道："夏生！夏生！我要见夏生！"

敲了半天，大门总算是又一次开了，庆成班子新班主——顾壁成的大弟子顾云澜一身长衫，噔噔噔地走出来，皱着眉怒道："小子，你是来找事的？"

112

石头理直气壮地回答他："我来看夏生！以前班主在的时候，我一个月来十多趟都没人管，怎么现在一个月见夏生一回都不行了？"

"以前夏生是个抹桌子扫地洗衣裳的，现在他学戏了，指不定几年以后就是天津卫里的名角儿，这两者能比？"

石头想了想，觉得顾云澜的说法似乎有那么点道理，就放软了声气，央求道："那顾班主，您就让我看他一眼，我与他打声招呼，问个好，马上就走，一点不耽误您的时间。"

然而顾云澜依然是个恶声恶气的样子："滚滚滚，现在就走，谁有工夫跟你打招呼！"

这可就更加蹊跷了。夏生虽有成为名角的可能，但现在终究不过是个刚开始唱戏的小弟子，怎么就跟后宫娘娘似的见一面无比困难？而且石头以前与这顾云澜碰过几次面，顾云澜脾气不错，对石头总是笑微微很客气，今天怎么就跟吃了枪药一样？

石头渐渐地感到了不安。

"顾班主……"石头试探地问道，"夏生不在这儿？要是不在的话您就直说，我改天再来看他。"

顾云澜神色一变，却是当即否认道："在，当然在。我们庆成是有规矩的戏班子，所有孩子都在这座宅子里学戏，你以为夏生跟你似的，野人一个满街乱跑？"

石头没有忽略顾云澜那个极快闪过的心虚表情，虽然一时不知道具体是怎么回事，但他立马就下意识地觉得不好了——顾云澜死活拦着他不准他见夏生，夏生肯定是出事了！

当初他就觉得夏生不该学戏。心里一急，他冲口就对顾云澜说道："夏生不学了，不学了还不行吗？我知道当初王四把夏生卖进来的时候，讹了班主二百大洋，我去凑银子，凑齐银子您就把夏生放出来吧！"

顾云澜盯着石头，古怪地笑了："二百大洋？你小子想什么好事呢？就是粮食也是要涨价的。你要给夏生赎身，可以啊，给我拿两千大洋过来！"说罢，他轻蔑地瞪一眼石头，"赶紧滚蛋，下回再敢来庆成，看我揍不死你！"

大门砰的一声，再一次重重关紧。

顾云澜大步走进院子，随口训斥那个刚才开门的粗使丫头："下回不准随便给人开门，谁给你这个权力的？"

见丫头唯唯诺诺地应了，他脚步不停，直接走进正堂，询问正坐在里面喝茶的一个师弟："十九，陈家老爷怎么说？"

十九匆匆起身，恭谨答道："班主，陈老爷说很满意夏生，想向咱们多借用几天，价钱方面好说。"

顾云澜笑了，轻飘飘地嘱咐一句："既然价钱好说，那就多要点呗。"

十九也笑，意味深长而又直白地接腔："是，我明白。班主，这小子可是一棵摇钱树呢！"

庆成班子现在表面还是个正经戏班子，内里却已经几乎是公开地做起了皮肉买卖。

顾壁成在世时，治下极严，因为他是个爱戏爱得发了狂的痴人，把京戏看得最高尚、最清白不过，所以极为厌恶梨园行里那半卖艺半卖身的潜规则，班子里哪个伶人若是被他抓到跟听戏的男人们勾勾搭搭扯不清楚，当即就要逐出戏班，永不往来，谁求情都不管用。因而虽然总有那么几个不要脸的戏子为了钱财依然顶风作案，但庆成戏班的风气一直是天津城所有班子中最正派的。

顾壁成去后，顾云澜没有师父的本事，唱戏唱不红，可又想着搂钱，自然便逐渐把心思动到了歪处去。戏班里那些眉清目秀的小旦，不管男女，不管是否自愿，有一个算一个，全被他介绍到了那些爱捧戏子的老爷床上，也不知道顾壁成若是泉下有知，见自己一生辛苦经营的心血不到一年间就成了污浊不堪的窑子，会不会气得活过来杀了顾云澜。

顾云澜可是不管这些的。梨园与窑子同属下九流的行当，自古以来就是藏污纳垢的所在。自家师父的坚持，在那举世污浊之中，就显得苍白而又可笑。再说，若不是师父那个臭脾气，对那位当铺老板抵死不

114

从，何至于被人毒坏了嗓子，绝望之下自杀？顾壁成不死，庆成戏班又何至于沦落到今天这个地步？

"师父，"顾云澜轻声开口，对着一无所有的空气说道，"您老人家，可千万别怪我呀。"

石头呆呆地坐在庆成班子门口，双眼直愣愣地望着天空，又变成了一个"思考者"的姿势。

因为不知道夏生的具体下落，他一颗心一直悬在半空中，上不着天下不着地的，难受极了。他忽然用力扇了自己一个耳光，狠狠骂着自己：让你没脑子，让你没本事！夏生是跟着你从沈家庄出来的，现在却不知流落到了哪里，在遭着什么样的罪！如果你有冯芷瑶哥哥那样的本事，顾云澜难道还敢欺负夏生吗？带上几百大兵，就足够夷平庆成班子了！

他双手抱着头，难过得几乎要哭出来。

这时忽然有一个人碰碰他的胳膊，问道："哎？你是不是齐公馆的听差？"

石头迷迷瞪瞪地抬头："你怎么知道……"哦，对了，他走的时候太心急，没换衣服，现在身上穿的还是齐公馆统一的听差制服。

那人不说话，单是站在石头跟前，高深莫测地笑。

石头于是问道："你有什么事吗？"

那人又盯着石头看了一会儿，方才从上衣口袋里掏出一块怀表，看了看时间，忽地凑到石头耳边，用极低的声音说了一句话：

"今天下午三点，同商银行门口，有人要刺杀你家老爷。"

旋即他转身，头也不回地快步离开。石头一愣，一边想着这句话，一边回忆那人的模样，却陡然发现那人仿佛是长得毫无特色，也看不出具体年龄来，他刚刚与石头脸对着脸距离极近地说过话，可石头竟已经记不起他的长相来了！

他说，今天下午三点，有人要刺杀你家老爷。

石头坐在台阶上，倒抽了一口凉气。

第二十章　疑　云

下午三点，同商银行。

齐老爷照例在这个时候来自家银行转一圈，与经理核对一遍账目。这已经是他多年来的习惯，风雨无阻，雷打不动。他上了年纪，坚信好的习惯就该一直根深蒂固地保持下去，缜密而井井有条的程序不变，那么运行了数十年的生意大抵也不会出什么岔子。

处理完日常事务，他挂着一支文明棍出了门，今天的天气很好，初冬时节，虽已有了阵阵冷风，可更易让人清醒。天高云淡，苍白的阳光照耀万物。停在路边的黑色高级轿车正在等待着他，对面窗明几净的珠宝行、皮货店、典当铺，皆是齐家产业，身后的同商银行如同一个聚宝盆，为他敛来万贯家财。他注视着这烈火烹油鲜花着锦的繁华景象，渐渐地就开始出神，他想自己半生打拼，终于一步步地获得了眼前这一切，不容易啊，真是不容易。但比起那些死在半路上的失败者，他也不得不感叹一句幸运啊，自己毕竟还是幸运的。

齐家祖上并不算多么显赫，不过是寻常书香门第。所幸家底殷实，有能力为齐老爷提供良好的教育，以及做生意所需要的第一笔启动资金。齐老爷的长辈还是活在大清朝的旧式人物，平生信奉的是"万般皆下品，唯有读书高"，又道自古以来"士农工商"阶层不变，唯有商人最为下贱，故而最初对齐老爷执意从商的想法十分不屑。不过，要不怎么说齐老爷不是寻常人物呢，大革命一来，宣统帝一退位，整个世界可就天翻地覆了。当年整个家族都在背后讥笑他，现在那些清高自持的士人亲戚，有一个算一个，这不全都跑上门来巴结他吗！

齐老爷美滋滋地看着几个打扮奢侈的中年贵妇相携走进齐氏珠宝行，又漫无边际地想到清梧那孩子可真是随了齐家祖上，放到几十年前大概也能中个举人进士什么的，但现在世道不同了，这孩子又是嫡长子，可不能老由着性子舞文弄墨。最近清梧成天往外跑，听管家说是跟大学里的一个女学生好上了，也不知道那女学生家世如何，要是过得去，最好能赶紧结婚，他现在万事圆满，就等着抱大胖孙子了。

齐老爷看一眼腕上手表，三点一刻了，得，别站在寒风里瞎寻思了，还是赶紧乘车回家吧，晚上还有一场应酬呢。

已经有听差躬身为齐老爷打开车门，齐老爷把文明棍塞到身后跟班手里，正要弯腰钻进汽车，却蓦然间被一个小乞丐绊住了腿脚。

小乞丐仰着脸凝望他，也不说话，一双水汪汪的大眼睛里透着可怜，让人一眼望去就心生怜悯。

齐老爷转头，想这小乞丐眉清目秀的，还挺漂亮，就挥挥手示意身边碍事的跟班走开，自己蹲下身去，和蔼可亲地问道："孩子，你是不是饿了？"

石头躲在暗处，冷眼看齐老爷从银行中出来，看齐老爷挂着拐棍站在银行门口想事，看一个衣衫褴褛的少年悄悄地靠近齐老爷，看齐老爷蹲下身子，很慈祥地与那孩子说话。

这一切，如同一个噩梦一般真真切切地在他眼前上演。

这段流程石头太熟悉了，他知道很快那孩子就会出其不意地从怀中掏出匕首，一刀精准地刺进齐老爷胸口，然后齐家的听差反应过来，便要一拥而上地把那孩子大卸八块。那小乞丐的命是不值钱的，齐老爷的一条命才价值成千上万的大洋。

当初在文昌县温柔的黄昏里，他就是这样一刀杀死那位老爷爷的。

小乞丐掏刀的那一刹那，石头瞅准了时机，猛然从角落里蹿出来，一下子就把那小乞丐压在地上。

"老爷！"他一边拼命制止着小乞丐的挣扎，一边大声叫道，"这小子要杀您！"

齐老爷被眼前的突变惊得一趔趄，但很快就反应过来，强稳住心神，他对身边听差使一个眼色，那些成年的高大听差马上就帮着石头一起按住小乞丐，三下五除二地一搜身，果然就从那孩子怀里搜出一把锋利的匕首，又毕恭毕敬地把匕首呈与齐老爷。听差一记窝心脚狠狠把那孩子踹出老远，然后手脚麻利地用粗麻绳把他捆了个结结实实。

齐老爷把匕首扔在地上，按着胸口好一顿喘。待气息逐渐平静了，他看向满头大汗的石头。

齐老爷对石头有点印象，知道他是清梧的跟班，整日里总跟在清梧身后，此刻就微微俯身，和缓地问道："你怎么知道有人要杀我的？"

石头如实答道："回老爷，今天我跟大少爷请了假，上街买点东西。有个人仿佛是看见了我身上穿的齐家制服，就偷偷告诉我，有人要在下午三点的时候刺杀您。"

"看清楚那个人的模样了吗？"

"那人很普通，没什么特点，我也描述不出具体样子来。"

齐老爷点点头，露出一个若有所思的表情。不过片刻，他似乎是想明白了什么，忽地冷笑一声："巧啊，真是巧。看来某些人很是不舍得我这一条老命呢。"他无视了那个五花大绑的行刺者，因为知道自会有听差替他把场面处理干净。他只是亲手拉住石头，亲亲热热地让石头跟他一起乘汽车回家，"好孩子，今天幸亏有你，我得好好谢谢你才行啊！"

听闻老父遇刺，大少爷抛下女朋友急急忙忙地赶了回来。一进门就冲进齐老爷的卧室，关切道："爸爸，您怎么样？有没有受伤？"

齐老爷端端正正地坐在罗汉床上，毫发无损，中气十足："我没事。多亏你身边那个石头，替我把刺客挡下来了。"

齐清梧心道这个石头看来不仅跟自己有缘，竟还是我齐家的一颗福星呢，以后自己应当更加器重他才行。不过这事不急，眼下自然还是父亲的安危最为要紧，便进一步问道："爸爸，知道是谁做的吗？"

齐老爷悠悠一笑，目光却是凌厉如出鞘之剑："谁做的？这个问题可太简单了。"他拍一拍大儿子的肩膀，示意大儿子少安毋躁，"咱们不必着急，我相信那幕后的凶手很快就会自己现身的。"

三天后，王四漏夜拜访齐公馆。

齐老爷端坐在正堂主位，意味深长地对王四笑道："王老板，手段高明得很啊!"

王四轻声细语地回答道："用滥了的招数，不值一提。"

"不管招数用没用滥，只要能顺顺利利地把人杀了，王老板就算目标达成，不是吗?"

王四慢条斯理地解释道："齐老爷子说笑了，杀人这件事，并没有说起来那般容易。"

齐老爷懒得再跟他扯淡，既然是王四主动过来，那么必然是他有求于自己，便不再搭腔，单只是面上维持着客气的笑容，倒要看看这王四能讲出个什么子丑寅卯来。

果然，互相尴尬地沉默了没一会儿，王四先忍不住了，开口道："齐老爷不想知道是谁雇的我吗?"

齐老爷平静地看着他："王老板还要让我猜谜不成?"

王四因着此行是关乎了切身利益，便也不再绕圈子，很直接地说道："齐老爷子还记得黄家吧? 黄家内斗了半年多，最后是跟黄大爷一母同胞的五爷胜出了，现在黄五爷已经处理完家族内部事宜，接管了全部家业。"

齐老爷嘴角勾上一个淡笑："所以他就腾出手来，有精力为他哥哥报仇喽?"

"嗨!"王四一拍大腿，"可不正是这么个理嘛! 齐老爷子，您说说，我既然能帮您杀那黄家大爷，要是拒绝了黄五爷的生意，岂不就得让人说闲话了? 说我王四不专业，看人下菜碟儿，那以后我这边的生意啊，可就难做了!"

齐老爷知道王四说的也是实话，王四的身份就是一把枪，枪认钱办事，是不该有感情偏向的。当初黄家大爷雇王四杀了他家老子没多久，自己又让王四干掉了黄家大爷，便是最直接的例子。所以也点头道：

"是，我明白王老板的苦衷。"

王四张开大嘴，露出一个无比诚恳的笑容："理虽是这么个理儿，可是啊，我对自己说，齐老爷子不是一般人啊，我怎么能对齐老爷子下手呢？无奈杀手行当里也自有一番规矩，接了任务不可以草草了事的，便只好出此下策，提前先把风声走漏给贵府听差，让齐老爷子加以防范。就这也是我从业十多年来，开天辟地头一遭呢！"

这一段话，王四说得很有技巧，真真假假地混杂着。王四的确是指使了手下，把刺杀的时间地点透露给了石头，为的是保全齐老爷的性命，自己也有个台阶下。而假的部分，自然便是那一句恭维了。齐老爷子不是一般人？齐老爷的财力并不比死在文昌县的黄老爷雄厚多少，也不是他王四的老爹，哪里不一般了？

齐老爷商场政坛混了几十年，王四这点小把戏在他面前毫无迷惑性，当即就开门见山地道："王老板的心意，老夫是很感动的。只是不知道老夫何德何能，竟让王老板手下留情呢？"

王四抿了抿嘴唇，知道谈话进行到关键之处了，方才那些你来我往的对话，都是在为现在做铺垫。他压低了声音，说道："我听说，齐老爷子最近同缅甸那边联系上了？"

这话一出，最后一个疑问真相大白。王四之所以冒着自砸招牌的风险也要保全齐老爷性命，正是因为看上了齐老爷手上的烟土生意。

不过可惜，在这件事上，齐老爷早已经另有人选了。此时齐老爷便故意做出一副为难样子："这……王老板您应该早说啊！您是知道的，我当初与冯定乾冯司令私交不错，冯司令去世前，曾经拉着我的手让我以后帮忙照应他儿子。这不，前阵子我刚跟缅甸那边联系好了，德祁贤侄就找上门来，央着我带他一起发财。说句实在话，这可是跨越大半个中国的凶险买卖，我知道您搞刺杀搞得出神入化，可这山高路远的，总还是有军队护卫比较保险不是吗？"

王四听罢，倒没有生气，反而连连摆手道："老爷子，您想岔了。我一介小人物，哪里敢跟冯司令抢生意，人家有兵有枪的，到哪儿都是土皇帝。我啊，是希望您把货运回来以后，能转一批给我，价格好商量，您跟冯司令吃肉，给我碗汤喝喝，我也就感激至极啦！"

齐老爷瞅他一眼，倒是没料到他会这么说，不由得就问道："您这是不打算做杀手买卖了？以后准备转行倒卖烟土白面？"

王四露着大黄牙，仰天长叹："可不？我今年都三十多了，腰也酸腿也疼，这种搏命的买卖还能干几年？趁着还没横死街上，得赶紧筹划一下金盆洗手以后的生计啊。"

齐老爷点点头，在心底略一盘算，这不是件大事，反正到时候一批批货运过来，分给王四一点，自己也没什么损失，要是王四以后敢耍心眼玩阴的，自己大可以让瑞德出面收拾他，便很痛快地答应道："王老板既然开口了，当然没有问题。"

王四欢喜地一拱手："那就多谢老爷子啦！哎，我不打扰老爷子您休息了，咱们以后常来往啊！"

齐老爷心想就你这个臭遍天津城的名声，谁要跟你常来往，然而面上还是一派温和态度："好的，王老板，以后有空来喝茶。"

第二十一章　谋　算

石头静静地躺在大通铺上，睁着双眼，看那一团混沌的天花板。

屋内没有点灯，其他听差有的在当差，有的相约出去喝酒，偌大的屋子里，只剩他一个人一动不动地躺在那里，仿佛化成了一块真正的大石头。

每次遇到难题又想不出解决的办法时，他总要这样，把自己封闭起来，掩耳盗铃地欺哄自己，以为那些难题或许总不至于如他想象的那般糟糕。

这次的困境，比之他从前遇到的又有所不同。冷静下来以后细细回想，石头发现自己并不能肯定夏生一定是出事了。也许当时只是顾云澜心情不佳，故意难为他呢？自己起初的态度也的确急躁了些。倘若夏生真如顾云澜所言，是在忙着学戏，那自己要是再不分青红皂白地闹上门去，就是给夏生帮倒忙了。夏生那样目标明确，一腔热血地制订着人生计划，宁肯吃苦遭罪也要通过唱戏这条路子出人头地，若是自己胡乱搅局，反而连累得夏生被顾云澜厌弃，他如何对得起夏生？

可是，从另一方面来说，如果他的直觉没错，顾云澜真是在刻意隐瞒呢？顾云澜不准石头见夏生，连打个招呼露个脸都不行，是因为夏生现在根本不能见人——要么是受伤了，要么是被顾云澜卖掉换钱了，总之一定是受了很大的委屈。这偌大的人间，夏生只有他石头哥这么一个依靠，正如石头活到现在也只有夏生这一个兄弟。他们从小玩到大，又一起从沈家庄跑出来，来到这天津卫闯荡天下，虽非亲生兄弟，可其中的情谊或许早已比血缘牵绊更加牢固，更加珍贵。昔年伯牙以一曲高山流水会知音钟子期，子期既死，伯牙破琴绝弦，终身不复鼓。石头和夏生都是苦孩子出身，不懂得高雅的典故，若真要总结起来，却唯是朴素而坚决铿锵的四个字——生死相依，如此而已。

石头不给夏生出头，还有谁能给夏生出头？

石头的一颗心是坚定不移的，但自己孤零零一个人，毫无人脉，还总是被困在齐公馆里，具体又该怎么做呢？向大少爷求助？大少爷虽说对自己不错，可自己终究不过一个下人，夏生的下落又尚无定论，自己怎么好意思让大少爷替自己去找那顾云澜？

石头想得脑袋都要爆炸了。

正在抓狂之际，门外忽然有了响动。片刻，一个小丫鬟打扮的女孩子推门走进来，对石头说道："你怎么还在这儿躺着？大少爷临时要出门，现在车子都停在门口了，你赶紧去伺候吧！"

石头的思绪骤然被打断，一愣神之后就立马翻身下床，匆匆套上外衣，嘴里答道："哎，谢谢姑娘了，我这就去。"

然而等石头跑出齐公馆，大门口空空荡荡的，只有几盏昏黄的路灯伫立在那里，哪儿有大少爷与汽车的影子？

"嘿，石头！"

石头循声转头，就看见一个西装革履的男人在不远处的一棵大树底下冲他招手。

不是王四又是谁？！

乍然见到王四，石头有点发蒙，犹犹豫豫地走过去，他开口道："你……"

王四笑眯眯地一眨眼："小兄弟，不认识我了？"

怎么会不认得，就是化成灰石头也认得他！

王四见石头不说话，只是表情复杂地瞪着他，就继续笑得很亲切，张口夸奖他道："小兄弟，不错嘛，命硬得很，我还以为你早死在文昌县了。嗝，结果不仅活得好好的，还能跟着齐大少爷去那法国饭馆吃饭，有两把刷子嘛，很有我当年的风范。"

123

这一番话，可谓是不伦不类。石头想这王四是不是脑子有毛病，差点把自己害死了，还敢主动提这茬？若不是自己年纪小没本事，早就满天津城地追杀他报仇了。

强憋着一腔怒火，石头冷淡地道："你来找我干什么？又想让我当你的替死鬼？"

王四一摇头："不不不，哪儿能呢？我把你叫出来，是想问你，愿不愿意以后跟着我干？我告诉你，只有大难不死的命硬之人才能做得了这杀手的活计，高风险高利润嘛，包你干不了几票就变成这天津卫里的大爷。"

石头坚信王四是神经有问题了。

他瞪王四一眼，转身要走："不必，我在齐家做听差做得很满足，不干净的钱，我不敢拿。"

身后传来王四的轻笑："你胸无大志，的确是有口饭吃就满足了。可是你那位小伙伴，如今却不知在哪里遭着罪呢。"

这下，石头无法由着性子离开了。事实上，他一步都迈不动了。

这个王四，怎么什么都知道？

王四不仅什么都知道，甚至仿佛还有着读心术。只听他继续笑道："小兄弟，你在庆成班子外面闹的那一场，大半个天津城都听见啦。说起来，你可得好好感谢我，要不是我支了人把风声透露给你，你能在齐老爷子跟前那么得脸？"

石头转过身，愣愣地盯着王四看。王四说的这一切，以他的头脑是越来越难以理解了。当时他看那手法就知道刺杀事件肯定是王四策划的，可为什么传给他消息的人也是王四派的？一边要杀人，一边还要救人，王四这是吃饱了撑的？还有，石头一直以为那人是偶然看到他穿着齐家的听差制服，才把消息告诉他的。按照王四的说法，反而是王四一直关注着自己的行踪，专门向自己卖人情，让自己在齐老爷跟前得脸？

王四凭什么无缘无故地给自己好处？

石头人生阅历少，旁的事情不懂，可是对"天底下绝无白来的好处"这一条道理，却是体会得太深刻了。他立马就皱起眉头，警惕地问道："你葫芦里到底卖的什么药？既然你知道我在齐家有了稳定的工作，便早该猜到我不会再为了钱财替你杀人，为什么还特意把救老爷的机会交给我？还有，你还有脸跟我提夏生？不就是你把夏生卖进庆成戏班的吗！"

王四仿佛是听到了什么大笑话一般，露着一口焦黄的牙齿，笑得极为张扬："傻小子，这你就不懂了吧？"他慈祥地看着石头，像是老爹在看不懂事的儿子，把石头看得毛骨悚然，"'此一时彼一时'这句话，有没有听过？别老记恨我啦！这个糟乱的世道，人命如杂草，要你命的人啊、事儿啊，多了去了，你这不也没死成吗？如果现在我说，我愿意帮你打听你那个小伙伴的下落，免费的，不收你钱，你信不信呢？"

石头说："可我不会再帮你杀人的。"

王四一笑："没关系，这一回我不用你杀人。"

石头怔忡："那……"

王四看一眼一条街外的齐公馆，齐公馆大门紧闭，红墙高耸，外面就算是大吵大闹恐怕也打扰不了齐公馆内里的清净。不过为了保险，他还是压低声音，做一个"请"的手势："小兄弟，咱们借一步说话。"

石头因为对王四这人毫不信任，心中也有自己的一番顾虑，所以便木桩似的钉在地上，不肯挪步。

王四见石头依旧犹豫，就颇为不耐烦地点上一根烟："你这小子，都杀过人了，胆儿还那么小，难道害怕我对你下手不成？别自作多情了，老子的身价可是很贵的！"

石头也知道他不会费劲编那一大堆话，就为了把自己骗到暗处杀掉。所以一咬牙，自我催眠似的最后问了一句："你……真的会帮我找夏生？你这次不会骗我了？"

"废话！赶紧跟我走，别跟个娘们似的叽叽歪歪！"

在一个破破烂烂的僻静小巷子里，王四毫无保留地把自己的计划全盘告诉了石头。石头越听越是目瞪口呆，不禁在心底感慨，看来当初不是自己太傻，而是王四太精。天津城里那么多亡命之徒，怎么就偏偏王四十几年来屹立不倒呢，他不光有专业的杀人技术，同时也生了一个阴谋家的脑子。

从那天晚上王四在饭店门口意外撞见齐大少爷与石头时，他就暗暗地上了心。王四手下耳目众多，随便一打听就知道石头在齐府做下人。而没过多久，齐老爷因为要联络诸多买主，自己手中的烟土生意自然而然地便在圈子里曝了光。王四年纪不小了，总不能一辈子干那最原始的杀人买卖，早就谋划着转行。可那些正经买卖，他既不懂行，也嫌弃利润太低，此时终于等到了一个相对安全的暴利生意，如何能不眼红？借着黄五爷为兄复仇之心，他自编自导地生出了一番事端，终于从齐老爷口中得到了肯定答复。但就算有了齐老爷的保证，王四依然不敢彻底放心——齐老爷同样是几十年混出来的人精，怎么可能真心愿意帮王四？不说别的，王四的杀手名声太响亮了，齐老爷要是每一次出货都带着王四，可让其他买主怎么想呢？还敢不敢跟齐老爷做生意了？要是自己一不小心得罪了齐老爷，会不会第二天就被王四干掉？

王四猜到齐老爷顶多带他两三回，然后便要找理由甩开他，连借口都十分好找，现放着一个可以不用讲理的大军头冯德祁嘛！而这个时候，石头的作用就体现出来了。

“你天天在齐公馆里做事，风吹草动只要一留心就能打听到。”王四对石头说道，“我也不用你干别的，关键时刻给我透个口信就行了。你看，这也不是让你害人嘛，无非是在你家老爷害我之前，知会我一声而已。”

石头可没有王四那个步步为营的脑子，仰着脸想了半天，他把整件事的来龙去脉思考了好几遍，唯恐自己一个不慎再被王四带到沟里去。末了，他没看出什么蹊跷之处来，唯独觉得这王四好像有点太高估他了：“连我都知道，这贩卖大烟是违法的生意，照你这么说，老爷即使要做，也不可能大张旗鼓地宣告天下啊。我一个最末等的听差，还是跟着大少爷的，你为什么认为我能给你带来这么隐秘的消息？”

王四懒洋洋地一笑，认为石头这小子命虽然硬，脑子还是太木了，抵不上自己的水平。掐了烟，他高深莫测地笑道：“嘿，你就等着瞧吧，

126

我凭什么费那么大劲转个大圈子特意让你去救你家老爷？"

几天后，冯瑞德携着冯芷瑶又一次来到齐公馆做客。

冯瑞德这回是来跟齐老爷谈正事的，冯芷瑶则是撒娇耍赖地逼着哥哥把她带来找清梧哥哥和石头玩耍的。冯瑞德进了齐老爷内室以后，齐清梧忙着出门与赵小姐约会，三言两语地就把冯芷瑶推给石头代为招待。

石头现在看到冯芷瑶就想起她的哥哥冯司令，想到冯司令就回想起那个火光冲天的晚上，心里总是很别扭。然而那些往事又不能与冯芷瑶说，冯芷瑶这样一个单纯可爱的富家小姐，他实在不舍得让那些残酷的事情脏污了她的耳朵。

冯芷瑶却自有着女孩子的敏感。"石头！"她不满地瞪着他，"你最近怎么不大理我了？"

石头支支吾吾地掩饰："没有，小姐您多心了……"

"我才没多心！你给我老实交代，是不是看上哪个女孩子了？"

石头不由得苦笑，想我在齐公馆里从天亮忙到天黑，自己还有一堆烦心事处理不了，上哪儿去找女孩子去？于是继续重复道："没有没有，真是您多心了……"

冯芷瑶还要继续纠缠，却见齐公馆里的大管家一路走了过来。"冯小姐。"他先是点头哈腰地与冯芷瑶打个招呼，然后便对石头道，"石头，你快跟我走，老爷找你有事呢。"

冯芷瑶怒道："不行！石头是陪我玩的，我不准他走！"

"哎呀，冯小姐……"管家很为难地看着她，"老爷真是有急事找石头，您就快别为难我啦。对了，我家四小姐正在屋子里绣花呢，要不您去找她玩会儿？"

冯芷瑶气结："我说了多少遍了，才不跟你家四小姐玩！"

当初冯芷瑶在齐家住了小半年，可把管家折腾得不轻，管家手足无措地站在那儿，又不敢得罪冯芷瑶，又害怕老爷等急了要发火，真是两头受罪，都快把他给急死了。最后还是石头出了声，直接对冯芷瑶道：

"小姐,您先自己玩会儿吧,我回来就接着陪您。"眼见着冯芷瑶又要撒泼,他赶在冯芷瑶开口之前撂下了重话,"您要是不听话,我就再也不理您了!"

冯芷瑶怒视着他,泪珠在眼眶里委屈地打转。

石头一狠心,毫不动容地跟着管家走掉了。

半路上,管家笑着拍拍石头的肩膀:"好小子,你的前程就要来啦!"

石头一怔,不动声色,一颗心却是怦怦地跳了起来。

第二十二章　前　程

　　管家把石头领到齐老爷跟前，就恭恭敬敬地退下了。石头甫一进入那间装潢雅致的小会客室，却不自觉地变了脸色——原来这屋里不单有齐老爷一个人，冯芷瑶的哥哥冯司令也大咧咧地坐在那里喝茶呢！

　　勉强稳住心神，石头对着齐老爷深深俯身，以掩饰自己的表情："老爷，您叫我？"

　　齐老爷经过同商银行门口那一次，现在对石头十分看得上眼。虽说刺杀不是动真格的，可石头那份舍身相救的忠心却是有目共睹。再加上清梧的一番大力推荐，说石头这孩子又老实又聪明，什么东西一学就会，齐老爷便对他起了栽培之心，正好石头年纪还小，大抵还未生出什么私心来，不如好好对待，将来让他为齐家卖一辈子命。

　　思及此，齐老爷和颜悦色地让下人给石头搬来小凳子坐了，赏了茶水，又对冯瑞德笑道："贤侄，这就是方才我同你说起的人。"

　　冯瑞德对石头也有印象，但凡跟他妹妹贴边的人和事儿，他都记得格外清楚。但他万没想到齐老爷会把这小子推荐给他，下意识地就质疑道："齐伯伯，您家这个……也太小了吧，有十六了吗？这一趟运货山高路远的，带着这么个半大小子，不是给队伍扯后腿吗？"

　　齐老爷摸着胡须慢条斯理地坚持道："瑞德，不要看不起小孩子嘛。你手下那些新兵蛋子，不也就十三四岁？还不是照样扛着枪替你卖命？再说我这边又不是光让他一个人去，自有一批经事儿的老伙计提携着他嘛。"

　　冯瑞德抿一口茶，便也不再多话。齐伯伯比他大了二十多岁，总不至于异想天开地把一个一无是处的半大孩子塞进这运送大烟的队伍里。也许他真有什么特殊之处呢？哦，对了，谁说他没本事的？这么个又黑又土的穷小子，居然能哄得自家妹子跟他坐在一块儿玩！冯瑞德想起这事心里就不舒服，芷瑶是什么身份，那个石头是什么身份，芷瑶能跟他说句话也算他上辈子修来的福气了！想到这里，冯瑞德不由得起了坏心，齐老爷爱让那石头跟去就去吧，反正他只负责烟土的安全，那个石头要是半路上被土匪抢了，被其他军阀拿枪崩了，可跟他冯瑞德一毛钱关系也没有。

齐老爷不知道冯瑞德这边因为一点子鸡毛蒜皮的小事，已经暗暗地对石头起了杀心。见冯瑞德默许了，他便很和缓地对石头道："石头，是这样，你家老爷我呢，最近与冯司令合伙做了一笔生意，现在要把货从南边运过来。这笔生意是新开的，缺少固定替我打理事情的人，清梧之前向我极力推荐了你，我也看你是个好样的，所以现在就问你一句，你愿不愿意吃点苦、冒点险，替老爷我跑这一趟呢？"

石头知道齐老爷现在告诉他的一定就是前几天王四口中说的烟土生意，就忍不住在心底暗暗惊异，这个王四，简直是料事如神啊！石头当时还认为自己压根儿没有途径为王四打探消息，而现在齐老爷居然直接让自己接触这笔买卖了。

石头当然明白齐老爷这是在着意栽培他，如果这件事石头替齐老爷办好了，那他以后可再不是端茶倒水伺候人的听差了。不仅不是听差，而且将直接晋升为齐老爷的得力亲信，那地位自然是大大不同了，怪不得来的路上管家拍着他的肩膀贺他前途来了呢。

石头望着齐老爷，重重地点头："老爷，我愿意！"

齐老爷微微一笑，对着石头夸奖道："好孩子。"

虽然时至冬季，天气一天天地寒冷起来，但这样暴利的生意却是不能不做的。齐老爷与冯瑞德位高权重，自然不会亲自南下，齐老爷派了石头与一批精干得力的老伙计，冯瑞德那边手笔更大，直接派出一个团保驾护航，而且还不是一般的团，是他自己亲自培养起来的精兵团，团长被冯瑞德救过性命，自然死心塌地地效忠于他。

两方都是整装待发，只要一得了缅甸那边的消息便要立即出发，而这其中，只有石头心里憋着一桩难解的烦心事。

透过当初那个把他骗出齐公馆的丫鬟传话，石头在临行之前终于又与王四见了一面。

两人鬼鬼祟祟地在一间破旧小民居里碰了头，石头率先急不可耐地问道："夏生到底怎么样了？都这么些天了，你打没打听出什么来？"

石头急，王四可不急。他先是用身上那招摇的法国香水味差点把石头熏翻，又慢悠悠地点起一支烟，极为陶醉地抽了起来，及至石头眼瞅着就要发狂了，他才笑道："你急什么？你那小伙伴活得好好的呢。"

这一句话，登时就把石头连日来的心火浇得干干净净。石头果然不再抓狂，嘴上还有些怀疑，眼神里却已然掩盖不住地露出了惊喜的笑意："啊……真的吗？夏生没事？你不是在唬我吧？"

王四懒得看他犯傻，直接从怀里掏出一个有些被压扁的小风车："你那小伙伴托我交给你的，怎么样，这下信了吧？"

这个七彩的风车，正是当初石头初入齐公馆做听差时，用工钱买给夏生的。

石头见到风车，便如同亲眼见到夏生那张白嫩嫩的小脸，一颗心彻底放回肚子里去了。他激动地喃喃自语着："没事就好，没事就好，看来夏生真是忙着学戏忙得脱不开身呢。亏得我后来留了个心眼，没敢再去庆成戏班门口闹，否则岂不是要毁了夏生的前途？"他想着庆成戏班，顺便也想到了那已经跟他撕破了脸的新班主顾云澜，不由得兴奋之下又觉得有些为难，"哎……可是，我已经对人家顾班主口出不逊了，以后还怎么再去探望夏生？"

王四知道自己若不能替石头把夏生的事办好，石头总不能真心实意地替自己打探情报。这可是关乎他今后洗底转行的大事，而齐公馆固若金汤，齐老爷对他也多有防范，若想再另搭上齐家的其他人，几乎就是难于上青天了。故而也不再打太极，直接大包大揽地道："你想见夏生一面有什么难的？等你这次顺利把烟土运回来，我出面替你跟顾云澜说去。当时顾壁成那么个臭脾气，我还不是生生问他要了二百大洋？这次不过是让夏生抽空见你一面嘛，到时候，你们想见多久见多久，想聊什么聊什么！"

石头对于王四耍无赖的能力那是十分信服的。当下就小心翼翼地把风车收起来，连连对王四嘱咐道："那等我一回来，你就安排我跟夏生见面啊。"

王四大手一挥，答应道："一定！"

有些事情，石头做起来千难万难，王四做起来却是轻而易举。

那晚与石头达成交易之后，王四随便派了个人出去打听庆成班子的现状，听闻庆成几乎已经被顾云澜搞成了个暗窑子，他心中有数，直接揣着钱去找顾云澜，并且点名要让夏生陪。

夏生是堵嘴绑手地被几个戏子抬进王四房间里的。王四笑着看夏生那个惊弓之鸟一般的可怜模样，暗想自己当初倒是一直想把这小子当兔子卖掉，可是一直失败，今天他成了一只真兔子上了自己的床，自己却要救他于水火，可见世事难测，造化弄人。

王四拿掉堵住夏生嘴的破抹布，和蔼可亲地说道："你别怕。"

夏生一见是他，怕得更厉害了，挣扎着瑟瑟发抖，拼命想逃，可是被绳子捆得严严实实，无论如何也逃不掉。

王四说："是石头让我来的。"

夏生抽了一下鼻子，顿时不抖了。"石头哥……还记得我啊……"他带着哭腔问道。

王四一笑："记得，怎么可能忘了？你石头哥一听你出事急得不得了，可是他一个人势单力薄，闯不进庆成班子，只好委托我来了。"

却不料这话说完，夏生的眼泪开闸似的哗哗就流下来了："石头哥……知道我现在这样了？呜，我哪里还有脸去见他……"

王四一愣，想石头估计是不知道的，正是不知道，才始终犹豫着下不了决心嘛。要是知道了，只怕早就拼了命也要把顾云澜揪出来捅死了，便安慰道："不是，石头不知道这事，当初顾云澜拦着他不让他见你，他只以为你是被欺负得受伤了，或者被顾云澜转手卖掉了。"

夏生听了这话，就略略止了眼泪，还十分恭敬地唤王四道："王老板，那请您回去转告石头哥，就说我一切都好，正在认真学戏，这几年是不能与他相见了，等几年以后我死了，石头哥大概也就忘了我了吧。"

王四心想这哥儿俩感情还真好，一个不顾一切地要保全另一个，另一个则打碎牙往肚子里咽也不要石头担心，真是看得他都有点感动了。也幸亏石头有夏生这个大弱点，否则根本不可能说动他替自己通风报信。当然，夏生毕竟现在不是真的好，他光在一旁抄着手看热闹也是不够的。他拍拍夏生的小脑袋，说道："傻孩子，没看出我是来救你的？你手头有什么信物没有？交给我，我先替你跟石头报个平安。"

夏生哦了一声，珍而重之地掏出一个小风车交给王四。

王四收了夏生的风车，转头就对顾云澜耍起了流氓。

他是既不出钱，也不准顾云澜再逼着夏生出去接客，甚至还不把夏生带走，就让他从此待在戏班子里清清白白地学戏。若是顾云澜敢违背他的意思，他随时可以赏顾云澜一单免费的买卖。

顾云澜体会到了师父当年的感觉，哑巴吃黄连——有苦说不出，只得咬着牙同意了，眼睛都要气红了。而王四一边觉得自己这么一番运作，石头肯定得死心塌地地替自己在齐公馆里当内应，一边又想顾云澜现在红眼的模样倒是很像一只兔子，这么喜欢拉皮条，干脆自己上阵啊！

王四心满意足地揣着手走掉了。

第二十三章　破阵子

冯齐两家拼出来的这支商队，在初冬的时节里出了天津城，一直到腊月十五那天才风尘仆仆地满载而归。

冯瑞德的精兵团很给自家长官长脸，不但把大批烟土毫厘不差地护送回来了，竟然还有心思一路上打家劫舍，额外搜刮了不少钱粮军火。冯瑞德在一处温柔旖旎的小公馆里接待了那位手下爱将，看见整整三大箱的真金白银，不由得眉开眼笑，当即拨了一半退给团长，让他按级别分发下去，使兄弟们也能过个好年。

只可惜冯瑞德当初在齐公馆的那点小心思未能得逞，石头活蹦乱跳地跟着队伍走了，又全须全尾地回来了。

这当然不是因为冯家大兵无能或者石头过于命大，而是冯芷瑶在得知石头要跟哥哥手下的大兵一道儿南下之后，就搂着哥哥的脖子，死活逼着冯瑞德嘱咐手下保护好石头。

真是怕什么来什么，冯瑞德要被气死了，瞪着眼睛，罕见地对冯芷瑶凶神恶煞道："妹子，你还真喜欢上那个黑小子了？"

冯芷瑶懵懵懂懂地忽闪着长睫毛："什么是喜欢？"

冯瑞德怒道："别给我装傻！你成天看那些外国电影小说的，会不懂这个？那些个破洋玩意儿，一点儿不教人好！"

他说得这样起劲，却全然忘记了洋玩意儿们至多是讲一些曲折浪漫的爱情故事，而他身为兄长，成日里吃喝嫖赌抽无恶不作，娶进门来的姨太太从前不是窑姐就是歌女舞女，七八个女人天天在冯公馆里斗得不可开交，也不知道冯芷瑶这么一个出身高贵的大家小姐，究竟是受哪边的毒害比较深一些。

幸而冯芷瑶出淤泥而不染，思考了一番电影里的恋爱桥段，她十分认真地否认道："不是，我就是想让石头平安回来，以后继续陪我逛街，陪我玩儿。清梧哥哥现在总不见人影，真是讨厌死了！"

冯瑞德兄长爱大涨，立马把妹妹搂进怀里，笑眯眯地道："不就是逛街嘛，咱不要那个黑小子，哥哥陪你逛去，想要什么哥哥全给你买！"

冯芷瑶鄙视地看着自家哥哥，白嫩的小指头用力刮上哥哥的脸颊："哥哥就会吹牛！哪回你陪我逛街不是到不了两个小时就找借口开溜？只有那一次到了洋装店就不肯走，还不是拿我当幌子去亲近那洋装店里的店员小姐？你当我什么都看不出来啊？"

冯瑞德讪笑着，被妹妹的一顿数落堵得一句反驳都说不出来，心底却还颇有些委屈，想这也就是自家亲生妹子，他才肯硬着头皮陪逛街，其他女人哪怕是再相好的，从来都是一张支票开出去，钱到人不到。偶尔有那不开眼的硬逼迫他，他就要耍起那大爷脾气，翻脸不认人了。

他想石头那半大小子身为一个带把儿的，居然能从早晨到晚上逛一天街不嫌烦，也真是个好样的。得，就留他一条狗命吧！

冯瑞德在那边很没出息地为了三箱财宝傻乐，齐老爷这边也正数钱数到手软。年关将近，烟土格外吃香。这一批货是直接从缅甸偷运回来的，没经过二道贩子，成色极好，又有着齐老爷在天津城里的权势面子，不过几天的时间就被销售一空。齐老爷刨去要给冯瑞德的那一份，发现就运这么一回，也顶得上他那皮货店、珠宝店大半年的利润了！

他老人家端坐在书房里，龙颜大悦，又听同去的老伙计们说石头果然是个好样的，人小胆不小，从前在公馆里当听差，闷声闷气地也看不出什么来，一出了门，却是与那些嚣张惯了的大兵一样，隐隐地显出一股匪气。在云南的时候，他们半夜遇到土匪偷袭，齐家的伙计们养尊处优惯了，何曾见过这样的场面，全缩在帐篷里竖着耳朵听冯家大兵与土匪交火，唯独石头抄着一支长枪就出去了，一去大半宿，黎明时候回来，枪上身上全是血，还十分懂事，轻声慢语地对最有分量的一个伙计禀告道："张叔，虽说这趟分工明确，咱们管验货，冯家管押运，可临时出了这种事，咱们要全一声不吭地在帐篷里待着，总归会让人瞧不起。您是有资格的老人了，不方便出头，我出去帮冯家一把，还希望张叔不要怪罪才是。"

果然从此以后，那些素来鼻孔朝天开的大兵们再也不敢时不时地拿话挤对齐家伙计了，因为齐家伙计里居然不声不响地藏了一个比他们还不要命的。就连团长训斥年岁轻的新兵蛋子时，也要拿石头当榜样："别他妈的光端碗吃饭不干活！看看人家石头，年纪比你们小，吃得比你们少，本事却比你们强老了！也就是老子脾气好，下回在司令面前这么偷懒耍滑的，一个个全把你们毙了！"

齐老爷听伙计们绘声绘色地讲述完石头的光辉事迹，捻着胡子微微一笑，嘴上没什么表示，心里却挺美，认为自己的眼光奇佳，这回算是挖着宝了。

挨个给老伙计们派完过年礼钱，待那些伙计们满面喜色地离去了，齐老爷出声招来管家，吩咐道："去把石头给我叫来。"

饶是半辈子历经种种大风大浪，自诩识人无数的齐老爷，再一次看见石头的时候，也不禁有点愣住了。

两个多月不见，石头依然是黑黝黝的，穿着听差制服，沉默不语地站在那里，可身上仿佛已经有什么东西与过去决然不同了。过去只觉得他老实可靠，在孩子里是个可造之材，现在脸还是那张脸，身子还是那个身子，齐老爷却下意识地发现石头沉稳了、成熟了，甚至还有了那么几分沧桑的味道。

其实石头转过年来也不过十六岁，然而齐老爷无端地觉得石头如果忽略外表，几乎比大少爷还要大上那么几岁。

那是经过事的眼神，那是真正看过世间宠辱悲欢、人心丑恶的一双眼。

大少爷年近而立了，但因为含着金汤匙出生，从未受过任何委屈，至今还一颗心单纯得犹如白纸。前阵子大少爷兴冲冲地携着赵小姐来拜见齐老爷，齐老爷开口一打听，发现这赵小姐不过是个落魄遗老的女儿，要钱没钱，要势没势，竟然还是个庶出的，如此出身，如何能担得起齐家嫡长媳的身份？把姑娘送走以后就表示了坚决反对。而大少爷这边早已为伊人爱得痴狂，更认为自家老爹因为门第这等俗物强行拆散他们，实在是最可恶的封建家长，与齐老爷大吵一架之后就负气搬到冯公馆借住了，把齐老爷气得好几天缓不过劲儿来。

齐老爷用力撇去脑海中那个不孝子的形象，很和蔼地夸奖石头道："石头，你这次做得很好。"

石头低了头，静静答道："老爷，这都是我应该做的。"

齐老爷现在是真喜欢这个寡言少语的孩子，认为他老成持重，将来必定有出息，甚至比自己膝下的那几个儿子还要好。三少爷、五少爷本就是姨太太养的，而且顽劣不成器，齐老爷从来不爱多看他们。大少爷本来是个极好的，谁知道这么大岁数了居然会为了个女人闹得天翻地覆，真是想想都觉得丢人！可惜石头命不好，投错了胎，要是当初生在冯瑞德那样的人家里，现在说不定也是一个统率万千士兵的少年才俊了。

齐老爷从抽屉里拿出提前准备好的红包，里面封了一千块钱，递给石头以后，他又微笑着告诉石头："以后别穿这身听差的衣服了，我已经嘱咐过管家，给你裁制了几套新衣裳，收拾出一间僻静的屋子。你这些天先好好歇着，等转过年来开了春，这方面的生意还得你跟着去。这一趟下来，就属你给咱们齐家长了脸！"

石头捏着厚厚的红包，照例道谢，脸上倒也没有特别高兴的表情。一来他这一趟出生入死地来回跑了几千公里路，拿这个数不算什么；二来他其实从来不是个贪财的孩子，以前穷得吃不下饭的时候，大洋对他确实有无限的吸引力，后来领的工钱足够吃饱穿暖给夏生买小礼物了，他也就不大在乎多出来的钱。

齐老爷又道："除夕那天别到处乱跑，留在公馆里吃顿团圆饭，好好热闹热闹。"

石头深深一鞠躬："好的，老爷。"

除夕那天，齐公馆里果然热闹非凡，张灯结彩，备酒布菜，下人们忙得那叫一个脚不沾地。大少爷与老父闹了许久矛盾，最后还是冯瑞德会做人，恶声恶气地半开着玩笑把齐清梧往外撵："走走走，我要跟我妹子清清静静地过年，你一个外姓的杵在我家干什么？蹭了我大半个月的饭了，我可不让你上除夕的桌儿！"

齐清梧对其怒目而视，正要向冯瑞德掰扯芷瑶当初在齐家住了半年，吃了比他多出许多倍的粮食，奈何秀才遇到兵，有理说不清，冯瑞德现今的力气比他大出许多，直接把他强塞进汽车，一溜烟地开到了齐公馆。把齐清梧推搡到齐老爷跟前，冯瑞德笑得十分灿烂："齐伯伯，这大少爷我给您送回来啦！你们爷儿俩呢，先放下矛盾，好好过个年，管他什么赵小姐王小姐的，都不是个事儿，等来年再慢慢掰扯！"

这话简直是说到齐老爷心坎里了，齐老爷抖着胡子把冯瑞德夸成了一朵花，又赶紧封了两个大红包，一份给瑞德，一份给芷瑶。冯瑞德家中还有小妹等候，故而收了钱就走人，留下齐家父子面面相觑。

齐清梧终究不是逆子，扭捏良久，犹犹豫豫地叫了一声"爸"。齐老爷一番怒火经过许久沉淀，也消得差不多了，便就坡下驴，拍着大少爷的肩膀把他领进内堂去了。

下午六点，齐家的除夕夜宴正式开席，齐老爷与五个孩子以及几个得脸的姨太太满满当当地开了一大桌。后屋里齐宅总管、石头以及几个高级下人也凑起一桌开始喝酒吃肉。

后屋那一大桌上，数石头最为年轻，然而也数石头最受恭维。齐宅总管身份再高，说到底也还是干着伺候人的活计，可任谁都知道石头这一趟归来那是彻底不一样了，论起身份来，几乎与外面齐家商铺的掌柜一个级别，只是还住在齐公馆里面罢了。觥筹交错间，一大堆马屁密不透风地将石头裹了个严严实实，都巴望着以后能被石头提携提携，以摆脱这仆人的身份。

石头看上去却十分心不在焉，酒也不多喝，饭也不怎么吃，及至屋内钟表走到八点二十了，他火烧屁股似的一下子站起来，对着管家略微耳语几句，竟就此跑掉了。

晚上八点四十五，石头又一次站在庆成戏班的大宅子前，深吸一口气，如从前一样，轻轻叩了三下那朱漆的大门。

门一瞬间就打开了，夏生猛地冲了出来，几乎不敢置信地愣愣望着眼前之人："石头哥……真是你吗？你是真的吗？"

石头喜笑颜开地一拍夏生脑袋："傻小子！几个月不见，就连你石头哥都忘了？"

夏生抽着鼻子，下意识地就道："没有……我只是以为，这辈子再也没法见到石头哥了……"

石头听他这话说得不对劲，不由奇怪道："什么叫这辈子都见不着了？不就上回没见成吗？上回也是我不好，急糊涂了，不该跟你们班主呛声，顾云澜现在堂堂一班之主，是有脾气的人了。对了，他对你好不好？没有因为我的缘故刻意责罚你吧？"

夏生顿了一顿，慢慢地摇头。自从王四对顾云澜做出一番威胁之后，顾云澜是真不敢再动他了，知道王四是个杀人如麻的，生怕为了赚那几个钱真把一条命搭进去。但顾云澜心里憋着一股火，当然不可能按照王四的要求认真教夏生唱戏，一天三顿饭也净给夏生吃大白菜土豆，纯粹把他当一个不干活的小厮养起来了。

为了掩盖似的，夏生勉强挤出一个笑容，对石头笑道："石头哥，班主夸我很有学戏的天赋，说不定几年以后也能成个大名角儿呢！"

石头高兴极了，一把拉住夏生的手，眼睛里亮晶晶的，充满了对未来的企望："好，真好，我也在齐公馆里得了个不错的差使，从今往后，咱们分别在不同的地方共同努力，你好好学戏，我好好挣钱。等几年以后，你出名了，我用最大的花篮捧你！到时候啊，整个天津城里全是咱哥儿俩的威风！"

远处，五彩缤纷的烟花冲天而起，照亮了大半个天空。石头拉着夏生，拍着手看那美丽的稀罕景，庆成班子门前一株红梅凌霜盛放，在簇白的雪地里，艳得像心口那一枚朱砂痣。

夏生被身边的石头牵着手，两行清泪不知不觉间流了下来，冰凉冰凉的，被北风一吹就干在了脸上。他梦呓一般地轻轻答应着石头：

"好的，石头哥。今后咱俩啊，一定是最威风的。"

第二十四章　纳　妾

　　过完了年，人们纷纷开工，逐渐回归到了忙碌的生活之中。石头身处齐公馆，因为缅甸那边还未与齐老爷联系，所以成日里无所事事，只与齐家下人们玩闹一番，或者独自待在那间分给他的小屋子里。

　　他没有再去找夏生。他现在也比较懂行了，知道戏班子过完年后都得准备开箱大戏，这段时间是非常忙碌的，他不好意思再去打扰。而且更关键的一点在于，齐老爷信守承诺，果然把运来的第一批烟土分给王四一部分，王四这几天一边忙着接杀手生意，一边忙着倒卖烟土，无暇跟石头联系，石头不愿与王四过于亲近，也决不肯主动找他。而现如今，石头与夏生的见面全靠着王四当中间人给顾班主传话。其实如果只有当初戏班门口的那一场争吵，石头也愿意做小伏低地跟顾班主和解，但自从王四横插上这一杠子以后，石头想自己还是不要再跟顾云澜见面了，王四的手段石头太了解了，顾云澜现在肯定恨透石头了。

　　嗨！夏生又不是个大姑娘，顶多挨几顿揍，用得着你天天跑去看望？石头自我劝慰道，况且学戏是一条漫漫长路，夏生本就入门晚了，自己更不能时不时地跑过去打扰他，分他的心。

　　石头情不自禁地想象着夏生成了名角儿以后的样子，会不会比顾壁成好看？顾壁成三十多了，夏生学成出来也不会超过二十，那份年轻与水灵劲儿自是顾壁成比不上的。不过说到唱腔，石头十分现实地认为夏生恐怕是一辈子超不过顾壁成了。夏生以前在沈家庄的时候给石头唱过乡谣，实在唱得不怎么样，大直嗓子还有点跑调，也就是那一副未变声的少年嗓音很清澈很干净，假如唱戏与唱歌是差不多的一回事……唉，希望夏生可别唱着唱着再跑调了。

石头一边胡思乱想着，一边在齐公馆里瞎逛。正逛得口渴，打算回屋里喝一杯茶，却忽地看见大少爷在前方一处装修精致的亭台水榭前神情郁郁地走来走去。

石头走过去，试探着问道："大少爷，您这些天……好像一直不高兴？"

齐清梧见是石头，也毫不掩饰，两道浓眉扭成了"川"字形，沉闷地长叹一口气。

大少爷这副模样，石头就不好贸然离去了，便继续问道："您这是怎么了？"

大少爷满腔忧愁无人理会，此刻偶然抓到一个石头，立马就打开了话匣子："石头，你还记得那位赵小姐吗？"

石头点点头："我当时还跟着您一起去南开大学见过她。"

大少爷想起那位佳人，心情更是苦闷，满肚子的话也不知道该从哪里跟石头说起，只能继续低着头，连连唉声叹气。

原来过完一个年之后，齐老爷的态度并未有分毫软化，还是坚决不允许齐清梧把赵小姐娶进门，哪怕是姨太太也不可以，因为担心以后清梧会再闹脾气不肯娶正妻。而且这一次齐老爷有了经验，把齐公馆大门看得牢牢的，不准齐清梧再随意出门，还要逼着齐清梧开始学习生意上的事情，不给他时间再写那没用的剧本。

齐清梧顺风顺水地活了快三十年，第一次觉得人生是如此灰暗。

正有一搭没一搭地跟石头诉着苦，齐宅总管就拿着一封红色请帖向齐清梧走来了。

"大少爷，"管家把请柬双手呈给齐清梧，"冯公馆送来的。"

齐清梧接过请柬，暗暗纳闷，冯家现在就瑞德和芷瑶两个主子啊，芷瑶总不可能突然嫁人，怎么会大过年地送这个过来？

及至看完那请柬上龙飞凤舞的烫金行书，大少爷的鼻子都要气歪了。

冯瑞德在请柬上宣称自己与南开大学话剧社的女学生周洁情投意

合，感情甚笃，决意将周洁纳为冯家七姨太，正月初九是个好日子，便要在那天大办婚礼，希望齐大少爷务必赏光参加。

齐清梧认为自己现在正与赵小姐前途渺茫，冯瑞德那个不怀好意只看过一次话剧的家伙，居然要把周小姐娶进门了！娶进门做冯太太也就罢了，居然只肯给周小姐七姨太的身份，周小姐清清白白的好人家女孩，有文化有气质有品行，进了冯家以后却要排到那些窑姐舞女后面去，可不是生生玷污了周小姐吗！

"不去！"齐清梧怒气冲冲地把请柬扔给管家，"就说我没空！"

管家不知所措地看着齐清梧，不明白自家大少爷生的是哪门子气，就算大少爷跟冯司令私交甚好，可也不能这样明着得罪人家吧。

石头虽然闹不清楚这其中的纠葛，不过看着气哼哼的大少爷与那正红的请柬，他脑子中灵光一闪，计上心来。

"大少爷，"石头说道，"您不是想去见赵小姐，可老爷又不放您出门吗？"

大少爷悲愤点头。

"哎呀，"石头循循善诱着，"那您就不会借着这个参加婚礼的机会，把赵小姐约出来？"

大少爷一拍脑门，恍然大悟，想自己真是伤心傻了，竟连石头的脑子都不如了。一把抓住石头的袖子，他恳切道："石头，那一天你可一定要陪我一块儿去啊。"

石头不明白自己能在其中起到什么作用，不过正月初九就在三天后，自己想必也无事，便莫名其妙地同意了。

三天后的上午，齐清梧西装笔挺地带着贺礼，领着石头，驱车前往冯公馆。

因只是娶姨太太，也不必全盘按规矩来，只求热闹富丽即可。冯瑞德一身白色西装，站在簇红簇红的公馆门口迎宾，笑得十分嘚瑟。

看见齐清梧下了车，他大步走上前去，热情地招呼道："哦哟，大媒人你来啦！"

齐清梧真不想给冯瑞德当这个媒人。

脸上维持着礼貌的微笑，齐清梧语气平静地祝贺冯瑞德："恭喜恭喜。"

冯瑞德何许人也，自然一眼就看出了齐清梧的不痛快，搂着齐清梧的肩膀，他低声问道："大才子，不高兴了？你不是全身心地恋着你那位赵小姐吗？难道你对周洁也有意思？"

齐清梧皱着眉头解释道："我不是喜欢她，我只是觉得，周小姐一个好人家的女孩儿，你干吗不让她做名正言顺的冯太太？这个七姨太算是怎么回事？你又不像我，上头有老爹压着。"

冯瑞德闻言，嘴角就勾起一丝不屑的淡笑："冯太太？冯太太是那么好当的吗？周洁那么个穷酸女学生，在我看来，也不比歌女舞女高档到哪里去。"

齐清梧听冯瑞德如此看不起周洁，又联系到老父的固执，不由得大感刺心，也不接腔，自顾自地变成了一只闷葫芦。

冯瑞德知道身边这位好友的书呆子气又犯了，大好的日子，他懒得跟他计较，就转换了话题，故意逗他道："你不是让我替你把赵小姐请来吗？喏，人现在就在二楼最靠里的房间，你赶紧去吧。"

齐清梧一听到"赵小姐"三个字，登时把冯瑞德、周洁乃至身后跟着的石头全忘了，匆匆对好友道一声谢，他坦克压路似的奋力挤开各位名流贵宾，直奔着二楼去了。

冯瑞德盯着一身正装的石头，虽然已经宽宏大量地决定留他一条狗命，但每每看见那张脸还是有点不爽的。

他点上一根烟，问道："你来干什么？"

石头低了头，不与冯瑞德的视线相对："大少爷让我跟着来的。"

冯瑞德不好把大少爷带来的人直接阻拦在公馆外头，又想到芷瑶因为嫌他办婚礼太吵，今天一早就同吴家小姐赏梅去了。芷瑶不在，谅你这黑小子也搞不出什么花头来，就勉勉强强地不再找事："得了，进去吧！"

石头也不道谢也不客气，一声不吭地还真走进去了。

而冯公馆二楼，大少爷凝望着朝思暮想的心上人，一颗心简直要化成一汪柔水。

"唉，沛珊，"他轻声唤着赵小姐的闺名，"过了年咱们就没见过面，是我对不住你。"

然而赵沛珊现在没有心情与大少爷柔情蜜意地叙旧，她的一张小脸煞白，眼底却是一片乌青，化了妆也不能完全遮掩住，她主动抓着大少爷的手，急切地问道："清梧，你会娶我的，是吧？"

齐清梧那一大筐的情话在这直白的现实面前顿时噎住，他结结巴巴地开口："我……呃……"

赵沛珊梨花带雨地哭起来："清梧，求你了，你可一定得娶我啊！不然，不然我就得给一个四五十岁的土财主当续弦了！"

第二十五章　暗约偷期

　　齐清梧真讨厌眼前这一切，此刻的他只想不顾一切地带着赵小姐逃跑，逃到天涯海角，逃到只剩他们两人的世界中去！

　　他想，人家国外已经自由民主了这么些年，中国人近来虽然也有样学样，又是成立国民政府，又是穿西装打领结住洋房，可骨子里怎么仍然是那根深蒂固的封建思想呢？

　　周洁那么有才华的好女孩，冯瑞德仗着有权有势就毫不珍惜，把她跟他那一屋子乌七八糟的歌女舞女养在一起。自己与沛珊那么缠绵刻骨的爱情，父亲看了也毫无感触，盯着沛珊的出身死活不松口。而更为可恨的便要数沛珊那一对混账父母了！

　　原来沛珊的亲生母亲赵家三姨太去世很早，沛珊是在嫡母大太太的手下长大的。身为庶女，沛珊这些年来在赵家受的冷言冷语暂且不提，大太太最近看沛珊即将从大学毕业，便起了卖女儿的心思，四处托人给沛珊物色结婚对象。一般权贵家族的少爷自有门当户对的小姐相配，看不上赵家的落魄境地，找来找去，只有一位刚刚死了发妻的绸缎庄老爷看上了沛珊的年轻貌美，愿意出大笔的彩礼让沛珊过门给他当续弦。

　　沛珊生长于复杂家庭，人情世故方面比齐清梧通透太多了。眼看着自从清梧把她带去拜访齐老爷之后，便一直闷闷不乐，自然也猜出齐老爷看不起她的出身。她爱着这位温润如玉的大少爷，本来也不想太过逼迫他，可事到如今，这些委屈已经不是她一个人可以承受得了。

　　她刚在家中表示了一丝反对，大太太就指着她的鼻子尖刻骂道："沛珊，你当我为什么花那么多钱送你念大学？还不是为了将来把你许

146

给一个好人家？难得人家那位老爷肯娶你当正室，年岁也不算多大，比你爹还小了七八岁呢，你一个小老婆养的丫头片子，还有什么不知足的？"

而沛珊的亲生父亲，因为穷了半辈子，膝下又有一堆孩子，便对妻子的决定毫无异议，任凭大太太拿女儿一生的幸福去换那一笔彩礼。

听沛珊哭着讲完家中的糟心事，齐清梧气得发怔，拿出雪白的手绢替沛珊擦拭着眼泪，他也不管自家父亲的反对了，当即自作主张地承诺道："沛珊，你别怕，回去告诉你那对爹妈，就说我齐大少爷一定名正言顺地娶你过门！"

沛珊抹着眼泪深深望他："清梧，我……"

齐清梧看过无数缠绵悱恻的爱情小说，便把现在的困境当成上天对他这段感情的考验，他挺直腰板，一下子生出了万丈豪情："别担心，全包在我身上。我既与你谈了恋爱，就一定要对你负责，我可不是冯……"他艰难地把"冯瑞德"的名字咽回去，"我可不是那种人渣！"

齐清梧下了楼，在一张摆满了美味佳肴的餐桌前，找到了正在大吃特吃的石头。

冯瑞德因为芷瑶的缘故，看石头很不顺眼，而石头因为家乡的覆灭，对冯瑞德自然更加仇恨。石头经过一番深思熟虑以后，放弃了为乡亲们复仇的想法，可他看着这富丽堂皇的一切就下意识地十分生气，打架滋事太给大少爷丢脸了，所以他要尽可能多地吃掉冯瑞德的食物，这些食物也是用冯瑞德的钱买回来的呢！

齐清梧不知道石头这个十分孩子气的想法，看见他饿死鬼似的拼命吃饭便不由得皱眉，齐公馆的伙食也不算差啊，怎么把石头饿成这样？唉，这都吃了半桌子了，可真丢人。

赵小姐还在二楼等着，齐清梧无暇与石头掰扯齐公馆的饭菜问题，用力把石头从餐桌前拖走，他急匆匆地说道："石头，我现在要让你给我想个主意，怎么让爸爸同意我跟赵小姐的婚事？"

石头正在艰难地咽一大块酱牛肉，乍然听闻这个几乎无解的难题，

147

顿时噎住了。

石头涨红了脸，痛苦地看着大少爷："呃……"

大少爷无语极了。掩人耳目地把石头拉到一个僻静的角落里，他用力地拍打着石头后背："我这边都烦死了，你能不能少给我丢点人啊？当初你一口气用二十多把刀叉的机灵劲儿呢？今天怎么就跟个要饭的似的？"

石头在大少爷的帮助下酝酿良久，总算是死里逃生，喘上一口气之后，他苦着脸对齐清梧道："大少爷，您自己都想不出办法，就我这个脑子，怎么可能想出来？"

大少爷心里何尝不明白，然而他现如今黔驴技穷，走投无路，思来想去就剩下石头这一根救命稻草，便不自觉地跟冯芷瑶似的耍起了赖："我不管，你当我白带着你过来，吃了……吃了这大半桌子饭啊！你今天必须给我想出个主意来，现在就想！"

石头想赵小姐的出身那是不可能改变了，齐老爷的想法更不可能改变，齐老爷连一般官宦家族的嫡生小姐都看不上眼，何况赵小姐呢？要是大少爷认识王四就好了，这种费脑子的事，想必王四会有办法。

石头无奈摊手，随口胡扯道："唉，您要是非赵小姐不娶的话，干脆带上点钱，跟赵小姐私奔吧。"

一个声音出其不意地插了进来："清梧，你别听这小子扯淡。"

不知何时，今天婚礼的主角——新郎官冯瑞德沉默地站在了他俩身后。

冯瑞德冷冰冰地盯着石头，有些神经质地想自己还是低估他了。这小子年龄不大，身份不高，胆子却不小，张口就劝清梧跟赵小姐私奔，焉知会不会有一日，他不声不响地就把芷瑶给拐跑了呢？

冯瑞德决定防患于未然，从今往后，绝不能让芷瑶再跟这个石头见面了。

齐清梧对冯瑞德还是有些耿耿于怀，但现在情况危急，多一个人总是多一条路子，就焦急地询问冯瑞德道："那你说怎么办？我要是不娶沛珊，她就得给那个什么绸缎庄老板当续弦了！"

冯瑞德懒洋洋地端起水晶高脚杯，饮一口白兰地，十分不屑地翻一个白眼："笨蛋，就这么点事，值得你急成这样？我问你，你现在自己手头能有多少钱？"

　　齐清梧算了算："没多少，也就十来万。"

　　冯瑞德觉得这酒还不错，就又喝了几口："足够了。你那未来的岳父岳母要把你老婆嫁给别人，无非是看上那点彩礼。你去趟赵家，砸个十万八万下去，保准他们立马把你当大爷供起来。"

　　齐清梧认为瑞德完全没抓住重点："彩礼当然不是问题，关键是我爸啊！我爸死活不同意这门亲事！"

　　冯瑞德瞪他一眼："我还没说完好吗？先去下聘礼，把赵家那边稳住，然后出点钱给赵小姐租个房子，让她搬过去。同时你在家里好好装孝子，千万不要再拿这事去烦齐伯伯。久而久之，齐伯伯放松警惕，自然也就不会把你软禁在家里。等自由以后，你就抓紧时间去和赵小姐双宿双栖——"冯瑞德露出一个暧昧的笑容，"等赵小姐肚子里怀上你的孩子，生米煮成熟饭了，齐伯伯就算为了自己的大孙子，也总得给赵小姐一个身份吧？"

　　齐清梧愣愣地看着冯瑞德，他发现这家伙真是个天才，自己就算想破了脑袋，也想不出如此周全而又一肚子坏水的主意。

　　接受着齐清梧崇拜的眼光，冯瑞德扬扬得意地一笑："怎么样？还是大爷我聪明吧？还私奔，放着好好的齐家大少爷不做，你为了个女人就私奔？再说你自己想想，就凭你这么个养尊处优细皮嫩肉的身子，真离了你家老头子，你养得活你自己还有你老婆？"

　　齐清梧开始还颇为不服气，然而沉下心来仔细想想，他不得不承认冯瑞德说得一点没错，自己自从回国以来，舞文弄墨谈恋爱，一分钱没挣过，净往外花钱了，便很惭愧地接受了教育："你说得对，等我和沛珊安定下来以后，我一定好好跟爸爸学习做生意，再也不做文学梦了。"

　　冯瑞德一口饮尽杯中剩余的白兰地，酒精在血管中燃烧，升华了他的快乐。他今天纳美妾，接受着无数达官显贵密不透风的阿谀奉承，还代替齐伯伯好好地给这个理想主义过头的大少爷上了一课，人生真是圆满极了。

就在这个当口，他看到自己的手下爱将精兵团葛团长一身戎装地向自己走了过来。

冯瑞德笑骂道："老葛！老子的婚礼你都敢迟到，昨天晚上又睡在哪家窑子里了？"

然而葛团长一脸严肃，严肃中还带着隐约的不安，他立正，啪地对冯瑞德行了一个标准军礼。"司令——"他单只是这样叫着，声线拖得很长，却不肯把话说下去了。

冯瑞德意识到了不对劲，不动声色地看一眼齐清梧和石头，他压低了声音，轻声命令道："没关系，有什么话你说。"

"司令，保定出事了。"葛团长同样小声禀报着，"有一批从东北那边撤出来的军队路过保定，把咱们城外的粮仓给抢了。"

冯瑞德知道葛团长如此凝重的神色，必不会仅仅为了几个粮仓，便沉声道："说下去。"

葛团长斟词酌句，尽量把下面的话说得委婉一些，以免冯瑞德当场跳脚。"唉，司令，您是知道的，保定那边的驻军不是咱们的嫡系，无非是年前张大帅留下来的一批乌合之众，加上咱们的几个团而已。也不知道那支东北军跟张大帅的残部达成了什么交易，总之昨天夜里他们里应外合，哗变了……"

冯瑞德看上去还是镇定的，只是一双黑幽幽的丹凤眼里不再有笑意，慢慢地开始染上一层煞气："咱们这边，死了多少人。"

葛团长起先还犹犹豫豫地不敢说，可架不住冯瑞德刀锋一般的尖锐目光，他长叹着说了实话："张团长、李团长、马团长都殉难了，咱们放在保定的四个团，顶多还剩下不到半个，还都被……俘虏了……"

那只精巧昂贵的水晶高脚杯啪的一声在地上碎成无数片。

整座冯公馆一瞬间静谧如死。

冯瑞德眯着眼打量了周围一圈，一个字都没多说，只是非常简洁地吩咐道："老葛，你去把车开出来，我上楼换身衣裳，咱们马上走。"

一支烟的时间过后，冯瑞德一身军装地走下来，马靴锃亮，嗒嗒嗒，嗒嗒嗒，踏出令人不安的声响。

他目不斜视，大厅内的宾客一概不理，唯独走到齐清梧面前，用力握一握齐清梧的手："我走以后，芷瑶还要托付给你，麻烦了。"一句嘱托，十五个字，却似有千斤之重。

齐清梧望着他，亦不多言，只是回握一下他的手，轻声答道："你放心。"

冯瑞德淡淡一笑，大步流星地走掉了。

第二十六章　艰屯之际

1934 年 3 月 1 日，大清朝末代皇帝溥仪在长春登基，自此改称"满洲帝国"，年号"康德"。

这个消息很快传遍了大江南北，传到了天津城所有富贵闲人的耳中，然而却没有引起大部分人的足够重视。

齐老爷觉得皇上重新登基不是个好事，日本人一步步蚕食中华领土，气焰越来越嚣张，自然更是糟糕之极，可他现在没有多余精力去关注那遥远的"满洲国"里发生的事情，他日夜揪心记挂的乃是冯瑞德的安危。

冯瑞德这一仗打得并不顺利。

与大部分军阀一样，冯瑞德显然不是什么军事上的天才，无非是靠着自家老头子留下来的那十几万人马与精良装备，以及自己那天生冷酷狠绝的土匪性子，才屡战屡胜，在平津一带顺风顺水地做了几年土皇帝。

现下是连正月都未出的时节，天气依然非常寒冷，春天尚未真正来到，冯瑞德匆匆忙忙地带着几万军队杀去保定，然而保定再一次固若金汤，几位死去团长的尸首高高悬吊在城头，仿佛是对冯瑞德的轻蔑与挑衅。冯瑞德自从接管父亲基业以来尚未受过如此羞辱，当即不顾酷寒，命令手下大兵拼命蛮攻，渐渐演变成了不留退路的打法。

齐老爷在天津城里密切关注着保定局势，见到冯瑞德这种丝毫不把手下士兵当人的打法就很不赞成，觉得冯瑞德终究是年轻气盛了，虚岁刚到三十，太沉不住气，过于漠视其他人的性命，恐怕是要出事情的。

与此同时，再一次借住在齐公馆的冯芷瑶，这些日子也总是忧心忡忡，莫名其妙地烦躁。

她一个小姑娘，对哥哥的军阀事业当然一窍不通，但她下意识地认为哥哥这一次走得太急了，从来没这么急过。那天傍晚，她高高兴兴地捧回一束白梅准备送给哥哥，却被管家告知冯司令已经出城了，并让小姐收拾完行李就坐车去齐公馆。

几天后，她实在忍不住了，软声软气地求石头道："石头，哥哥送给我的一只洋娃娃被我落在家里了，你能不能陪我回去一趟？"

也许是因为石头平日里陪她的时间已经远超过了大少爷，现在冯芷瑶一旦有什么事，第一个找的反而是石头，而不再是清梧哥哥了。

石头没有拒绝的理由，事实上，除了冯芷瑶偶尔蛮不讲理地撒泼以外，石头也从未拒绝过她什么事。

刚走到冯公馆门口，石头与冯芷瑶便同时听到了屋子里歇斯底里的吵闹。

石头一把推开大门，毫不意外地看到冯瑞德留下来的那几个姨太太又一次打得鸡飞狗跳。

前面那些下九流行当出身的姨太太个个彪悍无比，平时为了一件旗袍、一套首饰也要争斗不休——当然，从来都是背着冯瑞德的，在冯瑞德面前，她们一个个都温顺柔媚得宛如小绵羊、小猫咪。

而这一次，她们罕见地统一了战线，枪口一致对外，六个人欺负周洁一个人，一口咬定周洁是扫把星，刚进门第一天就克死了冯瑞德的四个团，害得冯瑞德大冷天也要出去打仗，不能与她们在那温柔旖旎乡中缠绵。

"七姨太！"五姨太尖酸地高声叫道，"老爷娶你过门前肯定忘了跟你合八字吧！要是知道你是这么个天煞孤星的命，就是倒贴上钱老爷也不会要你的！"

三姨太仔细看着自己指甲上的红蔻丹，笑道："妹妹这话说错了，老爷忘不了，肯定是七姨太拿不出来。野种一个，谁知道是哪天生的！"

六姨太柔柔弱弱地纠正道："姐姐可不能说人家七姨太是野种啊。听老爷说，七姨太可是正经大学生出身呢！大学生嘛，稀罕景，哪个男人不爱？不比咱们这些不识字的高级多了？"

五姨太冷笑着啐了一口："高级个屁！这么高级，还不是排在咱们姐妹后面？老娘最硌硬那些装清高装纯洁的女人，看见这样的，就恨不能上去赏她几巴掌！"

其他几个姨太太就笑着起哄道："哎哟，老五，数你厉害，你快去呀，快去呀！"

她们在那里叽叽喳喳，说得十分热闹，唯有周洁自始至终一言不发，无力地倚着墙角坐着，脸色惨白，原本水汪汪的漂亮眼眸里再无一分神采。

不是这样的，不该是这样的。

当初在话剧社，她那么羡慕赵沛珊有一个近乎完美的男朋友，但即使再羡慕，她自小在书卷堆里长大，懂得礼义廉耻，从来也没有想过要去争抢赵沛珊的爱人。

后来，她遇到了冯瑞德。瑞德眉清目秀，风度翩翩，甚至比齐清梧更会关心女孩子，她很快与瑞德坠入了爱河，心甘情愿地把自己的一切奉献出去以后，他才说她不过是他无数女人之一。

她怨过，恨过，可最终还是听了瑞德的话嫁进冯家。她舍不得自己与瑞德的那份爱情，她的父母舍不得冯大司令的权势。

她本以为做姨太太已是最糟的了，却没想到前六个女人都是这种货色，生活远比她想象的要艰难更多。

她想，她还活在这世上干什么呢？

冯芷瑶实在对哥哥的这一堆姨太太忍无可忍了，用力跺一跺脚，她怒道："你们都别吵啦！"

姨太太们一个个极有眼色，看到冯家正主回来了，立马全都噤了声。沉寂片刻，其中一个和缓了语气，赔笑问道："大小姐怎么突然回来了？"

冯芷瑶皱着眉头上楼回自己房间："我回来拿东西，哥哥不在家，你们都消停一点吧，成天吵吵吵，烦死人了。"

"是是是，谨遵大小姐的话，我们以后再也不吵了。"

石头抱着手臂倚在门口，听见这话就忍不住笑了一声。这些姨太太们说话张嘴就来，连脑子都不过一遍，再也不吵了？只怕冯芷瑶一出门，她们又会继续吵得天翻地覆吧。

最可怜的是那位周洁小姐，二十出头的花样年华沦落至此，然而活在这世上的人，每个人都有太多的不如意、不得已，石头帮不了她，便只能选择视而不见，袖手旁观。

是什么时候开始懂得这个道理的？石头自己也不记得了。

冯家军队在保定陷入了僵持，一时半会儿恐怕是无法分出胜负来了，而齐老爷在缅甸那边的生意却是等不得了。

齐老爷得定期从那边拿货，干什么生意也得讲信用，否则让毒枭那边认为齐老爷不可信任，以后不再提供货源，齐老爷可就要亏大发了。

躺在床上看着天花板思量了一宿，齐老爷牙一咬心一横，决定赌它一把。

他把石头叫进书房，说道："石头，冯家现在的情况你也知道，一时半会儿腾不出人手来，但是货，咱们必须按时运回来。"

石头试探着说："那……咱自己运？"

齐老爷一点头："对，自己运，齐家保镖听差加起来上百人，个个都佩着枪，这次让他们跟你一起去。但是咱们这次不运烟土了，"齐老爷闭一闭眼，一字一顿地说出三个字，"运白面。"

石头心中一凛，白面这东西，价值极高，体积很小，的确是适合小型商队运送的。

可是同样的，白面的罪孽，要比烟土大得多。

鸦片只要熬得过去，尚且可以戒掉，白面一旦沾染，便是上了死亡的高速通道，再无回头的可能。

齐老爷盯着石头，皱纹横生的脸上挤出一个含义不明的微笑："石头，敢运白面吗？"

石头沉默片刻，最终他平静地回答一句："没有问题，老爷。"

三天后，石头与齐家听差保镖统一换上不起眼的半旧衣服，腰里别着手枪，行李中藏着巨款，十分低调地再一次出城南下了。

而没过多久，天津城里的大报小报同时刊登出爆炸性新闻——天津警察局吴局长半夜死在自家小公馆里了！

吴局长是被勒死的，而那处小公馆里不仅有吴局长的尸体，还有一位十七八岁的妙龄少女，容貌美丽，身量纤纤，却是吊在吴局长的尸体旁边自杀了。

经过警署的一番调查，可以确认少女乃是庆成戏班里一名刚刚登台没多久的小旦。

顾云澜自接手戏班后，一直肆无忌惮地逼迫旦角卖身，没想到夜路走多终遇鬼，众多少年少女之中，竟然真的出了个贞烈决绝的女孩子，不堪那吴局长的侮辱，扯了衣服袖子做凶器，直接把熟睡之中的吴局长给干掉了！

事发之后，顾云澜害怕遭到吴家报复，趁着警署还没来得及找他，他以最快的速度收拾好所有金银珠宝，领着整个戏班风驰电掣如兔子一般连夜溜走了。

庆成戏班一夜之间彻底从天津卫消失，自那之后，再无任何人能够找到他们，再无任何人能够打听到他们的行踪。

人们于是纷纷叹息着说，顾老板若有一日魂魄归来，却是再也找不到回家的路了啊。

第二十七章　心　意

　　石头坐在开往上海的火车里，面无表情，长久地凝望着窗外肃杀萧条的寒冬景色，仿佛是在愣愣地出神，然而藏在桌下的那一双手，却始终紧紧握着一把冰冷的手枪。

　　从什么时候开始，他竟与王四一样，必须时刻有武器傍身，才能感到一份安定。

　　也许早就开始了吧。从他毫不犹豫地用长枪干掉好几个云南土匪开始，从他单枪匹马地替舞小姐吓跑那长相抱歉的吴公子开始，从他一身褴褛，在绝美的黄昏里把匕首捅进那位老人的身体开始。他在十四岁那一年猝不及防地走上了这条不归路，杀人者不配得到救赎，只能不停地沦陷，而他现在，依然可以算在孩子的范畴中，却已经不辨是非，两手血腥。

　　他从前一直是恨着王四的，恨王四万人之中拣选了他，恨王四拿夏生的性命逼迫他。可是就在他这次答应齐老爷的那一刻，他突然顿悟，何必拿王四做借口自欺欺人，没有王四，也会有王五王六王七，你本来就不是什么好东西。

　　他不是不知道大烟和白面的危害，当初在舞小姐不经意的闲谈中，他听过许多因为鸦片上瘾而最终倾家荡产、不得善终的例子。齐老爷为了钱做这伤天害理的买卖，他石头南下几千里路为齐老爷运回这些货物，便是第一号的帮凶。

　　难道这一次齐老爷拿枪顶着他的头逼他这么做了吗？难道没有自己的探望夏生就不能安安心心地学戏了吗？把所有所谓不得已、所谓被逼迫的表相扒开，石头知道，归根结底，是他不舍得放弃这个机会。

他扪心自问，自己真的甘心做那一辈子毫无指望的苦力、听差？连夏生都知道要靠着唱戏将来像顾壁成那样出人头地，万众追捧呢！在沈家庄的时候，他觉得文昌县就是最繁华最热闹的地方，到了文昌县，他想着自己只要能有一份稳定的工作，养活他跟夏生这两张嘴就足矣，可是来到了这天津卫，进了这齐公馆以后，他见识了真正的荣华富贵，渐渐就无法如从前一般安于本命了。

大少爷一掷千金，冯司令花天酒地，那是因为他们生在了富贵人家，一下生就注定了的。石头明白这个，所以从不嫉妒他们。可石头也不是那不食人间烟火的圣人，吃过了法国大餐，闻过了咖啡的香气，恐怕任何人都不会想再滚回街头要饭。

拒绝王四的入伙邀请，是因为尚有一分为人的良知，不愿意那么赤裸裸地沦为真正的刽子手。答应齐老爷的委托，是因为多了那么一层脆弱的掩盖——自己只是负责运货而已，那些死于鸦片死于白面的倒霉蛋，与自己没有什么关系。

石头自嘲地扯一扯嘴角，人啊，就是这样不停地掩耳盗铃，愚蠢又可笑。

隔间的门被拉开，一个齐家伙计探进头来，问石头："我们要去餐车吃饭，你要不要一起？"

石头觉得自己还不大饿，就摇了摇头："你们去吧，给我带两个馒头回来就行。"

伙计答应一声，刚要离开，一双眼睛却被石头胸前那一枚玫瑰状的红宝石胸针勾住了，流连了几眼，他笑道："石头，等下了车你可得记着把胸针藏好，你这玩意儿，啧啧，"他赞叹一声，"太扎眼了！"

石头闻声盯着自己的胸前，脸颊也慢慢泛上了一点红晕。车内太热了，他脱掉棉衣，就忘了把这东西摘下来。

这枚昂贵而精致的红宝石胸针，乃是此次出行前冯芷瑶送给他的。

石头本来坚决不要，冯芷瑶便一瞪眼，娇声娇气地说出她自己的一番道理："你懂什么？万一在路上你们不幸遇见些山贼土匪的，你把这

158

个给他们，可以保你一条命呢！还不快谢谢我？"

石头觉得她这话里有着明显的漏洞："不对吧，倘若真沦落到被土匪打劫那一步，人家大可以抢了胸针再杀人啊，这玩意儿还不是有没有都一样？"

冯芷瑶最讨厌别人反驳她的观点，尤其是石头，就柳眉倒竖，拿现实中的例子教育他道："去年我哥哥在山东，领着几个勤务兵打猎的时候不小心被一帮山贼劫了，那山贼头子是个女的，大洋枪火都不稀罕，幸好我哥哥身上带了两件钻石首饰，又装出倾慕她的样子，哎哟喂喂，那女山贼又黑又矮，长得跟个倭瓜似的，可把哥哥给恶心坏了，好说歹说地周旋了好几天，才终于把我哥哥给放了。当然了，你可别以为我哥哥会吃这个亏，回到营地，立马领着兵把那村姑的寨子给屠了。不过你们这一趟就去那么点儿人，显然是没有我哥哥的本事了，你啊，到时候就乖乖地破财保平安吧。"

石头听她这一顿东拉西扯，不由得暗暗想到哪里是那么区区两件首饰的功劳，八成是芷瑶她哥又发挥他那高超的把妹技巧，把那山贼头子哄得芳心暗许了。不过他懒得再跟她争辩，冯芷瑶那个不达目的誓不罢休的性格，再推辞下去只会让她想出更多匪夷所思的理由来，就找了块手帕把胸针包好："好好好，谢谢你啦。"

然而冯芷瑶又瞪了他一眼，亲手把胸针别在他的毛衣上："喏，就别在这里，不准动，以后看到这个一次，就要想起我一次，知道吗？"

石头一听这话，差点没被自己的口水呛死，傻乎乎地望着她："啊？"

冯芷瑶不轻不重地拍一下石头的脑袋："啊什么？回来继续陪我玩！不准跟清梧哥哥似的，每回见面净敷衍我。这首饰值不少钱呢，从今往后，你就算卖给我啦！"

石头放下心来："陪你玩，陪你玩……反正我现在也没其他事可干，我又不认识什么赵小姐周小姐的……"

冯芷瑶眉毛一挑："就你还想学我哥哥，娶一堆姨太太回来？"

"我可没那么多钱……"

"知道就好！"

石头一行人正跋山涉水地往南边国境线行进，而天津城里，齐老爷带着大少爷，一脸肃穆地去参加吴局长的葬礼。

齐老爷觉得自己最近倒霉透了，自从过完年，简直是一件好事都没有。

吴局长虽然不像冯家那样坐拥十数万大兵，可身处警察局局长的要职，一贯也是齐老爷交际拉拢的对象。当时顾壁成被毒坏了嗓子，齐老爷也是通过吴局长的关系，到底把那个大胆狂徒弄死在牢里，狠狠地替顾老板出了一口恶气。

而吴局长这次不但突然横死，竟还是被庆成戏班里的小旦给勒死的！

小旦若是自愿做那皮肉生意，自然不可能把金主勒死在床上。事发之后没几天，庆成的现任班主顾云澜就一溜烟地带着整个戏班逃得不见踪影，更是坐实了他逼良为娼的罪名。顾壁成过世数月，齐老爷身为他的铁杆票友，时不时地还要在闲暇时候悼念他一番，一想到顾壁成一生的心血短短时间内被他那大弟子败坏成这样，齐老爷就气得想要跳脚。

不过这些只是齐老爷的私人爱好，尚在其次，真正棘手之处在于，吴局长这突然一死，齐老爷多年来在警察局的经营付之东流，谁知道继任的一把手会是哪一派的，会是什么路子？一想到冯瑞德陷在保定回不来，警察局的关系突然中断，齐老爷面上八风不动，不露声色，心底却是不免有些惴惴。

礼数周全地在吴局长灵前上过香，齐老爷迎面扶起向他还礼的吴家七公子，脸上表情十分悲戚："唉，吴局长这真是……怎么突然就走了……"

吴局长死得不体面，平日里反对他的人现在纷纷大造舆论，说这姓吴的身为警察局局长不以身作则，反而坏事做绝，花天酒地，收受贿赂，逼良为娼，真是死得好，死得妙，死得大快人心！吴家的当家人骤然离世，悲痛的同时还要被社会上骂得狗血淋头，此刻看到齐老爷不避嫌疑地前来吊唁，自是无比感激。

吴七公子披麻戴孝，连连对齐老爷鞠躬，面上涕泪横流，哭得几乎说不出话来："齐伯伯，谢谢您过来，家父……家父……我家现在，简直是……"

齐老爷同情地拍拍七公子肩膀，语气沉重地鼓励道："贤侄，日子总是要过下去的，你也要保重身体，哭坏了身子可如何是好？"

吴七公子响亮地抽噎了一声："是，我知道……"

齐老爷看着眼前这位七公子，又对比了一下自家大儿子，虽然对前路一片忧虑，可心底不免又扬扬得意起来。

吴家七少爷平常打扮得溜光水滑的时候已然十分丑陋，现在忙着处理父亲后事，头发也不梳，脸也不洗，身上只穿着粗麻布孝衣，于是自然更加丑到让人无法直视，几乎要突破人类长相的底线。

齐老爷想，虽然清梧这孩子不大开窍，为了个女人闹得天翻地覆，不过心智的幼稚那是一时的，外表长相可是永久的。清梧这高挑个子，浓眉大眼的五官，衣架子似的身材，啧啧，再对比吴家这一位，同样是少爷，这差距可就太大了。

齐老爷幸灾乐祸地下了结论：丑啊，真是丑到家了！

出了吴宅，齐老爷因为此时很爱自己的儿子，就仁慈地解了大少爷的禁足令："清梧啊，有时间多出去玩玩，别老在家里闷着了。只有一样，不准再去找那个什么赵小姐！"

齐清梧奉行冯瑞德临走前给他出的主意，低眉顺眼地乖巧答道："好的，爸爸，我明白了。"

齐老爷满意地笑笑，然后转头，压低声音吩咐一直跟在他身后的得力手下："你赶紧去给我打听消息，看看谁最有可能接吴局长的班。"

第二十八章　危在旦夕

两个多月以后，春天来了又即将走了，空气中渐渐弥漫起燥热的气息。红梅尽谢，百花盛放，尽管中国的许多地方已在战争的蹂躏下化为一片废墟，可一些繁华的大城市，比如上海，比如北平，比如天津，依然是一片歌舞升平，纸醉金迷。

像是一束开得正艳的红玫瑰，衰败之前往往最是美得惊心动魄，又像一场盛大而虚幻的黄粱美梦，即将做到无可挽回的尾声。

商女不知亡国恨，隔江犹唱后庭花。

这一句千年前的慨叹，醉在舞女怀中的富贵闲人们是不会记起的。

齐家商队在一个温暖的夜里，非常低调地抵达了天津城外。

这一趟走货，因为没有军队护卫，走得可谓是千辛万苦。南下的时候，他们丝毫不敢露财，全部穿得半新不旧，做寻常小商贩打扮，又时刻保持着高度警惕，每晚睡觉时必要安排人轮流值夜，他们统共不过一百来人，若是被人发现携带着大笔现款，随便一个不入流的小军阀也能送他们下黄泉。

等到与缅甸那边做完交割，大笔款子换成价值更高的十箱白面，他们更是十万个小心，能走山路绝不走公路，能在夜里赶路绝不白天露头，跋山涉水地走过大半个中国，几乎全部要变成野人和要饭的。

看到那熟悉的天津城，他们简直要激动得落下泪来——可算是回来了！如此生死线上挣扎了无数个来回，居然还有命回来，真是个奇迹！

然而，本应该来接应的齐家伙计，此时并没有出现。

商队里的张叔左看右看，不由气得半死，把旅途中所受的委屈一并发作了出来："他妈的！老王老李他们都死绝了?！这个时候都敢偷懒，明天等我见了老爷，让老爷全把他们的皮给扒了！"

石头跟在张叔后面，没作声，心里也觉得留守的齐家伙计太不靠谱，他们这次带回来的可是十箱白面，不是十箱绸缎，难道还能让他们等明天白天城门大开以后，大摇大摆地直接走进去？

一个年纪轻些的小伙计怯怯地拉着张叔袖子，劝说道："张叔，您快别发火了，发火也没用啊，您快想想，咱们今天晚上怎么办？"

张叔怒气冲冲地一甩袖子："怎么办，还能怎么办，去仓库凑合一宿吧！"

说是仓库，其实是一幢旧式的大宅子，就建在天津城外不远，不过地下室造得很大，可供临时放置一些货物。

把白面在地下室安放好了，张叔跟石头商量道："石头，明天早上你在这儿看着货，我进城找老爷去。"

石头点点头，没有异议。

张叔是翌日清晨天不亮时就走了，可石头一直等到天黑，也不见他回来。

到了这时，石头的心里不免要开始打鼓了。

他不敢轻易离开宅子，十箱的白面全放在这，跟金子一样值钱，万一走后出现点什么差池，他可担当不起。他也没有再派听差进城打听——城内城外就那么点距离，张叔总不可能迷路，再联系到前一夜其他伙计的无故爽约，石头明白齐家肯定是出事了，只是出了什么事，有多严重，说不准，不好说，他也猜不出来。

石头没有惊动其他人，只有自己不动声色地在仓库门口揣着手蹲了整整一夜，宽大的袖口中藏着手枪和子弹。这个夜晚显得那样漫长，永远黑漆漆的一片，不见晨光，不闻声息，无端让石头想起他离开沈家庄的那一夜。

一晃经年，石头的世界天翻地覆，可原来那漫漫长夜却是永恒的、静止的。

日上三竿的时候，石头微微眯起双眼，看见张叔两手空空，孤身一人，踉跄着向他走过来。

张叔轻声告诉他："石头，冯司令没了。"

石头愣住，感觉自己没听明白："没了？他不是在保定吗？他那么大一个官，能跑哪儿去？又打着打着仗让土匪给劫了？"

张叔没有接腔，失魂落魄的，一张上了岁数的脸就像死了亲爹一样惨白。他自顾自地继续轻声细语地解释道："冯司令大正月里去打保定，咱们走的时候就已经死了不少人，后来不知怎的，又跟驻扎在廊坊的日伪军杠上了。冯司令嚣张惯了，根本不把廊坊里那点伪军和日本人放在眼里，张口就骂他们领头的是汉奸，指着小日本的鼻子让他们滚出中国。若是放在平时，以冯司令的势力，实在也算不得什么，可今年冯司令那边实在是邪了门了！一边打保定一边打廊坊已是勉强至极，后援的冯家军还没来得及赶过去，日本却已经派上大批精兵去支援廊坊了！"

石头看着张叔，已经猜出了后面的结果，可是他不敢相信——那么威风，那么嚣张，仿佛上天入地无所不能的冯司令，不过两个多月的时间，就没了？

他问："张叔，然后呢？"

"然后？"张叔淡漠一笑，"兵败如山倒啊……打光了所有军队，身边就剩下一个警卫团，夜里护着他往山里跑的时候，被日本人拿炮弹炸得全团覆灭，连个全尸都没留下。石头啊，我活了几十年了，现在终于信了因果报应这四个字。年前冯司令攻破了保定，由着大兵们把保定祸害成人间地狱，现在还不到半年，他自己也交待在那儿了。"

石头悚然震动了，原来不是不报，时候未到。冯瑞德近几年来祸害了成千上万条人命，却依旧身处高位，万人叩拜，石头以为他会一辈子这样威风得意下去，可他仍然强横不过天道命运，不得善终。

石头想：那么自己的报应，什么时候会来？

这个问题太抽象了，只适合酒足饭饱以后独自忧愁地思考一番，不适合现在这一团糟乱的时候。很快，石头把这个让人发冷的想法从脑海中挤出去，有些颤抖地问出了一个更为迫切的问题："那芷瑶……冯司令的妹妹，怎么办？"

"还住在咱们这儿，老爷一直瞒着她，怕她知道了以后受不住，可是又能瞒到几时呢？"张叔长叹一声，"冯家这一次是真完了。本来冯德祁底下还有不少庶出的弟弟，可前几年争家产的时候被冯德祁杀的杀撵的撵，一个不剩了，冯小姐一个女孩子，又能顶什么用啊……"

石头现在经的事也多了，隐隐约约地就觉得张叔苦恼的绝不仅仅是冯家的事。

想想也是，张叔终究是替齐家卖命几十年的老伙计，不是冯家的，如果只是冯家出事，张叔不至于那样孤身一人六神无主地回到仓库。

张叔这样极其详细地跟石头描述冯司令出事的过程，倒像是在顾左右而言他，不敢面对更可怕的事情。

石头死死盯着张叔那一双昏黄的老眼，不说旁的，只问一句："张叔，老爷还好吗？"

张叔说："现在还好。"

石头没有放过张叔话里的意思，重重咬住那一个词："现在？"

张叔苦笑道："石头，你看，这一次没有冯家军队的护送，我们运货运得何其艰难。更何况祸不单行，吴局长死后，你知道是谁接的班？是黄家的一个表亲！王四耍的那都是小聪明啊，他以为他故意把生意办砸了，黄五爷那边就没办法了，黄五爷当初找他，不过为了图个干净利索，他当时把刺杀的消息走漏给你，没几个月又从老爷手上买鸦片，现在新的警察局局长上台了，干的第一件事就是全天津地通缉王四！"

石头顺着这个思路想下去："那要是收拾完王四……"

张叔冷笑着一点头："就该收拾咱们齐家了。"

"富不与官斗，咱们老爷虽然挂了个厅长的头衔，可只是说着好听的，没什么实权，近些年来，一直仰仗冯家和吴局长的庇护，才能平平安安风风光光地把这些买卖做下去。现在冯家倒了，吴局长死了，黄五爷跟我们有着杀兄之仇，石头啊，"张叔惨然地笑，"你猜猜今后齐家会是什么样？"

一只肥硕无比的待宰的羔羊。

石头的脑海里慢慢勾勒出这样一个形象。

石头皱着眉，往地下室的方向瞟一眼："那十箱白面……"

张叔连连摇手："暂时先放在这儿，以后找机会往乡下藏，绝对是不能进天津城了。私贩毒品，多大的罪过，足够枪毙了!"

与张叔换班后，石头在傍晚时分，一身短打，很不起眼地混进了城里。

他侧身顺着齐公馆虚掩的小角门溜进去，率先进了齐老爷的书房。

两个来月不见，齐老爷却已经明显地见老了。

他略略抬眼看一看石头，紫檀木大桌上摆的不是平日里惯饮的香茗，而是一杯澄澈透明的烈酒。

他对石头说："家里现在的情况，你大概知道了吧?"

石头默默点头，然后劝慰道："老爷，您也别太过担心了，事情也不一定差到那种地步啊。您在天津卫里纵横了几十年，肯定还是有办法的，是不是?"

齐老爷不接石头的话，只是很平静地陈述一句："刚得的消息，王四今天下午跑了。"

石头的心霎时一揪揪。

"他……这就跑了?"因为震惊，石头下意识地就冲口说道，"他在天津城里干了十多年那种买卖，这才一天的工夫就跑了?!"

齐老爷将杯中烈酒一饮而尽，然后又自己倒上一杯："是啊，王老板向来是拿着别人的命换钱的。"齐老爷嘲讽一笑，"现在这样仓皇出逃，多少年积下的手下、人脉全不要了，只能是因为他再不跑，就要有人拿他的命去换银子了。"

"三天前，同商银行遭到挤对，"齐老爷又说道，声音是石头从未听过的沙哑无力，"当初你们南下的时候带走了多少现钞，你是知道的。银行里没那么多现款，想要找几家同业去借头寸，结果呢? 我这边还什么事都没出呢，他们就一个个地落井下石了! 墙倒众人推这个道理，我活到这知天命的年纪，不是不明白，只是寒心啊……当初他们被人挤对的时候，同商银行帮过他们多少回，真是寒心……"

石头无言，只得勉强道："老爷，您别喝那么多酒了，保重身子。"

齐老爷疲倦地对石头挥一挥手："你去吧，清梧想见你一面，我要自己静一静。"

石头无声无息地退了出去。

来到大少爷的房间，石头意外地发现芷瑶也在，她静静地坐在大少爷身边，全神贯注地正跟大少爷一起看着什么书。她的怀里抱着一个非常漂亮的洋娃娃，正是当初石头陪她回冯公馆拿的，冯瑞德送给她的那一个。

石头渐渐有了不祥的感觉——冯芷瑶，真的还什么都不知道吗？

勉强撑起一个笑容，他走进去，故作无意地问道："大少爷，冯小姐，你们在看什么呢？"

齐清梧把书皮向石头扬了扬："《红楼梦》。"

石头纵使不认字，也知道《红楼梦》是一本很出名的中国小说，不由得暗暗纳闷，大少爷平常不是只看外国名著吗，怎么突然转了性了？

齐清梧道："石头，你来得正好，我看这《红楼梦》，觉得其中有一段写得极好，现在就念给你听听。"

他一清喉咙，果然念道："陋室空堂，当年笏满床，衰草枯杨，曾为歌舞场。蛛丝儿结满雕梁，绿纱今又糊在蓬窗上。说什么脂正浓，粉正香，如何两鬓又成霜？昨日黄土陇头送白骨，今宵红灯帐底卧鸳鸯。金满箱，银满箱，展眼乞丐人皆谤。正叹他人命不长，哪知自己归来丧！训有方，保不定日后作强梁。择膏粱，谁承望流落在烟花巷。因嫌纱帽小，致使锁枷扛，昨怜破袄寒，今嫌紫蟒长。乱哄哄你方唱罢我登场，反认他乡是故乡。甚荒唐，到头来都是为他人作嫁衣裳！"

齐清梧笑着问石头："你觉得如何？"

石头听得半懂不懂，可也听出了其中的悲凉之意，就劝道："大少爷，这个不好，您还是找些快乐一点的书看吧。"

大少爷嘴角微微上勾，不置可否，倒是芷瑶背过身去，双肩一抖一抖的，没有声音，然而仿佛是哭了。

　　还未等石头犹豫着要不要过去安慰她，大少爷已经从书里抽出一张支票，十分郑重地交给石头："石头，我要麻烦你一件事。这张支票，能替我送给赵小姐吗？让她马上去银行取出现款来，不要拖，然后好好地待在我给她租的房子里，最近不要轻易出门。"他闭一闭眼，决绝道，"如果三个月内我没去找她，就请她把我忘掉，带着这点钱，另寻一处好人家吧！"

　　石头深深地看着大少爷，一句话也不多说，只是平稳地应答了一个字："好。"

　　给赵小姐送完支票，石头趁着天黑，匆匆拐上另一条小路，疾走一阵以后，他来到了庆成戏班的门前。

　　庆成班子的朱漆门上已经生了一层薄灰，但因为天黑，石头并没有注意到。轻轻叩着门，门内毫无反应，石头心中焦急，渐渐地就加重了手上力道，最终敲门敲得地动山摇。

　　一个住在旁边宅子的老太太被石头震出门来，捂着耳朵皱眉道："别敲了！你这是刚回天津城？你不知道庆成班子俩月之前就跑得不见踪影了？"

　　这一下，石头彻彻底底地呆住了。

第二十九章　命　运

黄公馆里，黄五爷下了重金，请现如今平津地区最红的云水楼一连唱了三天堂会，三天只唱一出戏，反反复复，绕梁不绝，便是那一出《桃花扇》。

唱到"离亭宴带歇指煞"，台上戏子放声悲歌："俺曾见金陵玉树莺声晓，秦淮水榭花开早，谁知道容易冰消。眼看他起朱楼，眼看他宴宾客，眼看他楼塌了。这青苔碧瓦堆，俺曾睡风流觉，将五十年兴亡看饱……"

黄五爷坐在正中主位，带头鼓掌，声音洪亮地赞一句："好！"

身后黄家亲属与各路宾客也觉得唱得是好，高亢悲壮，云水楼的功底果然非同凡响，只是这词写得太宏大，联系到中国如今日薄西山的国运，岂非唱得一语中的？这就不好了，现实已然这般落魄，他们宁肯只听那些花好月圆的靡靡小曲，醉生梦死总是要比举世皆醉我独醒轻松一些。

坐在后排的两位宾客小声地咬起了耳朵，一个说："冯司令……"

另一个轻声慨叹："姓冯的造了无数孽，死也应该。他要是死在别的军阀手里，或者死在政府军手里，任谁都要叫一声好的，可偏偏是被日本人赶尽杀绝了……"

"日本人胃口也太大了！占了东三省还不罢手，连华北也想染指？！"

"你等着看吧，这才是个开头啊……政府都不管咱们，日本人凭什么不抢？唉，大清这才亡了几年……"

黄五爷没听见后排的窃窃私语，待台上这一场的戏子退下后，便站起身来，面对诸位宾客，珍而重之地将一杯茅台浇到地上。"敬我大哥。"他说道。

宾客们这才明白方才黄五爷叫好的原因，原来不是在感慨中国的国运，只是对于齐家幸灾乐祸。

当初黄家大爷在街头被人生生地打了冷枪，一直查不出凶手来，最后被警局归为无头案子草草了之。其实圈子里有点眼色的人都明白，黄家的仇家就那么几个，那个时候有着激烈利益冲突的就那么一个，谁在幕后买凶杀人，实在是不必警署调查，也显而易见的。

七天前，同商银行天津总行破产倒闭。三天前，齐老爷因为走私、行贿等数条大罪，已被警署逮捕收监。

一些从前与齐老爷交往密切的达官显贵们，这个时候就有点坐不住了，小心翼翼地觑着黄五爷的脸色，暗暗思忖着自己会不会被黄五爷迁怒。

而黄五爷仿佛是懒得搭理他们，只是摆弄着手上的一串佛珠，仍旧在专心致志地怀念他那一母同胞的大哥。

石头倒一杯浓黑的咖啡递给齐清梧，像他以前无数次做过的那样。"大少爷，歇一歇吧。"

齐清梧放下电话，颓然缩在沙发里，脸上笑容比咖啡还要苦涩。"石头，我热热闹闹地活了快三十年，现在终于知道'孤独'这两个字怎么写了。"

石头也给自己倒一杯咖啡，他也一天一宿没合过眼了。"不会。"他轻声说，"我和芷瑶，一直陪着您。"

齐清梧看着石头，叹息："你和芷瑶……还是两个孩子啊，我这身为哥哥的，理应保护你们，可是没了爸爸，其实我什么都不是。没了瑞德，芷瑶也什么都不是了。"

他嘲讽地一勾嘴角："什么齐大少爷、冯大小姐，石头，到了如今这个地步，只有你，还是你自己。"

石头怔忡，他本就一无所有，所以不怕失去，一无所有和得到一切后再骤然失去，哪一个比较残忍？

然而他也不是完全一无所有的啊！

顾云澜跑了，王四跑了，庆成戏班的宅子积满了灰尘，他要再去哪里寻他的夏生？

石头放下手中的咖啡壶，一点点地感到了心如刀割。

强按住心中的剧烈波动，他又一次问道："大少爷，黄家那边怎么说？"

大少爷仰头，像是在拼命压抑自己眼眶里的泪水，过了片刻，他惨笑着道："黄五爷不要钱，只要一命偿一命。"

"我愿意拿齐家的全部家产去换爸爸的命，如果可以，我愿意用自己的命去换爸爸的命，可是为什么，他们连这样一个机会都不肯给我。"

一滴泪，终于顺着齐清梧的脸颊慢慢滑落，很快消失无迹。

当天午夜，齐公馆走水了。

最早是在柴房里起的火，可因为无人发现，火势一路蔓延，等众人惊醒之时，已是火光冲天，堵住了所有退路。

石头随手披上一件外衣，疯了似的推开自己的房门就往主楼跑，然而没跑几步，他被几个从未见过的陌生男人拦住了前路。

男人们面无表情地守在主楼周围，木头似的仿佛在地上扎了根。主楼中已经开始冒起浓黑的烟，而他们的任务，仿佛就是看着这座乳白色的三层建筑化为一片废墟。

石头一怔，猛地反应过来，厨房与相连的洋楼已经被烧得这般厉害，可回头一看，自己所住的西区那两排平房却还黑漆漆一片，显然并未遭受火灾。

他盯着那几个男人，慢慢退回暗处，然后从怀中拔枪，子弹上膛，毫不犹豫地就是一通扫射。

守卫们像面口袋似的一个个应声倒地，石头一刻也未停，踩着他们的尸体就冲进了楼里。

他循着记忆跑上二楼走廊最靠里的房间，周围到处是火星，不敢再用枪了，他拼了命地纵身猛撞，带着惯性跟跄跌进了那房间。

冯芷瑶平躺在柔软的纯白四柱大床上，双眼合着，仿佛睡得很香甜。

石头冲过去，一边咳嗽一边大声叫她："小姐，别睡了！快跟我走！"

下一秒，他看见冯芷瑶胸前一摊血迹，像是一朵绽放至极致的血玫瑰。

石头慢慢将手指放到冯芷瑶鼻下，只有一丝微弱的呼吸，几乎要试不出来了。

他的嘴唇颤抖着，不知不觉间，已经说不出完整的话语："小姐？芷……芷瑶？"

芷瑶一只白嫩的小手虚弱地扯住石头的衣角。她微微睁眼，模糊的视线里，出现了那个熟悉的，黑乎乎的，可是眉目端正，有着一口洁白牙齿的少年身影。

真好，还能见到他最后一面。

她颤抖着吐出一口血沫，声音轻得几乎要听不清："去三楼……救……清梧哥哥……"

她的目光往下一沉，就看到石头胸前隐约露出的那枚玫瑰状红宝石胸针。

她从没告诉过他，这是她母亲生前的遗物，她一直珍藏在随身的首饰盒里，自己从来都不舍得带。

到了生命的最后，一切都不重要了，不必顾忌少女的羞涩矜持，更不必顾忌世俗枷锁、流言蜚语，她笑微微地吐出一句藏在心底很久很久的告白：

"其实……我是很喜欢石头的。"

石头在越来越呛人的浓重黑烟中，在层层叠叠犹如天国的纯白纱帐里，一瞬间泪流满面。

石头在三楼楼梯拐角的电话前，找到了昏迷不醒的大少爷。

大少爷手中紧紧握着一把枪，左肩肩头已被鲜血浸湿，可呼吸还是温热的，显然是子弹打偏了，没有射进大少爷的心脏，而是顺着肩胛骨穿了过去。

石头一把抹去脸上的黑灰和眼泪，一运气，把大少爷背起来。大少爷是身材匀称的成年男子，身体的重量压得石头一跟跄，还好，他石头从小在庄子里就是出了名的力气大。

一步一个脚印地走下楼去，石头身后是一片废墟，石头手中是上满了弹药的勃朗宁手枪，在地狱一样的环境里，石头坚定不移地走下去，逆天而行，要为自己和大少爷杀出一条血路。

石头尚未发育完全的身躯，在那一个夜晚犹如修罗重生，孤孑一身，可是没有一个凡人胆敢阻拦。

长夜将尽。

第三十章　女　儿

1940 年，深秋，山东小仓山。

下过几场秋雨，天一天天地变凉了。清晨走过崎岖蜿蜒的小路，便总能看见路边的树叶子上结的一层层薄霜。

这一日的天气很好，空气清冷，阳光明媚，蓝澄澄的天空中飘着几缕极淡的白云。虽然早已过了农忙时节，万物萧条，地里是一片光秃秃的凄凉景象，但有那暖洋洋的阳光照在身上，让人总还是愿意挪动着出门的。

石头盘腿坐在堂屋大炕上，慢悠悠地吃了五个大肉火烧，喝了三碗小米粥作为早餐。

随手拿抹布擦了擦手上的油水，他跳下炕头，拐进西边的偏屋。这间屋子暂时被他充作了书房，每个无所事事的上午，他总要在这里艰难地消耗掉许多时间。

在高背硬木椅上端端正正地坐好了，他翻开手边的一本线装书，找出毛笔和宣纸，然后开始一笔一画地练习写字。

写了大半个钟头，他停笔，自我欣赏着洁白宣纸上那些鬼画符似的文字，眯眼看着纸张，他小学童似的摇晃着脑袋，一个字一个字非常认真地往下念，然而念着念着，他深深蹙眉，突然一下子把自己那辛苦了许久的成果给撕烂了。

他恨恨地骂着自己：石头啊石头，你是要笨死吗！猪都比你聪明！昨天刚学完的字，全就着饭给吃没了！

他推开窗户，对着外面喊了一句："顺子！"

174

立马有一个十五六岁、虎头虎脑的小男孩应声跑了进来："哎，大哥，您有什么吩咐？"

石头说："去把我老丈人请过来。"

小半天后，石头的老丈人，原来是小仓山底下颜家村里唯一的教书先生，颜老先生拄着拐颤颤巍巍地赶过来了。

颜老先生很打怵自己这个现今占山为王的女婿，小心翼翼地问道："当家的，您叫我？"

石头对岳丈倒是很客气，亲自给颜老先生搬了椅子倒了茶，他颇有些不好意思地说道："爹，您说我这记性，昨天学了二十个字，今天一复习，好嘛，忘了十五个！您教了一辈子书，肯定有经验，像我这样的，还有什么别的法子没？"

颜老先生的确是教了一辈子书，可一直只是教村里的小孩子们识点字，念念《三字经》，水平自然十分有限。但凡孩子们长大一些，想要学习更加高深的知识，颜老先生便无能为力，只能让颜家村的孩子们翻三个山头去镇上的私塾里念书。

对于石头的情况，颜老先生觉得他是年龄太大，早已过了学习的黄金时期了，说得难听一点，就是石头的脑子已经发育成型，恐怕是拒绝再接受认字这一项比较复杂的技能了。

不过石头的兴致如此高涨，颜老先生可不敢兜头一桶冷水泼下去，就语焉不详地开始打起了太极："这个……一般都是娃娃们学东西学得快，但是您也不错嘛，很多您这个年龄的人，连五个字也学不会的。您别着急，慢慢地学，早晚有一天就认识许多字了。"

石头理解地点点头："是，这个道理我也明白，说起来都怪我爹妈，他们不识字，小时候也没有让我念书的那个意识。"

放下纸笔，石头开始关心自己的老婆："爹，如玉还好吧？"

"好好好，好得很，"颜老先生赶忙答道，"还有快一个月就要生了，现在是内人在家伺候着，托当家的福，饮食起居一概不缺的。"

石头笑了笑："哎，那就好，说起来哪有老婆怀着孩子，当丈夫的不在身边日夜伺候的？可是我这边这个环境，您也看到了，荒山野岭的，如玉过来也实在不方便，总归还是在山底下的颜家村里好一些。"

颜老先生当然也愿意女儿留在自己身边，就连连点头称是，又对着石头好一顿恭维。石头对那恭维没什么反应，等到颜老先生口干舌燥地说完了，便很客气地派人把岳丈妥善送下山。

等到晚上七点多，天早就黑透了，石头披一件半旧的棉衣，手里拿着大砍刀，领着手下一帮土匪，无声无息地拦路抢劫去了。

他们提前得了消息，说今晚有一队贩布匹的商队要连夜经过小仓山，就在必经之路处布下天罗地网，好整以暇地等待那队倒霉蛋的出现。

埋伏了一个来小时，果然远远地看见一排火把蜿蜒着慢慢向他们走来。石头对周围手下做一个手势，土匪们会意，一个个摩拳擦掌，纷纷打起了十二分的精神。

待商队进入他们的埋伏范围，所有土匪一瞬间现身，抄着砍刀狂奔过去，不管三七二十一，对着活人就是一通乱砍。可怜那些贩布的商人们还没反应过来是怎么回事呢，便已然沦为了刀下亡魂，到死也是一群糊涂鬼。

土匪们把商人的尸体扔到一边不管了，全都跑过去查验这一次的战利品。有嘴快的略略翻检一番，就高声对石头汇报道："大哥，又是一帮穷鬼！车上净是些粗布麻布，真晦气！哎，老虎，你去把那些死尸的衣裳扒了，看有没有钱袋子！"

那个叫老虎的自去扒拉钱袋子，而没过多久，另一个人从马车深处翻出几匹绸缎，随即开始不屑地嘲笑刚才那人："傻瓜！谁不是把好东西藏在最底下？一辆车都没翻完就开始张着你那张臭嘴扯淡！"

几个土匪合力把几匹好缎子和搜刮出来的钱袋恭敬地献给石头："大哥，您看看，这次值钱的东西都在这儿了。"

石头没仔细看，只淡淡吩咐一句："钱入公账，布匹你们抬回仓库里，明天挑两匹最好的给我拿过来，我给你们嫂子裁几身新衣裳。"

大半个月后，新衣裳做好了，花红柳绿的，十分喜庆。石头让顺子下山给如玉送过去，自己又按照惯例憋在书房里对着那些汉字使劲。

顺子早上下山，一直到黑了天才回来，同时还喜滋滋地给石头带回来一条喜讯："大哥，嫂子生啦！"

石头激动地一哆嗦，登时把半瓶白酒给砸了："生了？这就生了？男的女的？"

顺子满脸堆笑地回道："是个丫头，我凑过去看了几眼，长得可俊了！"

"哦……丫头，"石头愣愣地瞪着前方，忽然自言自语地呢喃了一句，"丫头好，就该是个丫头。"

顺子又说道："大哥，颜老先生让我问您，孩子的名字谁给取？他说您要是想不出来，就让他取……"

石头仿佛是连想都没想，直接摇了摇头。"不用他给起。"他顿一顿，"瑶，就叫沈瑶。"

顺子眨眨眼："哪个字？"

石头沉默了一会儿，说："'瑶台仙境'的'瑶'。"看顺子还不明白，他进一步解释道，"就是王母娘娘住的地方，叫瑶台。"

瑶台仙境的瑶，冯芷瑶的瑶。

现在，"芷瑶"这两个字，他已经都会写了。

六年前，石头在冲天的火光中拼死把大少爷救了出来，冯芷瑶却如她的哥哥一般，在烈火里化为灰烬，连一丝活过的痕迹都没有留下。

石头今年二十二岁了，娶了老婆，刚刚有了第一个孩子。大少爷三十三岁了，过了而立的年龄，彻底挑起一身的重担。

只有芷瑶，还是十五岁的豆蔻年华，永远不会改变，永远不会老去，唯有死者永远十五岁。

当初石头带着大少爷东躲西藏地在天津城里躲了三个月，不得一夕安寝，做梦都会梦见黄家前来追杀他们。三个多月后，齐家一切家产被瓜分得干干净净，风声略微过去一些了，石头才联系上城外的张叔，两人合力把大少爷偷送出城。

所幸的是，那十箱白面始终没有被人发现，出事之前就被张叔分批藏到了偏远的乡下。

不幸的是，齐老爷终究没能逃过那场厄运，被逮捕以后没过多久就死在了牢里，对外只草草地说是畏罪自尽。

养好枪伤以后的大少爷，没了亲人，没了朋友，没了身份，没了地位，身边只剩下十箱价值高昂的毒品、一个忠心耿耿的老伙计张叔和一个石头。

然而石头也要与他道别了。

石头等到大少爷彻底安全了，便和大少爷分道扬镳，准备去找夏生。

去哪里找？不知道。怎么找？不知道。

曾经石头满天津城地寻找夏生，现在石头要全中国地寻找夏生。可是天津城也好，全中国也好，全世界也好，石头知道自己势在必行。

他从沈家庄把夏生带出来看这花花世界，就必定不能让夏生一个人沦落到天涯海角。

石头找了夏生许多年，一路颠沛流离，去过东北，去过南方，眼看着中国的情势越来越糟糕，国内依然是派系林立，今天打这个，明天打那个，谁都不肯服谁，谁都不肯认输。1937 年，抗日战争全面爆发，仿佛是本已溺水的人被抽去了最后一根稻草，只有越来越深的绝望与黑暗，没有人知道黎明在哪里，没有人知道还会不会有黎明。

石头的日子越来越艰难，可夏生依然是杳无音讯，石头坚信夏生一定还活着，只是缘分不到，暂时无法与他见面。这个信念，渐渐演变成他漫漫人生路上的唯一支撑。

世道仓皇，没有人肯为石头这样一个来历不明，又从不在一个地方久待的人提供工作，石头不想再到街上做那讨饭的乞丐，干脆在路过山东的时候就此定居，跑去山上做了土匪。

石头盯着自己空空如也的双手，嘴角噙上一抹茫然的笑：

反正已经满手血腥，纵使再多上几分罪孽，也没有关系的，不是吗？

第三十一章　穿荆度棘

翌日清晨，石头换了一身新衣服，装了一袋子大洋，兴高采烈地下山看老婆孩子去了。

沈瑶被裹在褓褓中，粉雕玉琢的一个小不点，躺在母亲的床头，睡得很香甜。石头看到女儿的皮肤随了她娘，又白又嫩的，就十分庆幸，认为闺女长大以后肯定会是这十里八乡中的大美人。

其实石头长得真不丑，五官端正，身材匀称，一口牙齿又白又齐整，唯一的悲剧就是随了爹娘的黝黑，人家是"一白遮百丑"，他是"一黑掩百美"，再怎么端正齐整，也就显得毫不出众了。所以颜家村里多少个适龄待嫁的大姑娘，他一眼就看上了颜如玉。颜如玉平头正脸，皮肤白皙，低眉一笑，嘴角还有两个浅浅的酒窝，与当初的玉茹姐很像。当然，比不上冯芷瑶，寻常农家女子，即使再好看，又如何能比得上从头到脚用金子堆积出来的冯芷瑶？

等妻子从睡梦中醒过来，石头轻轻握住颜如玉露在被子外的一双手，殷切地关心道："如玉，辛苦你了。"

颜如玉产后的身子还很虚弱，可看到自己的丈夫，下意识地就红了脸挣扎着要起来。石头按着她，连连说："别动别动，刚生完孩子，可得好好歇着。你要喝水吃东西吗？跟我说一声，我给你拿去。"

颜如玉摇摇头，笑容温柔而安静，是最标准的良家妇人形象："石头，你抱一抱孩子吧。"

石头长了这么大，还从未抱过小孩子，此时不禁又兴奋又有点紧张，万分小心地抱起女儿。他害怕身上的烟叶子味道熏到女儿，就把胳膊伸得远远的，可终究还是耐不住喜欢，缓缓把头凑过去，吧唧一声亲一口女儿的小脸颊。颜如玉看得忍俊不禁。

怀孕以前，颜如玉曾疑惑地扪心自问：她是喜欢石头的吗？却也说不出肯定的答案。说喜欢吧，仿佛总少了点什么，两人之间不过是淡淡相处，没有追求的过程，没有恋爱，也没有浓情蜜意花前月下。石头与她见过三四面后，直接给她的父亲送了一笔彩礼，便算是把这门亲事定下来了。可若说是完全不喜欢，石头真的也还是个不错的男人，沉默老实，懂得体贴妻子，并且在她面前完全没有一丝土匪的凶悍气质，从来不会让她感到害怕。

看着石头无限怜爱地抱着女儿，颜如玉轻轻呼出一口气，就此认了命。还瞎想什么呢？自己已经比同村的女孩幸运多了，起码石头是真心爱护她们母女的，纵使生的是个女孩，他也毫不嫌弃，爱如掌上明珠，哪怕就这一点，也比村里的男人们强多了！

石头小心翼翼地把孩子放下，又想起了什么似的，对颜如玉说道："如玉，我给咱们闺女起了名字，就叫作'沈瑶'，你觉得怎么样？"

颜老先生虽然做了一辈子的教书先生，可颜如玉也是个不识字的，当然丈夫怎么说怎么是。石头笑了笑，目光却不知不觉地看向窗外，仿佛看向某个极远的地方，怔怔地出了神。

过了一会儿，石头回过神来，为了掩饰自己的失态，他随便换了个话题："昨天顺子过来给你送了几套衣裳，你还没来得及看吧？我给你拿过来，你看看喜欢哪一件？"

崭新的八套衣裳，都是用上好的绸缎裁制，各种颜色、花式都有。颜如玉选了半天，挑出一件玫红的斜襟上衣和一条翠绿的裤子，笑道："这一身看起来很喜庆。"

石头一眼看去，就觉得真是太土了，尤其是这么个搭配法，再水灵的姑娘穿上去也让人一眼就能看出是村里出来的。不过他不愿意拂了妻子的兴致，只是淡淡地附和着："不错，你穿什么都好看。"

颜如玉却追问道："石头喜欢我穿哪一身呢？"

石头从最底下抽出一件月白泼墨的无袖旗袍，这是他特意吩咐裁缝，按天津城里时髦的款式剪裁的："这件如何？"

颜如玉登时面红耳赤地低了头："哎呀……这个太暴露了，我哪敢穿出门去？这……这开叉都开到大腿根了，真要穿上这么一身，爹该骂我不守妇道了。"

石头面上还是淡淡的，也不多言，只把旗袍随手放得远远的："不喜欢咱就不要了，不差那一块料子，以后要是再有大红大绿的好缎子，我多给你做几套。"

颜如玉红着脸微微笑了，村里其他媳妇一年都得不着一件绸缎衣裳，自己却一下子得了这么多，穿都穿不过来了。石头真是一个好男人，嫁夫如此，她还有什么不满足的？

虽然心底不自觉地有些失望，但石头并不嫌弃自己的妻子。有什么好嫌弃的？他也是农民出身，不过是前些年去了趟大城市，见了些西洋景而已。妻子温柔贤惠，又刚刚给他生下一个玉雪可爱的女儿，放到哪里都是顶好不过的媳妇。就凭他石头过去以及现在做的这些缺德活计，不是颜如玉配不上他，而是他根本配不上颜如玉才对！

他平静地想道：那些风花雪月、才子佳人的甜蜜故事，终归还是属于学富五车的大少爷。自己这么个大字不识一箩筐的土匪，难道还要奢望着谈一场罗曼蒂克的恋爱吗？

也不知道，现在的大少爷过得怎么样了呢……

与此同时，北平，日本俱乐部。

上海来的杜其昌杜先生随身携着一手提箱现钞，对眼前的高大男子连连作揖："齐先生，我这边是真走投无路了，劳烦您行行好，一定要帮我一把啊！"

齐清梧脸上没什么表情，只是很和缓地说道："杜先生，不要着急，我们下去吃顿饭，边吃边谈，不就是几车烟土被扣下了吗，这不算个事。"

饭桌上，杜先生面对满桌子山珍海味，因为担心着自己那点事，始终没什么胃口。齐清梧就不一样了，大口吃肉大口喝酒，开了两瓶茅台，有一瓶半进了他的肚子。杜先生暗暗惊奇，没想到齐先生长得温文尔雅如同一个学究，吃起饭来却颇有土匪之风。

好不容易挨到齐清梧吃饱了，杜先生赔着笑小心翼翼地说道："齐先生，您也知道，几车烟土对我不算什么，我这不是……"

齐清梧看他一眼，优游自在地点起一根雪茄："杜先生在衙门里有正经职位，害怕损毁了名声。"

杜先生连忙用力点头："对对对，我这好不容易从东北那边运了点烟土出来，到了热河死活走不动了，托关系也不成，塞钱也不成，肯定是上海那边的政敌知晓了这事，给我使坏呢！烟土能不能要回来没关系，但是我这事万万不能曝光，不然……现如今整个华北，谁不知道数着您齐先生的名声大，有本事，所以我就冒昧地前来打扰您啦！"

齐清梧吐出两个烟圈，目光划过杜先生身边的小皮箱，略微思忖了一下，就很痛快地说道："这样吧，杜先生，我不要你的钱，你那困在热河的烟土全当是替我运的，保准没一个人敢捅出去一丝风声。上海那边，你若能查出来是谁在背后指使的，就自己去解决，怎么样？"

杜先生到了如今的地步，早已做好了舍弃烟土的准备，只是害怕政敌们借此机会大肆攻击他，搞得他身败名裂，现在听齐清梧说出了准话，便欢喜地连连向他敬酒："齐先生果然豪爽，这次真是太谢谢您了！"

齐清梧漫不经心地跟他一碰杯，连眼皮也不抬一下："小事，杜先生不要客气。"

送走杜先生，齐清梧照例在日本俱乐部里买了几盒高档糕点，在手下随从浩浩荡荡的拥护中上了汽车。把糕点递给坐在前排的司机，他吩咐道："先送我去仓库，然后你把吃的给夫人送回去，告诉夫人，我今天晚点回家，不必等我了。"

司机恭谨应了，齐清梧随即合上双眼，忙里偷闲地闭目养神。

一过三十岁，他的样子略略发生了些变化。也许是因为终日需要劳心的事情太多，他没有发福，反而比年轻时候更加消瘦了一些，整个人看上去阴沉而尖锐，犹如一把即将出鞘的宝剑。不再戴眼镜了，所以他冷漠如毒蛇的目光无处遮掩，不管属下还是合作伙伴，都很少有人敢与他对视。

而这正是他所要的效果。

前两天下过一场雨，空气还有些潮湿，一到了这种阴雨天气，左肩旧伤复发，痛痒难忍，一次次地提醒着他过去的屈辱。

当年他一败涂地，身边就剩下一把枪、十箱白面、一个上了年纪的张叔。他终于意识到自己曾经的为人处世是多么苍白可笑。没有力量，就要在父亲被逮捕后徒劳地打着一个个毫无帮助的电话，除此之外别无他法；没有力量，就要眼睁睁地看着齐公馆被烧成一片废墟，四个同父异母的弟妹，父亲留下的七八个姨太太，以及瑞德托付给他的芷瑶，同时与他的家一起湮灭。倘若没有石头的拼死相救，那一夜的亡魂里必然有他一个。

冯瑞德在与他最后一次见面时把小妹托付给了他，他却没本事保护芷瑶，等他日黄泉下相见，他没脸面对那曾经的挚友。

他从前总看不惯冯瑞德的行事作风，觉得他没文化，视财如命，心狠手辣，六亲不认，可是在这如修罗道一般的社会里，文化有个屁用？舞文弄墨保全不了任何人的性命！现在的他比当年的冯瑞德更加冷血，更加狠毒，更加亡命，所以他能凭着十箱白面的原始资金发展到现在——垄断整个华北的毒品买卖，所以他不必再被一群听差保镖追得如同丧家之犬，所以他能够重新拥有父亲在时的富贵繁华，尽管这每一分的繁华，都是用别人的鲜血和性命换来的。

到了仓库，他清点一遍库里的存货，又有条不紊地把明天该做的事情向手下传达下去。末了，他从仓库深处找出一个小皮箱，递给一个心腹，道："这里面是上好的吗啡，日本货，没掺兑过的。前两天敦王爷问我要过，你明天亲自跑趟王爷府，替我送过去。"

心腹小心地接了，连连答应。齐清梧回想一遍，觉得今天的工作已经全部做完了，便把仓库锁好，乘坐汽车回家。

推开门，他见起居室的灯光还亮着，就忍不住语气柔软地埋怨道："沛珊，都这么晚了怎么还不睡？不是不让你等我了吗？"

赵沛珊放下手中打了一半的毛衣，起身为齐清梧脱掉大氅，温柔地笑着："你就是通宵不回来，我也等着你。"

齐清梧心底触动，执了沛珊的手，只有在这一刻，他才回归成了从前的齐大少爷。"傻子。"他笑一笑，"孩子们都睡了？"

"早就睡了。"沛珊的目光与他在空气中缠绵，这么些年了，他们互相扶持，一路从最艰难的境地里走过来，从未对对方有所厌倦，"厨房里温了汤，你先坐会儿，我给你端过来。"

齐清梧说："好。"

即使他现在在任何方面都比冯瑞德更加冯瑞德，可唯独在婚姻与爱情上，他固执地保留了自己的一片净土。当初齐家覆灭之后，沛珊没有另找其他公子哥，守着他匆忙给她的那点钱等了他一年多，于是他也真的履行了自己曾经的诺言：对沛珊负责到底，永结同心，白首不离，与她做那一生一世一双人。

他想，这个世界上，总归还是要有那么一点美好的。

第三十二章　生　活

第二天早上七点多，齐清梧如往常一样坐在楼下吃早点看报纸，他现在养成了早起的习惯，无论晚上几点入睡，翌日天一亮必然睁眼，准得像是在身体里上了发条。

把黄油涂在面包上，他刚要下口，就看见自己的大女儿蹒跚地跑下楼来，睡眼惺忪，口中还奶声奶气地嘟囔着："爸爸抱……爸爸抱我……"

齐清梧手法熟稔地把闺女搂在怀里，笑着刮一刮她软乎乎的小脸颊："都快四岁的大姑娘了，还天天让爸爸抱你，羞不羞呀？"

女儿还不知道羞是什么意思，只是在父亲的怀里蹭来蹭去，她伸手去够那桌上的玻璃杯："爸爸，我要喝牛奶……"

齐清梧一扬脸，立马有仆人把牛奶倒进一个小碗里，双手递给大小姐。等女儿咕噜咕噜地喝完了，齐清梧一边用手细细地理着女儿蓬松的头发，一边问道："梓童，你想吃什么？晚上爸爸给你带回来。"

梓童眨着眼想了想，没想出迫切想吃的东西，反而手舞足蹈地跟父亲比画着："爸爸，我要那个洋娃娃，这么高的——"她比出一个跟她小小的身量相仿的高度，"要穿花裙子的！上回那个不好看！"

齐清梧嘴角的笑意加深："好，要这么高，穿花裙子的。"他的话题一转，逗女儿道，"不过呢，你得乖乖听话，爸爸才买给你。妈妈忙家务，事情多，你要帮着妈妈一起照顾弟弟，知道吗？"

梓童于是十分乖巧地点头："我知道！上回弟弟在摇篮里大哭，还是我给哄好的呢！"

齐清梧轻轻亲一口女儿的小手，夸奖道："我的梓童最能干了。"

出了家门，齐清梧坐上汽车，直接奔去东城。

他在东城买了栋雅致僻静的洋房，作为办公场所。一进屋子，他先是喝了几杯热茶，驱驱北平深秋的寒气，然后就开始打电话给手下，张罗着派人去热河解决杜先生的事情。

待那去热河的人手安排妥当了，昨天被他指去敦王府送吗啡的心腹也回来了，一皮箱吗啡正好换回一皮箱钞票，心腹恭恭敬敬地呈给齐清梧："大哥，敦王爷很满意这批货的质量，让我向您转达他的谢意。"

齐清梧漫不经心地转着一支钢笔："小盛，你看那敦亲王的气色如何？"

小盛——全名叫作盛之年的，此时便如实回禀道："回大哥的话，不怎么好，白里透着青，一看就是吗啡扎得太凶了。这次敦王爷不到一个月就又来向咱们买货，看来瘾头是更大了。"

齐清梧淡淡一笑："敦王爷最早只是有点大烟瘾的，四九城里的皇亲国戚嘛，抽大烟太正常了。只是大烟抽了十来年，渐渐就不够劲儿了，现在我看吗啡也快不够他用的了，下一步就只好用白面了。"

盛之年也笑："敦王爷扎吗啡也好，吸白面也好，还不是都得从大哥手里拿货嘛！"

齐清梧放下钢笔，抽出一支纸烟点上："等用上白面，也就没几年活头了。敦王爷今年多大了？五十八？六十二？不过他也活得够本了——大清朝都亡了多少年了，他顶着个王爷的名头还活得挺自在。"

盛之年既能得到齐清梧的赏识，为人自是十分机灵，齐清梧说东他绝不说西："王爷不王爷的，不过是大家尊称他一句罢了。说到底，还不是靠着祖上传下来的那些家业？若是没了钱，别说扎吗啡了，还是麻溜儿地端个破碗去天桥底下要饭吧。"

齐清梧被他逗乐了，挥一挥手，吩咐道："你先下去吧，帮我准备准备，下午我腾出空来去看看张叔。"

张叔现如今的地位，比他当初在天津时，又是大不一样，已是非同凡响了。

当时齐老爷手下有好几个得脸的大伙计，张叔只是其中之一，而且不算是最得脸的那个，否则他这么一把老骨头了，怎么还能让他跟石头一块儿天高路远地去运货？

而等齐清梧发达起来以后，张叔一下子升级成整个贩毒帮会里一人之下、万人之上的崇高角色了。那是因为在大少爷最为落魄的时候，唯有张叔不离不弃地一直跟着他、扶植他，用纵横商场几十年的丰富经验提点他。除了沛珊和两个孩子，齐清梧如今只肯对张叔一人掏心掏肺，几乎要把张叔当成半个父亲看待。

下午，齐清梧带着丰富的礼品，笑容满面地前往张宅拜访："张叔，我来啦！"

张叔连忙把齐清梧让进屋子，依旧用从前的称谓唤他："大少爷，您真是……有什么事叫我过去就是了，何必还得亲自跑一趟？"

旁人再唤齐清梧"大少爷"，只会让他觉得刺心，但张叔这么叫他，却产生了一种神奇的作用，让他感到很亲切，仿佛旧时的生活还在，他还是那温文尔雅书卷气十足的齐家大少爷，只是从天津搬到北平暂居而已。

齐清梧与张叔太熟了，也不多做那无用的寒暄，放下礼品，他就直接挑明了此行的来意："张叔，有件事我想问问您的意思，杜其昌这个人，您听说过吗？"

张叔思忖了一下："上海的那个？仿佛是在政府里颇有实权，他是个什么职位来着？局长？院长？"

"是检察院的院长，妻弟在财政署里是一把手。他有几车烟土在热河那儿困住了，昨天来求我，让我把这事压下去。"

张叔神色微动："他这个地位的人来求咱们，咱们也不好袖手旁观的。不过热河那边现在实在复杂，日本人、土匪、野路子军阀，还有抗日的游击队……"

齐清梧说："我已经答应他了，而且不要钱，跟他说那几车烟土全当是替我运的。"

张叔看着齐清梧，不觉有些讶异："凭咱们在热河的关系，把这事压下来倒也不难，可是那些烟土不管是进了哪一方的口袋里，再往外吐几乎就是不可能的了，大少爷为了这杜其昌做赔本的买卖，必然是有别的打算吧？"

齐清梧苦笑一声："还是张叔明白我。"他略略放低了声音，尽管偌大的堂屋里，除了他俩再无旁人，"张叔，同您说老实话，我是不愿意一辈子做这毒品生意的。"

张叔了然，昔年齐家的主业乃是银行，烟土买卖起步很晚，且刚刚有了点起色就遭遇巨变。他知道齐清梧虽说现在在这黑道里混得风生水起，心底终归还是希望洗白，重回齐家当年的正路上的，便试探着问道："大少爷是想借着杜其昌的势力，重新在上海把同商银行开起来？"

齐清梧点点头："我思量了很久，还是觉得上海最合适。虽然隔得远，可只要勤往那边跑着，再派知根知底的人过去经营，想必也没什么大碍。北平虽然方便，然而毕竟是皇城根下，万事复杂，再说也有太多人知道我这贩毒的底细。至于天津……"他顿一顿，眸中目光微变，却是不再说下去了。

张叔知道他在想什么，就用力拍拍齐清梧的肩膀，沉声道："大少爷，现在还不到时候。"

齐清梧叹息："我知道。"

不到时候，不到复仇的时候。

这六年间，齐家一败涂地，黄家五爷却显示出了比他的老子兄长更加卓越的才能。从前黄家只是一介富商家族，黄五爷当家后，逐渐跟官面上的人物拉上了关系。1937 年天津沦陷后，他跟日本人也来往得很是殷勤，虽说还算不上彻头彻尾的汉奸，但在日本人的保护下，明面上是绝对没人敢动他了。至于暗杀，黄五爷吸取自家父亲和大哥的惨痛经历，向来无比小心，也是很难下手。

齐清梧闷闷地想了一会儿，脸上忽然显出决绝之色："要不就借着日本人的手……"

张叔"唉"了一声，想大少爷这是被仇恨冲昏头了，自己非得警醒警醒他不可："大少爷，日本人咱们还是能少接触尽量少接触，贩毒在这世道里不算什么，多少军阀也是贩大烟起的家，有了势力以后被政府一招安，立马成了名正言顺的爱国将领。可一旦让'汉奸'这两个字沾了身，那就是遗臭万年，永远要被人戳脊梁骨的！再说了，黄五爷也不傻，咱们天南海北地运货，少不得要跟日本人套点交情，可那黄五爷也跟日本人热乎着呢，咱们得付出多大的代价，才能哄得日本人去杀那姓黄的？"

这一番话，字字句句切中要害，立马把齐清梧劝得清醒过来。他想自己只要一触碰到复仇这件事，便要丧失理智，什么馊主意都想试试，以后还是得多跟张叔商量才行，便红了脸，有些惭愧地说道："是我太心急了，这件事暂且放下，以后再说，总归是能找到机会的。张叔，上海的同商银行，您怎么看？"

张叔盘算了一阵子，觉得有个正规产业也算是个好事，万一这边出了变故，也可以随时跑去上海避难。不过仅仅卖杜其昌这么一个人情是远远不够的，于是开口道："我也同意您重新把同商银行开起来，老爷一辈子的心血，能在您的手里复兴，想必老爷在天之灵也能够安息了。"看到大少爷的神情有异，他赶紧放下感慨，继续往下说道，"不过咱们不能就帮杜其昌这一回，要想让杜其昌尽心尽力地护着同商银行，咱们必须得拉他上船，到时候一荣俱荣一损俱损，由不得他不上心。"

齐清梧抿了抿嘴唇，说道："让杜其昌长久地跟咱们产生联系，还得在烟土方面下功夫吧？"

张叔大笑："没错！杜其昌既然敢从东三省千里迢迢地往外走私烟土，必然也是个贪财的。大少爷，您找个时间好好跟他谈谈，跟他说从今往后可以帮他运货，与他分成。他知道您的名头，能靠上您这么个专业人士，他哪儿能不乐意呢？"

齐清梧心悦诚服地点头应允："好的，我这就去办，还是张叔的见识多。"

一天辛劳之后，齐清梧没有耽搁，赶在晚饭饭点之前回了家。

赵沛珊现在嫁为人妇，对做饭一事渐渐有了兴趣，虽然家中厨子老妈子一应俱全，用不着她亲自下厨，但她还是愿意时不时地亲手做上一桌饭菜，含笑看齐清梧埋头大吃。

今天晚上，饭菜依然很丰富，可赵沛珊并没有如往常一样闲闲地与齐清梧说一些家长里短的趣事，反而几乎没怎么下筷子，蹙着眉，犹犹豫豫的，是个欲说还休的模样。

齐清梧看出妻子的不寻常了，但在饭桌上没有声张。及至女儿吃完饭，抱着齐清梧新买给她的那只大洋娃娃，欢天喜地地被老妈子领走了，齐清梧才问道："沛珊，你今天是怎么了？"

沛珊盯着自家丈夫，一张保养得宜的温柔面庞上是极为复杂的表情："清梧，我今天同王家太太去逛洋行，你猜我在那间洋行里见着谁了？"

第三十三章　团　长

　　齐清梧喝一口汤，笑道："见着谁了……你也不给个具体范围，让我怎么猜？"

　　赵沛珊本来也没心情与丈夫猜谜打趣，因而直接揭晓了谜底："我觉得，我好像是……看见冯司令了。"

　　"冯司令……"齐清梧一怔，登时差点把汤碗给砸了，"瑞德?！冯瑞德?！"

　　赵沛珊早就预料到了丈夫的反应，事实上，白天那会儿她的惊讶一点不比齐清梧少："对，我跟王太太推门往里走的时候，他正从里面出来，我们打了个照面。王太太在旁边，我没敢贸然认他，他肯定是看见我了，可是一点反应也没有，好像压根儿没认出我来。"

　　齐清梧乍然接收到这个爆炸性消息，大脑一时就有点反应不过来："瑞德……这不可能，你肯定是看错了，瑞德六年前不就……"

　　赵沛珊如何不知道冯瑞德六年前就该被日本人炸死了，沉默一会儿，她又开口道："我瞧着冯司令——暂且不管那个人是不是他吧，我瞧着他好像腿脚不大好了，手里拿着拐杖，走路还一瘸一瘸的。"

　　如果说方才齐清梧还坚定地认为沛珊是天方夜谭看走了眼，此话一出，不知怎的，齐清梧忽然就觉得那人说不定真的是瑞德。

　　当年只道是他全军覆没，冯司令往山里逃的时候被炮弹炸了个正着，死无全尸……死无全尸，终归是谁都没看见冯瑞德的尸体。

　　也许他真的大难不死，只是瘸了一条腿呢？

　　齐公馆被烧成一片灰烬，自己被黄家的人打了好几枪，不也没死

191

成吗？

思及此，他急急问道："沛珊，你快跟我详细说说当时的情况，瑞德是个什么样？他怎么不认识你了？"

白天的猝然碰面给沛珊的印象太深了，连想都不必想，沛珊不假思索地道："冯司令看起来倒与从前没什么变化，只是老了些——毕竟六年了，算起来他今年都该有三十六了，穿得很单薄，这么冷的天，他就穿了一身黄呢的中山装，从洋行里出来，可是两手空空，应该是什么都没买的。对了，他身后紧跟着出来一个穿军装的日本人，两人一前一后地离开，不知道是不是同路的。"

日本人？冯家军队当年全盘毁于日军，若那人真是冯瑞德，又怎么可能再跟日本人搅和在一块儿？齐清梧深深皱起眉头，极短时间内脑海里闪过无数或靠谱或不靠谱的念头，最终他长叹一声："我明天派人去查查看吧，如果真是他，无论如何也该有点蛛丝马迹的。唉，只希望真的是那家伙命硬，炸弹底下也能死里逃生吧。"

赵沛珊亦是颔首："咱们来北平这些年，除了张叔，真是一个熟人也没有了，我想冯司令福大命大，必不会那般轻易死掉的。"

暂且不提大少爷那边暗暗发动了一切力量满北平城地去寻找冯瑞德，千里之外的石头此时蹲在山东省西南部那个偏僻的小山里，倒是活得与世隔绝，优游自在。

他现如今山上山下两头跑，女儿刚刚出生，老婆还在月子中，他实在不愿意一个人回那山上啃冷窝头。虽然作为一个男人，伺候老婆月子这事他帮不上大忙，可只要能每天定时逗逗女儿，给女儿洗洗尿布，再陪老婆唠几句闲话，也足够令他美到不行了。

这些细微烦琐的小事，对于很多人来说，却也是一生求而不得的幸福了。

然而他毕竟不是那村里守着一亩三分地过活的农民。山上潜伏着一群亡命之徒，他当初费了好大的力气才坐上这大当家之位，深知这些土匪翻脸如翻书，毫无忠诚度的秉性，生怕自己在山下村子里待得略微久一些，山上的二当家三当家就要联起手来闹哗变，故而总是出其不意地返回小仓山搞突然袭击，就是为了防范手下的背叛。

如此过了一个多月，如玉的身体渐渐强健起来了，女儿也一天长大一点，石头见身边诸事皆是按照轨迹平稳地运行，便无欲无求，一心只等着过年。

这一天的下午，倒是发生了一件稀奇事。

石头正在跟着老丈人专心致志地学写字呢，一贯伺候他的顺子气喘吁吁地跑进来，向石头禀报道："大哥，您……您快回去趟吧！二当家今天早晨在山里抓了个奸细，本来想当场'点天灯'给大家凑个乐子的，可那人非说自己是官府里的人，有要紧事来跟大哥商量，二当家拿不定主意了，也不知道那人说的是不是真话，就让我来请大哥回去做决断。"

石头于是放下毛笔，与岳丈道一声别，跟着顺子回去了。

当那人被五花大绑地送到石头面前时，石头的第一反应是——这人肯定是个骗子。

他当初在齐公馆里做听差的时候，见过无数达官显贵，没有一个长得这般贼眉鼠眼的。

所谓的贼眉鼠眼，跟五官没有多大关系，很多达官显贵同样长相不佳，但盛装华服地打扮一番，自有一股威严气派。而眼前这位三十出头的中年男子，一双小眼总是滴溜溜乱转，鬼鬼祟祟地打量着四周，要是让石头打比方的话，石头觉得这人的气质跟王四倒是有三分相似。

石头心中一乐：难不成这家伙是王四的门徒？

心底胡乱猜测着，石头面上却还八风不动，端的是山寨大王的派头，略一扬脸，他问道："你说你是官府的人？"

那人用力一点头，凑近石头，小声回答道："大当家的，我是从重庆来的。"

石头翻一个白眼，心想这人还挺能编，都知道国民党已经跑去重庆定都了，便故意揶揄道："嗬，重庆啊，这十万八千里的，你一个人是怎么过来的？"

那人深深叹气，仿佛是真正很痛心的样子："我怎么可能是一个人出来的？当初几百个人一起从重庆出发，一路所见皆是战火流离，家国沦陷。饶是我们小心再小心，同僚们还是纷纷失散，越来越少。唉，好不容易走到山东，就剩下我一个孤家寡人了，我们心怀报国之志，奈何无力回天，当真是有负蒋委员长之托……"

石头见他越扯越远，赶忙抬手："打住打住，别编了！还蒋委员长，蒋委员长能把任务托付给你这么个贼眉鼠眼的家伙？你给我说老实话，你是小偷还是山贼？把真实身份告诉我，兴许我还能饶你一命！"

那人一听石头竟然将他当成小偷一流，顿时怒发冲冠，也不顾自己现在身陷土匪窝子，随时可能被人"点天灯"了，梗着脖子红着眼争辩道："大当家这话可就说错了！我是正经黄埔军校毕业的！现在还身担着少校的军衔呢！"

石头这些年来走南闯北，也听说过黄埔军校的鼎鼎大名，看着身前那人的模样，自然更加不信，轻蔑道："黄埔军校就培养出你这样的？一双贼眼进了我这屋就四处逛摸，你觉得你都被捆成这样了，还能偷着什么东西不成？"

那人更激动了："你要是不信，大可以放开我，我把军官证拿给你看！"

石头当然不会给他松绑，不过见他言之凿凿，也没有撒谎时的心虚，便对身边手下一使眼色："老虎，你去搜一搜。"

老虎果然伸出一双粗糙大手，在那人身上胡乱摸索起来，待摸索到内衣里面了，竟还真找到了一本破破烂烂的证件。

石头认识的字十分有限，老虎更是连自己的名字都不会写，于是把山上的账房老先生叫过来。账房老先生戴着眼镜看了一会儿，恭恭敬敬地回禀道："大当家的，这上面写的确实是军官证，您看，还有图章，还有这人的照片呢。不过这证件是真是假，我也判断不出来了。"

被捆成一团麻花的军官大声叫道："真的真的！当然是真的！伪造军官证被抓到可是要坐牢的！"

石头又好好将那人打量了一番，还是觉得不大像，半信半疑地勉强发话道:"好,姑且算你真是个少校,你这一路跋山涉水地来找我干什么?重庆那边总不可能认识我这一号人物吧?"

军官见石头说话完全以自我为中心,心里就十分不屑,暗道果然是窝在山里的土匪,井底之蛙,坐井观天,没什么见识。然而当初走的时候,上级嘱咐他要"说服一切武装力量",不管是军阀、土匪、山贼,只要有几支枪杆子的,最好能全部招安,让他们统统停止祸害老百姓,转而替中央军去打日本人。他来山东本是奉了上级指令,去向一位有权有势的军阀做思想工作的,可军阀还未见到,先是被这帮土匪给绑了。他估摸了一下小仓山土匪的数量,当即决定改变策略,要先对这帮愚昧无知的土匪进行一番爱国教育。

清一清喉咙,压下那因为被歧视而产生的怒火,军官对石头循循善诱道:"大当家的,是这样,您也知道,现在是个国难当头的时刻,咱们身为中国人,怎能眼睁睁地看着日本人在我们的国土上横征暴敛、烧杀掠夺?如果您愿意挺身而出,带着您的手下奔赴抗战前线,我马上可以发电报回重庆,向重庆那边要您的委任状。您这边,我看了一下,得有几百人,接近一千吧?"他自说自话地点一点头,"到时候有正规编制,给您放一个团长,军饷全部由重庆提供。"

他志得意满地反问石头:"我看您也挺年轻的,中央军正规团长,和这小仓山里的土匪头子,您说哪一个更好听、更有前途?"

石头若有所思地盯着那张破破烂烂的军官证,不说话了。

那位国民党军官见眼前这个土匪头子陷入了沉思,知道他是听进去了,便趁热打铁,继续激情澎湃地劝说道:"天下兴亡,匹夫有责!国家有难,吾辈男儿自是要抛头颅,洒热血,救国救民于危难之中……"

"停——"石头硬生生地制止了那人滔滔不绝的演说,因为觉得他衣冠不整地被捆在地上,嘴里还不断讲大道理的姿态十分可笑。被政府招安,这是个大事,石头必须得深思熟虑一番才行,不能被这人忽悠得脑袋一发热就真的扛枪上前线。石头觑一眼那位军官,笑道:"不好意思,你说的这事,我们肯定不能立马给你回复。在我做出决定之前,就劳烦您哪,先在柴房里待着吧!"

石头一挥手："来人啊，先给我把他押下去！"

石头此前从未想过，自己居然还能被政府委任为正规的中央军团长。

他以前觉得大兵们都是凶神恶煞的活阎王，那冯司令身为大兵首领，更是阎王中的阎王。而现在他经历的事多了，当上土匪老大了，虽然不再像从前那样仰视军阀，可也谦卑地认为自己人生最高成就大概也就止步于此了，不可能与官府打上交道。

谁能料到政府还能巴巴儿地主动来给他送委任状？

石头想象着自己穿上军装奋勇杀敌的画面，不知不觉间有些陶陶然了。

不过当然，他现在二十二岁了，不再是十四岁的天真小孩子，别人说什么就信什么，做做美梦是一方面，真要论起现实行动来，他也有一颗清醒的头脑。

他忽然觉得，眼前这事，怎么跟当年王四唆使他在文昌县杀人时的情景那么相像呢？

1937 年平津地区一沦陷，国民政府旗下的中央军节节败退，平津失守，上海失守，南京失守，中央军跟兔子一样一路撤去重庆。现如今华北地区到处是日军和伪军，石头也只敢在这极度偏僻的山里打劫打劫过路商队，要是轻易往城市里一露头，就凭自己手下这几百名土匪，那些大砍刀，以及为数不多的几把枪支，都不用日本人亲自出手，随便来点伪军也足够把他杀个片甲不留了。就算是有了团长这么个威风的名号，又有什么用？

石头不是不爱国，不是不恨日本人，不是不想抗日，实在是敌众我寡，几十万的中央军都撤去西南了，他这么一个几百人的小队伍，怎么抗？拿什么抗？

石头呆呆地看着窗外点点繁星，有一种美梦幻灭的感伤之情。

第三十四章　故　人

石头把那位自称为少校的军官扔在柴房里，不管不问，只一天三顿送点饭进去，保证军官不至于饿死。他虽然分析清楚了利弊，知道自己这么点本事是无法与日军对抗的，但不知怎的，始终不愿意直接开口拒绝那位军官。也许是国家大义压在肩上，拒绝的话不好意思说出口来，便只好含含糊糊地能拖一天是一天。

然而老天仿佛是看够石头的犹豫了，不久之后的一个夜里，就给石头指了一条明路。

深夜，石头带着手下埋伏在山里，又做起了本行工作。放在山外的探子回来禀报说这次有一批很大的商队要连夜穿过小仓山，而且车上运载的好像是烟土。

烟土比寻常绫罗绸缎价值高太多了，要是这一次能得手，他们整个寨子上下便可以过一个丰足富饶的好年了。

他们按照惯例，等看到火把蜿蜒而来的时候，纷纷鬼魅一般迅速现身，操着大砍刀就去砍队伍里的活人。石头手里拿着一把匣子炮，子弹上了膛，他瞄准走在队伍最前面的领头人，刚想一枪爆了那人的头，却在看清那人容貌的一瞬间，愣愣地睁大了眼睛。

随即他反应过来，赶紧用最大的音量狂吼道："都他妈的给我停下！"

土匪和商队里的人一哆嗦，纷纷把目光转向了石头。接着，领头人惊喜地叫了一声："石头？！"

石头挠一挠头，也是惊讶万分："张叔，怎么是你？！"

张叔轻轻巧巧地从马上跳下来："我这不是替大少爷运货嘛！哦哟，咱们这都多少年没见了，没想到还在这么个兔子不拉屎的地方碰上了，巧啊，真是太巧了！"

石头嘿嘿一笑，下意识地把手里的匣子炮往身后藏。

张叔一看周围土匪那个举着大砍刀的架势，顿时明了，捏捏石头的肩膀，他笑道："小伙子有出息了啊，干上这一行了。"

石头讪讪地一挥手，示意部下们把那副抢劫的模样收起来。他可不好意思承认自己刚才差点一枪崩了张叔，赶紧转移话题道："大少爷现在还好？"

张叔的语气里带着明显的骄傲："很好很好，大少爷彻底把这桩买卖——"他的目光往身后烟土那里一瞟，"发扬光大，做到极致了。"

石头想当初那个最为文雅的大少爷，现在也成为专业毒贩子了，一别经年，看来自己和大少爷两方都变化了许多。他热情地对张叔道："张叔，别那么辛苦地连夜赶路了，这个山头现在归我管，您跟我去寨子里歇一歇，叙叙旧吧。"

把十来车烟土妥善安置好以后，石头和张叔分别在正堂主位坐下，手中捧着热茶，一人一句，很快打开了话匣子。

时间虽已过午夜，但两人都毫无睡意，各自把近几年的遭遇倾诉一遍，一边喝着茶一边还是说得口干舌燥。等彼此把旧况说完了，石头想起那个还被捆在柴房里的军官，就简略地把这事与张叔提了提，征求张叔的意见。他跟大少爷一样，知道张叔活了几十年，比他们人生经验丰富得多，是值得信任的。

果然，张叔一听完就连连摆手，跟石头私底下想的是一个意思。"别听那人跟你扯淡！你说他长得贼眉鼠眼的，我知道是怎么回事，这家伙肯定是重庆那边的特务，专门大江南北地游说军阀土匪，指望着你们这些地方势力代替正规军，替他们卖命。就你手下土匪们拿的那些大砍刀，也就拦路抢个小商队。"张叔抖着胡子笑道，"石头啊，我不是笑话你，你这回要是真刀真枪地跟我拼上，你那点手下，全得让齐家的队伍给崩了！"

石头当然知道张叔不是说大话，当年他替齐老爷运白面的时候，虽然只是个一百来人的队伍，可个个手上都是拿着军火的，哪能跟自己这边似的，身为大当家的，才能拿一把匣子炮。现在大少爷敢于在这比从前更加危险的世道里公然走私烟土，商队的装备自然也就更加完善高级了。

石头慢条斯理地说道："张叔，我这点本事，哪里敢跟大少爷比。"

张叔打量着明显变得高大壮实的石头，心中暗暗有了计较。"石头，"他问道，"你难道打算一辈子窝在这山里做土匪？"

石头摇摇头："哪儿能啊张叔，我这不也是没有别的生计了吗？您也跟我说这当团长什么的不靠谱……"

张叔又道："大少爷现在在北平也算站得住脚了，你愿不愿意拉队伍去北平，重新跟着大少爷？"

石头啊了一声，没答话，不是不愿意，而是今夜见到张叔之前，他从来没往那上面考虑过。

张叔说："你当初走的时候，不是说要去找你兄弟吗？叫什么名字来着……你找着他了？"

石头神情黯淡下来，他全中国找了那么些年，普天之下，哪里有夏生的影子？

张叔察言观色，就继续对石头分析道："你看，你也没找着你兄弟，现在窝在这山沟沟里，显然更不可能找到了，你兄弟总不会像我一样，正好经过这里，让你守株待兔吧？当年大少爷自顾不暇，没法帮你，现在大少爷人脉也广了，你回去再详细把你兄弟的特征跟大少爷说说，说不定大少爷就替你把人找回来了呢？不瞒你说，大少爷这些年来，真是一直惦念着你，总说你对他有救命之恩，他没机会报答你呢！"

石头救人的时候心思十分单纯，倒是没想着要大少爷的报答。然而张叔一提夏生，就彻底把他的心思弄活络了，夏生已经成了他的一种执念，即使娶妻生子，即使在这小山里面称了大王，也丝毫无法降低夏生在他心里的地位。况且，去北平跟着大少爷，也的确是比他在这山沟里打家劫舍有前途得多，现在只剩下一个问题——

"张叔，"石头有点不好意思地开口道，"我是很乐意去北平的，可我闺女才两个月大，现在天气越来越冷了，实在不方便带她出远门。再说我的手下有一些在这边也是有家室的，走不走还得征求他们的意见，一时之间还真是没法立刻行动。"

张叔却爽快地说："没关系，我也正得去上海送货，要不这样，你这段时间先准备准备，哪些愿意跟你走，哪些愿意留下，好好统计一下。等上海那边的事处理妥当了，我顺着原路回来接你，小孩子放在马车里，包得严实一点，想来也没什么大问题，咱们啊，一块儿找大少爷过年去！"

石头想着不久之后就能重新见到大少爷了，不由得也有点高兴，连连答应着："好嘞，张叔，那就麻烦您啦！"

张叔笑着将热茶一饮而尽："咱们认识多少年了，跟我客气啥！"

小仓山上那为数不多的数百土匪，在大当家的鼓舞下，很快自动分成两派了。占大多数的一派以光棍汉为主，身无牵挂，表示愿意跟着大当家的去北平开开眼界；另一派跟石头一样，早已在山下村子里娶妻生子，此时舍不得老婆孩子热炕头的平凡生活，就与二当家一块儿留下来，继续守着这穷乡僻壤过日子。

石头决意要走，颜如玉嫁鸡随鸡嫁狗随狗，自然也是要带着女儿跟随的。而颜老先生及其夫人在颜家村住了一辈子，除了如玉这个女儿，膝下还有数个儿子，抹了几把眼泪以后，也只好舍弃女儿和女婿，搬回儿子家中居住。

大雪纷飞的时节里，张叔信守诺言，果然回来接石头了。

他小心翼翼地抱一抱石头的女儿，感慨道："岁月不饶人啊，你这小子，从前第一回跟我走货的时候，才那么点高，现在都当上父亲了。我这身子骨也是一年不如一年了，要不是这一回的买主身份关键，我才不能数九寒天地亲自跑这几千里路呢！"

石头何尝不感叹："是啊，我现在觉得，我跟齐家的缘分真是深得

200

很，您老人家要是不恰好跑这一趟，我哪儿还有机会重新与大少爷见面呢？"

张叔轻轻为怀里的女婴掖一掖被角："你姑娘叫什么名儿？"

石头说："沈瑶，瑶台的瑶。"

张叔神色不变，只称赞一句："名字不错，挺有文化的。"也不知道他有没有想起那个又活泼又天真的小小故人。

张叔照顾石头的妻女，把最暖和的一驾马车让给石头一家三口。坐在马车里，颜如玉战战兢兢，对未来充满了担忧："石头，北平……是个什么地方？"

石头一笑，温柔地为这从未出过颜家村的妻子描绘那遥远的北平风光。虽然他也从未去过北平，但他想，北平应当比天津卫还要热闹的吧？

他的声音轻柔中带了几分不自觉的沧桑："北平啊，是个顶繁华顶热闹的地方……"

第三十五章　会　师

北平齐公馆。

为显郑重，即使是在腊月二十八的酷寒天气，齐清梧还是与妻子一起，亲自站在公馆门口迎接石头。

石头是跟张叔一起从汽车上下来的，后面还跟着一个畏畏缩缩抱着孩子的颜如玉。那些随石头一道儿从小仓山撤出来的土匪，已经在早些时候随着齐家商队一起，去往城郊几处齐清梧置下的房产中暂且安身了。

齐清梧满北平城地搜索了几个月，连冯瑞德的一根毛都没再见到，不由得怀疑妻子当时还是看走了眼。冯瑞德虽然五官端正，到底也不是什么天上地下第一号大帅哥，说不定真有那么一个瘸腿汉奸跟他长得十分相像呢？

齐清梧遍寻冯司令而不得，张叔那边却发来了电报，表示石头不久之后就要随自己一块儿回北平。得到这个消息以后，齐清梧登时高兴得要命，昔年天津城里的故交，能与哪一个再见面都让他非常喜悦，更何况石头一直与他亲近，还在关键时刻救了他的性命呢！

注视着如今比自己还要高出半个头的石头，齐清梧惊讶地一挑眉："喃，你真是石头？"他戴着皮手套的手在自己肩膀处比了一下，揶揄道，"石头该是这么高的。"

石头一见到大少爷，这些年来略略练得灵巧一些的嘴皮子瞬间又无比笨拙起来，红了脸，他一本正经地解释道："我这不……我那会儿才十六，还是可以长个子的。"

202

齐清梧亲热地搂了石头的肩："傻小子，我当然知道你还能继续长。走，咱们进去说话，北平现在真是太冷了……"

　　石头随他往前走了几步，就露出了那刻意藏在丈夫身后的颜如玉。

　　齐清梧一愣，因为毕生没有见过这种穿红着绿的农村妇女，这会儿就有点不敢确定了，不知道这女人是石头的妻子还是伺候石头的女仆："这位是？"

　　石头大大咧咧地介绍道："我老婆！"

　　齐清梧不再多言，对石头老婆做一个"请"的姿势："快请进快请进，别冻着了。"然后他对石头介绍那一直含笑伫立一旁的赵沛珊，"这是内人，你当时也见过的。"

　　石头呵出一口白气，向赵沛珊点头致意："赵小姐。"心中则暗暗感叹大少爷在感情方面还真是忠贞不贰，这么些年了，原来还守着这位赵小姐过日子呢！

　　石头看着烫头发戴钻石耳坠穿狐皮大衣的赵小姐，再看看自己那一位穿着小花袄低头耸肩溜进齐公馆的老婆，一瞬间就觉出差距来了。

　　这人啊，最忌讳跟旁人做对比，颜如玉在小仓山底下是十里八乡一枝花，一到了北平，别说跟赵小姐比了，只怕齐公馆里的丫鬟也要比她时髦比她有见识了。

　　进了公馆，张叔没有耽误齐清梧与石头叙旧，喝一杯热茶，大概跟齐清梧说了说上海杜先生那边的情况，便又冒着风雪离开了。年关将近，他的府上也自有一堆杂务需要料理，无法悠闲地在这温暖如春的齐公馆里做陪客。

　　赵沛珊率先发现了颜如玉怀里的小小婴儿，不觉惊道："哎，这么小的孩子就这么长途跋涉地跟过来了？"

　　张叔和石头是俩大老爷们儿，把小孩当成是布袋一样的小玩意儿，呵护着呵护着就忘记了。颜如玉初为人母，也不懂得如何细致入微地照顾孩子，只晓得多给女儿包几层衣服，按时喂奶，别把女儿在半路上给冻死或者饿死了。只有赵沛珊这些年来照料两个孩子，早已变成最合格的母亲，此刻就幽幽地扫一眼石头，暗想真是个不负责任的年轻父亲。然后热切地招呼颜如玉道："弟妹，你快跟我上楼吧，孩子这么小，别再冻出什么毛病来。"

颜如玉怯怯地看一眼石头，见石头没阻拦，便迈着小碎步小心翼翼地跟着赵沛珊走了。

齐公馆太大太漂亮了，到处都是金碧辉煌，齐家夫妇郎才女貌，一个像玉皇大帝，一个像王母娘娘，看得颜如玉眼晕。

待两个女人上了楼，齐清梧点上一根烟——他现在烟瘾很大，除了面对老婆孩子，几乎就是烟不离手："石头，抽不抽？"

石头没客气，接过一根。他的烟瘾如今也不小，还有酒瘾，不过小仓山荒山野岭，一般见不着这种高档纸烟。

两人坐在宽大柔软的真皮沙发中，脸对着脸抽烟，旋即又同时脸对着脸地长叹。

分别之时，一个是手无缚鸡之力的白面书生，一个是尚未成年的小小少年。重逢以后，一个是转过年来就虚岁三十五的中年男人，一个是手下人命无数的粗鲁土匪。

如何能不叫人感叹？

片刻，齐清梧抽完了烟，仿佛是想开个玩笑活跃气氛："你闺女起名了没有？可别跟我说叫什么'春花''红杏'的，我的学问，你信得过吧？我给你起一个？"

石头说："大少爷，叫沈瑶。"声音很轻，仿佛是怕惊扰了谁。

这一句话说完，他陡然间觉得撕心裂肺。

多少年没有这样过了，六年多了，他已经不再那么想念她了。她慢慢地凝成了他心底的那一颗朱砂痣，比夏生更让他感到无望。石头一直坚信夏生还活着，终有一天一定会与他相见，可是她，无论上穷碧落下黄泉，他永远无法再寻得那一个她。

第一次相见，她在文昌县绝美的黄昏中蹬着小皮鞋生机勃勃地向他走来，高傲又很多话，是个不惹人讨厌的刁蛮大小姐。最后一次见面，她安静地躺在层层叠叠的白色帷幔里，胸前一片刺眼的红，仿佛一个被人遗弃的昂贵洋娃娃。她用尽了生命的最后一丝力气，勇敢地向他表白：

"其实……我是很喜欢石头的。"

然而他除了任劳任怨地陪她逛过许多次街，花过一点小钱给她买了几次零食，连一个"爱"字都没对她说过。在那一刻来临之前，他也从未意识到，自己竟是真正喜欢着冯芷瑶的。

猝不及防，猝不及防。

旁人提起女儿的名字，石头并不会有这样大的反应，可齐清梧这样问出来，却是让他一瞬间无法自持。毕竟当初在天津齐家那富丽幽深的大宅子中，有那么多的日日夜夜，都是他们三个一同度过。

现如今他跟大少爷有了老婆，有了孩子，抽烟喝酒杀人放火无所不为，一点点被时间磨砺成这世上最正常不过的成年男人。可是她，终归是长睡不醒，一无所有了。

齐清梧听完这个名字，神情也是霎时消沉下去。闷着头一连抽了好几根烟，他老大哥似的拍拍石头的肩膀，勉强笑道："过去的事不提了，客房我已经派人给你准备好了，咱们安安稳稳地先过年。"

除夕之夜，齐公馆大门紧闭，只有齐氏夫妇和石头夫妇，以及三个小孩子，一块儿开了一桌筵席，和乐融融地吃年夜饭。饭桌上他们不谈公事，不忆往昔，不想未来，单是讲一些鸡毛蒜皮的趣事来凑热闹。齐清梧与石头相对拼酒，都想先一步把对方灌醉，结果自然就是两败俱伤，俩人全喝大了，奔去院子里狂吐不止。

凛冽的北风略略使俩人醒了酒，齐家院了里有一圈彩灯装饰，把院内景色照得一清二楚。石头看到院内本来栽了几株极好的白梅，结果被自己一堆秽物吐上去，瞬间让那美景变得惨不忍睹，就道歉道："大少爷，对不住，我把你的花给毁了。"

大少爷的准头更好不到哪儿去，直接吐到树底下的秋千架上了，花没什么，那秋千架却是沛珊每日打发辰光、读书消遣的所在。大少爷心虚地缩了缩头，大着舌头嘱咐石头："别……别跟沛珊说，这是咱俩干的……"

石头身子一晃，差点栽进花丛，与他的那堆呕吐物做伴，脸上的表情却还很严肃，坚决保证严守秘密："放心吧……大少爷！我的嘴，我的嘴可严实了！"

荒唐一夜之后，从大年初一的早上起，齐公馆便是人来人往，访客汤汤了。

这一天中最让人意外而又身份最为贵重的宾客，便要数敦王爷了。

敦王爷年纪大了，近来又扎吗啡扎得很凶，已经变成了个半人半鬼的可怕样子。齐清梧本打算忙过这两天以后亲自携着礼物去王爷府探望一番的，却万万没想到反而是敦王爷主动登了他的门。

赶紧把敦王爷扶进小会客厅，齐清梧想这老家伙是吗啡用光了，大年初一就来找我要？不至于啊！要买货的话随便派个家仆拿钱过来就是了，何必劳动他老人家的大驾？就他这个走一步喘三喘的架势，要是一会儿在齐公馆里断了气，齐清梧可不愿意处理这个麻烦。

齐清梧脸上带着客气的微笑，寒暄道："王爷，过年好啊！您老人家怎么亲自来了？该是我过去拜访您才对呀！"

敦王爷坐没坐相地在沙发上缩成一团，虽说身子已经完全垮了，但想必他在出门前打足了吗啡，故而神志还是很清醒的，此时就摆了摆手，呼哧呼哧地说道："齐老板……是大忙人，本王常年赋闲在家，闲得很，闲得很。没有关系……反正，离得也不远……坐汽车一会儿就到了，就是从屋里往外走的那几步路，实在是太冷了！"

齐清梧耐着性子听敦王爷扯完这一堆废话，依旧是丈二和尚摸不着头脑，只好继续把话题进行下去："王爷找我有事？您要是有什么吩咐，打个电话让我过去就是了，这大冷天的……"

敦王爷答道："也没什么大事，就是我昨天晚上睡不着觉，翻照相簿子来着，人这一老，就总忍不住怀念往事……哎，齐老板，我特意过来就是想问你一句，天津的齐礼泽，是不是你家族里的长辈？"

齐礼泽，便是齐老爷的名讳了。

206

骤然听到父亲名讳，齐清梧心中一荡，几乎要当着敦王爷的面失态了，勉强维持住脸上表情，他匆匆开口以转移自己的注意力："正是家父，敦王爷竟认识家父？"

敦王爷一听这位齐老板与齐礼泽的关系居然比自己想象中还近，便露出了几分笑模样，连说话都呼哧得不那么厉害了："算起来还真是，礼泽当年好像跟我讲过，他的下一辈按照家谱是从清从木的，人老了，记性不成了，要是早想起这回事，我早就认出齐老板了。幸好昨天翻相簿，我觉得照片里的礼泽跟齐老板长得还挺像，就差了一副眼镜，是而才冒昧登门这么一问。"

齐清梧在家之时，从未听父亲说起过这一位敦亲王，听敦亲王话里的口气，应当也是多年不曾来往的了，难道仅仅是深夜翻看老相片，发现了这么一点有趣的联系，就急火火地第二天亲自赶来确认？不可能，以敦王爷现在的身体状况，绝不可能为了这么点无关紧要的事兴师动众地出门。

敦王爷又说道："令尊身子还康健？齐老板既然世世代代都是天津人，怎么反而跑来北平做生意了呢？"

齐清梧低头，声音苦涩犹如一剂浓黑中药："家父……去世多年了。"

敦王爷一怔，青白的苍老面庞上倒是没什么表情："那真是太可惜了，令尊比我还要小几岁的。齐老板将来有回天津的打算吗？"

齐清梧隐约听出敦王爷的来意了。

虽然不知道具体原因，但显然敦王爷有着移居天津的打算，所以偶然猜到齐清梧的家族可能在天津颇有势力之后，就大年初一巴巴儿地跑上门来。

不过敦王爷这么个皇族，地地道道的老北平人，又打吗啡打得半死不活了，去天津干什么？天津有什么是北平没有的？难道说北平不安全了？可平津之间离得这么近，又都被日军统治了这么些年，北平要是不安全了，天津又能好到哪里去？

齐清梧跟敦王爷交情没深到交根交底的程度，此刻就斟酌了一下，

207

含混道："说不好，也许会回去，也许不回去了，总之现在是不回去。"

敦王爷听出了齐清梧的敷衍之意，便也不再问下去。他现在对吗啡的依赖太深，不敢在外面待得太久，见齐清梧暂时指望不上了，就费力从沙发上起来，拄着拐杖，被家丁搀扶着跟跟跄跄往外走，一边走一边还叮嘱道："齐老板，过两天本王再从你这边拿一批货。"

齐清梧满口答应："好的，随时给王爷备下。"

及至把敦王爷送到门口了，齐清梧到底按捺不住心中疑虑，张口问了一句："王爷以后……想去天津小住？"

敦王爷颤颤巍巍地一挥手："不好说，没定下来。唉……这紫禁城，本王住了一辈子了，从来没像这两年一样，住得心慌，住得不安心哪！"

第三十六章　求　财

整整应酬了一天，齐清梧被那些一批批赶来拜年的下属，以及那些指望着他帮忙运烟土的达官显贵们烦个半死，端一杯咖啡独自进了书房，他在骤然静谧下来的环境中，静静地开始梳理心事。

把敦王爷最后那几句令人不安的话翻来覆去地想了半天，他认为自己这些年来事事筹谋，已经养成了多疑敏感的性子。白天一时被那敦王爷唬住了，现在想想，他还是太过高看那些遗老了。

敦王爷说他这两年在北平住得心慌，恐怕还是因为现在城里那满坑满谷到处走的日本人，别说敦亲王了，北平从上到下所有中国人，上到军阀政府高官，下至黎民百姓，谁看见日本人不心慌？敦亲王身为前朝皇族，到了现如今，没兵没枪没权没势，连齐清梧都不如，不是日本人愿意上心拉拢的对象，然而拜祖上所赐，留下的家产足够他蹲在家里打八辈子最好的吗啡，又的确是个打劫的最好对象。

坐拥金山银山，又没有保卫家财的力量，难怪敦王爷一天天地在这四九城里待不下去了，就算偶然搭上齐清梧这么一个不算深交的人，都忍不住要上赶着打听一番。

天津跟北平是个一荣俱荣一损俱损的关系，照样有日军驻扎，逃过去也不算万事大吉，然而细想下去，多少还是有那么些不同的。天津的地位历来比北平略差一些，终归没有北平这样派系复杂，表面上看着风平浪静，其实内里全是暗流涌动。再者说敦亲王这样养尊处优的老派人物，虽是满人，只怕毕生都没出过四九城，大概认为天津离北平已经很远了，要是再往远了跑，去南京上海，或者重庆，他那半死不活的老骨头八成得死在路上。

齐清梧分析良久，最终觉得外界战事再猛烈，北平总不至于被屠城，便把那敦王爷抛到脑后，起身回卧室，自去洗漱安寝不提。

齐府客房里，颜如玉坐在柔软的席梦思大床上，看女儿全身上下已经被齐太太都换上了新衣裳，小枕头边压着宁神的香囊，褓褓是真丝的，每一样东西都好她从未见过，心底就还是很不踏实，感觉自己这几天来一直在做一场荒诞的美梦。

她一边替石头脱衣裳，一边傻里傻气地问道："石头，你跟这位齐先生是什么关系？咱们就这样白吃白住着？万一被撵出去怎么办？"

石头失笑："怕什么，让你住你就住着吧。我跟大少爷……咳，说了你也不懂。对了，你想吃什么就尽管跟赵小姐说，赵小姐是个良善人，我了解她，否则大少爷也不能跟她好这么些年。当时颜家村那穷乡僻壤，你也吃不上什么好的，现在正好赶紧补补，刚生完孩子，别再落下什么毛病。"

颜如玉没觉得自己坐月子时受过什么委屈，托石头在山上打劫的福，她每天都能吃上肉，没有婆婆刁难，而且被母亲照料得无微不至，简直比村里其他媳妇强太多了，多少女人月子都没出就得下地干活呢。可是有丈夫这样细致的关怀，颜如玉的心里还是暖洋洋的，乖巧地点点头，她笑出两个甜甜的酒窝："哎，我知道了。"

石头伸手关了茶几上的台灯："睡吧睡吧，昨天晚上跟大少爷拼那一场酒，我到现在还头疼。"

过完了年，石头彻底安顿下来以后，便跟大少爷商量自己以及自己带来的那几百土匪今后的生计。

张叔不负齐清梧所托，年前跟上海的杜其昌相谈甚欢，已经基本把同商银行重新开张的事宜给定下来了。齐清梧把一大批多少有些专业知识的伙计全派去上海，当前正是个缺人的时候，而那一批要钱不要命的彪悍土匪，天生就是适合干押运烟土这种危险活计的。

210

齐清梧跟石头推心置腹道："石头，我过一个月左右要动身去趟上海，银行乃是专业机构，不比珠宝行绸缎行什么的，我可能得在那边多待一阵子。到时候北平这边，就全靠你和张叔了。"

石头现在跟齐清梧是过命的交情，所以并不惊讶于大少爷的重托，点点头，他承诺道："大少爷，您放心。"顿了顿，他又想起一件事来，"对了，大少爷，您得帮我找块僻静的地方，我教教我手下那帮土包子怎么使枪。唉，那帮家伙空有亡命徒的胆子，可就会拿大砍刀砍人，要是不培训培训直接把他们派出去，走不了十里地就得被别人打成筛子。"

齐清梧被逗笑了："城外有块地方，晚点让小盛领你去，再按人头给你的手下配上装备。就是练的时候小心点，避开日本人。"

春暖花开、万物复苏的时候，齐清梧果然带着几个贴身亲随，不显山不露水地南下去上海了。

石头经过齐清梧一个来月的培训，此时就暂且代替大少爷，统领着大少爷手下养的那一大批亡命之徒。他跟张叔分工明确，张叔年纪大了，不比石头身强体壮血气方刚，就专门搞人事，负责对各路买家卖家的接洽谈判工作。石头则负责调度那押运毒品的一批批保镖，碰上价值高数量大的重要买卖他也会亲自上阵，天南海北风里来雨里去地替大少爷走货。

张叔和石头一文一武，里应外合，倒也把齐清梧的这桩不法生意打理得井井有条、有声有色，只是石头这项工作干久了，渐渐就感觉出了心累。

心累，不是身累，他活了二十三年，从来没这么风光过，被无数人尊称"沈老板""沈先生"，可顶着这些文雅的称呼，他才终于明白上位者的辛劳还真不是听差跑腿之流能够理解的。

当时在小仓山做土匪头子时，他日夜提防着手下反水，自觉已是颇有城府了。但那些土匪说到底也都是没文化没见识的穷苦出身，思想相对单纯，只要大当家的能带领他们抢来钱财货物，让他们不愁吃不愁穿还有闲钱娶老婆，便是顶好的大哥，没有推翻的必要。而齐清梧现如今手下明里暗里地控制了数千人，三教九流什么货色都有，既有目不识丁的山贼土匪、地痞流氓，也有死了主子自行谋生的大兵，甚至还有大学毕业的高级人才、正规商行出来的大伙计，专门替齐清梧做表面上的掩护。

这些人看着是同心同德，一块儿在齐清梧手下做事的，可实际上小团体众多，互相勾结，互相看不起，三不五时总要闹出一些事端。又加上齐清梧经历家变之后看惯人情冷暖，性格变得凉薄多疑，再有能力的手下他都是用而不信，时常手下们稍微团结一点，他这身为大哥的还要暗地里挑拨一番，加深他们的矛盾，搞那权力制衡的驭下之术。

齐清梧抄着手往上海一走，几千人的重担一下子全压在毫无经验的石头肩上，登时把石头搞得一个头两个大。

石头有心向张叔求助，可是冷眼打量着张叔那边的情况，他还是生生把那求助的话咽回肚子里，闷着头继续自己扛下去。

因为张叔的工作看起来，实在是比石头的还要难上许多。

张叔从早到晚接触的人更多了，依旧手握重兵的军阀、政府高官、富商、前清遗老、日本人，以及无所不在的特务。

前面几类，与张叔都只是生意上的往来，暂且可以不论，后面两类却是相当要人命。北平沦陷的时候，齐清梧的生意已经很稳当地做起来了，虽然统治者从国民政府换成了日军，但日子总还得过下去，日本人也需要专业人士替他们贩卖烟土，换回银子来购置军火。而齐清梧在与日本人的交往中极有分寸，又刻意隐藏了自己的大部分人马，让日本人认为他用处很大，力量很小，比那些坐拥数万大兵的军阀容易控制得多，是而才默许了齐清梧的存在。只是夹缝求生，火中取栗，虽然外表看上去有头有脸，繁华富贵，但张叔每跟日军打一次交道，石头都要默默地为他捏一把汗。

除了日军，还有特务。

这些人比石头在小仓山绑的那个少校有经验得多。面目普通，衣着普通，更不会随身携带暴露身份的军官证件，但只要与张叔一搭上线，总要犹抱琵琶半遮面地说出同一个意图：劝告齐先生以及张叔以国家大义为重，替他们接近日本人，套取情报。

　　都是中国人，谁他妈的想当汉奸?！然而这种刀尖上跳芭蕾舞的危险事情，一旦暴露出一丁点蛛丝马迹，且不论大少爷和张叔两个汉子的性命，大少爷的老婆孩子、张叔一家老小，是那千里之外的重庆能够保护得了的吗?

　　张叔觉得真是累啊，多少卷钞票放在眼前也高兴不起来，这样朝不保夕、惶惶不安的生活，真不是他这一把老骨头该承受的。他有心在尚有退路之时，带着一家老小去乡下颐养天年，但又实在放不下大少爷。大少爷是在他的眼皮子底下长大的，他替齐家卖了几十年的命，看护大少爷已经成为刻进骨子里的习惯，大少爷一旦出了什么闪失，他简直要比看到亲生儿子出事更加揪心。

　　而张叔同时也知道，不找黄家报完仇，齐清梧是绝不会罢手的。

　　张叔一个人没滋没味地长出一口气，在屋里待得实在憋闷，就唤来一个听差，让他去找石头，同时传话给石头，说自己晚上在会仙楼请他喝酒。

　　——前路艰难，索性还是借酒消愁吧!

第三十七章　即　见

晚上七点多，张叔和石头在会仙楼要了鸡鸭鱼肉一大桌子菜，又问饭店老板要来两坛真正的陈年好酒，大碗喝酒大口吃肉，倒也别有几分肆意的快乐。

张叔和石头不是一辈人，平常偶尔聊聊天唠唠嗑还没觉出什么来，到了这只有他们两个人的酒桌上，代沟就越发明显了。石头比张叔的长孙大不了几岁，张叔跟这个孙子辈的毛头小伙子，实在是没有吹牛打屁的兴致。

想起从前在天津的那些冤家们，张叔一口闷了一大杯酒，心中又是寂寞又是怅惘。

当初在天津时，张叔跟那几个与他平级的老家伙钩心斗角，做梦都想把对方扳倒，自己能够独占齐老爷的赏识。齐家败落后，大伙计们坐牢的坐牢，流亡的流亡，退隐的退隐，就剩下张叔一个人帮着大少爷东山再起。张叔现在终于不必跟那些老家伙们分庭抗礼，相互制衡了，却又忍不住开始怀念跟他们一块儿花天酒地、寻欢作乐的酣畅日子。

张叔很清醒地给自己下结论道：人啊，就是有那么点贱性！

张叔从十八岁起就跟着齐老爷闯天下，从一个小小的当铺起家，一点点把小当铺开成大典当行，又开起了高端洋气的专业银行，开完总行开分行，开完分行开珠宝行、皮货店，乃至实体工厂、戏院窑子，总之什么来钱开什么。他们往东北运过贵如黄金的西药，又从关外倒卖回来大批烟土，甚至还替冯家的军队购置过几次先进的美式军火，张叔有时候回忆起当时在天津卫里齐老爷只手遮天的风光场面，几乎不敢相信那一切曾是真真正正发生过的。

三十年富贵一朝葬送，幸好齐老爷没了，大少爷也长大了。

石头这些日子被齐清梧那些盘根错节的手下们搞得压力巨大，又无处发泄，现在就一杯接一杯地闷头喝酒，指望着靠酒精来缓解压力。

不知多少老酒下肚之后，他飘飘欲仙，思维混乱，张嘴就开始说醉话。

"张……张叔，"石头颤颤巍巍地用筷子去夹那口水鸡，"你说，大少爷现在这么得意，手下……有那么多人，怎么不回天津报仇？"

张叔因为花了很多时间回忆往昔，喝得倒是没石头那么猛，神志还是很清醒的。大少爷为什么还不报仇，这是个很复杂的问题，张叔在脑海里略略整理了一下思路，准备逻辑严密地跟石头分析这其中的利弊。

谁知石头大手一挥，豪气干云地道："我知道了，大少爷……是个文化人，身子骨弱！没事，张叔，你把黄家的地址告诉我，我明天就回天津，把那老小子给剁了！"

石头乃是个行动派，说完这话，他感觉自己十分有理，当即从座位上蹦起来，满包厢地去找那称手的大砍刀，好像黄五爷此刻就恭恭敬敬地站在包厢门口，伸长了脖子等着石头剁他一样。

张叔看得哭笑不得，费了老劲把满屋子蹦跶的石头按住，哪料到石头此刻血管中酒精浓度过高，几乎跟扎了吗啡一样亢奋，奋力挣开张叔，他连大砍刀也不要了，头晕目眩地开始找门。他知道自己力气大，就算赤手空拳，也能把那个害死冯芷瑶的凶手一拳捶死！

张叔今年五十多岁了，哪有力气跟小牛一样的石头肉搏？他还不好叫人，手下们看到石头这个撒酒疯的样子，以后石头的威严何在？眼珠一转，他无可奈何地开始跟石头讲道理，只是不知道石头现在还能不能听得懂人话。

哄小孩似的，张叔和颜悦色地招呼石头："来来来，石头，坐下，剁人这事咱们不急，先让张叔告诉你大少爷为什么还不报仇。这个事儿啊，你得反过来想，你想为什么大少爷来了北平以后，黄家就不敢像当初那样，到处追杀你们了？"

石头现在的智商比较低，一心无法二用，努力地思考着张叔的提问，他果然暂时就把砍人大业忘怀了，老老实实地坐回去。他想了半晌，给出了一个莫名其妙的答案："呃……北平，有皇上。"

张叔领会不了石头的奇特逻辑，也不管石头能不能听懂了，总之是要不停地说话，把石头侃晕："你想替大少爷报仇，这个心情我是十分理解的，但大少爷难道不比你更恨？前几年你走了没看见，有多少个晚上大少爷是瞪着眼到天亮的？换一方面来讲，那黄五爷当初是个斩草除根的心思，否则不会连老爷的几个姨太太都不肯放过，偏偏让最重要的大少爷跑了，他焉能善罢甘休？东躲西藏的时候，因为行踪不定，黄家的人找不着大少爷，可现如今大少爷常住北平，垄断全华北的毒品买卖，黄家不可能不知道，为什么现在黄五爷就缩在乌龟壳里，一点不敢招惹大少爷了？"

张叔的话说到这个份上，答案已经是昭然若揭了。齐老爷雇凶杀了黄五爷的大哥，黄五爷又毁了齐家的一切，两家早就是血海深仇，不死不休的关系。然而因为势力相当，一个在北平，一个在天津，反而不能轻举妄动，生怕一个不小心会步了自家父兄的覆辙。仿佛两只身披寒霜的孤狼，眼冒绿光，时时刻刻恶狠狠地盯着对方，一旦出手，便要一口咬断对方的喉咙。

石头在不喝酒的时候，其实还是很聪明的，这些道理不用张叔提点他也能明白，所以从未出口问过。只是今晚肆意贪杯，导致大出洋相，同时也让张叔浪费了许多口水。

幸而张叔的这一大段话还是成效斐然的，不是让石头重新拾回了那已然散落天外的神志，而是因了张叔的轻言细语，这些话形成一股强力催眠的作用，石头听着听着，越听越困，最后就咕咚一声，趴在饭桌上睡着了。

张叔无语地看着鼾声大作的石头，心想这都是些什么事啊！从今往后，他绝对不会再跟这小子单独喝酒了！

扬声把守在包厢外的听差唤进来，张叔很不耐烦地对听差下了命令："把他给我送回齐公馆去，从后门进，别吵着人家齐太太。"

张叔不肯再跟石头喝酒了,然而大少爷久久不归,张叔除了自己的亲生骨肉,在北平就跟石头这个晚辈还比较亲,总不至于因为石头的一次酒后失态就嫌弃了他,在另一个百无聊赖的晚上,张叔没带石头下馆子,转而改成带他去看戏。

北平算是京剧的大本营了,戏班子多,名角儿也多,张叔这样的老派人物,看不惯灯红酒绿的歌舞厅,看不惯那些讲大白话的话剧,平常的消遣无非也就是听听戏逛逛八大胡同。当然了,听戏时尽可以顺手带上石头陶冶情操,逛胡同什么的还是一个人比较妥当。

华乐戏院二楼包厢,张叔和石头在一张八仙桌前安坐了,戏院小厮很快奉上一壶清茶并几样点心,供两位老板享用。此时已入了夏,天气一天天地燥热起来,石头西装革履大皮鞋的一身打扮,捂出一身汗来,有心想叫两瓶冰镇汽水解暑,在张叔面前又有点不好意思。

脱了西服露出雪白的衬衣,石头随口问道:"张叔,您知不知道大少爷什么时候回来?"

"前两天清梧给我发了电报,说上海那边还有些棘手,资金、地脚都没问题了,可是找不到经验丰富的经理,他还得在那边顶一阵子,估摸着立秋之前总能回来,怎么了?"

石头抿了一小口热茶,把杯子放下:"没什么,就是过两天要从广西那边进一批货,路太远了,我不放心手下那帮人,想亲自跟着过去。张叔,到时候您自己在北平能行吗?"

张叔琢磨了一下:"行吧,反正也就一个来月的事。"他爱惜地拍拍石头,"说起来把你叫回来真是辛苦了,闺女那么小,还成天让你天南海北地往外跑。"

石头挠挠头:"哎呀,这不算啥,有如玉呢,本来我也不会带小孩。而且现在借住在大少爷那儿,赵小姐照顾瑶儿比我都上心,真是让我这个当爹的惭愧。"

张叔笑了笑,不再多言。没过一会儿,胡琴响起,一场大戏眼瞅着就要开演了。

今晚唱的是《牡丹亭》,《牡丹亭》本是传统昆曲,后来改编为京剧，倒也别有一番风味。台上杜丽娘莲步袅袅，樱唇微启，一句"不到园林，怎知春色如许"当即博得了满场喝彩。

张叔微微闭眼，口中跟着台上名旦哼曲儿，渐渐沉迷于那一场满园春色的旖旎美梦之中，所以并未注意到身边石头的变化。

石头脱了外衣还是热，本来是一边嗑瓜子一边漫不经心地听着戏，可到了这一出《游园》，他看着台上的杜丽娘与小丫鬟春香，忽然就全神贯注，无法转移视线了。

心底泛起一丝凉气，慢慢地传遍全身。这丝凉意仿佛盛夏时节的冰棍，又仿佛数九寒天的寒窟，既给石头带来舒畅，也让石头感到战栗。

好不容易熬到戏终，张叔心满意足地准备打道回府了，石头却匆匆与他道别："张叔，您先走，我想去趟后台，见见那几位戏子。"

张叔以为石头突然开窍，学会捧戏子了，就意味深长地颔首："去吧去吧，小伙子眼光不错，这位周老板，着实有那么几分滋味。"

一路奔去后台，戏院掌柜的见石头虽然貌不惊人，然而衣着考究，身后有不少手下相随，是个气派俨然的模样，就微躬了身，赔着小心笑道："这位先生也是想见周老板的？哎呀，可惜您脚程略慢了一点，安贝勒已经在里面了呢。要不，您稍微等等？"

石头说："我不见杜丽娘，我想看看杜丽娘身边的那个小丫鬟。"

戏院掌柜见过无数周老板的倾慕者，这点名要看演春香的还是开天辟地头一回。他看了几眼石头，一伸手，把石头往后台引："您请您请，春香很闲，等他卸完头面，我就把他叫过来。"

片刻之后，演春香的小旦来了，怯怯地看着石头，他张口叫了一句："先生好。"

这一句"先生好"，兜头给石头浇下一大盆冷水，让石头从内到外凉透了。

——在台下看着是那么像，那个身段，那个神态，以及浓重戏妆下模糊的五官，可是现在脸对着脸对视了，这个小旦又哪里是夏生？

石头闭一闭眼，勉强压下那巨大的失望心情："你……"

小旦以为石头是要问他的名字，脸上就堆起笑容乖巧地回答："先生，我叫小云子。"

石头摇摇头："你们这戏班子里，有没有跟你身材差不多的男孩？"

这句话甫一出口，石头想到夏生就比自己小一岁，现在应该二十二了，不算男孩了，就改口道："不是，有没有跟你差不多的男人？二十二岁，眉清目秀，皮肤很白——嗯，比你长得好看。"

小云子和戏班掌柜的彻底傻眼了。

戏院掌柜把小云子拉到身后，因不知道这位陌生先生是不是来砸场子的，便吞吞吐吐地继续赔笑："这位先生，您这个要求……吃这碗饭的男孩子，哪个不是眉清目秀、皮肤白皙的？"

石头一瞪眼，忽然不耐烦了，把一沓钞票甩给掌柜，他命令道："那就把所有男的都给我叫过来！"

所谓有钱能使鬼推磨，钞票花出去以后，除了已然成名的周老板，戏班里的所有男人竟然还真的全站到石头面前，等待石头辨认了。

可惜石头仔仔细细地辨认了半个多小时，心情比方才更糟了。

他不死心，因为觉得自己好不容易遇上一个长得像夏生的，是种缘分："打杂的洗衣裳的扫地的呢？有没有符合要求的？"

戏院掌柜快被石头折腾哭了："这位爷，真没有了，伺候人的都是丫头，您不是只要男的吗？"

但石头并不肯放过那个掌柜的。他来了北平以后，虽然能够借助大少爷的势力，可夏生一无画像二无相片，这么些年音信全无，是生是死都不知道，石头找人找得肝肠寸断，绝望至极，今晚大喜之后遭逢大悲，他一肚子的火无处释放，就讹人似的抓住掌柜不放手："其他戏班子呢？我就这几条要求，二十二岁，眉清目秀，肤色很白，可能唱旦，但也不一定，也可能是打杂的，名字叫沈夏生。你要是能给我找到这个人，我重重有赏！"

掌柜的心想您这几条信息在其他行当里是挺具体的了，可放在梨园里一点用没有。戏班子里的孩子基本都是从人贩子手里买回来的，岁数都是估量着说，名字大部分也不可考，都是师父后来给赐的艺名，偌大的北平城里红角儿都遍地走，配戏的小旦更是多如牛毛，这上哪儿找去？

掌柜的点头哈腰地应承着："好的好的，等有了信儿，我一准马上通知您。"

石头说："我给你七天的时间，七天之内没有结果，你这戏园子也别开了。"

戏院掌柜："……"

这时，忽然一个娇滴滴的声音从旁边单独的小休息间传了出来：

"沈夏生是吗？"

周老板推开门，嘴角勾着一个冷淡的笑容："我知道他在哪儿。"

第三十八章　七　年

　　周老板一身青衫，手里执一把金丝折扇，眉目婉转，一派风流地走出来了。

　　石头平生所识红角唯有一个顾壁成，此刻见到这位万人追捧的名旦周挽容，不由得眼前一亮，感觉十分新鲜。

　　他在台下听戏时净盯着春香使劲了，可名角之所以为名角，必然有他的一番道理。现在看来，张叔的评价十分精辟——这位周挽容周老板，很是有几分滋味。

　　顾壁成卸妆以后，如果仅是沉默地站在那里，也是一个风华绝代的妙人，可惜一开口讲话就风雅全无，嬉笑怒骂吹胡子瞪眼，比街边苦力屠户的素质高不了多少。而这位周老板仿佛即便是下了戏，也依旧保持着古时大家闺秀的种种举止，笑不露齿，怒不蹙眉，一步一步走得极为端庄妥帖，说话也是轻声细语的，明明是个男儿身，反而比女人更像女人。

　　石头不是齐老爷，不懂得欣赏这种男女莫辨的魅惑气质，故而适应了周老板的姿态以后，就急匆匆地发问："你认识夏生？他在哪儿？"

　　周老板淡淡一笑，不回答石头的问题，反而慢条斯理地开始与石头讲道理："这位爷，我们唱戏的虽是下九流的行当，可也不该被这样任意侮辱的。"

　　石头受了周挽容的影响，态度也渐渐沉静下来："我没想侮辱你们啊，我只想赶紧找到夏生，你不知道我已经找了他多少年！"

　　周老板啪地一下抖开折扇，半掩姿容："整七年了，是也不是？"

石头惊奇地看着他："你怎么……"

"因为七年前顾云澜带着庆成戏班连夜跑出天津，他逃跑后的第一站，就是去平阳投奔我的师父。"

石头啊了一声，平阳是个小地方，隶属于浙江，怪不得自己当初在天津附近一点消息都打听不出来。那顾云澜是属兔子的？竟然能一溜烟地跑出去那么远？

周挽容继续道："顾壁成顾老板昔年在北平时，与家师的私交是很好的，所以顾老板的亲传大弟子带着整个戏班来投奔，家师自然也要全力照拂，不过……"他顿一顿，因不知眼前这位先生对顾云澜的为人了解多少，就很有分寸地委婉道，"平阳不比那些大城市，容得下百花齐放。城里一共就那么些老百姓，票友数量自是不多，顾云澜虽然有顾老板那样一位好老师，却没把唱戏的功夫学到家，是而越混越差，后来就解散了戏班，一个人出城，不知所踪了。"

石头对顾云澜的下落不感兴趣："那夏生呢？夏生现在还留在平阳吗？"

周挽容眼睛弯弯，很矜持地笑着："庆成班子里其他戏子都纷纷转行了，其中唯有一个叫沈夏生的，对京戏非常热爱，极力央求家师收他做弟子。家师怜悯他一片痴心，就特意破例收下他，赐了艺名'周生怜'，安安分分地在平阳学戏，一学就是五年多，说起来，他可正经是我的师弟呢。"

石头听完，当即跳起来："我这就去平阳找他！"

周挽容温柔地一按石头胳膊："您别着急，家师前两月刚带着班子来了北平，只是现在不巧，被天津城里一位大人物邀去唱堂会了，要略略耽搁几天。十天以后，家师就在这华乐戏院唱《会真记》，夏生师弟也会上台配戏，到时候我免费送您张票，您过来给捧个场，如何？"

这个周挽容，简直太会做人了！

石头因为心情激动，黝黑的一张脸上透着红晕，与那面如白雪的周老板形成一种奇妙的对比。周老板这般周到，石头岂能白蹭票听戏？对周老板深深一鞠躬，他拼命掩盖着自己的武夫气质，尽力斟词酌句地道

222

谢："周老板,这可真是……太谢谢您了!我哪好意思让您破费?到时候啊,我多带人来,给您师父送最大的花篮,一定让您师父使劲风光风光,报答您师父这些年来对夏生的栽培之恩!"

周挽容看出石头是个有权有势没文化的,也不跟他计较,含笑颔首道:"这位先生太客气了,举手之劳,不足挂齿。"

石头从椅子上捡起西装外套:"那……我先走了,周老板,咱们十天以后见。唉,今晚我急糊涂了,真是对不住!"

石头没有料到,那周挽容居然神情自若地从他手中拿过外衣,亲手帮他穿上衣服。

周挽容的一双手修长白嫩,柔若无骨,轻轻地抚过石头肩膀,让石头不由得浑身一哆嗦。"这位爷,安贝勒还在里面等着,恕挽容不能远送了。"

颜如玉是个贤惠的妻子,倒也经常在早晨帮石头穿衣,然而今天猝不及防,居然被一个大男人伺候穿衣服了,这让石头觉得十分别扭。虽然这男人的脸比颜如玉的还白,手比颜如玉的还细。

石头支支吾吾地对周挽容告一声别,领着手下就快步离开了,一张脸在出后台之时,已经红得像个番茄。

周挽容看着石头那个仓皇逃跑的窘样,暗暗一笑,丝毫没把这点不动声色的风月当一回事。他做了小十年的红角,周旋于各位老爷公子身边,一切早已做得熟惯。

石头乘坐汽车返回齐公馆,因为一路上所有心思都被夏生所占据,所以当他推开门,看到客厅里那个场面之后,大脑一时间就很迟钝地卡住了。

颜如玉面对突然归来的夫君,很羞涩地垂头:"我……"

石头咽一口唾沫,把目光转向颜如玉身边的赵小姐:"赵小姐,您这是……"

赵小姐笑着打趣道:"怎么了,石头?认不出你夫人了?我知道清梧临走之前托你照顾我和孩子,所以啊,我也得好好照顾弟妹不是?"

223

赵小姐的确是把颜如玉照顾得很好。颜如玉那一条油光水滑的大辫子剪掉了，取而代之的是烫得弯弯曲曲的卷发。脸上画眉抹粉涂唇膏，唇红齿白，简直像个电影明星。不再穿那对襟的碎花小褂了，一件剪裁考究的墨蓝无袖旗袍，将颜如玉的身体勾勒得凹凸有致。足上一双镶水钻细带高跟鞋，使颜如玉一双脚半露半裹着，带出一抹旖旎微妙的风情。

只要颜如玉站在那里，不开口说话，正经是一位最标准的新派太太呢！

颜如玉见石头愣在那里，半晌不说话，便以为石头不喜欢，顿时就慌里慌张地想上楼换回从前的打扮："呃……齐太太，我早说不行的，我哪能穿这样的衣裳？这双高跟鞋太金贵了，我踩着它，都不敢走路……"她小心翼翼地看着石头，"石头，你别生气，我再不……再不这样打扮了……"

石头自从领着颜如玉进了北平，满眼所见哪一个女人都比颜如玉洋气漂亮，心里不是不无奈的。但他深知"糟糠之妻不下堂"的朴素道理，总不能因为颜如玉土里土气就休了她另结新欢。一晃眼小半年了，颜如玉今天的打扮乃是第一次给他长脸，哪能再让她退回从前的品位去？就赶紧阻拦道："别换别换，以后就都这么穿！"

颜如玉眨眨眼，双颊绯红，还是觉得自己这样太暴露了，不像个正经妇道人家。

赵小姐亲亲热热地鼓励颜如玉道："弟妹，别害怕，穿几次就习惯了。明天跟我逛街去，我再给你挑几套洋装。这么漂亮的一个大美人，不好好打扮打扮怎么成？"

石头坐到沙发上，喝一杯冰水，暗想赵小姐您可真是个善良的大好人啊，难怪大少爷这么爱您呢，我这媳妇以后可就全交给您了。

十天之后，晚八点整，华乐戏院。

这一晚，华乐戏院里票友爆满，根本用不着石头带人去撑场子。周挽容的师父周华清成名已久，只是前些年因为世道纷乱才回平阳老家隐

224

居，现在徒弟周挽容在北平站住了脚，他想念北平的浓厚戏曲氛围，考虑许久之后终于出山，故地重游，引得无数上了年纪的老票友心潮澎湃，纷纷赶来为周老板捧场。

除了专程来看周华清的老票友，另有一大帮周挽容的铁杆戏迷对周挽容的恩师十分好奇，也携着一家老小前来为周华清助威。石头这才明白周挽容当时为什么要免费送他戏票——好家伙，这戏票轻易还抢不到呢！

幸好现在石头也有钱了，派手下花了重金，才好不容易抢得一间包厢，据说那手下抢包厢途中还与一位厅长的家仆大打出手，将对方打得头破血流。石头攥着戏票，春风满面地夸奖那个手下道："打得好，打得妙！唔，别傻站着了，去把你那头包一包。"

于是，当天晚上，当所有戏迷都抻着脖子看周华清扮的崔莺莺时，唯独石头坐在宽大的包厢里，暴殄天物地专门瞅台上那些不起眼的小丫头。

他从头瞅到尾，瞅得眼睛都要冒金星了，也没认出哪一个是夏生，个个都似是而非的，专门吊他胃口。

好不容易熬到大戏唱完，其他戏迷一窝蜂地哭着喊着去堵周华清，石头则忽地起身，仿佛后面有狗撵他似的狂奔去后台。

"夏生！夏生！夏生！"

他一迭声地拼命呼喊这个名字。

然后，他听到那一声温温软软的回应：

"哎，石头哥。"

石头与夏生，隔着摩肩接踵的人群，隔着混乱堆放的无数戏服，隔着浓妆艳抹的油彩，终于再一次地遥遥对视。

他们谁都没有想到，再一次唤出这一句"石头哥"，竟是隔了整整七年之久。

第三十九章　重　整

七年，于国家而言很短，对个人来说却很长。

七年的时间，足够一个懵懂少年长大成人，足够一个稚嫩少女嫁人生子，足够一个耄耋老人垂垂死去，踏过奈何桥，饮下孟婆汤，转世轮回，以一张白纸的姿态重新历经人间悲喜。

在这样朝不知夕的乱世里，一个人是何其卑微渺小，一条命是何其轻如草芥，然而有些人，仿佛是真正有缘分的，刻意寻觅，求而不得，兜兜转转，却终能相逢。

石头和夏生在这一刻自然无法预料到，这样艰难而漫长的一生中，无数人与他们擦肩而过，无数人在他们的生命里留下一笔笔浓墨重彩的印迹，可岁月里那些曾经无比重要的人和事，终究一个个一桩桩地抛弃他们。他们手牵着手从沈家庄跑出来，一无所知地踏上旅途，到了最后，便也只剩他们两个，一无所有，慢慢在一座陌生的城市中衰老、腐朽。

不过，那终究是遥远的1999年的事了，现下只是1941年的初夏。家国沦陷，可石头与夏生正处于人生中最为美好的年华，半个世纪后，躬逢治世，他们的大戏却已早早地唱完。

石头挤开后台中来来往往的各色人物，三步并作两步地跑到夏生跟前，然后紧紧地一把拥住了夏生。

夏生未来得及卸去的戏妆粘在石头雪白的衬衣上，而夏生抽噎的眼泪就随着脏污了的胭脂水粉，缓缓流进石头的领口。

夏生语无伦次地埋怨着："石头哥……你后来去哪儿了？我到了平

226

阳以后，总是麻烦戏班里的师兄帮我写信，足足寄了几十封去你当差的那个齐府，可你怎么一封也不回我啊？你是不是把我忘了？"

石头懊恼地一挥手："别提了！后来齐家出事了，房子都烧没了，哪儿还能收到信呢？我哪能想到顾云澜那家伙居然跑去了平阳？这些年，我大半个中国都找遍了，山东、山西、东北、上海、重庆……可就是没去过平阳啊！"

夏生胡乱抹一把眼泪，彻底把自己抹成了个大花脸："呜……走的时候你不在，也没法通知你……"

石头又激动了一会儿，随即想到这些陈芝麻烂谷子的旧事提了也没用，便放开夏生，从头到尾地细细打量他："你这些年过得怎么样？受没受什么委屈？我听说你现在的那个师父跟顾老板是好朋友，那为人应当也还是不错的吧？"

自从顾云澜从平阳城里滚蛋以后，夏生确实没再受过那方面的委屈了，唯一比较不幸的地方在于经常挨揍。周华清和顾壁成是至交，对于戏曲方面自然也志同道合，同样是个十足十的戏疯子。夏生空有一副细皮嫩肉的好模样，然而连唱歌都要跑调，显见不会是什么天纵奇才的京戏好苗子。而周华清既然当初头脑一热心一软地收下了他，也决不肯敷衍他，严厉的师父加上夏生那比较平庸的天赋，不得不说夏生这几年过得还是相当辛苦的。

但挨揍这件小事，没必要跟阔别许久的石头哥提起来，夏生用力点点头，脸上露出一个笑容："我挺好的，石头哥你呢？"

石头素来是皮糙肉厚，浑身有使不完的力气。除了保护大少爷的那几个月过得比较惊心动魄以外，石头回想过去的几年时光，认为自己也是一切安好，很得意地扬了扬嘴角，他笑道："甭担心我！我的本事你还不知道？怎么着都能混口饭吃。就是你这小身子骨，肩不能挑手不能扛的，真是让人记挂，我总担心你会饿死。"

夏生低头，知道自己的确是一直不如石头有本事："不会的，石头哥，你放心，我饿不死。"

石头从口袋里掏出手绢，开始仔仔细细地替夏生卸妆："以前见不着面没办法，从今往后啊，我养着你。"

石头和夏生早就是一对没有血缘关系的兄弟了，这话石头说得坦坦荡荡，却不料在这人来人往的戏院后台，这种话甫一出口，当即引起了旁人的遐思。

一位二十来岁的女旦一步三晃地凑到石头跟前，微掩樱唇，然而笑得很招摇："师弟，这位先生是谁啊？怎么也不给我们介绍介绍？"

夏生便很郑重地说："师姐，这是石头哥，我的发小。"

能进戏班子的，无论男女，九成九都出身清苦，女旦知道夏生就是个偏僻小村庄出来的，她瞅着石头那西装革履的富贵打扮，就不很相信夏生的话，可看方才两人那个撒欢劲儿，又不像是通常意义上金主与戏子的相处模式。

半信半疑间，她把目光转到石头身上："先生贵姓啊？"

石头说："我姓沈，和夏生一样。"

女旦哦了一声，心想难道这还真是夏生的发小，否则两人是同一个姓氏，未免也有些太巧了。她从下到上地又看了一遍石头锃亮的皮鞋、笔挺的黑西装、腕上戴的金表，一双美丽的杏仁眸中渐渐含了脉脉柔情——那么苦的出身，那么年轻的岁数，能有现如今这个打扮，真是青年才俊，潜力无穷啊！既然夏生跟他之间是清白的，自己可不能放过这块肥肉。

略略低了头，她穿着一身极其张扬的艳红旗袍，却羞涩地做那小女子姿态："沈先生这般年轻，原来也是懂戏的。"

石头噎了一下，不好意思说自己对戏曲其实一窍不通，今晚过来完全是为了找夏生："我不大懂，不大懂，只是偶尔没事的时候听几段。"

女旦含笑睨了石头一眼，愈发把那表面的矜持和隐约现出的风骚融合得天衣无缝："沈先生太客气了，不知沈先生在包厢里看戏的时候注意到我了吗？您觉得我唱得如何？"

石头就是再不通风月，也看出这女旦是在勾引他了，暗暗一咂舌，他心想这姑娘还是挺有眼力的嘛，一般女的看到他黝黑的皮肤就不肯跟

228

他多说话了。美滋滋地沉浸于对自己容貌的空前自信中，他随口敷衍着："挺好的，演得很生动。"

暗爽归暗爽，但石头现在家中有老婆孩子，工作又忙得很，并未生出拈花惹草的心思。他不肯在女旦身上多浪费时间，敷衍完女旦后，就立即牵了夏生的手，询问道："夏生，我能见见你师父吗？我想当面谢谢他，明天一大早我就得出发去广西了，这一来一回的，还不知道得耽搁多少时间。"

"师父今晚被无数票友簇拥着，您啊，恐怕是见不着他老人家了。"

这一句话，不是夏生说的，而是出自那刚刚跨进后台的周挽容之口。

周挽容笑着对石头一拱手，精致的脸庞笑靥如花，艳若桃李："这位爷，咱们又见面了。"

"啊……"石头匆匆对他还礼，"周老板。"

周挽容摇摇头，轻言细语地道："叫我挽容就可以了。以后北平有师父坐镇，我哪里担当得起一句'周老板'呢？"

他亲切地拍拍夏生肩膀："小师弟，还认得我吗？前几年我回平阳探望师父，我们是见过几面的。"

夏生讷讷地回应道："大师兄。"他怎么可能不认得大师兄？每回师父骂他没脑子的时候，总要把这位大师兄拉出来赞美一番，让他以大师兄为榜样呢。

周挽容跟石头、夏生寒暄的这一小会儿工夫，后台中所有的戏子、打杂跑腿的，乃至零散几位票友，全眼巴巴地围过来了，争先恐后地要一睹周挽容的绝代风华。

周华清虽是周挽容的师父，可现如今的北平城里，周挽容的名头要比周华清响亮多了。

"师兄……"班子里的所有戏子一起敬仰地看着周挽容，"您什么时候跟师父同台唱一出戏，让我们大伙儿过过瘾？"

周挽容表情谦逊，是个最本分无比的徒弟样子："看师父的意思吧，只要他老人家一发话，我是随时候命的。"

趁着周挽容吸引过去所有视线，石头一拽夏生袖子，把他拉出后台，悄悄地去说他那憋了七年多的私房话了。

翌日一大早，石头告别了颜如玉和女儿，果然带着大笔现金和一批亡命之徒奔赴广西。其实早就该出发的，他是为了等夏生才刻意拖了好些天，为了不耽误交易时间，只好快马加鞭日夜赶路，生生把他累了个够呛。

石头一走，北平能管事的唯剩一个张叔。张叔一边忙着与各路达官显贵打交道，一边统领着待在北平的那些流氓土匪老兵油子，也感觉一条老命去了大半，恨不能飞去上海把大少爷给押回来。

而大少爷那边，此时却是得意极了。

家败之后，从未如此得意过，同商银行一切准备工作大功告成，于六月十六这个吉利的好日子里，声势浩大地重新开张。

杜其昌率领妻弟以及一大帮上海名流赶来为齐清梧捧场。随着一挂鞭炮噼里啪啦地响起来，同商银行门口锣鼓喧天，舞狮子舞龙一齐开始，看热闹的老百姓将同商银行围得满满当当，先生太太们衣饰华美，站在齐清梧身旁笑得很是端庄，远远望去，正是一个烈火烹油、鲜花着锦的热烈场面。

在一片欢腾之中，齐清梧扬脸，目光望向那一碧如洗的蔚蓝天空，天的尽头，几丝白云悠悠飘浮着，而齐清梧的嘴角勾起一个悲伤的笑容。

"爸爸，你看到了吗？咱家的银行啊，又开起来了。

"爸爸，上海只是个开始，北平、重庆、香港、天津……我发誓，我要把同商银行的分行，开进每一个像样的城市中去。

"爸爸，我真的……好想念你啊。"

第四十章　柳暗花明

同商银行开张的当天晚上，百乐门。

齐清梧在上海最为出名的百乐门定下十桌酒席，专门宴请今天前来为他捧场的权贵人士。到场的绅士们见他出手阔绰，性子豪爽，又有杜家作为后台，便也乐意与这位北方来的陌生人士结交一番。随行的太太小姐们对齐清梧的身份不怎么在意，反而十分统一地对他这个人犯起了花痴。齐清梧本就生了一副高大英俊的好模样，年轻时还不太扎眼，只是个寻常贵公子的气质，而立以后，历经种种磨砺，整个人愈发变得沉稳了、深刻了，散发出一种成熟男子特有的致命吸引力，犹如一杯醇厚的鸩酒、一管上好的鸦片膏，明知其危险无比，偏偏自有许多蠢货愿意赴汤蹈火，在所不辞。

已婚的太太们碍于身份，倒是不好多想，偷偷瞧他几眼过过瘾也就罢了，而那些未出阁的小姐，身处大上海，一个个新潮又摩登，此时就双颊绯红地生出了许多大胆想法。这么有魅力的一个人，怎么不早点来上海？何必要在北平那种老土的地方待着？哎，也不知他结婚了没有……看那岁数，想必是有家室了，不过没关系，他妻子在北平嘛，有家室也不妨碍我与他谈一场浪漫的恋爱……呸呸呸，在想什么呢，也不害臊！

齐清梧不知道自己岁数渐大，魅力居然是不降反升，随便一亮相，就能令无数贵族小姐芳心暗许，不过他的心思也没放在这上面。谈恋爱的权利属于二十来岁衣食无忧的学生郎，他活到三十五岁，妻子贤惠，儿女双全，实在没兴趣去招惹那些十七八岁一天到晚发春梦的丫头

231

片子。

端起一杯酒，齐清梧对身旁的杜其昌笑道："杜院长，这次齐某的银行能够顺利开张，还要多谢您的鼎力协助啊！"

杜其昌与他一碰杯，全然没有当初在北平的惶惶模样，神态自若，笑得别有内涵："齐老板不要客气，这是应该的。以后咱们互帮互助，发财的地方有的是。"

这杜其昌自从搭上齐清梧这么个走私专家，不仅不必担心自己那一条赚钱路子有朝一日会被政敌们揪出来大做文章，连进货出货的一众琐事都无须自己操心，齐清梧自会替他打点好一切，然后按时把大笔白花花的钞票送到他的府上。而那同商银行，其实也用不着他格外关照，毕竟他是公检法那边的官员，财政署归他妻弟掌管，只要他杜某人的名头还在，打一声招呼下去，自然无人敢为难同商银行。

杜其昌美滋滋地将杯中美酒一饮而尽，觉得自己不用干活光等着收钱即可，这桩交易真是太划算了。

把酒言欢了大半天，杜其昌忽然想起一个疑问："齐老板，话说回来，您北平的生意做得好好的，怎么想起来跑到上海开银行了？说句实话，银行这玩意儿看着洋气，外国佬都在干这个，可利润终究是远远比不上您手里的买卖呀。"

齐清梧不提自己的执念，只是微笑着答道："收益高的风险也高，我也只是想给自己留条后路而已。"

杜其昌登时了然，随即觉得这齐清梧与一般大烟贩子不同，多少还是有几分远见的，就颔首赞同道："是，齐老板这话说得好，这个世道，的确得留几条后路。"

又闲扯片刻，齐清梧酒足饭饱，不动声色地看一眼时间，他提议道："杜院长，一会儿您不去舞厅玩玩？不怕您笑话，我这从北边来的土包子啊，是很想过去见识见识的。"

百乐门大舞厅乃是全上海数一数二的风月之所，里头的舞女小姐一个个色艺双全，勾魂摄魄，杜其昌怎么可能不想去？不过看了看不远处那穿金戴银的自家黄脸婆，他咽一口唾沫，少不得言不由衷地推辞了：

"这个……齐老板，您去吧，甭管我，我等下就带着拙荆回家了，我岁数大了，要是去了舞池，非得犯心脏病不可！"

齐清梧进了灯红酒绿的舞厅，却不急着找舞伴，坐在不起眼的角落里喝着红酒，他一招手，唤来了几步之外的跟班："小盛，张叔那边发电报来了吗？"

盛之年恭敬弯腰，凑到齐清梧耳边汇报道："大哥，电报来了，张叔说北平一切安好，只是又一次询问您什么时候回去。"

齐清梧想了想："我在这边再盯一个月，你给张叔回电报，说我最晚七月底回去。"

最近几次电报的最后一句话，无一例外地是询问齐清梧何时归去。齐清梧回忆了一下从前张叔外出押货，自己一个人坐镇北平处理一切事务的时候，不由得对张叔现在的处境感同身受。不过虽是感同身受，他也绝不肯把大权下落一分，他觉得自己现在很像那明朝开国皇帝朱元璋，宁愿自己累死也绝不允许任何手下沾染他的权力——好吧，加上宁愿把张叔和石头累死。张叔是把他从无到有一路扶植起来的，忠心已经得到验证；石头是救过他的性命的，也值得信任。除了这两个天津城里的故交，任何手下对他而言都不过是走狗一条，走狗而已，无须得到太大的权力。

他对走狗盛之年吩咐道："听说这边俄国人开的地下珠宝行里有不少好东西，钻石的光头要比市面上好，你明天帮我去看看，有好的粉红钻戒指就买下来。"

盛之年一如既往地乖巧应道："好的，大哥，包在我身上。"

齐清梧又补充道："不要太小的，沛珊戴不出手去，太大的也不好，看着跟土财主似的，让人笑话，三五克拉的最合适。其他差不多的戒指你也看着买吧，不知道颜如玉喜欢什么样的，好像没见她戴过。"

这一番要求说出去，盛之年还未来得及回应，却只见一个丰胸翘臀的舞女娉娉婷婷地主动凑了过来。

"这位先生，"她指间夹着烟，涂了唇膏的艳红嘴唇悠悠地吞云吐

233

雾，"不要干坐着了，能否赏脸与我共舞一曲呢？"

齐清梧打量了她一下，末了放下酒杯站起身，还真同意了。

舞池中，齐清梧与舞女小姐紧贴着身体，跳那一支十分奔放的恰恰舞。

他现在对这些风月场所中的逢场作戏太熟练了，再不是曾经那个进了圣安迪娜舞厅反而要被舞女吃豆腐的文雅青年。怀中拥着温香软玉，七彩霓虹灯在头顶闪烁，这大上海最红的舞厅，显得既群魔乱舞又纸醉金迷。

一曲终了，舞女没有媚笑着邀请齐清梧继续跳下去，反而垂着眼皮觑他一眼，伏到他的身上，看着是在很直白地与他调情，实际却飞快地在齐清梧耳边说了一句："齐先生，门口有人等。"

然后她离开他的怀抱，踩着高跟鞋头也不回地走掉了。

齐清梧注视着她离去的背影，眉尖微蹙，脸上不知不觉间显出一股犹疑之色。

带着盛之年出了百乐门，齐清梧双手揣在裤兜里，是个潇洒随意的姿态，其实口袋里那一把小小的勃朗宁手枪已然子弹上膛。

随即，他听见一个熟悉又陌生的声音乍然在黑夜中响起：

"子清。"

多少年没有人叫过他的表字了。

他猛地转头，看向那个站在墙角将自己隐藏于阴影中的男人，一颗心怦怦直响，紧张得简直要跳出来了！

"瑞……德？"他试探地叫道，"真的是你？"

冯瑞德略略向前走了两步，摘下帽子，露出他的本来面目："子清，许久不见了。"

的确是许久不见了。

将盛之年遣走，齐清梧不敢置信地开口："那天……那天沛珊在洋行碰见的也是你？不应该啊，我后来满北平地找你，下水沟都快让我给翻过来了，怎么一点你的踪迹都没有？"

234

冯瑞德笑了笑，一双狭长的丹凤眼中却毫无笑意，冷得像冰窖："当天我就离开北平了，你事后去找，自然找不到。"

他继续道："子清，我有事要跟你商量，跟我上车吧。"他注视着齐清梧，像是要一眼将齐清梧整个人看透，"你，还信得过我吗？"

齐清梧愣住了，没有搭腔。

齐清梧忽然意识到，见到冯瑞德以后，他那揣在裤兜里暗暗握着枪的手，依然没有松开。是一时激动忘记了？还是即使对方是冯瑞德，他仍旧心怀戒备？不知道，说不清。

后来就是赌命了。

齐清梧闭一闭眼，轻声做出了回复："好。"

他孤身一人，坐上了那本应该早就死去，现在却凭空出现，身份不明的挚友的黑色轿车。如果冯瑞德有心害他，他便会轻而易举地变成一只在上海流浪的孤魂野鬼。

倘若真是这样，齐清梧也只好就此认命，他欠冯瑞德一个芷瑶。他不舍得自己这条命，可冯芷瑶，死在齐公馆的冯芷瑶，终究是他对不住她，即使从理论上讲，他并不需要为冯芷瑶的死负什么责任。

车子里没有司机，只有冯瑞德和齐清梧两个人，车门一关，便形成了一个小小的密闭空间。冯瑞德没有发动汽车，仿佛是打算直接在汽车里展开谈话："清梧，现在我在为军统做事。"

齐清梧怔忡，理智上马上接受了冯瑞德的身份，感情上却觉得很是不可思议。手握重权、只手遮天的冯司令，花天酒地、浪荡无比的冯公子，现在竟去给国民党当特务了？

齐清梧忽然突兀地问了一句："你的腿……？"

冯瑞德看上去毫不在意，平平淡淡地陈述道："当时炮弹的碎片崩进膝盖，左腿瘸了，不过不妨碍走路。我命硬，整个警卫团都死绝了，我被压在死尸底下，就这样捡回了一条命。猫在山里啃了三个月的树皮，被政府的一队小兵发现了，把我护送去南京，可惜腿是永远治不好了。"

齐清梧沉默了一会儿："这些年，你我都不好过。"然后他抬头，慢慢露出一个勉强的微笑，"总而言之，活着就好，活着就是希望。老爷们儿一个，瘸一条腿不算什么。"

他知道冯瑞德忽然来找他，绝不仅仅是为了叙旧，便又开口问道："你找我，是为了什么事？"

冯瑞德把手搭在齐清梧膝上，身子微微前倾，也不做那虚伪的寒暄，直接恳切道："清梧，我知道你现在做那烟土生意，各地都有线路，能不能麻烦你替我将一批电台带进北平？"

齐清梧近距离地与冯瑞德对视，倏忽间看到冯瑞德的脸上已有了细细的纹路，饱经沧桑，年近不惑，冯瑞德他……是真的见老了。

如果是其他特务来求他，齐清梧必然要含含糊糊地打太极，在日本人的眼皮子底下替重庆运电台，比千里迢迢贩运毒品的风险高太多了。然而现在是冯瑞德在求他，拒绝的话，他说不出来。

终于，齐清梧用力一咬嘴唇，决绝地开口："瑞德，这事……你再跟我具体说说。"

第四十一章　大　义

顶着酷暑，齐清梧风尘仆仆地返回北平。

齐清梧这一趟满载而归，给沛珊和颜如玉捎了戒指项链，给梓童和沈瑶带了英国进口的洋娃娃，给自己那刚刚学会走路说话的小儿子定制了几套布料上乘的小西装。带着大包小包回到家，他仿佛一个兴致勃勃去上海玩了一趟的观光客，此行的全部意义就在于去百乐门长见识以及给家人带礼物。

而与此同时，趁着夜色深沉，几辆暗藏了三台电台的烟土货车，悄无声息地驶去城南，到了一栋不起眼的四合院，收货人已然虚掩着角门等候。推开车门，齐家伙计一脸镇定地跳下来，一句话也不跟对方说，直接训练有素地开始卸货。待那大批劣质烟土与三台电台被运进院子，为首的伙计冲收货人略一鞠躬，当即发动货车一溜烟地离开了。

齐清梧坐在家里宽大舒适的真皮沙发上，笑微微地看沛珊与颜如玉红光满面地对比着彼此的钻石首饰。梓童抱着洋娃娃，穿了一身小洋装，打扮得活像个大一号的洋娃娃，高高兴兴地蹭在父亲怀里撒欢。齐清梧把梓童高高举起，拿自己脸上青硬的胡楂故意去扎女儿无比娇嫩的小脸蛋，逗得梓童咯咯直笑。

齐清梧表面上逗孩子看老婆十分惬意，实际心中惴惴，感觉自己的五脏六腑都狠狠地打着结。

帮完瑞德这一个忙，他知道自己多年来费尽心机营造的中立立场彻底打破，日本人很可恨，帮着政府抗日理所应当，这些大道理他比谁都明白，然而他也明白从这一刻起，他自己以及一家老小的脑袋，全不是

237

那么稳当了。

他不仅得从此以后打起一万个小心，更要祈求老天爷赏一条活路啊！

如此闹腾了小半宿，颜如玉和孩子们纷纷回房安寝，齐清梧与赵沛珊回到二楼主卧。齐清梧洗漱完毕，却是从口袋里掏出一个小小的天鹅绒缎面首饰盒。

他笑道："颜如玉寄住在咱们家，所以那些首饰我都买了两份。这一个，是单独留给你的。"

赵沛珊打开盒子，便看见一只浅粉色的鸽子蛋静静地躺在那里，散发出华美的足以令任何女人惊叫的光芒。

齐清梧搂过赵沛珊细细的流水肩，促狭坏笑："俄国佬才精呢，这么一个戒指，十根大条子才肯卖，好东西都得留给我媳妇不是？让石头他老婆眼馋去吧！"

赵沛珊身为一个寻常小女人，微微张口，勉强压住自己想要惊叫的冲动，以免被丈夫取笑。她退下右手食指常戴的那一只火油钻，小心翼翼地把新戒指戴在手上，冲齐清梧晃了一晃："好看吗？"

齐清梧仔细打量了一番："好看，你戴着最好看。"

下一秒，他扔了首饰盒和那只火油钻，一个吻深深印在赵沛珊的唇上。

熟练至极地扯着赵沛珊的旗袍，在两人愈来愈颤抖的呼吸中，不知是谁，啪的一声拉黑了床头柜上的台灯。

如此一夜旖旎，自是不必赘述。

半个月后，石头亲自押着十几车烟土，同样抵达了北平。

这一批是上好的印度货，他们千里迢迢地跑去国境线跟人交易，然而烟土运回来以后压根儿没有进城，直接在城外被呼来喝去的日本兵带走了。石头没吭声，这批货本就是替日本人运的，他只是不知不觉间攥紧了拳头，指甲扎进肉里，生生地疼。

这一趟运货途中，老虎死了。

从小仓山带出来的那一批土匪中，老虎算是石头的亲信。老虎其实也没什么大本事，别人上山当土匪，他也上山当土匪；别人拦路抢劫，他也拦路抢劫；别人背地后里算计着石头，想把石头扳下台去，他却不再跟着学了，总是憨憨地在石头跟前瞎晃悠，一口一个"大哥"叫得真心实意，虽然论起岁数来，他还要比石头大上五六岁呢。

商队连夜赶路时，在深山里遭了埋伏，那些土匪与当时小仓山里的石头何其相似，想钱想红了眼，抄着各种冷兵器就要劫那些价值高昂的大烟，结果自然是直接被齐家商队用先进的美式军火打成了筛子。只可惜老虎命数不济，被一个濒死的土匪一刀扎进心窝子，当场就不行了。

生死有命，富贵在天，入了这亡命的行当就要做好不得好死的准备，石头没觉得多难过，只是很莫名地想起当初即将离开小仓山时，他们逮住的那个自称为少校的特务，老虎搜出了那张证明特务身份的军官证，然而石头跟老虎大眼对小眼，谁都不认识字，真是惹人笑话。也不知道那军官现在怎么样了，石头走之前让留守的二当家把他放了，但不清楚二当家有没有服从石头的最后一个命令，二当家那人心理比较变态，很喜欢把人活生生地点天灯当乐子，祝那军官好运吧。

回到齐公馆，石头与那热情迎接他的齐清梧寒暄一阵，随即就开口问道："大少爷，你从前学问那么好，现在忘干净了没？您要是有空的话，就教我认字吧。"

齐清梧默默地翻一个白眼，心想老子的学问就是再退化，难道还能连字都不认识了？忍不住就故意调侃石头道："这个嘛……就要看你想学到什么程度了，你是想中进士呢还是想兼职做大学教授？"

石头一摇头："哎呀，这水平对我来说也太高了，我就想以后能看得懂报纸，不做睁眼瞎而已。"

石头在大少爷的严厉授课下，又一次无比艰难地开始对着那些方块字使劲。

大少爷乃是拥有国外名牌大学文学硕士学位的高才生，一肚子墨水自然不是石头那老丈人可以比拟的，不过有些时候，有学问不见得强过没学问。比如说老丈人限于自身水平，很耐心地从"一二三四，大小左右"这种最简单的汉字开始教石头，而齐清梧回忆自己小时候开蒙的情景，想了半天没想起来，就直接用四书五经当教材，勒令石头学会里面的所有字，背过所有篇章，并且要领会其中含义。

石头对着这大篇大篇犹如天书的文言文，顿时傻眼了。

而齐清梧喝着黑咖啡，很不耐烦地翻着报纸道："愣着干吗？赶紧学习啊！四书五经多简单啊，我十岁的时候就能倒背如流了，你今年都二十好几了，难道还要跟小孩儿似的去背那《三字经》？"

石头咽一口唾沫，说："大少爷……过两年等你教你儿子念书时，我在旁边跟着学学就成了……"

大少爷一脸不可思议地看着他："瞧你这点出息！还跟我儿子一块儿念书呢，丢不丢人？念书嘛，是多么快乐的一件事情，只要你全身心地陶醉其中，自然就不会觉得困难了。"

石头想自己能认利索的字只有"沈石头"，还要全身心地陶醉进那一堆方块字里，这也太吓人了。

把那一堆线装书一合，石头站起来，支支吾吾地找借口准备开溜："啊……大少爷，我突然想起来，张叔找我还有事呢，我晚上再回来学习，行不行？"

齐清梧想了想："晚上我有应酬，没法盯着你了。喏，《尚书》的第一页，你今天晚上把它背完，明天我检查。"

石头赔着笑退出大少爷的书房："好，好，我一定背完……"

出了齐公馆，石头乘坐汽车，当真去找张叔了。

现在他跟张叔志同道合，同为贵和戏班的铁杆票友，只是张叔是冲着班主周华清去的，石头是冲着整天打酱油扎人堆里压根儿认不出来的夏生去的。

今晚贵和戏班好戏连台，周华清与周挽容联合唱一出《霸王别姬》。周华清从前是生角出身的，便演那楚霸王，周挽容娉娉婷婷，眉目如画，最适合演那位绝色美人虞姬。

而夏生今天运气不错，演那随虞姬上场的八侍女之一。

身处同一个包厢，张叔听戏已是听得入迷，石头却只看那虞姬身后的侍女，眨着眼猜测到底哪一个是夏生。猜着猜着他不由得郁闷起来，夏生学了这么些年戏，怎么还是每场都跑龙套？几个小时的戏下来，压根儿唱不了几句词。

石头不懂戏，只能听出顾壁成与草头班子之间的不同，再往细里分，他就觉得都差不多，无非都是吊着嗓子咿咿呀呀。他忘了夏生那唱山歌都能跑调的大直嗓子，认为夏生之所以唱不了主角是由于台下观众都没有一双慧眼，能够像他石头一样挖掘出夏生的好来。

换场的空里，石头虚心向张叔请教："张叔，要是我想捧戏子，大概是个什么流程？"

张叔摸着胡须，意味深长地冲石头笑："送头面，送花篮，一般都是这样，有什么喜事可以请角儿去府上唱一出堂会，至于深入交往以后嘛，就没有特定的模式了。"他忽然想起一件事来，"周挽容老板跟安贝勒走得很近，你可得好好加把劲呀年轻人。"

石头连连否认："不是不是，我没想捧周挽容。"

张叔目瞪口呆，从没发现石头这家伙口味还挺重："周华清都有四十多岁了啊……"

石头没听出张叔的弦外之音，继续否认："我也没想捧周华清啊，再说这和年龄有什么关系，张叔您不也很喜欢周华清老板吗？"

张叔喝一口冰茶，很简洁地解释了一句："迷戏，和迷人，那是不一样的。"

第二天白天，无数人惊奇地看见华乐剧院门口堆着十多个花篮，上面写着一模一样的同一句话："沈先生赠周生怜。"

戏迷们兴致勃勃地参观着这位沈先生的大手笔，同时也自然而然地注意起了那个名字——

周生怜？周生怜是哪位角儿，是刚来北平的吗？怎么从来都没见过？

第四十二章　清平乐

　　周生怜，其实也就是沈夏生，白天的时候托他石头哥的福，大大地出了一场风头，现在身处戏院后台，就被戏班子里的师兄师姐师弟师妹围得满满当当，半认真半戏谑地逼问他与那位神秘沈先生的关系。夏生无数次地强调他跟石头哥乃是从小玩到大的好兄弟，真真儿的，绝对不掺一点假，可不知是为了起哄还是别有他图，那些爱热闹爱八卦的戏子们压根儿不信，也不管当事人的意愿，一个个天马行空地做出种种设想，与那朴素的事实差出了十万八千里，几乎要把夏生给说哭了。

　　一个十五六岁的小师弟扯着大嗓门活泼地道："发小？师兄你快别编啦，我在何家村有七八个发小，怎么没一个有钱给我送花篮？"

　　"就是就是，别说发小了，老子那个亲兄弟，在天桥底下卖包子的，还花篮呢，两块八一张的末等票都不舍得买！还敢觍着脸让我单独唱给他听，没钱唱个屁！"

　　又有一个唱青衣的女孩子抱怨道："你们都算好的了，不捧场，好歹也不会让你们倒贴吧？我家上头两个哥哥下面三个弟弟，当初把我卖进戏班子的时候拿着钱甩甩手走了，现在听说咱们班子重回北平，又巴巴儿地跑来认我这个女儿，让我给弟弟出结婚的彩礼钱，我自己的嫁妆都没攒出来，上哪儿给他出彩礼去？"

　　"月儿姐，你攒啥嫁妆呀？上回那个张家二爷不是很稀罕你？你再使使劲，嫁给他当姨太太不就结了？"

　　"呸！那张二爷四十七了，要嫁你嫁！"

　　"我要是个娘们儿我早嫁了，还在这儿遭这个罪……"

这句话一出，无人搭腔。说话的那个少年小旦背对着门，没看见他们班主周华清不知何时已经无声无息地走进来了。

几秒钟后，小旦的头上挨了一下狠的，旋即周华清怒气冲冲的声音响起来："宁肯给人家当小老婆都不想唱戏？好得很，那你就马上给我滚蛋！"

少年小旦吓得一哆嗦，赶紧转身跪下去抱师父大腿，一把鼻涕一把泪地表示自己方才纯粹是瞎说，其实一片痴心全在京戏上，求师父千万不要把他赶出门去。

周华清不为所动，对这种贪图富贵的货色十分看不上眼，挥一挥手，他示意几个年轻力壮的弟子把小旦拖下去，然后对人堆里的夏生一扬脸："你跟我出来。"

夏生哆哆嗦嗦地站起来，虽然自己一点错处都没有，可这一场是非毕竟是因自己而起，他抛下那一堆噤若寒蝉的戏子，跟在周华清身后，低头耷拉肩，觉得自己是要倒霉了。

来到楼上一处专门供周华清使用的休息间，周华清见夏生一副畏首畏尾的胆小模样，就很不耐烦地一瞪眼："你怕什么？坐！"

夏生应了一声，先是给师父沏一杯清茶，又双手奉上蒲扇，然后才搬过一个小马扎在师父跟前坐下。

周华清舒舒服服地半歪在太师椅上，看夏生还算有几分眼色，方略略和缓了语气："挽容把情况都跟我说明白了，我知道你是个老实孩子，跟那位沈先生不是那种关系。你也不要惶恐，咱们唱戏的，有人捧是好事，有人捧才能出名，出了名才有奔头。"

夏生低头，恭恭敬敬地答道："是。"

周华清话题一转："可是啊，有人捧也得有真本事才行。你瞅瞅你自己唱的那是些什么玩意儿？就算我给你唱主角的机会，你觉得你上了台，底下的座儿能不冲你丢板砖泼开水？"

夏生的头越发低了，面红耳赤地做鸵鸟状："师父，对不起，全怪我自己没天赋，辜负您的一番栽培。"

不是每个人都像周挽容一样天赋绝佳的，唱戏这门技艺，也确实得看祖师爷赏不赏这碗饭。然而夏生生了一副眉清目秀的漂亮模样，如果仅论容貌身段，也不比周挽容差什么，嗓音条件也不错，清脆悠扬，像是一只叽叽喳喳的黄鹂鸟，只是没有乐感，加之脑子仿佛有些发木，不是个能够举一反三的聪明孩子。

周华清觉得夏生还不至于笨到无可救药，就继续道："先天不足后天来补，你那朋友花了大价钱捧你，你好意思辜负人家？从今天开始，每天晚上下了戏你单独多练两个钟头，什么时候练好了，我也让你唱唱压轴露露脸。"

夏生感激极了，从前的顾壁成，现在的师父，都是极正派的好人。好人在这个世道，尤其是梨园这种鱼龙混杂的行当里是不多见的，他能一下子碰到两个，于是中间的那个人贩子顾云澜，因为年代久远，也就可以忽略不计了。

他想起许多年前的那个除夕，石头哥牵着他的手，一边看烟火一边许下的宏大愿望，现在石头哥的愿望已经实现了，果真飞黄腾达，前来捧他，自己又怎么能没出息地每天晚上都为别人配戏，让石头哥拿着望远镜找半天都找不出哪个是他？

夏生站起来，郑重其事地对周华清深深鞠躬："师父，您放心，我一定好好努力，给您还有石头哥长脸。"

这天晚上，由于夏生连个侍女的角色都没混上，石头便也懒得出门，留在齐公馆里逗女儿玩。他平常太忙了，许久不曾认真地观察过闺女，此时细细望去，发现女儿白白胖胖地长大了许多，便不由得喜上眉梢，想好好谢谢真正出力的颜如玉与赵小姐。

可惜不过八点一刻，齐清梧提前结束应酬，拎着几盒点心轻轻松松地回家了。

石头看见大少爷，也不打招呼，掩耳盗铃地就想往外溜。

他现在看见齐清梧犹如老鼠见了猫。齐清梧如今为生活所迫，没有那个闲心思吟诗作赋写剧本子了，可齐清梧其实是真正热爱文学的，平生最大的愿望不是当银行家，不是当大毒枭，而是做一名满腹经纶的大学教授或者才华横溢的话剧作家。文学梦不得实现，他决定放低要求，能把石头教育得富有书生气质也算是成就一桩，故而对石头的学习十分上心，一有空闲便要考校石头的功课，并预备着等石头学完这些国学经典，再从零开始地教他英文。

石头当初蹲在深山老林里，学二十个字都能就着饭忘十五个，还学四书五经，看外国名著？他倒是有心放弃，但这话最初是他自己跟大少爷提出来的，没学两天就要放弃，他还觉得臊得慌呢。

齐清梧灵巧地一把揪住石头："别跑！是不是学习任务又没完成？嗯？"

石头垂死挣扎着："不是不是，我出去看看您那车停没停好……"

"别扯淡，你现在又不是听差了，管那车停没停好干什么？走走走，跟我去书房，哪里不会我可以再教你一遍嘛……什么，都不会？你是猪脑子啊！"

石头视死如归地跟着齐清梧上楼，同时第一万次暗暗痛斥自己不长脑子——他去招惹大少爷干什么？满大街上那么多教书先生，花几十块钱就能全方位地为他服务，大少爷的高深学问，自己哪儿能领悟得了？

不过这一回，齐清梧刚刚在书桌后坐定，连那本丢在桌子上的《论语》都还没来得及拿起来呢，盛之年就急匆匆地敲门进来，向齐清梧汇报了一条新鲜消息。

盛之年退下以后，齐清梧与石头面面相觑，都坐不住了。

盛之年说，天津那位黄五爷三天后要出城，去往关外。

自从齐清梧垄断了华北的交易网络，黄五爷便很少出远门了。黄五爷终究不是军阀，没有军队护卫，在天津城里可以千小心万小心地提防暗杀，远走异乡之后可就没那么保险了。即使万不得已为了生意需要出门，也尽量乘坐飞机，不给齐清梧可乘之机。

而现在他却要很仓促地远赴关外，关外地形复杂，深山老林不计其数，又一直在打仗，实在是有违他一贯谨而慎之的性格。而且这一次黄

245

五爷对外宣布的出门理由十分可笑，说是一个客居在奉天的蒙古王爷死了，而那王爷几十年前又恰好跟黄老爷交情甚笃，收了黄五爷做干儿子，干爹过世，干儿子为尽孝道，便要千里迢迢地赶去奔丧。

石头很现实地提出一个疑问："他就不怕在给干爹奔丧的半路上，把自己的命给奔没了？"

齐清梧扑哧一笑，同样觉得这个理由很站不住脚："要真如你所说，可就太热闹了。不过那姓黄的既然敢往外走，必然很注重安全，咱们要想下手也未必能有那么容易。"

齐清梧蹙着眉毛思忖着："我是不相信他能亲自跑那么远的路，给一个过了时的蒙古王公奔丧，石头你说，姓黄的这趟去关外的真实意图是什么？黄家早年仿佛是在关外置了一批庄子，是那些庄子出事了？"

石头想了一会儿，不太确定地开口："大少爷，那批庄子大体能值多少钱？但我觉得不大像。他知道您这边日夜盯着他，只要找到机会就要做掉他呢，他的根在天津，关外的庄子再值钱，总不可能是他的主业，他还能为了钱，连命都不要了？"

齐清梧点点头，刚才掐着指头一算，他发现庄子面积再大，于黄家产业来说也不过是九牛一毛，他换了个角度，犹豫着道："东北那边，有什么东西值得他非亲自去不可？"

然后齐清梧和石头对视一眼，知道彼此都已想到了那三个字——

关东军。

倘若是日本人有什么地方需要黄五爷亲自去关外，黄五爷是不可能拒绝的，黄五爷不能让外界知道他在替日本人办事，所以凑出那么个理由遮掩。虽然不清楚日本人具体是要让黄五爷做什么，但思来想去，这种猜测显然比去关外处理财产的可能性高得多。

石头微微觉得沮丧："大少爷，要是这一次他跟日本人同行的话，肯定是坐军用飞机去，而且估计身边会一直有军队护航，那咱们……"

齐清梧斟酌了片刻："这终归是咱们的猜测，你去把盛之年叫回来，让他继续派人去天津打听消息。到时候要真是这样……唉，见机行事吧！"

第四十三章　身陷囹圄

三天以后，黄家五爷果然打着奔丧的旗号离开了天津卫，与此同时，也有消息立马传回齐公馆：齐清梧和石头猜对了，黄五爷出城以后直接被自家听差护送去城外不远处一个小型的日本军用飞机场，与七八名日本军官以及一批护卫的士兵一块儿登机了。

至于黄五爷去东北的目的，仿佛是属于军事机密，死活打听不出来。

齐清梧没有强求，他本来对黄五爷的目的也不是很感兴趣，他真正关心的是如何找机会干掉这个杀父仇人，可惜目前看起来，这一次是没什么指望了。姓黄的这一次有日本人保护，飞机也肯定会直接飞到东北再降落，而齐清梧在东北的力量终究很是薄弱，仅仅同供货的鸦片商有几分交情，就算匆忙派了杀手过去，也没法与那几十万的关东军较量。

齐清梧把自己一个人关在书房里，恨得咬牙切齿，姓黄的比狐狸还精，饶是自己现在有权有势了，也依然动不了他，真是想想就让人郁闷。

自然了，黄五爷那边定然也是这样想齐清梧的。那小子跟兔子似的，从来抓不着。烧了齐公馆以后天罗地网地追杀了他大半年，连根毛都没找着，而自己不过是略略放松了几分警惕，他竟然不声不响地在北平东山再起了！

齐清梧攥着拳头恨了半天，末了，他突然间想起了冯瑞德。

自从帮冯瑞德送电台以后，齐清梧又秘密地与冯瑞德见过一次面，没时间扯闲话，齐清梧支援了他一大笔钱，算是对抗日大业聊表心意。

他现在拖家带口的，没法跟游击队一样扛着枪上战场，也就只好在钱财上做一些支持。冯瑞德没跟他客气，把支票放进上衣夹层里，沉声说了一句："难为你了。"

齐清梧淡淡一笑，回答也很简洁："应该的。"

冯瑞德自始至终没有问起冯芷瑶，仿佛那个他曾经视如珍宝的妹妹从未存在过一样。齐清梧想瑞德应当已经知晓当年天津齐家的那一场灾难了，还好他没有提起，否则齐清梧简直不知道该如何面对他。

军统的刺杀搞得出神入化，很多出名的大汉奸包括汪伪政府高官都死于军统暗杀，齐清梧有心借着冯瑞德这条线搭上军统，让他们帮忙干掉黄五爷，却又觉得自己的想法过于异想天开。瑞德不是从前手握重权的冯司令了，黄五爷算不算汉奸，有没有刺杀的必要，军统那边自有定夺，不可能齐清梧这边帮他们几次忙就能左右他们的意志。唉，要是瑞德还是冯司令多好，杀一个黄五爷还用费那么大劲？直接一个团开进城里，把黄五爷揪出来大卸十八块，看谁敢说一个"不"字！

不过话说回来，要是冯家的军队还在，死一个吴局长算什么？就算他黄五爷亲自继任警察局局长，也没有胆子把齐老爷逮捕下狱啊。

齐清梧越想这些往事越是糟心，索性走出书房，穿过华丽优雅的长长走廊，推开儿子的房门，专心致志地开始教儿子说话，笑意融融地享受着这珍贵的天伦之乐，他慢慢把那些烦心事抛到脑后去了。

结果当天傍晚，烦心事又自动找上门来了。

盛之年一脸担忧地向齐清梧汇报道："大哥，刚才来的电话，秋川大将让您晚上去趟军部。"

齐清梧登时心底一咯噔：送电台的事儿暴露了？

不至于那么倒霉吧，多少特务潜伏了七八年都没出事，自己不过是帮了这一次忙，就被发现了？

重新与冯瑞德联络上这件事，齐清梧谁都没告诉，沛珊、石头、张叔一概被蒙在鼓里。不是不信任他们，而是这种危险的事情，少一个人知道，大家都多一层安全。

齐清梧心如猫抓地问盛之年："石头呢？"

　　盛之年恭敬地一低头："沈先生去仓库点货了，说是晚上才能回来。"

　　齐清梧的嘴角不知不觉间勾起一个惨笑，他定定地凝视盛之年，几乎要把盛之年盯得害怕起来："小盛，你替我在公馆里等沈先生。如果我明天早晨还没回来，麻烦帮我转告沈先生，就说我把沛珊和两个孩子托付给他了，求他看在过往交情上，留一口饭给我的妻儿们吃。"

　　盛之年的心头一瞬间悚然惊动："大哥，您这是出什么事了？"

　　齐清梧笑着摇一摇头，紧张到了极点，说出来的话却是云淡风轻，平平静静："没什么，听天由命吧。反正我做过的事，我没有后悔过。"

　　所幸的是，抱着受死的心情走进军部，齐清梧才发现自己乃是虚惊一场。

　　日本人丝毫没发现他在暗地里做的那些小动作，只是把他招来结算那一批印度烟土的货款。秋川大将把支票递给齐清梧，又通过通译的口，好好肯定了一番齐清梧的办事能力。为表感谢，秋川大将亲自带着齐清梧去日本俱乐部吃了一顿丰盛的晚餐，又十分热情地邀请齐清梧一道儿去逛窑子。

　　齐清梧一路维持着温文尔雅的客气微笑，笑得脸都要酸了，笑得心都要苦了。

　　他一个中国人，身处沦陷区，还一直小心翼翼地保持着中立，不肯投入大日本皇军的怀抱，凭什么能拥有如此势力？无非是有着不可替代的利用价值而已。齐清梧可以不当真正的汉奸，但不能与日本人撕破脸，当众驳秋川大将的兴致。

　　陪着秋川大将步进八大胡同，最终挑中了一间彩灯明亮、招牌簇新的妓院。通译十分狗腿地替秋川大将打起帘子，待秋川大将进去之后，又跑前跑后地为秋川大将张罗姑娘。

　　齐清梧落在最后，知道自己没有逃避的理由，深吸一口气，他也推开门进去了。

接着，当他看见花枝招展走出来迎客的妓院老鸨时，他和老鸨一起愣住了。

即使妆容浓厚，即使岁月变迁，齐清梧依旧一眼认出了眼前的女子——

周洁?!

那个曾经的南开大学女学生，话剧演员，沉静秀美、冰肌玉骨的周洁?

周洁转移自己的视线，刻意不理会齐清梧，单是妖娆地娇笑着，将秋川大将伺候得密不透风。

很快，秋川大将选中了两个姑娘，左拥右抱地搂起姑娘，他自去楼上风流快活。齐清梧直到秋川大将和通译走远了，方压低声音，轻声唤她："周洁……周小姐?"

周洁瞅他一眼："齐先生，跟我来吧。"

走进一间陈设考究的闺房，周洁没有招呼齐清梧，急匆匆地翻出一杆烟枪，她自顾自地开始吞云吐雾。

齐清梧闻着这股熟稔至极的鸦片甜香，不由得皱起眉头："周小姐，不要吸鸦片，这个东西一旦上了瘾，很难戒掉。"

周洁却说："心里苦，每天抽一点这个，明知道是虚假的快乐，但也总归聊胜于无。"

抽完大烟，她又问齐清梧道："沛珊还好吗?"

齐清梧点点头："她挺好的，我们后来结婚了。"

周洁清脆地笑了一声："真好，从认识那一天起，沛珊的命就一直比我好。"

周洁空有一副如花容颜，然而细细想去，她也的确是命途多舛。赵沛珊认识了纯情的齐大少爷，她则对风月场里的高手冯瑞德付出一片痴心。嫁给冯瑞德做七姨太也就罢了，至少能保得一生荣华富贵，吃穿不愁。可谁又能料到婚礼的当天冯瑞德就跑去保定，而且从那以后再也没回来过? 没有男人愿意接收冯司令的遗孀，娘家也不准她回去，而冯瑞

250

德失踪后，她一个薄脸皮的女学生，抢家产无论如何都抢不过前面那几个泼货，一无所有地离开天津，她四处流浪，然后就一步步地沦落进了窑子。

齐清梧注视着如今浓妆艳抹的周洁，自是一阵心酸。当初同一个话剧社里的女孩子，一个相夫教子，成为摩登又新潮的阔太太；一个染上毒瘾，麻木地做着那皮肉生意。

齐清梧安慰地想：还好，沛珊还有他。

可是几乎是下意识的，他又心慌起来：如果有一天，沛珊没了他，会沦落到什么处境？

这个年代，男人在战火中苟且偷生，女人的性命与荣辱则全系在男人身上。如果有一天齐清梧穷了、失势了，甚至是死了，沛珊怎么办？沛珊会不会与周洁一样，沦落至这烟花巷里？

齐清梧陡然间打了一个寒战。

他不肯再往下想那可怕的场面，强逼着自己把注意力转回周洁身上，他诚恳道："要不要我帮你出去？我可以给你买套房子，每月给你点钱，你从此清清白白地过日子，这点忙，我现在还是有能力帮的。"

齐清梧没有想到周洁会想也不想地拒绝。

周洁玩弄着那杆精致的烟枪，一双漂亮的乌黑眸子里却是一片空洞，遇见齐清梧，是种缘分，可齐清梧终究不是冯瑞德，她不能这样觍着脸拖累他一辈子。更何况，他有家有室了，她跟着他离开这八大胡同，住他的房子花他的钱，算是怎么回事？

她冲他抛一个眼风，脸上的笑容妩媚又凄凉："齐先生，好好待沛珊吧，尽你所能好好地待她。有太多女人如我一样不幸，沛珊的幸福就像童话一样完美，请不要让那童话破碎。"

她说："你不必帮我，这样的生活，我早就习惯了。我不会活得太久，等我死了，就可以与瑞德重逢了。瑞德毁了我的一生，可我并不恨他，我始终记得与他初次相见，他西装笔挺，歪戴着一顶礼帽，那般风流倜傥、文质彬彬。"周洁梦呓一般地笑道，"比您，还要更好看些呢。"

周洁放下烟枪，开始往外推齐清梧："齐先生，您回家吧，等秋川大将快活完了，恐怕也不会记得要找您了。"

齐清梧一句话都说不出来了，只是心脏钝钝地疼，仿佛被刀割一般。他把自己身上所有的钱放到桌子上，深深地看着周洁。他知道这次意外的相遇也许就是他与她的最后一面了，即使她死了，也只是这千百个妓女中不起眼的一个，没有人会舍得为她掉一滴眼泪。

最后握一握她苍白如纸的手，齐清梧转身回家了。

第四十四章　养　育

　　齐清梧没有跟沛珊提起周洁的事，因为不想沛珊也为了这事烦恼。周洁的确只能是那样了，世界之大，她却是无路可走，一个孤零零的柔弱女子，已经背负了无法消弭的污点，再要嫁人是很艰难的了，即使再碰上如冯瑞德一样的奇葩浪荡子弟，又能有几分真心呢？若说自立自强吧，她又实在没什么足以安身立命的技能，只有一张妩媚动人的容颜，也终将一天一天地苍老。

　　这个世间，是从来不缺少青春年少的。

　　齐清梧默默感慨了一阵，也只得将周洁抛去脑后，周洁他是帮不上什么了，自家日子也还要风平浪静地慢慢过下去。

　　秋高气爽的时节里，齐公馆有了一桩大喜事——沛珊又一次怀孕了。

　　因为先前已经生育了两个孩子，沛珊这一次轻车熟路，一切孕中事宜都有条不紊地进行着。只是这一次怀孕口味变得刁钻得很，一会儿想吃酸，一会儿想吃辣，齐清梧打趣着说恐怕这一次怀的会是一对龙凤胎。

　　沛珊微微红着脸横他一眼："什么龙凤胎，到时候四个孩子，你养得起？"

　　齐清梧大笑："四个算什么，十个我也养得起！"

　　沛珊接过老妈子精心炖的燕窝汤，不肯搭理齐清梧了，还十个，是要她给他生孩子生到下辈子吗？

　　齐清梧则十分殷勤地从沛珊手中把汤碗抢过来："来来来，夫人，我喂你。”

　　齐清梧和赵沛珊膝下已然有了一双儿女，所以对这即将到来的老三也没表现出格外的兴奋，多一个孩子自然是好事，若只有前两个也没什么可遗憾的。然而颜如玉眼巴巴地看着齐太太日渐隆起的小腹，却是羡慕极了。

　　颜如玉这个人，受封建毒害比较深，即使在赵沛珊的教导下，穿着打扮已是摩登的北平阔太太模样，但头脑中还是一堆三从四德的旧思想，一直很惭愧没能给石头生个大胖小子，同时又隐隐地担心将来石头要因为这个把她休出家门。即使石头对沈瑶爱如明珠，也从来没表示过非得要个大胖小子不可。

　　这天晚上，洗漱完毕之后，颜如玉神神道道地递给石头一杯浓如墨汁的液体：“石头，你把这个喝了吧。”

　　石头被那股难闻的味道顶得直皱眉：“这是什么玩意儿？”

　　“王太太偷偷给我的，说男人喝了这个以后，老婆下一胎怀的准是个男孩。”

　　这话若是让齐清梧听了，大抵便要义正词严地向那无知妇女科普一通先进的西洋科学知识了。石头没有大少爷的口才，然而也比颜如玉有见识，此刻就很无语地道：“别扯淡！生男生女是老天注定的，你这一碗不知道打哪儿来的药能管用？要有这么好的事，当年我们村那户一连生了八个闺女的人家也就不用穷得底朝天了！”

　　颜如玉一心想着为他们老沈家传宗接代，奈何石头这身为丈夫的居然不感兴趣，真是令人难以理解，她不由得急道：“哎呀，管不管用的，你喝一次试试不就知道了？又没毒，万一真能生儿子，你还不高兴？”

　　石头年少时父母双亡，从那以后一直凭一己之力讨生活，从来没人指望着他传宗接代，他觉得有了沈瑶已经足够了，很好了，何必还得费尽心思地要儿子？不过看着颜如玉那异常坚决的表情，他还是不情不愿地端起瓷碗，捏着鼻子把那一碗中药汤一口气喝了下去。

　　强忍着想要呕吐的冲动，他猛然下床，满屋子蹦跶着找糖果。这玩意儿实在是太他妈的难喝了，比闻起来还恶心！

一连吃了三四块方糖，石头慢慢缓过气来，怒视着颜如玉，他嚷嚷道："说好了，就这一次！爱生不生！"

颜如玉凝视着自家丈夫，见他乖乖把药喝干净了，便露出一个温柔的笑容。略略褪下衣衫，她酥肩半露，堪称是柔情似水："好，就这一回。"她哄小孩似的把石头引诱回来，"上床呀，你穿个裤衩站在地上不冷？"

翌日早晨八点多，石头吃过早饭，便前往城郊，去视察他的那一批部下们。

小仓山撤出来的那五百多名土匪，当初在山上未见得对石头有多忠心，现在背井离乡了，身处繁华而又大得过分的四九城，倒是统一地对石头死心塌地起来。

齐清梧手下那一大帮面和心不和的人马，石头平日里利用着他们，同时也提防着他们，唯有自己亲自带出来的这一批土匪还算是知根知底，便更加要着意栽培，让他们个个都有出息。

石头下了车，询问赶来相迎的顺子道："兄弟们都还好？"

顺子这一年来发育良好，已经从一个半大孩子渐渐长成了身强体壮的小伙子。"大哥，"他依然恭敬地保持着旧日的称呼，"大家都挺好的，只是冬天的棉衣还没发下来。"

石头想了想："没事，我回去再催一催，过两天就让人运过来。"他瞅一眼顺子，叮嘱道，"你和老李还是要留着心，别让他们瞎胡闹，尤其是枪支弹药，绝对不准乱用。还有住在你们旁边的那一批齐家伙计，少跟他们打交道。这边一旦出了什么事，你就赶紧进城来告诉我。"

顺子连连答应了，又把石头请进屋子，跑前跑后地为石头端茶递水，旋即把几个有头有脸的土匪叫过来，让石头跟他们叙叙寒暖。

如此消磨了一个上午加一顿午饭，却是张叔身边的一个手下跑了进来，向石头打一个千儿，他凑到石头耳边，低声道："沈先生，敦王爷快不行了，齐先生和张叔都腾不出空来，想让您往那王爷府走一趟。"

石头思忖一下，想起了敦王爷这一号人物，便微微颔首："好的，我换身衣裳就过去，礼备下了吗？"

"回沈先生的话，都准备好了。"

石头这辈子头一回进那传说中的王爷府。

王爷府自然是传统中式建筑，与齐公馆那西班牙风格的三层小楼截然不同。整座宅子幽深富丽，行走于其中便见处处亭台水榭，曲径通幽，散发出一种低调而古朴的美。然而毕竟是堂堂亲王府邸，秀美之外，不动声色间，又无处不在地彰显着天家威严。

只是秀美也好，威势也罢，终究都是过了时的事物，这般漂亮的府邸，也与这王府的主人一样，无可抑制地显露出颓唐之气。

敦王爷已经病得无法下床，整个人缩在花团锦簇的绸缎被子里，形容枯槁，面色蜡黄，可见的确是活不了多久了。石头想起大少爷某次闲聊间与他谈起的敦亲王其人其事，不由得暗暗感慨这敦亲王早就筹谋着往外跑，可终归是有心无力，终其一生，还是要死在这四九城里。

敦亲王一直是与齐清梧以及张叔打交道的，跟石头几乎没有交情，石头代替大少爷送上几份滋补品，又冠冕堂皇地说了一些安慰之语，便要就此告辞。敦亲王的家属们深恨齐清梧所卖的吗啡白面把他们王爷害到了这般田地，可也知道齐清梧现在是个有权有势的，他们轻易惹不起，便只能对这位齐清梧的代言人客气有礼，哭哭啼啼地把石头送出正房，自有几个下人等在屋外，众星拱月一般将石头引出府去。

谁料行至半程，石头迎面撞见一个熟人。

周挽容周老板。

周挽容身边还有一位长袍马褂瓜皮帽的中年男子，与周挽容肩并着肩亲亲密密地走着，想来就是周挽容的金主安贝勒。

周挽容见到石头，微微一笑，大大方方地打招呼道："沈先生，没想到在这里碰见您了，真是巧呀。"

石头忍不住地老想瞟那安贝勒："是啊，周老板也是来看敦王爷的？"

周挽容轻轻一点头："是呢，贝勒爷与敦亲王是故交，我也陪着过来看看。"说罢，他一偏头，对安贝勒递一个温柔的秋波，"您先去吧，别误了您的时辰，我与这位沈先生略说两句话，一会儿就过去。"

安贝勒打量了石头几眼，没说话，但也没显出生气的模样，平平静静地踱着方步，带着侍从，直接就走掉了。

待那安贝勒走远，周挽容凝望着石头，一双极漂亮的乌黑眸子水汪汪的，看谁都仿佛带了三分情愫。只听他恳切道："听闻沈先生经常去捧家师的场子，挽容在这里谢过了。"

话音一落，一身长衫的他竟犹如在戏台上一般，仿照旧式女子，对石头行了一个常礼。

这样一个眉目如画的妙人儿，周身笼罩着雌雄莫辨的魅惑气质，分明是男儿身，却比任何一个女人都端庄高雅，放到那些懂行的老家伙眼里，只怕个个儿都要迷得发了狂。可惜石头虽然看过多场京戏，也接触了不少戏子，却始终无法欣赏这种特别的气质。在他眼里，男人就是男人，女人就是女人，男子汉大丈夫是要顶天立地的，这种种的阴柔姿态真是让他浑身起鸡皮疙瘩。还是顾壁成那样好，台上再怎么千娇百媚，下了台就张口大爷闭口老子，十分接地气。

石头不愿意得罪周挽容，因为知道周挽容不是个坏人，至于个人风格如何与他石头毫无关系。沉静了脸色，石头八风不动地含笑扶住周挽容："周老板千万别客气，是您师父有本事，唱得好，把我也熏陶成半个票友了。"

周挽容盈盈一笑："沈先生知道夏生师弟正在刻苦练功吗？"

石头道："夏生跟我说过一次，说什么等他练好了，您师父就让他唱压轴大戏，这个……不知道夏生那天赋够不够使的？有什么进步没？他对我总是遮遮掩掩的，不肯详细说，只让我等着看他的成果呢。"

夏生的天资有限，仅凭着天资就想唱压轴大戏那显然是不大能够的，不过所谓勤能补拙，他如今心中怀着一股成名成角儿的狠劲儿，练起功来乃是从未有过的刻苦，倒也算是小有成就。周挽容挺喜欢这个老实的师弟，便回答道："夏生师弟每天都有进步，想必不久之后就可以登台了。"

石头登时欢喜起来："真好真好，我每回听戏都满场子找他，简直要被累死了。"

周挽容静静伫立在那里，不接话，只是笑不露齿地用一双眸子表示赞同。

而石头与周挽容对视着，心底却是不知不觉间转换了念头：夏生登不登台唱不唱主角无所谓，只是千万不要学成周挽容这副样子啊！

第四十五章　人生如戏

转眼间秋去冬来，日子无波无澜地一天天过去。沛珊在孕中一切安好，四个多月的时候被私家医生断出是个男孩，而颜如玉费了好大心思，奈何肚子不争气，依旧是没能怀上。石头当时喝那一碗汤药喝得恶心不已，坚决不肯再尝试颜如玉从各处搜罗来的神秘偏方，并思想前卫地扬言他就喜欢瑶儿，将来的遗产也要全盘留给瑶儿，就算有了儿子，也一毛钱不给儿子挥霍，儿子有本事就凭着双手闯世界，没本事就端着破碗要饭去。

颜如玉哭笑不得，看石头是个一脸认真的表情，不像在说反话，便也只好顺其自然，不再通过旁门左道的手段强求儿子，转而贤良淑德地做起了女红，要为丈夫和女儿亲手缝制御冬的花棉袄。

棉袄制成的那一天，齐清梧恰好在家，强绷着脸，他十分正经地夸赞了一番弟妹的灵巧手艺，然后转头就对着石头笑得喘不上气来。

"你还别说，那颜色还真挺适合你的，"齐清梧不怀好意地比画着，"通红通红的，穿上跟大红灯笼似的。嗯，我跟弟妹说这个颜色很好，又吉祥又喜庆，让弟妹多给你做几件，你好日日穿在身上……哈哈哈，不行了，笑死我了。"

石头无语极了："大少爷，你就玩我吧。"

"哪里哪里，真心话，不过话说回来，你以后穿着红棉袄可别跟我一块儿出门谈生意，我怕吓着人家……"

石头咬牙切齿，一字一顿："大少爷，等会儿我就跟如玉说，这一年来在齐公馆里蹭吃蹭住，承蒙大少爷的关怀，我们怎么好意思？旁的

259

谢礼我们拿不出来，既然大少爷这么欣赏如玉的制衣手艺，不如就让如玉好好帮大少爷做一身衣裳。棉袄棉裤那是必须的，如玉他们村里流行一种皮帽子，村里男人冬天上山砍柴都戴那个，大少爷您的那些圆礼帽太单薄了，实在是无法抵挡北平的严寒，就让如玉也帮您整一顶，好不好？啊，不要客气，这都是如玉的心血之作，等我穿红棉袄的时候，您也务必要棉袄棉裤皮帽子地打扮周全了才好。"

齐清梧果然笑不出来了。

然而齐清梧不愧是齐清梧，匆匆忙忙地转移了话题，他一下子使出杀手锏来："咳，衣服的事不急。话说回来，你认字认得怎么样了？最近忙着照顾沛珊，我都好长时间没检查你的功课了，四书五经学完了没有？"

石头低头，顿时变成一根霜打过的青萝卜："唉，大少爷，您快饶了我吧……"

齐公馆内一片和乐融融，可是外面却并非是这般欢天喜地的。

冬至的前几天，敦王爷终于熬得油尽灯枯，咽下最后一口气，他驾鹤西去，彻底玩儿完了。齐清梧敷敷衍衍地随着许多宾客一块儿去参加敦亲王的葬礼，从王爷府出来以后，他不动声色地坐上汽车，直接赶往城南贫民区里一个不起眼的小茶馆。

茶馆二楼的雅间中，冯瑞德带来了一个隐秘的爆炸性消息："美国对日本宣战了。"

齐清梧一愣，脑中瞬间转过无数念头。他还不知道这件事，沦陷区消息封闭，报纸上天天歌颂着大日本皇军的丰功伟绩，唯独没有一篇报道提到美国终于下定决心要打日本。

略想了一会儿，齐清梧迟疑着道："美国都动手了，战事应当会有些转机的吧？"

冯瑞德面色平静，没什么表情："还不好说，毕竟才刚开始，再等等看吧。"

谈论完美国，冯瑞德饮一杯粗糙热茶，向齐清梧诉说了他这次过来的真实目的。"清梧，"冯瑞德微微往前探身，"年前会有一次暗杀，目标是秋川大将，由我亲自动手。"

齐清梧一颗心顿时又提上来了："怎么是让你动手？你的腿……"

冯瑞德淡淡一笑："杀人，也不一定非要走到近身肉搏那一步。"

"那你需要我做什么？"

冯瑞德摇摇头，沉声道："这事太危险，我不能把你牵扯进来。我只是让你提前有个心理准备，毕竟我知道秋川大将一直让你帮着他们贩卖烟土，一旦刺杀成功，我希望你提前考虑好明年的路该怎么走。"

齐清梧想着成日里耀武扬威的日本人，想着万里以外隔着一个太平洋的美军，想着去了关外以后杳无音讯一直还未回来的天津黄五爷，路要怎么走？齐清梧知道自己无法在这多方势力的博弈中走出一条康庄大道，只好还是夹缝求生，尽量都敷衍着吧。

他注视着冯瑞德，推心置腹道："我这边你不用担心，你自己还是万事小心吧。"

冯瑞德依然是没什么表情，唯独嘴角微微上翘，仿佛是想要笑又强迫自己忍了回去："好的，我知道了。"

齐清梧要照看怀有身孕的妻子，是不方便大冬天里出远门了。张叔最近犯了老寒腿，自家家门都出不了，更别提出城了。故而石头挑起重担，在这 1941 年的最后几天里，领了一帮人准备南下去上海。

只是出门之前，石头第一回心中惴惴，很不自信："大少爷，你要我帮你把款子捎给上海的杜其昌，那是一点问题也没有，可银行的盘账……我一点儿都不懂啊！万一他们做了假账来骗我，我也完全看不出来，这可怎么办？"

齐清梧叹一口气，何尝不知道石头乃是个正宗文盲，他这也是没有办法的办法，去一趟上海，一来一回间，也是要花掉不少时间的，他舍不得正承受着孕期辛苦的夫人。更重要的是，冯瑞德还没定下刺杀日子，齐清梧绝不敢在这个节骨眼上远走上海，万一到时候冯瑞德那边出了什么岔子，齐清梧人在北平，豁出性命去，还能见机行事地帮衬一下瑞德。

齐清梧拍拍石头的肩膀，鼓励道："别担心，这一趟跟你去的有很多懂银行业务的专业伙计，你只要代表我领着人过去就行了，具体事务交给他们去做。对了，我让盛之年也跟着你，小盛当时在大学里修过经济学的课程，想必也能帮上你几分。"

石头无奈地点头，不怪齐清梧给他这么个高难度的工作，只暗暗责怪自己没文化，连个账本子都看不明白。那个给齐清梧端茶倒水的小盛居然都是正经大学毕业生，而自己现在依旧是大字不识一箩筐，连封书信都写不利索。

出发之前，石头照例挑了个阳光明媚的下午，专程去找夏生。

戏班子里静悄悄的，众人都在午睡。石头轻车熟路地摸去后院，轻轻叩响了夏生的房门。

屋子里咿咿呀呀的吊嗓子声音立马消失，片刻后，夏生打开门，露出小小的脑袋，双颊绯红："石头哥，你来了呀。"

石头说："我过两天要出去趟，走之前特意来看看你，你最近练习得怎么样了？有没有什么进步？"

夏生兴奋得喜气洋洋："当然有！师父昨天才夸过我一次，说我比以前长脑子了。石头哥，你刚才听没听见我唱的那段？你觉得好不好听？"

石头听是听见了，好不好听却听不出来。"不错，挺好的。"他决定鼓励一下目前雄心万丈的夏生，"好像比上次唱得好多了。"

夏生用力一点头："那是自然，我一天最多能练五六个时辰呢。对啦，石头哥，师父说我要是照着这个劲头练下去，年前就可以给我安排一个稍微主要一点的角色，向戏迷们好好推荐一下我。石头哥，你年前能回来吗？"

石头大致算了算，当即一口应允："没问题，你好好学吧，到时候我买最大的花篮，从华乐戏院门口一路排出它两条街去，甭管听不听戏的，让他们都认识认识你。"

夏生傻乎乎地笑着："嘿嘿，石头哥，那到时候，全北平城就都能知道我周生怜的大名啦。"

石头看着面前这个活泼白皙的青年，倏忽间想起了许多年前的那个夜晚，小小的他们，腾空而起的美丽烟花，凌霜盛放的红梅，屋檐底下那一捧洁白的雪。

"谁说不是呢？"石头温柔地应和了一句。

谁说不是呢？戏里的世界，姹紫嫣红，春光明媚。唱的是帝王将相、才子佳人，披上繁复艳丽的戏服，戴上明晃晃的昂贵头面，娉娉婷婷间，现在的人儿借着窄窄的三尺戏台回到过去，一会儿是后宫娘娘，一会儿是巾帼侠女，演着他人的悲欢离合，满眼所见俱是金光灿灿。

然而戏终之时，胡琴停歇，观众离席，灯光骤熄，原来曾经华美的一切，必然都要化成那一堆堆断壁残垣。

第四十六章　崭露头角

　　1942 年 1 月 15 日，在那一个最寻常不过的寒冷夜晚，北平城的戏迷们发现了一颗冉冉升起的新星，艺名唤作周生怜。

　　石头风尘仆仆地从上海赶回来，直接冲进齐公馆二楼的书房，破坏了齐清梧好不容易挤出来的读书时间："大少爷，走走走，我请你听戏去！"

　　齐清梧正如痴如醉地阅读着翻译小说，此刻就很不耐烦地把石头往外轰："不去不去，张叔爱听戏，你找张叔吧。"

　　"我给张叔打电话了，张叔嫌天冷不肯出来。大少爷，走啦走啦，你老婆我媳妇都要去，您就别闷在这屋子里了，都快发芽了，咱们一块儿热闹热闹去！"

　　齐清梧一扶眼镜框，大惊失色："沛珊是从来不看戏的啊！再说沛珊现在这个身子，哪能随便出门？"

　　"赵小姐说就是你老不准她出门，都快把她憋死了。没关系，我们在家吃了晚饭直接去华乐戏院，听完戏就回来，总不会出什么岔子的。"

　　齐清梧无可奈何地摘了眼镜，把书一扔："唉，我容易吗？就这么一本小说，小半年了还没看完。"

　　于是齐公馆里这四个主子吃完晚饭，又吩咐了下人老妈子们好生看顾三个孩子，方乘坐一辆崭新的黑色布加迪轿车，浩浩荡荡地前往华乐戏院。

　　华乐戏院门口已被各种花篮堵得满满当当，而齐清梧眼尖，一眼就看到了几个花篮上面相同的署名，揶揄道："沈先生，哪一位沈先生呀？"

石头毫不在意地咧嘴一笑："当然是我了！"

"哟，"齐清梧不爱听戏，可是对梨园行里的规则多多少少也了解一些，"这位周生怜是唱什么的？我就听张叔说有个叫周华清的唱得不错，这周生怜要是个女的……"齐清梧故意拖长了声腔，哼哼道，"别怪我替弟妹收拾你。"

颜如玉跟在一旁，听到这话，果然很紧张地看向石头。

幸而石头很快就做出了澄清："大少爷，你想到哪儿去了，是男的，是我最好的兄弟！"

齐清梧和颜如玉同时不解地眨眨眼："你兄弟？你哪儿来的兄弟？我认识你小十年了，怎么从来没听你说起过？"

石头想跟齐清梧简单地说一说夏生，然而回首往事，却发现真是一言难尽，只好含含糊糊地道："先进包厢吧，我一时半会儿也说不明白，等散了戏您要是愿意的话，我把我兄弟叫过来让你俩认识认识。"

这一晚周挽容没露面，便由夏生直接给周华清配戏，虽说撑场子的还是周华清，可人人都被周华清身边的那个新面孔给吸引住了。

一步一步，极尽袅娜，瘦伶伶的身段，清凌凌的唱腔，眉目婉转，宜喜宜嗔。戏台上分明是一个天真活泼的小小少女，哪里还有一分男儿姿态？

在连绵不绝的掌声喝彩中，颜如玉不安地动来动去："石头，你兄弟在哪儿呢？"

石头遥遥一指："那一个，看见没有？穿粉衣服的，就是场上最漂亮的那个。"

"那不是个女人吗？"

石头笑着搂过老婆："男的！这就是京剧的魅力之一了，你要不信啊，一会儿等他卸了妆，你亲自瞧瞧。"

然而石头终究没能听完全场大戏。

盛之年忽然急匆匆地走进包厢，躬身对齐清梧汇报道："大哥，黄五爷回来了。"

　　齐清梧本来正漫不经心地跟沛珊说着悄悄话，盛之年的话音未落，他陡然变了脸色："到哪儿了？进没进天津？"

　　盛之年轻声慢语地说道："还没，他们回来的时候仿佛是绕了圈，刚进河北境内，不过……"盛之年自然明白自家大哥在想什么，斟酌了一下，有些为难地继续道，"黄五爷是跟着一批日军回来的，咱们还是不太好下手。"

　　齐清梧跟石头对视一眼，有些坐不住了："不好下手不好下手，姓黄的轻易不出天津卫，等他回了城就更别想动他了！"

　　齐清梧盘算一会儿，因为拿不定主意，忽然毫无征兆地烦躁起来："我跟黄家的私人恩怨，日本人总插在中间干什么，简直是找死！"

　　此话一出，在场诸人皆是一震。赵沛珊伸手握住齐清梧，看一眼周遭，见都是亲信，方柔声劝慰齐清梧："清梧，你别急，我知道你日思夜想着给爸爸报仇，可你已经忍耐了这么多年，更不能在这种时候自乱方寸。"她压低了声音，警醒丈夫道，"祸从口出，那种话，还是少说为妙。"

　　齐清梧望着妻子高高隆起的腹部，咬住嘴唇，慢慢将那一口恶气咽下去。是了，他不能轻举妄动，他要给逝者复仇，更要顾惜眼前的至亲。闭一闭眼，他转移了话题："石头，你怎么看？"

　　石头沉默了一会儿，却是问出一个看上去毫不相干的问题："小盛，这么长时间过去了，打没打听出黄五爷这一趟去关外是为了什么？"

　　"听说黄家早年在关外很有些势力，的确是购置了一大批庄子的。那批庄子现在被关东军占了，老百姓们不服，三天两头总要跟关东军打游击战，把关东军搞得不胜其烦，杀又杀不光，不理会又总是受损失，所以千里迢迢地把黄五爷叫过去，指望着黄五爷这个房产主人从中帮着协调。"

　　石头点点头："黄五爷现在回来了，也就是说事情解决了？"

　　盛之年不好意思地挠了挠头："这个……沈先生，我也说不好。咱们派去盯梢的人说看着好像是安定了很多，但以后会不会再闹起来，很难讲。"

石头顿了一下，旋即郑重其事地望着齐清梧："大少爷，如果是这么个情况，以后黄五爷就算再出关，一定也会跟这次一样由日军护送着。除了迫不得已地替日本人卖命，黄五爷太小心了，天津卫固若金汤，到处都是他的眼线，您盯了他那么多年，不是也没找着合适的机会吗？"

齐清梧知道石头说得合情合理："所以你是想让我这次动手？"

石头神情沉郁："您自己拿主意，这么大的事，我没法替您做主。"他垂下眼皮，不动声色地轻轻叹一口气，黄五爷是他和齐清梧共同的仇人，齐清梧为了父亲，他为了无辜的芷瑶。

这个仇是一定要报的。而谨慎了这么些年，现在看来，若想不冒风险地扳倒黄家，根本就是痴人说梦。

齐清梧站起身来，任凭盛之年为他披上大衣："我再想想。不好意思，石头，我现在没心情看戏了，我先回去，你自便。"然后他偏头看向赵沛珊，"沛珊，你走吗？"

沛珊当即也小心翼翼地扶着腰起来："我跟你一起。"

石头道："大少爷，你把如玉也捎上吧，一会儿散了戏我见见夏生，也立马回去。"

两个小时后，夏生身处后台，对着镜子哼着曲，美滋滋地一边卸妆一边等石头哥。

他知道自己唱赢了，戏子若要成角儿，通常也就是一嗓子的事。第一场戏吸引住了观众的眼睛，以后自然有人为他造名壮势，把他捧上天去，捧成一朵牡丹花。

片刻后，听到那熟悉的脚步声，他转过身去，笑得很灿烂："石头哥！我成功啦！我终于也成功啦！"

石头笑微微地伸手蹭去夏生鼻尖一点未卸去的脂粉："别骄傲，这才刚开始呢，你看你师父还有你大师兄，人家唱了那么些年，依然还是很谦虚的。"

夏生深以为然："我知道。师父说我还有很多要学的，我不如大师兄有天分，以后更得加紧练习才行。"

石头问："你下一场戏什么时候演？"

"还没定下来，得看师父他老人家的安排，不过年前的封箱大戏，肯定有我一份。那是最热闹的一场戏，石头哥你一定要来看啊。"

"好，我一定来。今天不凑巧，本来还想跟你介绍几个人的。"

夏生本想追问那几个人是谁，可是肚子捣乱，忽然咕咕地叫起来，腹中空虚，他便把其他事情全部抛到脑后，很期待地看着石头："石头哥，我饿啦，你带我去吃天桥底下的炸酱面好不好？"

石头瞅一眼手表时间，有点犹豫，然而终究是敌不过夏生的央求，回答道："好，你快去把戏服换下来。"

凌晨十二点多，把夏生送回贵和戏班，石头方才回到齐公馆。石头知道今晚齐清梧恐怕是睡不着了，便直接上了二楼，叩响书房的门。

半晌，他听见一个疲惫的声音："进来吧。"

推门进去以后，石头发现齐清梧呆呆地坐在书桌后面，手中攥着一个相框，相框里是一个端正威严的老者，双眼紧盯着镜头，不苟言笑——正是齐老爷。

石头小心翼翼地询问他："大少爷，您决定了吗？"

齐清梧嘴角上挑，一双漆黑的眼眸却不为所动，闪现出令石头惊心的狠辣冷酷。

他张口，接下来的一句话说得温文尔雅、平静无澜："动手，择日不如撞日了，就明天晚上。"

"明天晚上，就是黄五爷的死期。"

第四十七章　大仇得报

黄五爷拄了一根文明棍，另一只手夹着纸烟，面无表情地走出帐篷，仰脸看那满天繁星点点。

凛冽的北风轻易刮透他身上的黄呢军装，衣服太薄了，冻得他直哆嗦。忍无可忍，他厉声对身边听差道："你不长眼？给我拿件大氅来！"

匆匆吸完最后一口烟，他被手下伺候着穿上厚实的皮大氅，终于感觉暖和一些了。他望着不远处火光通明的日军军营，暗暗哀叹一声，数九寒天的，这过的是个什么日子！

黄五爷今年总有四十多岁了，生得无甚特色，不过是中人之姿，属于放到人堆里立马消失不见的那种人，唯独只有一个特点，就是脸色极其白。这种白不是中国人自古以来推崇的美丽肤色，而是病态的，带了煞气的，仿佛病入膏肓、命不久矣的不祥脸色。

黄五爷的身子骨一直很弱，自小就体弱多病，好几次险些活不下来，成年以后略略好了一些，可仍然没什么力气，倘若徒手肉搏起来，恐怕连黄公馆里那些身强体壮的仆妇都打不过。

身子弱，不常出门也从不运动，他身体里的能量就全盘集中到脑子里，逐渐令他拥有了极深的城府。他从来不多说一句话，任何人也甭想从他那煞白的面孔上探寻一丝一毫的情感流露。

可是命啊，都是命。他精心谋划了数十载，偏偏就阴差阳错间一次次地让齐清梧死里逃生，终于演变成了现在的心头大患。

黄家与昔年的齐家一样，以正经生意为主，暗地里倒腾点不法买卖赚外快，人手方面自然就比现在的齐清梧差了一截。把王四逼走以后，黄五爷始终没能找到专业过硬的杀手，试着对齐清梧搞了几回暗杀，然而没一回是成功的。当年他派了数百人马把那齐家大少爷追杀得犹如丧家之犬，如今齐清梧在北平城里日渐嚣张，他却只能龟缩在天津卫，二十四小时提防着来自齐清梧的报复，真可谓风水轮流转，三十年河东三十年河西。

不过，现在虽说是跟着日本人走山路住帐篷，条件艰苦，他的心还是比较安定的。不像在天津卫里，美酒琼浆繁华享尽，然而始终提心吊胆，生怕哪一杯酒哪一筷子菜里会被齐清梧指使人下了毒。

齐清梧就算胆子再大，再恨他，总归不敢在日本人的眼皮子底下对他动手。

黄五爷想那个北平城里的敌人想得气闷，颤颤巍巍地从兜里掏出一个小盒，他随意从中拣出一颗"红丸"，连水都不用，直接干咽了下去。

黄五爷长出一口气，整个世界一瞬间清净了，美妙了，五彩斑斓了。什么齐清梧，什么关东军，统统都见鬼去吧！

所谓红丸者，乃是吗啡和糖精混合而成的毒品，黄五爷前些年在生一场大病时，因熬不住痛苦，不慎打吗啡上了瘾。不过这事很隐秘，加之他一直严格控制着吗啡的用量，倒也还未显出什么严重的后果来，旁人见他有气无力，脸色发青，也只道他一直以来就是个病秧子，未曾想过其他缘故。

任由吗啡在血管中燃烧了一阵子，他不再害冷了，心情也好了许多，他看见一名日本勤务兵朝他走过来，就主动出言问道："山田大佐找我？"

日本兵立正，对黄五爷行一个军礼，叽里呱啦地说了一通，旋即将一个食盒递给黄五爷。

黄五爷身边的听差此时就兼任了通译的职能，向黄五爷翻译道："老爷，他说食盒里是新做的热饭，天气冷了，山田大佐担心您老吃营地里的冷干粮，身体受不住，特意嘱咐人为您做的。"

黄五爷亲手接过食盒，倒是挺高兴的，亲切地对日本兵一点头：

270

"替我谢谢山田大佐，就说他的这份心意黄某领了。"

日本兵咧着嘴冲他笑笑，便踏着军步离开了。

听差有些犹豫地开口道："老爷，日本人给的饭，您真吃啊？"

黄五爷瞪一眼听差，拎着食盒转身回帐篷："吃，凭什么不吃？这一路凉水就冷烧饼的，饿死老子了！还算山田那家伙有点良心，知道体恤体恤我！"

等吃下第二块红烧肉的时候，黄五爷隐隐觉得有点不对劲。

心脏开始针扎一样地疼，起初还不太明显，因为打完吗啡有时候也会有这种症状，他就没放在心上，但等他嗅到危险的气息时，已经晚了。

排山倒海的疼痛骤然间淹没了他，视线一下子模糊了，他的右手还攥着勺子，却喘不上一口气来，他试图去抓什么，可是眼前分明什么都没有。

掀翻了食盒，他僵直着身体倒下，一双漆黑的眸子里满是不可思议。怎么回事？怎么可能？日本人要杀他？不，不会，日本人白天还跟他打得火热，要杀他的是那个人，始终就只有那一个人。

是齐清梧要杀他！

这是黄五爷人生中的最后一个念头。

北平，张府。

齐清梧拎着几盒礼物，溜溜达达去看望张叔。

"张叔！"一进门，他就高声嚷道，"您那老寒腿好点了没有？"

张叔的声音从堂屋里传出来："天越来越冷，哪儿能好得了？大少爷，进来说话吧。"

早有丫鬟打起了帘子，齐清梧一猫腰钻进去，看见半躺在罗汉床上的张叔，就笑道："有病还是得勤看着大夫，您老人家老在家里歇着也不是个事儿啊。"

张叔一摆手："多少年的老毛病了，找大夫没用，养几天就好了。"

他瞅着齐清梧，打趣道，"大少爷，你总不会现在还惦记着让我替你卖命吧？"

齐清梧连连否认："哪儿能呢！您放心，年前绝不麻烦您任何事。"他继续道，"我是来跟您汇报好消息的。"

张叔眉心一动："成了？"

"成了，"齐清梧从礼盒中挑出一个珠圆玉润的大红苹果，递给张叔，"太顺利了，一盒饭就要了他的狗命，连备用方案都没用上，简单得我都有点不敢相信。"

"他肯定没料到你不但敢在日本人眼前动他，而且还直接派人冒充了日本兵。谁说穿着军装叽里呱啦一顿乱讲的就一定是日本人呢？"

齐清梧含笑点头，面上逐渐暴露出狂喜的神色："成了！张叔，就这么成了！这么多年都没成的事，现在我终于做到了！"

张叔与齐清梧一样高兴，不过更有理智一些，等齐清梧高兴完那一阵子，就出言提点道："大少爷，别高兴得太早，后续事宜您都办了？为了一个黄五爷把咱们套进去可不值当的。"

齐清梧掰了掰指头，说道："您放心，我既然敢用这个方法，自然不会让人找上门来。"

张叔没有再问下去，因为了解齐清梧的性格，知道他总不会说大话的。话题一转，他关心起天津卫里的黄家："大少爷，黄家那边，您打算怎么做？"

黄家乍然失了当家人，又一时半会儿找不出合适的接班者，现在自然已经乱成一摊烂泥。任何人在这个时候想对黄家做点什么，都是易如反掌。

齐清梧沉吟了一会儿，再开口时，声音低沉了很多，他没有直接回答张叔的问题，只是用一句诗表达了自己的决定：

"张叔，你该听过那一句话，'野火烧不尽，春风吹又生'。"

张叔心底一沉，说不上来是悲哀还是欣慰。

他明白，大少爷这是要与多年前的黄五爷一样，斩草除根。

第四十八章　无可奈何

这仿佛一个无尽的轮回。

又像是小孩子滚雪球，起初不过是一个小小的雪团，冰清玉洁，捧在手里又漂亮又可爱。可是随着雪球越滚越大，渐渐地孩子们的力量无法控制了，渐渐地成人的力量无法阻止了，渐渐地雪球自己都没办法停下来了，最终滴溜溜地滚下山崖，一霎时地动山摇，万劫不复。

最初不过是黄家大爷抢了齐老爷的烟土商路，那点利润，对于家大业大的齐家黄家来说似乎都不算是什么，可是一步错步步错，小十年间斗争下来，两家都赔上无数金钱、无数人力，都赔上许多条至亲的性命。

不死不休，就是死了也不成！

齐清梧在张叔那暖烘烘的屋子里逗留了一下午，两人相对而坐干了三瓶酒，又天南海北地扯了很多闲话，痛痛快快地回忆起无数过往的旧日趣闻。

旧时的记忆，从前不能提，一提起来就撕心裂肺地疼，现在可以提了。事事如意的少年时代，父亲慈祥，母亲温柔，齐清梧可以两耳不闻窗外事，一心读那圣贤书读到地老天荒，从来不必为生计发愁，天真到对金钱没有概念，反正家里的钱永远都花不完。

就算是偶尔与同学起了争执，也自有那头脑简单四肢发达的冯瑞德替他出头。冯瑞德做起学问来屁都不是，打架方面却是个无师自通的天才，当初教会中学里有几个纨绔子弟看齐清梧文文弱弱温文尔雅的，便以为他是个软柿子，跃跃欲试地想要欺负他。哪知道他们还没对齐清梧怎么样呢，那早就被开除学籍的混世魔王冯瑞德就领着一帮街头小混混直接闯进校园，把那几个纨绔子弟揍得鬼哭狼嚎，顺带着再一次把前来劝架的洋鬼子校长揍了一顿——被老爹吊在房梁上用马鞭子抽的仇，他冯大爷可不能不报。

齐清梧一口饮尽杯中温酒，在醉意醺然中忆起了那个年少轻狂的冯瑞德，怅然微笑了。

十七八岁的年华，像是夏天里一杯冰镇过的橘子汽水，真是甜蜜啊，真是让人不舍啊。

一直坐到傍晚，齐清梧渐渐醒了酒，方才辞别张叔，溜溜达达地揣着手回家。

出了张府，他没有坐车，只是领着盛之年慢慢散着步。他晓得自己现在还是一身酒气，所以不愿意让身怀六甲的沛珊闻到，宁肯费一点力气，一边欣赏着车水马龙的街头风景，一边让寒冷的北风把他吹得头脑清醒。

走了能有一支烟的工夫，齐清梧闲闲开口："那边的事，你都办妥了？"

盛之年立马微微低头，汇报道："大哥，您放心，都按照您的办法布置了。日本人那边压根儿没有认真追查，对外只宣布黄五爷是突然暴毙，跟他们一点关系都没有，想来那山田大佐现在正暗暗庆幸着死的人不是他吧。"

黄五爷在日军军营里被杀，又有黄五爷的听差指证是一名面生的勤务兵送来的食盒，自然会引起日本人的恐慌。然而排查了没多久，就有士兵在十来里外的树林里发现了一具身穿日军军装的男人尸体，面色发黑，七窍流血，乃是个毒发身亡的模样。

这副尊容，日本人太熟悉了，多少被他们逮住的特务自知逃跑无望，又不肯做叛徒，往往就会趁乱吞下藏在牙间的毒药以身殉国。再细细一搜身，果然从男人内衣口袋里找出一本破旧的密码本并一张破破烂烂模糊不清的证件。日本人心中有了数，知道这事恐怕是中国人狗咬狗，重庆政府嫌黄五爷跟日本人走得太近，故而派了军统的特务前来搞暗杀。

既然跟他们皇军没关系，日本人也懒得担责任，草草把黄五爷的尸身送回天津黄家，也不理会黄家亲属哭天抢地，大概说了说当晚情况，山田大佐自认为已是仁至义尽，便强硬地率一小队亲兵离开了。

"大哥，现在就剩下一个问题……"盛之年试探着说道，"替咱们死的小宋，您看……？"

"哦，对了，"盛之年不提，齐清梧几乎要把这茬事给忘记，"给宋家十万块钱当抚恤金，但是不要一次给齐，每过两个月，你亲自去送一次钱，再带点米面肉食什么的过去。"

盛之年应了，可是不免心存疑惑，犹豫了一下，他还是忍不住问道："为什么不能一次全给他们？"

齐清梧懒洋洋地一笑："穷人乍富，是要出事情的。"

齐清梧又想了一下，虽然已经吩咐过盛之年，但这件事比小宋的抚恤金重要得多，他决定还是再叮嘱一遍："天津黄家那边，务必派人给我看牢了，别让他们偷偷溜了。等过阵子风声过去一些，就找机会全都给我做掉。"

说这一句话的时候，齐清梧云淡风轻，平静至极，仿佛谈论的不是几十条活生生的人命，而只是一桌子放凉了的让人提不起兴趣的美味佳肴。

盛之年眉心微动，但终究什么意见也没有发表，只是很乖巧地应道："是，大哥，我明白轻重。"

回到家，齐清梧轻手轻脚地从背后搂住沛珊，贪婪地闻着沛珊身上隐隐约约的体香，他笑得很温柔："老婆，今天家里怎么样？"

沛珊比齐清梧小五岁，今年其实也三十了，然而许是这些年来生活幸福，保养得宜，岁月并未在她的身上留下多少印迹。年轻的时候，她文静娴雅，是个不算很出挑的清秀女孩子模样。如今年岁渐长，她倒是与自家丈夫出奇一致，愈发显得有魅力了，那种成熟女子举手投足间不经意带出来的独特风韵，是十来岁的黄毛丫头们无法比拟的。

譬如此刻，她不过是含笑低一低头，就令齐清梧感到心旷神怡。"梓童和平熙都很乖，就是这个小调皮鬼，"她瞅着自己的肚子，"闹了我一整天，看来以后也是个活泼好动的。"

齐清梧修长的手抚上沛珊的肚子。"小平义！"他故意装出恶狠狠的语气，"再闹你妈妈，等你生下来以后看我怎么收拾你！"

沛珊咯咯笑着推一推齐清梧："哪有你这样当爹的，儿子还没生下来呢，你就这样吓唬他。"

齐清梧一本正经地解释道："你不知道，这么大的胎儿已经有意识了，咱们说什么他都能听得懂，我再骂他几句，他明天一准不敢踢你了。"

"得了吧，"沛珊挑一挑眉毛，"要是明天闹得更起劲了，你是不是该说这小子还在胎里就有叛逆心了？"

齐清梧咳嗽一声："这我可不知道，你问大夫去……"

沛珊忽然想起一件事来："对了，今天上午，小盛送过来一束黄玫瑰，说是你让他送的，那会儿你不是刚出门吗？怎么又想起来送花了？"

齐清梧却显得很惊讶："我可没嘱咐过他啊，他什么时候来的？"

"就十点多吧，不到十一点。"

齐清梧想了想："可能是他自己想让你高兴点，才送过来的，这小子还挺细心的。"

赵沛珊道："说起来，小盛好像还是正经大学毕业的高才生吧，哪个大学来着？北京大学？"

齐清梧纠正道："燕京大学。"

赵沛珊不由得惋惜起来："哎呀呀，燕京大学的毕业生，现在却整天跟在你身边打杂，真是可惜了。你还用得上大学生给你打杂？随便哪个机灵点的小伙子都干得了吧。"

齐清梧却是不以为意："我给的薪水高嘛，大学教授都没那么高的薪水。他今年也就二十来岁，在学校里混到四十还不一定能当上教授的，再说了，燕京大学算什么，我母校比他牛多了！"

赵沛珊只得无奈地称赞他："好好好，数你最厉害。都多大年纪了，还跟人家小孩子比学校，走啦，跟我下楼吃饭去，我特意让厨房做了你最喜欢的麻栗野鸭。"

齐清梧小心翼翼地挽着赵沛珊下楼，一瞬间食欲大动："还是我媳妇最贤惠。"他诚心诚意地夸奖道。

一月底的一个午后，冯瑞德在一间小小的旧书店中，再一次与齐清梧见面。

"清梧，"他的言语依然很简练，"刺杀计划定下了，腊月二十六晚上，周华清在华乐戏院演封箱大戏，到时候秋川大将会出席，我就在他听完戏出戏院的时候趁乱动手。"

齐清梧心头一动，周华清，好像挺耳熟的，在哪里听过来着？还没来得及细想，下意识地他允诺道："华乐戏院是吗？到时候我派人过去帮你。"

冯瑞德摇头，眼神坚决而镇定："别傻了，我告诉你这个消息的目的就是让你那天晚上千万别凑热闹去听戏，你的手下也一定不要出现在那里，我不想让你跟这事扯上一丁点的联系。"

别去听戏……齐清梧忽然反应过来了：华乐戏院！周华清！那不是前几天石头带他去的地方吗？石头的那个兄弟就是在华乐戏院里唱戏，还有周华清，似乎是张叔最喜欢的名角儿。

如果秋川大将在华乐戏院门口被刺杀，那么当晚的贵和戏班必然是会受到牵连的。

为着石头和张叔，齐清梧有心劝冯瑞德更改刺杀的时间地点，但他也不得不承认这的确是行刺的绝好机会。秋川大将平日里戒备森严，唯有去戏院听戏时应该会带着比较放松的心情，身边随从限于包厢面积，也会减少许多。秋川大将干什么事的时候，是最有可能落单的呢？

齐清梧忽然想起那一晚秋川大将为了答谢他，热情地逼着他一块儿去逛窑子。

逛窑子……该死的！齐清梧猛地一拍脑袋，每回跟冯瑞德见面都匆匆忙忙提心吊胆的，以至于他居然忘记跟冯瑞德说周洁的事了！

齐清梧冲口说道："瑞德，周洁现在就在八大胡同里！"

然后，他看见冯瑞德露出一个非常复杂的笑容。

他轻声开口："我知道。"

"你知道？你见过她了？"齐清梧一时脑子发蒙，有点反应不过来，既然瑞德知道周洁的下落，周洁怎么还在窑子里当老鸨？

冯瑞德很有耐心地解释道："我见过她，她没见过我。那天她与几个女人逛街买东西，我远远地看了她一会儿。"

齐清梧不知道为什么，陡然发火了："你既然见到她了，为什么不给她赎身？你嫌弃她在那种地方待过是不是？"他急不择言地指责道，"你前头那几个姨太太，还不个个都是窑子货！"

冯瑞德苦笑一声，心想齐清梧现在任何方面都精明过人了，偏偏在爱情上永远不开窍，什么时候都像个毛头小子一样执迷不悟，倒也真是有意思。"我不是嫌弃她，"他无可奈何地对齐清梧讲那显而易见的道理，"我但凡有那么点正经身份，哪怕跟你似的，也肯定把她接出来。你当我还是原来的冯司令吗？我现在这种不见天日的身份，说不准哪天就被日本人抓到大卸八块了。我去跟周洁见面，让她从今往后跟我一块儿过这种朝不保夕颠沛流离的日子，最后让她眼睁睁地看着我横死街头，不更是害她吗？"

这一番话说得悲凉。齐清梧何尝不知道冯瑞德现在的处境，也许只是因为多年前周洁嫁给冯瑞德的时候，齐清梧就很不赞同，觉得是冯瑞德糟蹋了人家周小姐，所以才下意识地发表了那一顿幼稚言论。他略略红着脸，噎了半天，终于下定决心地吐出一句话：

"我相信周洁哪怕再跟你过一天、一个时辰，她也会很高兴的。"

冯瑞德却只是淡淡叹息："清梧，从前的我对爱情不屑一顾，现在的我，要不起爱情了。"

话到此处，已是说尽。冯瑞德不愿意再跟齐清梧谈论周洁，便很刻意地转移了话题，再次提醒道："你记住，腊月二十六的晚上，不要去华乐戏院。"

齐清梧犹豫一下，到底还是没把劝阻的话说出口，他压根儿还没想到暗杀秋川大将的更好时机。冯瑞德是要做正经事的，把消息提前透露给他已经是非常关心他了，石头与张叔跟贵和戏班那些千丝万缕的联系，在冯瑞德的任务面前，实在是不值一提的。

他只好不动声色地答应瑞德道："你放心吧，我不给你扯后腿。"

第四十九章　下下签

傍晚时分，天桥。

夏生得意扬扬地掏出几张毛票，递给卖冰糖葫芦的小贩："要两串最大的！"

接过糖球，他分给石头一串："石头哥，我请你吃。"

石头咬了一口，不过是冬季里最普通的小零食，然而酸酸甜甜，的确也很好吃。石头很多年没吃过糖葫芦了，他从来不吃零食，走在大街上，路过无数摊子，也想不起来花两毛钱买一根。上一次吃这个是什么时候？七八年前？是跟夏生一起吃的，还是跟芷瑶一起吃的？

他已经记不起来了。

但他仍然深刻地记着，初到文昌县那一段最艰难的岁月里，是夏生从早到晚没有尊严地在街边讨饭，才养活了他们俩，没让他十四岁那年就活活地饿死。

夏生依然是嘴馋，吃一串糖葫芦都能吃得欢天喜地，像个爱吃零食的小丫头。石头笑眯眯地看着夏生，忽然问道："夏生，你还记不记得十年前在文昌县，咱们俩分着吃一个驴肉火烧？"

夏生不假思索地道："当然记得了，那是我吃过的最好吃的驴肉火烧，我经常做梦都能梦到来着。哎，石头哥，时间过得好快，居然都有十年了啊……"

十年，从十三到二十三，从十四到二十四，从沈家庄到四九皇城。

多么幸运，十年以后，历经了那许多的艰难险阻、离合悲欢，他们还能肩并着肩，快快乐乐地一起吃糖葫芦。

而纵使十年过去，他们依然还是年轻的，下一个十年也还不错，三十多岁，正是如大少爷一样风华正茂，再下一个十年，再下一个十年……

　　不知道等他们活到七老八十的时候，会是个什么样子？

　　夏生吃完了糖葫芦，又像个小狗一样迅速被对面热气腾腾的肉包子吸引了："石头哥，你吃包子不？"

　　石头无奈地跟过去："别吃啦，你忘了？今晚不是要跟我回齐公馆吃晚饭的吗？"

　　石头早就跟夏生讲过他的妻儿，还有大少爷与赵小姐，只是两人一个忙着跑生意一个忙着学戏，倒是一直未曾引见过。今晚周挽容得了空，去华乐戏院支援师父，夏生就此得闲，便被石头叫了出来。

　　夏生恋恋不舍地闻着香味："那我就买一个。哎，吃山楂吃得我都饿了。"

　　夏生小口小口吃着刚出锅的热包子，石头在一旁无语地看夏生吃包子，他们俩谁都没注意坐在包子摊旁边的那一个算命老头儿。

　　最后，还是那个算命老头儿主动开口要求道："这两位爷，也给小老儿我买个包子吃吧。"

　　夏生没多想，直接又买了两个，却被石头拦下了。石头居高临下地望着老头儿，发现老头儿面上沟壑纵横，身子瘦如麻秆，哆哆嗦嗦地闭着眼，还是个瞎子。唯有一身旧式长袍虽然已经洗得发白，可还算得上整洁干净。

　　石头问："想吃包子，你拿什么来换？"

　　老头儿答道："我免费给你们算一卦。"

　　石头嗤笑一声，对老头儿的业务能力表示怀疑。

　　老头儿却说："两位爷不是本地人吧。"

　　夏生忙里偷闲地插嘴道："我们俩都不说京腔，一听就知道不是北平人，你这个不能算。"

　　老头儿笑一笑："别急啊，小老儿还没说完呢。我还知道你俩是发小，很小的时候一块儿从村子里跑出来，而且你们的村子早就不在了，是也不是？"

夏生吃惊地张大嘴巴："石头哥，嘿，真神啊！他什么都知道！"

石头却还是淡淡地不为所动："如果你偷听了我们刚才的谈话，大致也能推得出来，想吃包子，就接着往下说。"

老头儿滞了一下，半晌，他涨红了脸，憋出一句话来："我还知道那位小爷宅心仁厚，是个良善人。您太抠门了，大冷天的，连口包子都不舍得给我老人家吃。"

石头哈哈一笑，被逗乐了，示意夏生把包子递给老头儿，他轻声细语地解释道："老人家，我跟您开个玩笑，别往心里去。前面还有卖猪头肉的，我给您来两斤？"

然而老头儿虽说跟八辈子没吃过饭似的正狼吞虎咽地吃包子，倒也并不贪心，擦擦嘴角的油，他慢条斯理地拒绝了石头的好意："我老人家年纪大了，猪头肉恐怕是消受不起了啊。"

迅速吃完饭，老头儿信守诺言，果然道："两位爷，想算什么？"

石头冷眼旁观老头儿的一举一动，认为他乃是个十足十的江湖骗子，算也算不出什么来，便懒得耗费时间，打算赶紧带着夏生回齐公馆吃饭。谁料夏生对这事竟充满了兴趣，拽着石头袖子硬是不肯走了："石头哥，等会儿等会儿，你说算点什么好呢？"

"对了！"他突发奇想，"石头哥，你闺女都那么大了，我却还连个相好对象都没有呢。"

夏生躬下身子，郑重其事地问算命老头儿："老爷爷，您给算算，我啥时候能讨上媳妇？"

老头儿摸索着从身前小桌子上拿起一个签筒："抽一根吧。"

那签应当是特制的，每一根上都有细微的纹路，以供老头儿这个盲人使用。老头儿摸了一会儿，神色不由得渐渐凝重起来，沉吟一会儿，他很委婉地回答道："小爷您这几年桃花运稀薄，是个晚婚的签相。"

夏生顿时急了："怎么还晚婚？我今年都二十三了，够晚的了。搁我们村里，这岁数都该抱第二个第三个娃了，我还得晚到什么时候去？"

老头儿蹙着眉头："这个么……俗话说男人三十而立，三十以后，您或许会有些指望。"

夏生显然是不能接受自己三十才能成婚这个说法："为啥非得到三十？啊……等会儿，我是唱旦的，是不是跟这个有关系？大师兄今年快三十了，也还没成婚。也不对，师父结婚就很早啊，师父的大儿子几乎跟我差不多大了。"他又想了想，"我虽是唱旦的，可戏班子里也有很多女孩子呀，有好几个都跟我关系不错，难道真的一个都成不了？"

老头儿这时候忽然又毫无职业操守地装起了哑巴，连句安慰的话都不肯对夏生说，白瞎夏生那两个肉包子了。直到实在被夏生逼问急了，他才没头没脑、惜字如金地小声说一句："不结婚对您来说，简直不算个事。"

夏生眨一眨眼，没听明白。

石头站在一旁，却是很敏锐地察觉到了什么。他仔细盯着老头儿的表情，发现老头儿的确是比方才沉闷了许多，不像是装神弄鬼，倘若不是做戏的功夫太精湛，或许就是那根签有哪里不对劲。

石头的心没来由地往下一坠。

他拿过老头儿手里的签，签上密密麻麻地印着一些蝇头小楷，石头认不出意思来，唯有签头的"下下"二字，石头看得很清晰。

下下签，夏生得是多坏的运气，才偏偏抽到一根下下签？

石头觉得挺晦气，他不想让夏生算命，夏生非得算，结果还抽了个这么不吉利的签。他不动声色地把签藏进袖口，劝说道："夏生，别问了，算命有什么可信的？你要是真喜欢戏班子里哪个姑娘，就大胆去追人家，就算你命里桃花运无比旺盛，你不主动出手，难道还要等着人家姑娘倒贴上门吗？"

夏生羞答答地低了头："我这不是……不好意思嘛。再说，目前也还没有特别喜欢的……"

石头一挥手："连个中意的姑娘都没有，你现在在这儿瞎操什么心？走了走了，天都黑了，赶紧跟我去齐公馆。"

虽然很失望，可是转念一想，夏生觉得石头哥说得也对，他一个刚出道的戏子，没权没势没钱的，总不能就地绑一个姑娘与他成婚。唉，得了，还是乖乖去看石头哥的老婆孩子吧。

然而没走出几步路，他们忽然听见背后一个苍老的声音，中气十足，传递着不祥——

"小爷，万事小心着点！"

石头与夏生面面相觑，都不知该说什么好了。

齐公馆。

齐公馆里的所有人，因为都对石头的把兄弟十分感兴趣，所以这个晚上都按时聚集在一楼的客厅。等看清了夏生的真面目，齐清梧率先忍不住啧啧称奇："嗬！石头，你俩真是一个村里的？你兄弟怎么这么帅？瞅瞅你这黑的，成天跟煤堆里刚挖出来一样。"

石头翻一个白眼，不与齐清梧一般见识："大少爷，您这话说的，长得不好看，能去唱戏吗？长得不好看，能成红角儿吗？"

颜如玉则手脚麻利地代替了齐府丫鬟，亲手给丈夫和丈夫的兄弟端茶倒水，同时心底暗暗念一声阿弥陀佛。太好了，原来真是个男的，她的心一直悬在半空，总以为石头是被戏班里的狐媚子勾去了魂，拿兄弟的托词忽悠她，她惭愧地认为自己身为一个生不出儿子的正妻，石头就算真要娶小的，她也只好无可奈何地接受。

夏生笑一笑，很客气地叫她："嫂子，您别忙，该是我给你倒茶的。"

石头则大声宣布道："腊月二十六，夏生在华乐戏院唱封箱大戏，大少爷，那天您一定得去捧场。我知道您从来只听洋人的音乐会，那是因为您没认真听我兄弟唱过，夏生唱得可好了！"

齐清梧没接石头的话，只是很热情地对夏生道："先吃饭，一边吃一边说，你一定饿了吧？"

欢声笑语地一起吃完一顿丰盛晚饭，石头自是要把夏生送回贵和戏班。站在落地窗前，齐清梧随手点燃一根烟，看石头和夏生一边聊着天一边走出院子。

齐清梧挺喜欢这个小伙子的，这么多年来，他阅人无数，一眼就看出夏生是个没什么心眼的老实青年。但喜欢也没用，腊月二十六以后，贵和戏班会变成什么样子，全凭他们自己的造化了。

　　其实何止是贵和戏班？秋川大将一死，北平城内定然要掀起一场风波，他齐清梧在那大风大浪里，也不敢打着包票说自己就一定是毫发无损、万无一失的。

　　一根烟将尽的时候，齐清梧略微眯眼，看见盛之年急匆匆地走进院子。

　　"大哥，"片刻后，盛之年推门，对齐清梧一鞠躬，"刚刚发来的电报，热河那边的一批烟土出了点问题，咱们的人被扣在那儿了，您是今晚处理还是明天？"

　　齐清梧立马掐了烟，披上一件外套就大步流星地出门："跟我走！"

第五十章　前途未卜

热河那边，其实出的不是什么大事，无非是遇上严打，全省都在严查走私。而跑那条线路的伙计因为畅通无阻地来往了无数回，不免有些嚣张，于是正好撞在枪口上，不仅几大车子烟土被全盘没收，连人也通通陷进警署出不来了。

这种问题若搁在往常，齐清梧随便指一个得力点的手下带着钱过去，打点一番也就足矣，不过现在，他为了冯瑞德的刺杀行动，有意要把石头远远地支开。齐清梧故意不回热河的电报，把这事拖了好几天，等事态渐渐发展得有些棘手起来，方匆匆忙忙地把前因后果告诉石头，并很诚恳地麻烦石头代替自己再往关外跑一趟。

时近年底，石头真是不愿意长途跋涉地往外跑，老婆孩子热炕头地过年多舒服，关外现在能有零下几十度了吧。然而齐清梧把情况说得万分危急，由不得他不亲自过去。颜如玉在家里替他收拾着行李，他则忙里偷闲地跑去贵和戏班跟夏生道别。

夏生瘪着嘴，失望极了："哎，你这就走啊?"

石头也很无奈："没办法，为了生计嘛，你当钱是那么好挣的? 天天安坐在北平城里装大爷就能来钱? 你是没看见我一跑几千里地顿顿啃窝头的时候。"

夏生一听，顿时傻乎乎地忘记了不高兴："石头哥，真的啊? 窝头哪能吃饱啊，我就不爱吃窝头……"

石头无言，摸摸夏生的头，他感觉随着年岁渐长，夏生渐渐不像他平辈的发小了，而是越来越像他儿子。

"腊月二十六你好好唱吧，别唱瞎了丢人啊。"石头算了算日子，打包票道，"你们过完年不还要唱开箱戏吗？到时候我肯定给你捧场。"

夏生哎了一声，恋恋不舍地答应了。其实他知道石头是压根儿不懂戏的，可只要石头哥坐在台下，他就很安心，很有动力，浑身都是劲，恨不能一嗓子唱破四九城。

周华清给他取名周生怜，就是要让他在这三尺戏台之上，娉娉婷婷，袅袅娜娜，惹得无数人怜惜、迷恋、发狂。

腊月二十六晚上，老天爷无声无息地下起了雪。

簌簌的小雪落在光秃秃的树枝上，落在大街小巷，落在陈旧的红瓦屋檐，落在威严的城墙之下。

雪是最干净、最纯澈的事物，古往今来，多少文人墨客爱惜它、颂咏它，借着它的清冷洁白抒发自己的高洁操守。但单独一捧白雪终究是不够美的，银装素裹的世界太过单调，非得要那艳丽无比的鲜红色彩帮着装点修饰。

这一抹红，可以是墙角那一枝幽然盛放的寒梅，也可以是一个人热气腾腾的一腔子鲜血。

封箱戏不似往日唱戏一般有板有眼，被许多规矩束缚，大多选择一些风趣火爆的戏码，台上戏子唱得轻松欢快，台下座儿们也听得笑声连连。

戏院里的气氛越来越热闹了，叫好喝彩的声音不断，简直像是要把屋顶掀翻。许多戏迷平日里活得艰难糟心，就等着每天晚上花几块钱听一段戏解乏，这是贵和戏班今年最后一场戏，自然座无虚席，全场爆满。

瑞德孤身一人，倚着华乐戏院的外墙，一根接一根地吸烟。

他从头到尾一身纯黑打扮，在深浓夜色里本是很不起眼的，然而在那突如其来的白雪映衬下，他立时变得有些扎眼了，像是一座被谁遗弃了的悲哀冷酷的塑像。

不过没有关系，秋川大将还在里面，而贵和戏班的那一出封箱大戏还要很久很久才能唱完。

天气很冷，他裤袋里沉甸甸的枪更冷。

他这一生，其实一直是与枪支为伍的。十四岁那年，他偷了父亲扔在桌子上的配枪，然后一枪崩了家里一个他看不顺眼的下人。杀人的滋味很复杂，年少的他懵懵懂懂，说不清楚。他原以为自己闯了大祸，一定会被父亲狠狠惩罚，可父亲回来以后连骂都没骂他，反而挺高兴的样子，手把手地开始教他怎么使枪。从那以后，他一发不可收拾，仗着十几万冯家军做后盾，想揍谁揍谁，想崩谁崩谁。他知道金钱的价值，知道军火大兵的价值，知道女人的价值，唯独觉得人命没什么价值。

所以他一直在杀人，从杀中国人到杀日本人，从顶着"冯阎王"的恶名屠戮百姓到现在摇身一变成为无名的爱国英雄，他这人天生冷血惯了，倒是没感觉到这巨大的身份转变有什么深刻含义。从前为了抢钱屠城灭村庄的时候，他不觉得羞愧；现在一次次冒着生命危险刺杀日本人的时候，他也没觉得自豪。

说到底，他不在乎旁人的性命，也不怎么宝贵自己的性命。他的身体里，一直藏着亡命徒的基因。

而他唯一在乎的，上穷碧落下黄泉，也只有一个冯芷瑶。

父亲冯定乾是个最典型的土军阀，娶进门来的姨太太无数，外头为了金屋藏娇而建的小公馆更是无数。冯瑞德的母亲虽是大太太，然而早早地失了宠。冯瑞德身为身份尊贵的嫡长子，小的时候时常还要被那些得宠的姨太太冷言冷语挤对，而父亲自有一番大事业要忙，有无数千娇百媚的女人要睡，即便疼爱大儿子，那份疼爱也是显而易见的十分有限了。

这种成长经历下，小了他十几岁的亲生妹妹冯芷瑶，简直就像上天赐给他的一份大礼。

母亲在生下芷瑶以后没几年就患病离世了，所以说冯芷瑶几乎就是他一把屎一把尿地亲自拉扯大的。芷瑶是他最珍贵的宝贝，从过去到现在，再到虚无缥缈的将来，永远不会有任何人能够超越芷瑶在他心中的地位。

可是芷瑶早就走了。

没了芷瑶，他一个人孤孤零零地在这世间活到快四十岁，没有身份，腿也瘸了，自己的女人进了窑子都无法搭救，只剩下那杀了无数人之后锤炼而出的精准枪法，还算是对国家有点贡献。

活到他这个份儿上，仿佛也就只是活着而已。

真是有些不耐烦了呢，什么时候，他才能重见芷瑶，永永远远地与芷瑶在一起？

瑞德掐了烟，仰头凝望着深紫的天空，笑得又苦涩又茫然。

贵和戏班的封箱戏成功唱罢，秋川大将身为戏院里身份最尊贵之人，便率着一批贴身卫兵，浩浩荡荡地第一个往外走。

没人敢跟秋川大将抢路，秋川大将于是雄赳赳气昂昂，一边在心底嘲笑着那帮懦弱的中国人，一边琢磨着一会儿再去哪儿继续寻欢作乐。

还未琢磨出结果，一颗高速运行的子弹远远地穿过冰凉的空气，精确无比地射进他的头颅。

秋川大将僵了一下，下一秒钟，他的脑浆和鲜血溅了周围的人一头一脸。

在排山倒海的尖叫与高声咒骂中，冯瑞德的身影迅速隐没于黑暗，不留一点声息，不留一丝痕迹，仿佛那颗子弹是凭空生出来的一般。

翌日清晨。

齐清梧坐在早餐桌前，慢条斯理地吃了三片吐司面包，喝了两杯浓咖啡，然后才擦擦手，拿起整齐地摆在桌子上的那几份报纸。

看完报纸醒目的大头条，他突兀地笑了。

瑞德那家伙，真是有两把刷子，这活干得干脆又利索，而且报纸上怀疑来怀疑去，到底也得不出一个肯定结论。

他知道自己短期内是见不到瑞德了，然而无妨，他很确定自己今后一定还会与瑞德见面，也许在哪一个拐角，也许在哪一个拥挤的舞厅里，瑞德就会神出鬼没地突然出现在他面前，简洁地与他交换情报。

289

他放下报纸，扬声叫道："小盛，帮我查查贵和戏班现在是个什么情况。"

小盛领命而去，直到下午才回到齐清梧的身边："贵和戏班的全部成员都被带去宪兵队接受盘问了，目前也探不出来宪兵队内部具体情况。"

齐清梧一颔首，没说什么。

小盛问道："大哥，您要帮助沈先生的那位好朋友吗？"

齐清梧沉吟一下："再等等看吧，这事儿跟贵和戏班没关系，估计也只是常规盘问，出不了什么大事。"

三天后，果然如齐清梧的预料，贵和戏班对谋刺事件一问三不知，宪兵队连着审了他们几天几夜，一点破绽没找出来，便只好把周华清以及一众戏子撵了出去，转而从其他方面下手调查。

整个戏班子都平安了，然而唯独夏生没能走出宪兵队。

第五十一章 天塌地陷

石头穿着厚棉衣，戴着皮帽子，双手揣在怀里，一个人行走于热河的冰天雪地之中。

好不容易走回他们暂时居住的宅子，石头冻得直哆嗦。谁料大门竟然是紧闭的，石头登时气不打一处来，砰砰砰地开始用脚踹门。

踹了好一阵子，门才缓缓开启，顺子小心翼翼地躲在门后头，睡眼惺忪，脸蛋红扑扑的，像个大苹果："大哥……对不起，我那个……睡过头了……"

石头铆足了劲地对着顺子一通怒斥："下午一点半，你倒是跟我说说这个点你睡的哪门子觉？你他娘的是猪托生的？啊？"

顺子晓得自己是让大哥生气了，可他此时正处于半睡半醒之间，头脑反应很是迟钝，听见大哥骂他，就赔着笑连连顺着大哥的话往下应承："是是是，大哥教训得对，我真是老母猪托生的。您听我给您叫两声啊，哼哧……哼哧……"

石头翻了个白眼，懒得再跟顺子一般见识："闭上你的嘴吧，给我弄点饭过来，冻死老子了！"

半个小时之后，顺子支使本地雇来的厨子，果然给石头送上一桌子热腾腾的好饭：猪头肉、红烧肉、烤羊腿、大肉丸子……一桌子荤腥，一片菜叶子都不带有的，并三个大白馒头以及两瓶上好的烧酒。

幸而石头现在饿得两眼发昏，并没有吃青菜的欲望，狼吞虎咽地狂吃了一阵子，石头略略和缓了脸色，对侍立一旁的顺子道："坐下吧，一块儿吃点。"

顺子很不长眼色地答了一句："不用，大哥您自己吃吧，我吃饱了以后才睡的。"

石头不由得又想抽他了。

顺子一缩脖子，察觉到了危险气息，赶紧转移话题道："大哥，您这次去衙门有什么结果吗？"

石头一口吃了一个肉丸子："谁说我去衙门了？你睡傻了吧，哪个衙门大年三十还办公？我去了趟监狱，看看那群不知死活的东西。"

顺子连忙点头："对对对，我说错了，牢里的伙计们怎么说？"

"翻来覆去还是那套老说辞，什么他们知道错啦，求我千万别不管他们啊，从今以后再也不敢嚣张啦……懊悔也没用，现在管事儿的官都回家闭门过了，谁还有那闲心思处理这点破事？让他们在牢里再遭几天罪吧，过了初七再说。"

顺子哦了一声："咱们还得在这儿待那么久啊……"

石头瞪了他一眼，心想这小子今天怎么处处讨打，他那么一个没家没室的光棍汉，在哪儿过年不是过，自己才是最可怜的那个，风尘仆仆地赶到热河，结果人家纷纷闭门谢客，只讲合家团圆，不谈公事。而齐家这边不过是几车烟土、一批伙计被扣了，并非十万火急的大事，没有硬赶着上门的必要。石头真不明白，就这么点事，怎么让大少爷说得那般严重？这么多年风里来雨里去的，多少比这大得多的危机都经历过了，少了那几车烟土，大少爷还能穷得吃不上饭不成？

大少爷上嘴皮子对下嘴皮地一番拜托，害得石头大过年地有家不能回，有兄弟不能看，只能缩在这套小宅子中跟顺子这么个不靠谱的青年一块儿过年，相看两厌。

石头咬了一大口羊肉，决定这趟回去以后要好好埋怨大少爷一顿。

顺子愣头愣脑地给石头斟酒："大哥，您多吃点，晚上还有呢。我昨天出门买了几挂炮仗，您晚上可以放着玩。"

石头喝了几杯酒，把碗筷往前一推："吃饱了，你收了吧，我去里屋睡一会儿，没事不准过来打扰我。"

顺子也正想再睡个回笼觉，就赶忙殷勤答应着："哎，一定一定，您快去吧。"

石头在滚烫的炕上翻来覆去，渐渐还真迷迷糊糊地睡熟了。许是屋里空气太干燥，他睡得并不舒服，整整一下午，一直在做一些乱七八糟的梦。

乱七八糟的一堆梦里，没一个是美梦。

一开始，他仿佛是回到了很小的时候，在他生命的最初，那个破旧而温馨的沈家庄。父亲母亲仍然活着，父亲躺在床上，一声接一声地咳嗽，母亲低着头，摆弄着柜子上那一堆盛药的瓶瓶罐罐。母亲的神情一贯是有些忧愁的，但那忧愁也只是淡淡的，悲而不恸，哀而不伤。忧愁是因了长久以来的苦难，而那苦难已经深深镂刻进她的每一寸肌肤、每一缕思想，变成如呼吸一般理所当然的存在。

石头凝视着他们，深深地，用力地，害怕来不及似的一眼也不舍得移开。他的身体好轻啊，脚下踩的也不是坚实的土地，而是如棉花一般轻飘飘软绵绵，如云朵一般虚无缥缈。

爹、娘，原来你们还在这里呢？

画面一转，爹娘的容颜不见了，石头的眼前忽然出现了芷瑶的笑脸，带着微微的狡黠，与几分大小姐天生的高傲。可是那一双漂亮的丹凤眼中从来都是那样天真无邪，不掺杂一丝世俗污秽。她是温室里一朵最为娇贵的花朵，从小到大被哥哥耗费心血地守护与浇灌，她微启樱唇，很灿烂地笑着对石头讲话。

石头听不到她在说什么，可是看她的嘴型，仿佛是在问他：石头，你想我吗？

石头伸出手去，拼命地想要抓住她。我想你！我想你！我怎会不想你？你不要走！

可是芷瑶就那样笑着走掉了，石头疯狂地跑着，想要追上她。他没意识到自己正在迷迷糊糊地做着梦，也没想起来芷瑶早就不在了，他只是很绝望地发现自己无论如何都追不上芷瑶的脚步，不管使出多大的力气，也没有办法缩短他与芷瑶的距离。

他与芷瑶之间的，生与死的距离。

最后，当他精疲力竭的时候，他看见了夏生。

夏生一身戏服，站在一棵高大幽深的槐树底下，笑微微地望着他。

夏生的脸很白，夏生的笑容很美，夏生抬起修长秀气的手掌，冲石头招一招手。

这个手势，是让石头过去，还是与石头道别？

石头未曾细想，直愣愣地就走向夏生。芷瑶呢？芷瑶去哪儿了？他想问一问夏生，有没有见到芷瑶的踪影？

接着，石头看见夏生的眼底，生生流出两行污浊的血泪。

石头一身冷汗地惊醒了。

猛然翻身坐起来，石头一把拉开电灯，看见熟悉的屋内陈设，方才慢慢地镇定下来。他定下神来，可是一想到刚刚梦中的画面，他仍是心有余悸。

披上一件外衣，他满地乱走地瞎转了一会儿，然后猛地推门走去隔壁，一下子把熟睡中的顺子给摇醒了。

"你帮我往齐公馆发个电报。"石头匆匆忙忙地命令道。

顺子揉揉眼睛，答应了一声，手脚麻利地穿上衣裳，他问道："大哥，电报上写啥？"

这一问，可把石头给问住了。

他光想着要往齐公馆发电报询问北平的情况，可具体怎么措辞，他还没来得及考虑。

过了好大一会儿，石头才紧紧蹙着眉头，言语谨慎地吩咐顺子："就这么写：大少爷，热河的事要初七以后才能解决，这个年我来不及回北平了，祝你们新年快乐。赵小姐还安好吗？赵小姐现在怀着身孕辛苦，应当多保重才是。如玉和瑶儿也还好吧？对了，如果大少爷有时间，麻烦您关照一下我的兄弟，那小子呆头呆脑的，比瑶儿还让我不放心。"

顺子领命而去，直到天全黑了才回来，看见石头愣愣地坐在炕上，表情呆滞，他便慢慢地走过去，轻声汇报道："大哥，电报发出去了。"

石头很缓慢地一点头："好。"

顺子觉得大哥现在的状态不大对劲，不像个过年该有的欢喜模样，就赔着笑，企图让大哥高兴起来："大哥，您听外面多热闹呀，咱们也出去放鞭炮吧，今儿是大年三十呢。"

石头又说："好。"

顺子搀扶着石头从炕上起来，下地走了没几步，却听见啪嗒一声轻响，好像是有什么东西掉到地上了。

顺子抢先替石头把东西捡起来，却是一个小小的做工很精致的首饰盒。

石头的脸色倏忽间一变。

一把抢过首饰盒，石头紧紧把它攥在手里，动作急切而粗鲁。顺子从未见过自家大哥如此可怕的神色，一时间心生畏惧，脸上讪讪的，不敢再轻易言语了。

可是不过片刻，石头就调整好了情绪，轻轻叹一口气，他什么也没说，只是对顺子笑了一笑："走吧，咱们放鞭炮去。"

正月初九的上午，石头携带丰厚的礼物，驱车分别拜访了承德禁烟委员会主任与警察局局长。这两位长官与齐清梧合作多年，见石头礼也送足了，态度也很诚恳，便也不再为难他，半推半就地收了礼品，当天深夜，齐家那一批蹲了许久大牢的伙计就被全须全尾地放出来了。

石头不肯在这里再耽搁时间，第二天一早就领着人返回北平。两天后，石头一身脏兮兮地回了齐公馆。

齐清梧不在家，石头与赵小姐略略寒暄几句，上楼洗一个澡，换好一身正儿八经的衣服，又马上与颜如玉道一声别，赶去东城齐清梧那座用来办公的小洋楼。

工作上的事石头三言两语就跟大少爷谈完了，实在是没什么好谈的，损失了几车烟土与一笔钱，捞回一批垂头丧气的伙计，这趟活就算是交给盛之年去做，说不定也能办得天衣无缝。

不知怎的，大少爷看上去有点心不在焉："哦，知道了，送礼的钱从那帮混账的月钱里扣，烟土就全当是喂狗了。"

石头说："大少爷，要是没别的事的话我先走了，我想去趟贵和戏班。当初答应夏生看他的封箱戏，结果封箱戏没看成，在承德耽误了这十来天，开箱戏也没赶上，估计他这会儿正生我气呢，我过去哄哄他。"

齐清梧盯着石头，忽然深深吸一口气："石头，你……不必去贵和戏班了。"

石头没听明白，然而一颗心已经下意识地悬起来："啊？为什么？"

齐清梧沉默一会儿，终于犹犹豫豫地开口："那个……在电报上我没跟你说清楚，你走以后，这边发生了一些事情……"

当石头再一次见到夏生，第一眼，他不敢相信自己的眼睛。

第二眼，他感到了天崩地裂。

原来夏生就待在齐清梧这栋办公的小洋楼里，推开三楼卧室的门，石头看见夏生蜷缩在柔软的巴洛克式四柱床中，睡得酣熟。

可是曾经那张清秀白皙的面庞，现在布满了深深浅浅的血痕，触目惊心，令人发指。

石头颤抖着叫他的名字："夏生，夏生。"

"夏生……你醒醒啊……"

夏生没有醒。

齐清梧倚着门框，轻声劝道："你别叫他了，昨晚闹了一整夜，他刚睡下没多久。唉……你先跟我出来吧，那晚的事，你还不知道的吧。"

石头与齐清梧相对而坐，脸色铁青，表面上看着还能维持着镇定，可是齐清梧和他自己都知道，实际上他已然到了崩溃的边缘。

齐清梧很小心地选择着措辞："贵和戏班演封箱戏那晚，秋川大将也去看戏。结果散戏之后刚出戏院大门，就被人打冷枪给杀了。日本人为了追查刺杀者，就把贵和戏班的所有人带去宪兵队审问。

"后面的事……谁都没有想到。审了几天没审出结果来，这时候好像又从别的地方得到了重大突破，日本人不耐烦了，把贵和戏班的人全轰走了，可是偏偏就留下了夏生，据说是有几个军官看上了夏生。"

齐清梧惨笑一声，至今为止他都无法相信这个事实："简直是匪夷所思，戏班子里那么多女戏子，他们一个都没动，就动了夏生。

"他们……毁了他。"

第五十二章　劫数难逃

当贵和戏班中唯独夏生一个人没被放出宪兵队时，齐清梧已经意识到了不好。派了手下人旁敲侧击地去打听，可是一无所获，他当初既然拼命要跟日本人保持距离，现在自然没有力量深入到宪兵队内部。

三天后，几个士兵把浑身是血、深度昏迷的夏生扔了出来，几个人拿手帕擦擦手上的血迹，目光猥亵地扫视几眼血泊中蜷缩着的小小身躯。然后他们悠闲地倚在门口，点上烟，趁着这点休息时间开始叽里呱啦地用日语扯淡。

这一幕，被藏在暗处二十四小时监视宪兵队总部的齐家伙计看见了。

入夜以后，齐家伙计见宪兵队门口人来人往，可并没有人再去关注离大门不远处的惨烈场面，便悄悄现身，在夜幕掩护下蹑手蹑脚地搬起夏生，直接把夏生送去东城的小洋房。

洋楼里，齐清梧早已等得心急如焚，等到看见被折磨得不成人样的夏生更是一瞬间心凉。幸而最好的大夫已经请来了，两位西医并一位德高望重的中医凑在一块儿略略商量了一小会儿，便迅速开始救治夏生。

救治的结果，可以说是既幸运又不幸。幸运之处在于夏生看着吓人，但全是刀子划出的皮外伤，未曾伤及骨骼和内脏，最大的问题便是失血过多，经过大夫们紧急抢救，一条性命好歹算是保住了。

不幸的则是，大夫们看出夏生情绪异常，显见是因了受到重大刺激而导致的精神崩溃。大夫们大概把情况与齐清梧说了说，因为精神领域并非自己专业，也没敢把话说死，只说将来也许有希望复原。

第二天，齐清梧重新请来一位经验丰富的心理医生，心理医生诊断一番，最终得出与前几位同僚相同的结论：

夏生疯了。

石头低着头，一动不动，不让齐清梧看清他的表情，只是一双手不自觉地狠狠攥成拳头，指甲生生插进血肉里，他却一点知觉都没有。

那种感觉再一次地来了。

当初，他在冲天火光中眼睁睁地看着芷瑶死去，那种汹涌的、排山倒海的、绝望而无能为力的黑暗一霎时吞没了他。现在，他不过是跑了一趟承德，几百里地的距离，再回来后，大少爷却告诉他：夏生疯了。

他要如何接受这件事?!

齐清梧看着石头这个样子，想到楼上那个轻易被毁掉一生的夏生，心里何尝不难受。为了瑞德的任务，齐清梧轻飘飘地找借口把石头支去热河，可是当时他真的没有想到，事情会不受控制地发展到今天这个地步。

齐清梧轻声说："石头，对不起，我没照顾好你兄弟。"

石头没有回答。两人之间尴尬地沉默了良久，石头才非常疲倦地开口："大少爷，不是你的错。你毕竟……没有力量与日本人对抗。"

齐清梧淡漠一笑，倏忽间亦是悲从中来："是啊，我们这些沦陷区的亡国奴，又能怎么样呢。"他闭一闭眼，瑞德终究还是做了点事的，可是自己瞻前顾后，放不下荣华，舍不得妻儿，又能怎么样呢？

石头摇摇晃晃地起身："大少爷，我去楼上，守着夏生。"

齐清梧定定看着石头的背影愈来愈远，听到隐隐约约间的低声呜咽，仿佛一只无助的小兽，无根可寻，无处可走。

石头轻手轻脚地推开门，发现夏生依旧熟睡着，纵横的血痕爬满他白皙的脸庞，使他显得狰狞又可怕。石头知道夏生这辈子是不成了，侥幸留下了一条命，可也只是一条命而已，夏生才二十三岁，可是夏生这一辈子已经没有指望了。

没有关系，石头强忍着心酸，一遍又一遍地告诉自己：他现在有钱、有生计、有力气，他能养得起夏生，就如同十四岁那年许下的诺言一般，他可以养夏生一辈子，只要他有一口馒头、一块窝头，夏生也总不会饿死。

石头忽然想起年前他们遇上的那个算命老头儿，他们都已然转身离开了，老头儿偏偏还要在后面警告夏生："小爷，万事小心着点儿！"

前后不过一月时间，竟然真的一语成谶。

难道冥冥之中，真的是命里注定吗？

石头没有继续想下去，注不注定又能怎样，事情已经发生了，他不能回头，只能往前看。

石头静静地坐在床前，仿佛钢铁铸就而成。

不知这样坐了多久，明亮的天光渐渐暗淡，暮色四合，华灯初上，直到外头已经黑透了，夏生才终于动了动眼皮。

石头霎时间屏住呼吸，颤抖着摁开床头灯，柔和的灯光洒在夏生面上，石头一遍又一遍地唤他："夏生，夏生……"

夏生睁开双眼，呆滞地与石头对视，纯黑的眸子中是全然陌生之色。

石头的心陡然一坠。

他问他："夏生，你还……认识我吗？我是你石头哥啊！"

夏生没有答话，甚至没有在看石头。夏生的目光一片空空茫茫，直接穿过石头，落向不知名的远方。

石头的声音里带了嘶哑的哭腔，他控制不住地伸出手，试图触碰夏生："夏生，你说话啊！别装傻，你怎么会不认识我了？忘了谁你也不该忘记我的！"

当石头握住夏生胳膊的那一刻，夏生惊叫一声，眼神骤然变得极度恐惧，他尖叫起来，拼命想要摆脱石头，仿佛石头就是他的敌人，就是前几天折磨过他的那群人之一。

石头讪讪地放开手，一时间心如刀绞。

听大少爷说夏生疯了是一回事，看着夏生容颜尽毁，在床上酣睡着是一回事，而亲眼目睹夏生的发疯，又是另一回事。

最后一点不切实际的期望也被现实毫不留情地扑灭，夏生的世界中只剩下歇斯底里的恐惧，连石头的位置也没有了。

面对大吵大闹的夏生，石头束手无策，因为从未有过经验，完全不知道该怎样去哄他。最后还是齐清梧听见响声走了进来，从床头柜抽屉里寻出一小瓶西药，好说歹说软硬兼施地逼夏生服下一片，没过多久，夏生犹如一个发条转完的娃娃，很困倦地重新倒头睡过去。

齐清梧解释道："石头，你别担心，这只是安神的药。他现在身上伤没好利索，安安静静地睡觉比方才那样更有助于身体恢复。"

石头叹息一声："大少爷，麻烦您了。"

齐清梧连连摆手："别客气。"他把药瓶交给石头，"你今天晚上肯定打算留在这儿了吧？我要回家了，回去看看沛珊。你有没有什么话需要我捎给如玉的？这边晚上要是出什么事的话，你就赶紧给我打电话。"

石头一一应了："没什么，您让如玉带着瑶儿早点睡吧，我送您下去。"

日子就这样暂且波澜不惊地过了下去，三天后的下午，齐清梧的那栋小洋楼却是迎来一位意外之客。

周挽容带着几盒礼物，不请自来地登门拜访。面对齐清梧，他很抱歉地笑着："齐先生，不好意思，打扰您了，我想看看夏生师弟。"

齐清梧上下打量他一番，隐隐有些戒备："你怎么知道沈夏生在我这儿的？"

周挽容慢条斯理地回答道："齐先生，我们这些做戏子的，旁的本事没有，整日里迎来送往与人打交道，人脉方面总归还宽一些。您把夏生从宪兵队门口救走的时候，被几个拉洋车的车夫看见了，辗转几次之后，消息就传到了我这里。"

齐清梧没再多问，略一侧身，做一个欢迎的手势："那就请进吧。"

周挽容上了二楼，走进夏生的房间，就看见石头愁眉苦脸地坐在椅子上。

石头面对周挽容，一点没表现出惊讶，他随手搬过一个椅子，他说："哎，周老板，您来了？坐吧。"

周挽容问道："夏生师弟好些了吗？"

石头瞅着昏睡中的夏生："哪儿能好啊，我都快愁死了，一醒了就闹，一闹身上包扎得好好的伤口就会重新裂开，他就跟不知道疼似的。安眠药我也不敢给他多吃，天天睡着也不是个办法啊，是药三分毒，本来就这样了，要是再给药傻了可怎么办……"

周挽容把鲜花水果放下，上前看一看夏生触目惊心的容颜，也是不由得显出担忧的神色："夏生师弟这样，以后纵使是伤好全了，神志清醒了，只怕也再不能登台了啊。"

石头不假思索地道："不登了，就是唱戏才唱出这么多是非来，早知如此，当初还不如劝他去当学徒学门手艺，就算吃苦受累没出息，也总比现在这样强。"

周挽容沉默了一会儿："我只是替他惋惜，吃了那么多苦，刚刚成名就遭此横祸，从前的万般辛苦，终究是白费了。"

石头没有接话，周挽容也不在意，脸上的笑容依然是那样完美客气，可是完美之中，渐渐就流露出了那么几丝苦涩："夏生的运气是太差了些，可是梨园行里又有几个运气好的呢？许多人，唱一辈子也出不了名，出不了名的，忍饥挨饿任人欺辱，出了名的，何尝不是身不由己，做着种种不得已之事。"

石头没料到周挽容那么个八面玲珑的人物，今天面对他，却是格外多话，而话里话外间，更是伤怀自身。"周老板，您成名这么多年，有钱花有人捧，不是很好吗？"

周挽容却道："有钱花有人捧吗？年少的时候我的确是为了那些得意过的，现在想来，正是那时候的不懂事，才让我在这条路上越走越远，终于无法回头。我不能怨恨师父，师父费了许多心思才把我捧成角儿，可是顶着红角儿的名头，也无非是身价高一些罢了，说到底，戏子不过是有钱人手里的玩意儿。"

这话说得就太过直白了，周挽容话一出口，立马意识到自己的失态，他看一眼石头，很不好意思地道："对不住，本该是来看夏生的，不知怎的就胡言乱语起来，你别往心里去。"

石头说："没关系，周老板，我是个粗人，不懂戏，您心里有什么苦处，大可以与我说一说。"

他不是同情周挽容，只是很明白周挽容的痛苦之处。想到夏生在宪兵队遭遇的一切，想到夏生发疯的根源，石头就要气得发疯，夏生的灾难是山洪暴发般一下子来临的，周挽容的痛楚是细水长流的，慢慢将他侵蚀掉。

既生为男儿身，为什么偏偏要去扮那女儿家？

周挽容惨然一笑，方才已经失言，他自是不会继续往下说了，刻意咳嗽一声，他转移了话题："夏生师弟想必也不会回去了，但我还是替师父向您转告一声吧，师父过两天就带着戏班子回平阳老家了。"

石头略一领首："周老板也要走吗？"

周挽容说："我留在这儿，继续唱……唱一天算一天吧。"

周华清当初怀揣着万般美好想象，率领戏班重回北平，谁知风光了没多久，便再次遭遇横祸。日本宪兵队把他吓破了胆，他管不了夏生，也就此害怕北平的环境，灰溜溜地跑回老家，他继续有一搭没一搭地唱着戏，没遭什么罪，可戏班事业也就此止步。1951年春天，周华清得了场急病，没救回来，如无数普普通通的老百姓一般，他平平凡凡地降生，无声无息地死去，除了家人和几位弟子真心实意地为他哭几场丧，再无旁人记得他曾经的盛名。千古梨园行，他如一颗流星一般短暂闪耀过，却终究没能在那浩瀚史书中留下只言片语，不过尘归尘土归土，他能死在故乡，魂归故里，也已经算是难得的好运了。

周挽容带着自己的戏班子留在北平，依旧是万人追捧地唱那一出出大戏，依旧是傍着家底雄厚的安贝勒当靠山。他这样醉生梦死地过完一年又一年，一直过到1945年日本投降。那安贝勒身为旗人，眼见这四九城日本人统治完汉人来统治，心知他们满人的大清朝是彻底不会回来了，便丢下周挽容，趁乱带着家财与一家老小溜出北平城，一路向北逃

303

亡，最终去投了蒙古的军队。

没了安贝勒，周挽容仍然是响当当的周老板，他日复一日地为台下座儿们奉献技艺。台下坐的是谁与他毫无关系，他不过是无权无势的戏子，把台上的戏演好，把座儿们逗高兴，就完成了他的本分。

他这样本本分分，然而不识时务地活了十来年。等他活到了他师父的岁数，一夕之间，"文革"来了。

在生命的最后，他年华老去，一无所有，面对破旧的窗子，他笑微微地想起了自己头回登台的往事。

头回登台，就唱那出著名的《贵妃醉酒》，他是千娇百媚的杨贵妃，思念君王，奈何君王久久不至，于是酩酊大醉，放浪形骸。

高力士殷殷劝道："娘娘，且自开怀吧……"

周挽容疲倦地合上双眼，枯槁的双手慢慢垂落下去，且自开怀，且自开怀吧……人生，本就不过大梦一场。

第五十三章　听天由命

　　过完了年，天气很快一天天地暖和起来，又是一年春光明媚，万物复苏，可齐清梧在这朝气蓬勃的时节里，渐渐地觉出了力不从心。

　　夏生现在这个样子，自然不能指望石头如从前一样替他分担许多工作了，张叔那边亦是传来了坏消息——年前不过是老寒腿，许多年的老毛病了，张叔自己都没拿着当回事，可是随着天气转暖，张叔腿上的伤痛还未减退，又意外地感染了风寒。风寒也不算是个大病症，但张叔上了年纪，年轻时辛苦拼搏，不注重身体，此时许多隐藏的病症就一齐发作，请了好几位有名的医生也没治好，拖延多日，已经从风寒转成了肺炎。

　　齐清梧忙里偷闲地去看过几次张叔，同样也束手无策，生命与健康，都是无论多少大洋也换不回来的。齐清梧暗暗吃惊于疾病给人带来的显著影响，他一直知道张叔已经是个老人了，比他父亲小不了几岁，可张叔一贯是身子骨硬朗，精力充沛的，此刻病榻上那个形容枯槁的瘦削老人，与他认知中的张叔，几乎就不是同一个人。

　　骤然失去左膀右臂，偌大的产业一下子全盘压在齐清梧一个人身上，怎能不令他心情焦虑。沛珊的月份越来越大了，家中还有两个年幼的孩子要照料，就算颜如玉能够帮衬一些，齐清梧终究也不能完全放心。而日本人那边，秋川大将死后，迟迟没有新的军官来与他接触，齐清梧笃定日本人依然需要走私烟土的钱充当军饷，只要华北的烟土线路仍旧牢牢控制在他的手里，只要他与瑞德的关系没有暴露，他就还有利用价值，日本人总不至于动手铲除他。

可是为什么，日本人那边一点风声都传不出来呢？

齐清梧的一颗心终日不安地悬在半空，乘坐汽车出门办事的时候，见街上氛围一天乱过一天，更是深感烦躁。欧美年前纷纷对日本宣战，城内的东交民巷也不好使了，平日里趾高气扬的洋人现在也是人心惶惶，不时就要被日军抓进集中营。齐清梧早年是周游过欧美列国的，深知西方的强大与先进，看着几个洋人如过街老鼠一般偷偷溜过大街，他就很绝望地想着：中央军不顶事，连美国人也打不过日本吗？他妈的，到底什么时候能灭了这帮小鬼子！

小鬼子们现在一个个昂首挺胸，尚未出现颓势，倒是盛之年在一个阳光明媚的上午，步履匆匆地穿过前院，略略带着几分喜气，他对齐清梧汇报道："大哥，成了。"

齐清梧现在诸事缠身，一边坐在桌子后面研究账本，一边随口问道："什么成了？"

盛之年绕到齐清梧身边，即使偌大的屋子里就只有他们两个人，他仍是弯下腰去，在齐清梧耳边低声道："天津的黄家，您年前不是嘱咐过我吗？前阵子黄五爷新丧，多少双眼睛都盯着黄家，不好下手。昨天晚上我逮着机会，派人直接一把火把黄公馆烧没了，您放心，手下兄弟们看得很紧，一个人都没跑出来。"

齐清梧放下账本，一偏头看着盛之年，乍然之下倒是怔住了。

他是嘱咐过盛之年，但他可没想到盛之年会连声招呼都不打，直接自己下手替他把事情料理妥了。他当初的确是想着过过风头再收拾黄家剩余之人的，但年后夏生出事，张叔生病，他天天忙得头昏脑涨，竟彻底把天津的黄家给忘到脑后去了。

齐清梧瞅一瞅盛之年年轻的脸庞，觉着有些不可思议。

为了确认似的，齐清梧重复一遍："黄家……全没了？"

盛之年郑重点头："是的，大哥，您放心吧，以后绝对不会有人来找您报仇了。"

齐清梧若有所思地出了神，片刻后，他忽然没头没脑地问一句："小盛，你今年多大了？"

小盛恭恭敬敬地低头："回大哥的话，我二十八了。"

齐清梧又问："二十八了……怎么没见你娶媳妇呢？"

"当年在大学里喜欢过一个女孩，后来她家里嫌我穷，把她远嫁给上海一个局长的儿子。从那以后一直没碰到合适的，我觉得结婚这事也没什么意思，所以一直不着急。"

齐清梧想了想："你在燕京大学里，是学经济的？"

盛之年受宠若惊地一抬眼："是，大哥还记着呢？"

齐清梧笑一笑，目光沉沉，不知在盘算着什么。"记着，你跟了我这些年，我当然记得。"他一挥手，"你先下去吧，处理黄家的功劳，我不会忘记。"

齐清梧静静地走上二楼，二楼走廊尽头的那一扇门虚虚掩着，他没有进去，只是站在那里，不声不响地注视屋内的石头和夏生。

经过一个来月的休养，夏生的情况好一些了，身上的伤渐渐痊愈，脸上纵横交错的血痕也略微有些淡化，瞅着不再是那么触目惊心。可是夏生的神志依然没有清醒，不认得人，连饭都不晓得要自己吃，半夜时常梦魇，吓醒了之后就地动山摇地哭闹，任谁都劝不住。

这种情况下，石头一天之中总有大半天要陪在夏生身边。石头不信任齐清梧找来的陪护人员，齐清梧冷眼旁观，也明白那些下人制不住夏生，若没有雇主不定时地抽查，他们也只会躲懒怠慢，不肯尽心伺候床上那个疯子。

一天内剩余的一些时间，石头会如往常一样帮着齐清梧处理事情，但到底不像从前精力充沛了，石头一个月内体重暴跌十多斤，连颜如玉、沈瑶的一面都未曾见过，可还是有许多烦琐小事无法顾及。齐清梧对夏生心存愧疚，也尽量不肯麻烦石头，可是纵使北平内的大小事务他能够勉力支持，那些交易金额大、运输时间长的生意却是万万少不得知根知底的亲信随行盯货。

齐清梧回想过往，他是从什么时候起觉得石头是个可造之材的？时间过去太久，他都有些记不清了，好像是石头救了他的父亲，不对，还

307

要更早，当时芷瑶非让他带着石头一块儿去吃法餐，结果石头看起来黑乎乎的毫不起眼，竟然能毫不出丑地使用二十多把刀叉，让他大开眼界。

齐清梧慢慢掩上房门，不去打扰屋内那两人，留他们独自相处。在现实压迫之下，他无可奈何地开始动起了念头：

当年他能提携石头，现在盛之年看起来也是个好样的……

石头觉得自从他这一趟从承德回来，见到夏生之后，他的时间便已然静止了。

他日日夜夜地守着夏生，每一秒如一个世纪那么长，每一天如一秒钟那么短。他把老婆孩子彻底忘记了，除了每天必须处理工作的那一小会儿时间，他几乎寸步不离夏生。他很害怕，他害怕自己再离开夏生一次，夏生就会受到新的伤害。

夏生住的这间卧室仿佛原来齐清梧和赵小姐也住过，床边是一个雕刻了美丽花纹的梳妆台，前几天，当夏生终于能下床走动的时候，石头没留神，让夏生从镜子中看到了自己那副可怕的模样。夏生原本呆滞的神情一变，忽然激动起来，颤抖着身子抓起一把椅子，就想去砸那镜子。石头连忙拦住夏生，转身藏椅子的那一眨眼工夫，夏生又拼了命地拿指甲去划自己的脸。

本就伤痕累累的脸庞霎时间又新增了一条长长的痕迹，鲜红的血缓缓滴落，夏生感觉不到疼似的，继续往自己脸上招呼。石头扔了椅子，用力抓住夏生两只手，看着夏生自己挠出的伤口，石头心疼死了。

"小疯子，"石头艰难地用另一只手打开衣橱，随手扯出一条齐清梧的领带捆住夏生，以防他继续自残，"你这是干什么，还嫌自己那张脸不够花吗？"

石头苦口婆心地教育了夏生一顿，然而只是对牛弹琴，夏生已然听不懂人话了，只会发出一些毫无意义的叫嚷。闹腾一阵之后，他被石头强按回柔软的床上，却是蓦然间号啕大哭。

眼泪混合着鲜血簌簌流下，变成石头曾经梦见的污浊的血泪，石头怔忡凝望着他，下一秒钟，眼中同样充盈了热泪。

为什么，命运待他这样残忍？

石头不能毁了赵小姐的东西，只好找来一块厚实的大桌布，把梳妆台整个盖上，不让夏生再看见那面镜子。

这一天，齐清梧实在脱不开身，石头便代替齐清梧去城郊的仓库点货。刚运进来十几箱货，须得亲自查验，以免被手下那帮贪婪的亡命徒偷偷做手脚。

回来以后，石头不禁又是一愣。

夏生又不老实了，下床揭了桌布，他没再砸镜子，反而端端正正地坐在镜子前面，寻出抽屉里赵小姐一些用剩的胭脂水粉，正在为自己描眉画眼。

寻常女子所用的化妆品与戏子们上妆的油彩自然有所不同，夏生用掉赵小姐大半盒铅粉，总算是勉勉强强遮住了脸上的伤疤。听到响声，他转过身去，面对刚刚推开门的石头，厚厚的粉底惨白惨白，一双墨黑的漂亮眸子空洞无比。

夏生咧开嘴，对着几米之外的石头木然地笑。

他的右手勾起兰花指，端起架势，开始用嘶哑的嗓音唱那一段段荒腔走板的京戏。石头一句词也听不出来，不知怎的也忘了阻拦他，着了魔似的，石头静静伫立在那里，与夏生保持一段距离，听夏生磕磕绊绊地唱完一出又一出，唱到天荒地老，唱到杜鹃啼血。

最终，夏生精疲力竭了，住了口，他安静下来，瘦伶伶地端坐在高背椅子上。他的目光倏忽间变得异常清澈，仿佛一个不谙世事的天真少年，看到的世界纯洁犹如白纸，并无一丝一毫的伤痛苦难。

夏生问石头："我好看吗？"

石头走过去，从口袋里掏出一块崭新的手帕，极为温柔地轻轻拭去夏生掉在衣服上、手背上的那一些簇白的散粉，扯一扯嘴角，石头淡淡笑着应承他：

"好看，夏生你啊，永远是最好看的。"

第五十四章　白眼狼

　　深夜，齐清梧结束了一天的应酬，没精打采地乘车回家。甫一进门，沛珊就挺着肚子站起身，要替他脱下外衣。

　　齐清梧后退一步，不劳妻子动手，自己脱了大氅扔给公馆里的丫鬟，他埋怨道："这都几点了，你怎么还等着我？"

　　沛珊笑一笑，身在家中，又是夜晚，她却仍然化了精致的妆容，只是脸色仍然显得有些苍白，是再高级再昂贵的胭脂也无法遮掩的。

　　齐清梧心中一动，知道沛珊这是为了不让他担心，刻意化妆掩盖自己的脸色。扶着妻子小心翼翼地坐回沙发，他急道："脸色怎么这么差？是身子有哪里不舒服吗？"

　　沛珊摇摇头，还是不愿意丈夫担心。清梧最近太忙了，她不想让清梧本就有限的心思再匀出一份来分给她。"没事，还是平义那小坏蛋，老是踢我，所以休息得不大好。"

　　齐清梧把头伏在沛珊腹上，却是静悄悄地毫无动静，仿佛这位三公子在出世之前就怕了自家父亲，不敢再捣乱。

　　齐清梧半信半疑，轻轻抚摸妻子白皙的小手，他恳切地对沛珊道："沛珊，我们这么多年的夫妻了，我在外面纵然再忙，为的也只是这个家。你有哪里不舒服的地方一定要告诉我，别自己忍着，假如你出了什么事，我在外面的一切又有什么意义呢？"

　　沛珊与他肩并肩坐着，心中感动，犹豫了一下，她很不确定地开口："我也说不准，最近只是……很不安。清梧，你在上海的那间同商银行，运转得还好吧？"

齐清梧一愣，没想到沛珊会突然提起这个，不觉有些讶异。可他还是与妻子实话实说："还行，比不得北平这边的生意，不过也能够比较稳定地获得收益。我还琢磨着再过几个月，等忙过这一阵子以后，去天津把分行开起来。"

　　沛珊也颔首赞同："我也觉得……有些正经的实体产业，会好一些。"

　　沛珊与齐清梧在一起小十年了，她知道清梧为了赚钱所用的一切手段，可是从来不多嘴一句。这年头，安分守己只会饿死，若没有清梧在外面的心黑手狠，她和孩子们也过不了这么滋润。

　　齐清梧头一回听妻子对他的事业发表评论，便有些不解地笑道："怎么突然问这个了？你是在担心钱不够用吗？别操心啦，我养得起你。"

　　沛珊不是担心钱，她是在担心清梧这个人。

　　许是孕中多思，她看着清梧连日来早出晚归，神色疲倦，就很心疼。齐清梧尽量不把工作的事带回家里，但有时候临时出了什么状况，也不是他能预料到的。沛珊一直以来就是个聪慧的女子，偶尔听到丈夫从电话里对手下下达各种命令，也能大致猜出齐清梧的许多烦恼。沛珊不是那种大门不出二门不迈一问三不知的旧式妇女，她念过大学，通晓英文，对于外界如今的混乱境地也很清楚。日本人是越来越嚣张了，中国各地是越来越混乱了，齐清梧做的乃是火中取栗的危险行当，游走于各方势力之间，哪一方都不敢得罪，可他发的又是亡命财，很多时候必须表现得比旁人更加强横不讲理。沛珊一想到那一批批沾染着血腥的高价货在齐清梧的授意下全国流动，就要捏一把冷汗。

　　沛珊不希望丈夫在这朝不知夕的世道中继续高调发财，可也想不出其他稳妥的办法。同商银行，听着是清清白白、日进斗金的聚宝盆，但现在与十几年前齐老爷开银行那会儿又是大不一样了，没有足够的势力，银行越是赚钱，越有可能被日本人抢走。

　　沛珊近来一直心神不宁，不知道是因为怀着孩子心烦，还是真的有什么不好的事情要发生。她微微蹙着秀眉，脑中乱七八糟地转过许多念头，腹内忽然一痛，却是平义调皮地踢了她一下。

与此同时，齐清梧随口问道："沛珊，你觉得小盛这个人怎么样？"

沛珊对小盛没什么看法，既没有好印象，也没有坏印象，只知道他跟了清梧很多年，一直是个伶俐细心的小跟班："我不清楚，都没跟他怎么接触过，顶多是他奉了你的指派来家里送过几回东西，他怎么了？"

齐清梧犹豫了一下："我这边实在缺人，打算提拔提拔他，只是……你明白我的。"

沛珊自然明白，历经家变之后，齐清梧除了包括她在内的那几个天津卫里的故交，对于其他人一概是不信任。若不是实在忙不过来了，他也不会动起栽培小盛的心思。

沛珊觉得小盛这些年来一直忠心耿耿地跟着清梧，大抵也是没什么问题的，就劝道："你也该改改那疑心的毛病了，张叔六十多了，还能帮你几年呢？石头虽是个好样的，毕竟有妻有女，兄弟又出了那种事——依照夏生的样子，恐怕是得拖累石头一辈子的。再不栽培几个新人，你一个人又能支撑到几时？"

齐清梧又琢磨了一会儿，终于还是听从妻子意见，彻底下了决心："哎，你说得对，就这样吧，盛之年那小子的好运要来了！"

齐清梧既做出了决定，便果然渐渐将一些不很重要的事情交给盛之年去做，算是考验他，看盛之年有没有胜任的能力。

而盛之年不负齐清梧的期望，将一件件事情完成得井井有条，又利索又妥帖，而且态度愈发谦恭，并未因为受到重用而露出任何骄狂神色。

齐清梧慢慢喜欢上了这个二十八岁的小伙子，在这最为忙碌的时刻，有一个聪明的亲信帮他分忧解难，的确让人舒心不少。而清明前后，驻扎在北平的日本军部又派了一位面生的大佐来跟齐清梧谈生意。一切都按照从前的规矩来，齐清梧帮他们找货源，并把上好的烟土从天南海北运来北平，他们则每次支付给齐清梧一笔费用算作酬劳。

齐清梧无比厌恶替日本人做事，但只有继续替日本人做事，才能保证日本人不对他起杀心。

十分客气地送走那位大佐，齐清梧抄起电话把身处城南仓库正在安排发货事宜的石头叫了回来："你那边事情搞完了没？我找到一位心理专家，是个英国人，从业几十年了，很有经验，我约了下午两点，你赶紧回来，咱们一块儿送夏生看医生去。"

石头在电话那头噢地叫了一声："大少爷，您等着，我这就往回走！"

齐清梧与石头两人合力，千辛万苦地把夏生送去了英国人开的私人医院。英国医生仔仔细细地对夏生诊断一番，最后表示有一定的治愈希望，只是必须住院治疗，而且家属一天只有一个小时的探望时间。

石头不由得犹豫了。

而齐清梧了解西医治疗方式，此时就劝石头道："试试看吧，你又不会治病，天天在家里守着夏生，也不可能把他守清醒了。这位医生名头很大，总不能是唬人的江湖郎中。我知道你担心医院的安全问题，可是你得换一个角度来想，夏生又没有仇家，一个小戏子，谁会费心思专门跑到医院里加害他呢？"

石头看着痴痴傻傻的夏生，一横心，也只得点头答允："是，大少爷，我听您的。"

齐清梧掏出金壳怀表，看了看时间："你带支票本了吧？住院手续什么的，你留下来办。我还有点事，先走一步了。"

齐清梧接下来的这桩事是极其隐秘的。

黑色奔驰汽车开到一半，他让司机在一间咖啡馆门口停下，打着等人谈生意的名头，他遣走了司机与坐在前排的盛之年，孤身一人走进咖啡馆。齐清梧要了一壶黑咖啡与一小碟蛋糕，他表面上看着是在优哉游哉地享受下午茶，实际上眼观六路耳听八方，带着极高的警惕之心观察四周环境。

半个多小时以后，他见周围一切正常，便不动声色地起身，偷偷从咖啡馆后门溜了出去。

穿过几条胡同，他一侧身走进一座虚掩角门的四合院，看到院子里的那个人，他压低了声音抱怨道："瑞德，你怎么这么快就回来了？日本人现在依旧是在满北平城里通缉那刺杀秋川大将的凶手呢！"

冯瑞德戴着一顶礼帽，帽檐压得低低的，让人看不清他的表情。"清梧，"他招呼齐清梧道，"咱们进屋说，我这里有一件棘手的事情。"

齐清梧一进堂屋，当即蹙起了眉头，他没想到这座宅子里除了他和瑞德还有第三个人，而且还是个挺年轻挺漂亮的姑娘。

齐清梧没跟那姑娘打招呼，只是劈头问冯瑞德道："什么事？"

冯瑞德一指那个女孩子，说："我得把她送去关外。"

齐清梧又重新打量一遍那个姑娘，明白冯瑞德是想找他帮忙，可是很不能理解，觉得这事有些匪夷所思："你说要把她送去重庆我能理解，可送去关外干吗？关外现在遍布着关东军，你要把这姑娘往火坑里推？"

瑞德道："不是，她不是要去避难，她是……"

没等瑞德说完，那姑娘却是抢先开了口："齐先生，我也是军统人员，为了祖国，我自愿去关外潜伏。"

齐清梧一时之间没有说话。

这个姑娘看上去不过是二十出头的年纪，一双大大的杏仁眼依旧纯澈干净，乌黑的秀发扎成麻花辫披在两肩肩头，油光水滑，声音婉转动听，犹如黄鹂鸟在枝头歌唱。

半晌，齐清梧平静无澜地问道："你这个年纪、这副模样，要去当特务？你知不知道将来会遇上什么事？你知不知道女特务都是靠什么拿到情报的？"

女孩子咬一咬嘴唇，脸颊微微红了，语气却依然铿锵坚定，无可回转："我知道。"

齐清梧把目光转向冯瑞德。

冯瑞德有些不好意思地垂了眼皮："清梧，我不想麻烦你，可是我手头没有去关外的路子。"

齐清梧道："我送她去关外很容易，过两天正好要从东北进一批货，到时候她换上男装，混在我的伙计队伍里，你们的人约好时间地点接应她就是了。"

冯瑞德说："谢了。"

齐清梧知道此地不宜久留，他多待一分钟，就多一分被人发现的风险。既然谈完事情，他立马起身，与瑞德道一声别，便打算离开。

可是行至门口，他还是忍不住停下步伐，转头定定地看向那个年轻的女孩子。

最终，他对那女孩子留下一句话："希望以后，你不会后悔。"

齐清梧若无其事地返回车水马龙的主干大道，走进一家西饼店，他精心为沛珊挑了几盒精致的点心，仿佛一个无所事事的普通中年男人。

他自以为掩饰工作已经做得很好了，却没发现整个下午，他的身后一直如影随形地跟着一个人。

盛之年。

盛之年沉默地在暗处看着齐清梧步进咖啡厅，从咖啡厅后门溜走，走进那座不起眼的四合院，没过一会儿又走出四合院，掩人耳目地在街上闲逛。

盛之年觉得，自己是撞破了大哥的一点秘密。

第五十五章　风起云涌

几天后，齐清梧果然悄悄将那名女孩子安排进他的运货队伍，百十名地痞流氓与老兵油子组成的商队，个个都揣着充足军火，趾高气扬地开赴关外，为大哥齐清梧赚钱去了。

那姑娘既平安出了北平城，冯瑞德也随即悄无声息地没了踪影。齐清梧留守北平，八风不动地把日子一天天平稳过下去。六月中旬，沛珊经过一顿撕心裂肺的痛苦，顺利产下了小平义，小平义一下生就有八斤多沉，瞬间打破了梓童和平熙的出生纪录。

而张叔这半年间在鬼门关前凶险地打了数个来回，总算是保住一条老命，只是身子彻底垮了。病愈之后，他拄着拐棍无奈地与齐清梧请辞，齐清梧明白张叔是真没力气了，也不多做挽留，他顾念数十年来的情义，闲暇时候仍然如从前一样，提着或多或少的礼物去看望张叔。

张叔面对齐清梧，始终有一种护犊子的心态。即使大少爷已经三十多岁了，即使大少爷已经比他还要能干，他却仍然记得当年老爷得了这个头生儿子时欣喜若狂的样子；他仍然记得大少爷牙牙学语，摇摇摆摆地学走路，背着小书包被齐家下人们护送着去学堂，摇头晃脑地背一卷卷圣贤书。

偶尔看着齐清梧沉思时现出的阴霾神色，张叔就要忍不住忧心忡忡地提醒他："清梧，世道这么乱，黄家的仇你也报完了，还是及早抽身吧。"

齐清梧却只是微微笑着拒绝："张叔，我有三个孩子要养呢。"

张叔说："一个同商银行，也够你养十个孩子了。"

齐清梧则很有耐心地反问："爸爸当初开同商银行，不也要借着冯家的大兵做后盾吗？三几年的时候，日本人还只在东三省呢，我现在若是失了对华北烟土的控制，又有什么力量去保护银行呢？"

张叔晓得其中利弊，于是也只能长叹一声，不再说话了。

1942 年秋，同商银行天津分行开业。1943 年春，同商银行北平分行开业。1944 年，同商银行青岛分行、大连分行依次开业。

齐清梧兢兢业业、有条不紊地把同商银行开遍大半个北中国，一步一个脚印地将他们齐家的荣华富贵推向巅峰。

随着时间流逝，石头渐渐习惯了这样的生活。

英国医生果然有两下子，把夏生的病治好了一半。虽然仍是认不出人，可夏生安静多了，也不再自残，只是往脸上抹粉以遮掩疤痕的毛病改不了，每回化完妆后又定要扯着嗓子唱几出走调的京戏。石头没再纠正他，想唱就唱吧，横竖不会再伤害他自己。

夏生变成了一个不具危险性的疯子，石头也多少能腾出来一些空闲时间，可以继续帮着齐清梧做事了。石头现在跑不了远路，便还是替齐清梧管束着那鱼龙混杂足有几千人的齐家伙计。齐清梧自己接手了张叔曾经的职责范畴，一边亲自与北平城里那些买家卖家打交道，一边时不时地要乘坐飞机各地飞，去打点开在各大城市的那一家家同商银行。

长途跋涉的押货事宜，逐渐地就全部交由盛之年负责。

齐清梧已经离不了盛之年了。正如他曾经认为的，自己的事业始终少不了张叔的提点扶持。

1945 年 6 月 12 日，齐清梧在公馆内大摆筵席，庆祝自己的三十七岁生日。

三十七岁了，有时候掰着指头算一算，还真是有点吓人。二十岁那年他远渡重洋前往欧洲留学时，可从来想象不出自己三十七岁会是个什么样子。

齐公馆内衣香鬓影，宾客咸集，更有几位日本军官携着礼物前来捧场。北平身为沦陷区，消息闭塞，报纸上仍是铺天盖地颂扬着日军的节节胜利，可齐清梧时不时地秘密与冯瑞德联系，已然知道了日本人在太平洋战场上惨败的消息。他不露声色，举着香槟与日本军官碰杯，表面上依旧文雅客气，心底则是涌起一股酣畅淋漓的快意："我看你们这帮小鬼子还能蹦跶几天！"

刚喝完一杯酒，盛之年却是穿过人群，匆匆来到齐清梧身边，他略微垂头，压低了声音："大哥，夫人好像有点不舒服，您去二楼看看吧。"

齐清梧随手放下酒杯，对盛之年使一个眼色："你帮我招呼他们。"

沛珊其实没什么大毛病，只是因为心里高兴，喝酒喝得有些急了，感到头晕恶心，就回到安静的二楼略做休息。此时看到清梧，她下意识地让他下去："我没事，坐会儿就好了，你赶紧下去吧，别怠慢了客人。"

齐清梧在她身侧坐下，笑道："我陪你会儿，下面吵吵闹闹的，让我心烦。"

沛珊便没有再劝。齐清梧年轻时就不是个爱热闹的，宁可一个人躲在屋子里安安静静地看书，如今岁数大了，更是对那些千篇一律的应酬没什么兴趣。

坐着坐着，齐清梧一伸手，把沛珊搂进怀里。

沛珊很乖地被他搂着，口中却笑着打趣："喏，你现在是三十七岁的老头子了。"

齐清梧亦是笑："说得好像光我长岁数一样。我是老头子，你今年多大啦？十八？二十？"

沛珊如一只小鸟一样软软地跟他撒娇："女人的年龄是秘密。别问我，我永远二十。"

齐清梧一低头，在沛珊光洁的额头印下一个吻，不经意间吐出了深情之语："十八也好，八十也好，我都喜欢。"

沛珊的一颗心在胸腔中怦怦地跳着，温热而柔软。十多年来伉俪情深，谁说人生若只如初见的？他们初次邂逅时很美，十几年后彼此安静相拥，比初见更美。

沛珊脸颊发烫，这样甜言蜜语的情话，合该是谈恋爱那会儿说尽的，现在他们老夫老妻了，再说这个仿佛就有点羞。她故意做出不信的模样："谁敢信你？等过几年我老了、丑了，你就该朝三暮四地去娶姨太太了！"

齐清梧失笑，一眼就看穿了妻子的小把戏："你当我是傻子？年轻的时候不去找，等老得吃不动饭，走不动路了，把姨太太娶进门来当花瓶摆设着？"

又打情骂俏了一会儿，两人很有默契地同时沉默下来，一起享受着这宝贵的静谧时光。多么好，他们在情窦初开的年华里相遇，彼此都是对方恋上的第一人，一路风雨中扶持走过，恩爱从未淡薄，或许这就叫作地老天荒了吧。

命运一直优待他们，只盼望命运对他们继续仁慈下去，让他们白首偕老，肩并着肩走过这一生吧！

齐清梧与赵沛珊躲在二楼的房间里甜蜜着，与此同时，石头也正在跟老婆掰扯不清。

颜如玉当时嫁给石头没几个月之后就怀上了瑶儿，由此可见双方应该都是没有生育问题的，然而一晃数年，瑶儿转眼都五岁了，颜如玉却一直没能怀上第二个孩子。

石头起初也担心，害怕颜如玉是月子没坐好，身体留下了病根。但找了好几位北平城内的名医诊断一番以后，都说颜如玉身强体壮，绝无隐疾。至于为什么怀不上孩子，只能归咎于缘分不到，没有旁的解决法子。

石头听了大夫所言，便也不再强求，甚至认为这是老天让他今生只疼瑶儿一个，以补足他对芷瑶的遗憾。哪知爹不急娘急，颜如玉自小长在村里，见惯那些保守男人的嘴脸，只要不给石头生下儿子，就始终觉得自己的沈太太之位不稳妥，即使石头一次次越来越不耐烦地跟她保证这辈子就要她一个，绝不娶小的。这一个女人都让他烦死了，外边还养着个疯疯傻傻的夏生，他哪有心思再去拈花惹草？

借着齐清梧的生日宴会，颜如玉又跟一帮官宦人家的太太凑到一起，讨论生儿之道。那些大户人家的太太，个个家里都有许多姨太太狐媚子要弹压，说起此事来就是滔滔不绝，颜如玉虚心接受了许多条乱七八糟的意见，听得连连点头，陶醉不已。

石头一看颜如玉那副样子就知道她又起了寻找生儿偏方的心思，不由得气不打一处来，等她离了那群太太，石头把她揪到大厅角落里，忍无可忍，颇有些滑稽地发火道："你就是老想着要儿子，老天爷才偏偏不给你的！你有那些闲心思，就不会好好疼爱瑶儿？"

颜如玉一看丈夫翻脸，立时就缩着脑袋害怕了，小声道："我……我一直很爱瑶儿啊，你不在家的时候，瑶儿不都是我照顾大的？"

石头一想也对，就很烦躁地道："总之断了你那心思吧！爱有就有，没有拉倒，我是不会再喝你那些神神道道的补药了！"

颜如玉低头，跟个小学生一样做认错状，其实心底并不觉得自己哪里错了。

石头懒得再管她，这宴会进行泰半，大少爷都不知道溜到哪去了，他自然也没义务继续留在这里耗时间。整一整衣衫，他准备去看望夏生。

走到门口，他又绕回来，大少爷买了个三层的大蛋糕，摆在大厅中央没什么人吃，他索性命令下人切了一大块用纸盒装好，要拿去给夏生吃。夏生傻乎乎地到现在都认不出石头来，然而吃心眼子不减，看到好吃的就很高兴，几年下来，倒是胖了一圈。

半个月后，齐清梧乘坐汽车，在阳光明媚的下午，去了一家开在街角的小小咖啡馆。

六月底的天气已经很热，他只穿一件白衬衫，然而进店以后依然热出了一身汗。幸好咖啡馆里是有冷气的，他挑一个靠窗的座位坐下，点一盘冰淇淋，慢慢悠悠地一边吃一边翻看报纸，是个惬意无比的模样。

下午四点，咖啡馆前的这条大街上将发生一场刺杀，刺杀对象乃是如今的宪兵队队长，而动手的人，不必多说，自然还是冯瑞德。

躲在暗处打冷枪乃是冯瑞德的拿手好戏，齐清梧不担心瑞德会失败。这种事搁在以前，齐清梧自会躲得远远的，不肯沾染是非。然而到了如今这种时候，齐清梧心里明白日本人气数已尽，只怕过不了几个月就会彻底滚蛋，所以来了兴致，想要亲自看一看宪兵队队长被刺杀的惨状。

他吃完一盘冰淇淋，又要了一杯黑咖啡，好整以暇地掐着表等到四点。果然透过明彻的落地玻璃窗，他看见几辆汽车在斜对面停下，车门打开，几个便装男子弯腰走了出来，虽然没穿军装，然而面上那标志性的两撇小胡子宣示了他们的身份。

齐清梧从胸前口袋掏出一副眼镜，架在鼻梁上，微微眯起了眼。几个人簇拥着为首的一名高个儿男子，仿佛是要进一家高大气派的外国银行。

下一秒钟，枪声响了！

这些人为了安全，出入是一定会穿防弹衣的，可颈上那一颗光秃秃的脑袋却无材料能防，冯瑞德就是要运用他出神入化的射击技术，务必使刺杀对象一枪爆头。

街上一瞬间大乱，高个儿日本人应声而倒，随即就被周围侍从挡得严严实实。齐清梧心中一喜，以为冯瑞德成功了，不由自主地站起身，他趴在玻璃窗后面，高高兴兴地开始看热闹。

然而没过多久，侍从忽然散开，旋即便见宪兵队队长一骨碌爬起来，目光犀利地扫视四周，当即操着日语高声怒骂不止。

与此同时，像是早有准备一般，许多日本兵在光天化日之下，一瞬间鬼魅似的涌上街头，封了街，开始有条不紊地排查过往行人。

齐清梧的一颗心陡然一沉，暗道坏了。

冯瑞德还在街上呢！这样天罗地网式的搜查，他跑不掉的！

快步走到吧台，他借用了咖啡馆的电话，直接打回齐公馆。

电话接通，他对着素日管着接电话的丫鬟低声吼道："石头在家吗？赶紧叫他来听！"

片刻后，当电话线对面之人换成了石头，齐清梧急匆匆地对石头道："石头，你赶紧领着人到我这边来，越多越好，揣上家伙，我这儿出事了！"

他焦急地报出咖啡馆地址，然后挂断电话。

石头听完电话，一转身跑回卧室，心急如焚地换了一身衣裳，揣上手枪与弹夹就要往外走。

在齐公馆门口，他迎面遇上了盛之年。

盛之年依然是个恭恭谨谨的模样，微笑着与石头打招呼："沈先生，这么着急是要去哪儿呢？"

石头道："大少爷出事了，我得去支援他，你手头现在有多少人？赶紧跟我一块儿过去！"

盛之年不动，单只是站在石头身前，一边挡路一边高深莫测地笑。

石头不耐烦了："你在这儿傻笑什么？要走就一块儿走，不想去就给我让开，别挡路！"

盛之年瞅着这个齐清梧多年以来的莫逆之交，轻声细语地吐出一颗重磅炸弹：

"沈先生，你知道你的兄弟夏生，是被大哥害疯的吗？"

石头一瞬间怔住了。半晌，不能置信似的，他推一把盛之年，怒道："你他娘的说什么？"

第五十六章　槐南一梦

后来发生的事，令石头抱憾终身。

盛之年既然算准了时间前来堵石头，又别有用心地提起那桩多年前的旧事，自然不会轻易放石头去救齐清梧。石头这样问了，他当即就慢条斯理地把 1942 年腊月二十六那一晚的事情清清楚楚、条理分明地说与石头听。

他说当时齐清梧是故意把石头支走的，为的是保证当夜刺杀的顺利进行。为什么齐清梧对那次刺杀那么关心？因为刺客是齐清梧的故交，一个叫冯德祁的军统特务。齐清梧明明预料到秋川大将一死，贵和戏班必定首当其冲地受到牵连，可是置之不理，任由宪兵队把所有戏子——当然其中就包括了夏生——毫不留情地逮捕走，事后也不积极营救，直到宪兵队扔死狗一样把夏生扔出来了，他才发了些善心，派手下把夏生带回去医治。

最终，盛之年悠悠地下了结论："大哥当初只要稍微上心一点，你兄弟也不至于被活生生折磨成疯子。"

石头踉跄着后退两步，脸色惨白，如遭雷击。

他万分不愿意相信这个事实，可是理智上，他明白盛之年说的也许都是真的。当时他就怀疑过，为什么热河那么一点小事，大少爷非要让他去跑一趟？可是当初他的认知里少了关于冯瑞德的这关键一环，大少爷没有任何理由加害夏生，所以纵使他再回来时夏生已经疯了，他也没往那上面想，只觉得是个不幸的巧合，都是夏生的命不好。

可是现在看来，即使祸害了夏生的直接凶手是宪兵队里那帮禽兽，

323

大少爷方面也有着无可推卸的责任。

盛之年还在一旁不停地煽风点火："沈先生，大哥毁了你把兄弟的一生，你现在还要冒着生命危险去救他吗？"

石头低头，心口钝钝地疼，像是忽然被谁用大铁锤砸过一般，还要去救他吗？他间接逼疯了夏生，还若无其事地瞒了石头那么多年，还要去救他吗？

然而极度痛苦之下，多年来历经大风大浪的丰富经验此时发挥了作用，敏锐的直觉支撑了石头，不让石头傻乎乎地被盛之年牵着鼻子走。

石头忽然冷冰冰地盯着盛之年："这件事这么多年了，你早不说，晚不说，偏偏挑这个时候来告诉我，你这是要大少爷死，是不是？"

盛之年轻飘飘地一笑，并不正面回答石头的质问："我怎么会舍得大哥死？可是又有谁愿意一辈子屈居人下，做那伺候人的活计呢？我盛之年堂堂名牌大学毕业生，自问比你沈先生多了几分志向，很想去尝一尝做大哥的滋味。"

石头倒抽一口凉气："大少爷现在实际已经把二把手的位置交给你了，你居然还是贪心不足！伺候人？就算你前几年是伺候人的，现在难道还威风得不够吗？我怎么没看出来大少爷身边有你这么一条养不熟的狼崽子！"

盛之年不置可否，只是把目光转向石头鼓鼓囊囊的口袋，知道石头口袋里藏着枪，他后退一步，做一个"请"的手势，苍白的脸上是恶毒的笑意："我是狼崽子不假，看来沈先生你是一条忠犬了，听完真相还要帮着大哥说话。没关系，沈先生，今天你有两个选择：要么跟我一块儿回公馆里喝个茶看个报，由着大哥在外头自生自灭；要么你一个人去咖啡馆，拿自己的性命去给大哥殉葬。我倒要看看，到了现如今这个时候，没我的点头，你还能支使动谁！"

石头恶狠狠地瞪着他，猛地冲他啐一口唾沫，然后孤身一人，头也不回地走掉了。

可惜，还是晚了。

按照齐清梧电话里说的地址赶过去，平日里理应热热闹闹的大街此刻空旷极了，空旷得异常，空旷得可怕，林林总总的商铺全部闭门歇业。石头费了好大的功夫，才从旁边的小道逮到一个没来得及跑掉的老乞丐，他一把拽住老乞丐的衣领，焦急逼问道："这是怎么回事？"

老乞丐本就受了大惊吓，此刻说一句话便要停下来喘三喘，石头急得恨不能崩了他，可又知道崩了他以后只怕很难找到第二个目击证人。

老乞丐颤颤巍巍地告诉石头：一开始是有人公然在大街上打冷枪，结果子弹打偏了，没杀掉那个穿西服的日本人。后来一批批日本兵潮水般地涌上街头，把不长的一条街堵得密不透风，一个个地盘查路上行人。盘查了一会儿，忽然有一个衣着考究的中年男人从咖啡馆里出来，举着双手做投降状，走过去跟险些遭遇刺杀的那几个日本人说了几句话，就被带走了。男人被带走以后，日本兵也慢慢撤走，余下路人全被吓破了胆，一个个撒丫子飞速逃跑，这条街就变成了如今的场面。

石头耐着性子听老乞丐把话说完，然后翻来覆去地把这事考虑了几遍，渐渐地他脑门上开始冒冷汗，他有了一种不祥的预感。

那个搞刺杀打冷枪的，肯定是冯瑞德。虽然石头不知道那个十年前就该死了的冯司令为什么突然活了，而且当了特务，但这不是问题的关键。石头试着按照当时大少爷的立场想了一下——大少爷困在咖啡馆里等援兵，可是援兵久久不至，日本兵来得太快了，冯瑞德放完冷枪压根儿来不及逃跑，眼瞅着日本兵要把冯瑞德揪出来了，大少爷只得把心一横，自己现身当靶子，去吸引日本人的注意。

石头明白齐清梧的想法，齐清梧是想拖延时间，毕竟行凶动手的不是他，而且他在外头有权有势有军火，宪兵队未必敢立马对他下杀手。齐清梧仓促之下权衡利弊，赌了自己这条命，要把瑞德的性命保下来。

可是……石头忽然绝望了，齐清梧和他自己，都压根儿想不到盛之年会突然反水啊！看盛之年对齐清梧和冯瑞德的关系了解得那么清楚，又胸有成竹地挑准了时机上门阻拦石头，而且日本人反应那么快，跟早有准备似的周围埋伏了那么多士兵，只怕盛之年已经不知在何时，暗暗跟日本人勾搭上了。

如此一来，齐清梧自投罗网，进了宪兵队以后，可就危险了。

石头狠狠一咬嘴唇，忽然猛地跑出去，对着街对面那间关闭的咖啡馆地动山摇地敲门。好不容易把门敲开了，他一个箭步冲进去，抄起电话往城郊打去："顺子！你那边出没出什么事！"

顺子在那边说了些什么，旋即就听见石头大叫道："好，不要管齐家那些乌合之众，你马上带着咱们小仓山里出来的兄弟们进城来齐公馆！齐公馆认得吧？多带军火，能带多少带多少！路上小心点，别露了痕迹，我在门口等你们！"

石头知道盛之年不是在说大话，这些年来他不大管事了，名义上虽然还掌控着齐家那几千名伙计，可是进货出货的时候都是盛之年在率领他们，盛之年既然反叛，他很难再命令动他们。幸好，昔年跟着他从小仓山出来的那几百兄弟都是他的亲信，这些年来他一直牢牢攥着，不容任何人染指。

石头扔了电话，推开门开始狂奔回齐公馆，大少爷的老婆孩子、颜如玉和瑶儿可都在公馆里！他出来的时候急着救齐清梧，又气昏了头，现在想到盛之年就在齐公馆里就两腿发抖，一边跑一边向上天祈祷着：老天爷，求求你，千万别，千万别……

炮弹一样冲回公馆，女人孩子们都安然无恙，而盛之年已经走了。石头长出一口气，估摸着是因为齐清梧虽被抓进了宪兵队，终究还没有最后的结果，盛之年也在观望，不敢把事情做得太绝。

一个多小时后，几百名凶蛮土匪在顺子的带领下浩浩荡荡地抵达齐公馆。石头略做一番安排，先是派了一小批人去东城小洋楼里把夏生接过来，又让剩下的人暂时充当保镖，二十四小时在齐公馆四周巡逻，一旦有日军或者盛之年的人想往里闯就直接开枪作战。

然后，石头在孤岛一样的齐公馆中，开始了度日如年的漫长等待。

三天后的午夜，冯瑞德悄无声息地来了。

冯瑞德的脸色惨白，毫无生气，一双丹凤眼带着凌厉的煞气，犹如修罗再世。

他轻声对石头说："清梧……不行了。"

他低头，两颗极大的泪珠顺着他的脸颊滚落下去："我对不住他，是我害了他。"

石头身子一晃，身边的赵沛珊听此噩耗，一句话都没说，直接两眼一翻晕了过去。

齐清梧并不知道，再有一个多月就会迎来日本无条件投降，他死在黎明前那一片最浓重的黑暗里，成了死在日本人手上的最后一批人。

石头踉踉跄跄坐在沙发上，目光散乱无神地扫过冯瑞德："我不知道该怎么办了，现在这样，我没有办法了。盛之年要是得了消息，明天一早就会……"

冯瑞德说："我来就是为了这件事，我可以护送你们去重庆，只有这一夜的时间，我们必须抓住这个短暂的时间差。"

然而这时，石头看一看缩在他身边瑟瑟发抖的颜如玉，看一看不远处傻兮兮笑着的夏生，身为一家之主，身为妻儿与夏生的支撑，他一瞬间做出了决定："冯司令，重庆太远了，你带着赵小姐和大少爷的孩子走吧，我们就在这里分道扬镳好了。"

冯瑞德皱了眉头："你去哪儿？你现在根本打不过盛之年了……"

石头说："我回小仓山，我带着如玉和孩子回家。"

他最后郑重叮嘱冯瑞德一句："请你从今以后，务必善待大少爷的妻儿。"

冯瑞德闭了眼，脸上神色钢铁一般坚决："不必你说。"

冯瑞德带着赵沛珊和三个孩子回了重庆。再后来，他随国民党大部队一同撤去台湾，终身未娶，将清梧的三个孩子视如己出。

断章　循环往复

1945 年 8 月 15 日，日本天皇宣布无条件投降。此时，石头刚刚带着妻儿与夏生回到颜家村安顿下来。日本投降的消息令全中国陷入狂欢，石头与颜如玉当天相拥而泣，与村民们一起，载歌载舞地度过一个不眠之夜。

1949 年 10 月 1 日，中华人民共和国宣告成立。石头隐居颜家村已有四年，这天他正绞尽脑汁，试图把爬上树却不会下树的夏生营救下来。

十年之后，大饥荒蔓延全国，颜如玉把仅剩的一点口粮留给丈夫，自己却没能熬过去。

沈瑶当年正处于十九岁的美好年华，嫁给村里最帅的小伙子不过半年，小伙子饿死了，沈瑶也饿死了。

石头眼含热泪，领着饿到皮包骨头的夏生躲进山里，如原始野人一般开始过活，一过就是将近二十年。

1978 年，他跟夏生衣衫褴褛地下了山，发现人间已是一个新的世界。

颜家村的故地早已是一片荒凉，石头没有办法，带着夏生往外走。

沿街乞讨的路上，他遇上一个年纪比他大一些的老先生。一阵攀谈之后，石头发现自己跟这老先生还挺有缘，都是河北人士，都咬着牙，熬过了过去那苦难的数十年。

老先生资助了石头和夏生一顿饱饭。石头吃饱以后，突发奇想："您解放之前是教书的？"

老先生捋一捋长胡子，点了点头。

石头说："您能给我起个新名字吗？我这个贱名，活了几十年，一直不喜欢，可是始终没想过要换掉。"

老先生沉默一会儿，郑重其事地告诉石头："默成，'默而成之，不言而信，存乎德行'，出自《易·系辞上》。从今往后，你就叫作沈默成吧。"

见石头笑着记下了，老先生又问道："你打算去哪儿？回北京回天津吗？"

石头摇头，慨叹道："老了，走不了那么远了，我去青岛吧，解放前去过那地方几回，依山傍水的，还不错，是个可以养老的地方。"

说完，他牵起夏生的手，皱纹横生的脸上是极其温柔的神色，他笑眯眯地哄着夏生：

"夏生乖，咱们去青岛……"

蜂围蝶阵乱纷纷（代后记）

张晓光

我一直对民国这个时期情有独钟，相较于古代，民国离我们并不算多么遥远，不过一百年的时间，又不是太近，近到没有新鲜感，令我们丧失探索它的欲望。

民国的历史复杂而饱含冲突，即使在中华泱泱五千年的历史中，毫无疑问，它也是浓墨重彩的一笔。它处在一个特殊的节点，新与旧的交替，民主共和政体与封建专制政体的冲突，社会风俗方面翻天覆地的转变，以及中国与世界的权力转移。在民国之前，中国沉沦在"天朝上国"的美梦中已经太久太久，忽然有一天，这个梦碎了，被洋枪大炮粗暴地打碎，原本我们嗤之以"蛮夷"的外国人仿佛一夜之间变得无比强大，曾经繁荣安泰的国家一步步被战火所吞噬。在恐怖的战争面前，所有中国人，上至高官下至百姓，都要为了生存而奋力挣扎，人性在战争中显露出极其复杂的一面，这是和平时期很难体现出来的，而这一点，就是我写作这部小说的初始动机。

那么，就先来说说这个名字吧。主人公沈石头晚年以默为名，但内心依然有表达欲，就像大海虽然平静，内心藏着暗涌，时光虽然沉淀，犹有峥嵘往事。在被战争蹂躏过后的沉默废墟，是否仍然能生出希望之芽？我们的民族，是否能有复兴强盛的那一天？这个问题的答案我们现代人都很清楚，可是故事中的角色，局限于那个年代里，是没有办法得到答案的，他们只能把这个疑问压抑在心里，默默地问一问自己。而小说里的很多人，实际上终其一生也没有看到结果，比如死在抗战胜利前一个月的齐清梧，比如在三年困难时期活活饿死的颜如玉，比如疯了的沈夏生。

在塑造人物的过程中，我尽力避免把人物写得脸谱化。既然写作的初衷是为了探讨民国这个特殊历史时期下人性的复杂与多面，那么写一个高大全的英俊男人或是一个贤良淑德的模范女人又有什么意义呢？所以每一个主要人物，我都会赋予他们一些比较明显的缺点，而这些缺点，与他们的出身和人生经历也是息息相关的。我在写作的过程中，会尽量让自己设身处地，或者说把自己代入角色中，站在他们的立场考虑问题，下笔之前多想一想。在同一个事件里，一个手握重兵的军阀会如何反应？一个无权无势的升斗小民会如何反应？一个接受过良好教育的大家闺秀会如何反应？一个生在农村大门不出二门不迈的乡间女子会如何反应？

石头是这部小说里的核心人物，我不会说他是男主角，因为戏是一群人的戏，单他一个人，担不起这场跨度几十年的大戏，但我确实在他的身上倾注了很多的笔墨。石头的出身很低，不过是一个偏远山村的普通少年，甚至比村里的其他孩子更差一些，因为童年时期就没了爹妈。可正是因为如此，才激发了他"出去闯一闯"的念头。普通人的身上总有一种惰性，如果不是被逼到绝境，想必很难放弃一切去改变什么。我从来不把石头定位成多么杰出多么天才的人物，我只把他当成一个普通的少年来写，很多时候他的人生转变是由命运所推动的，正所谓一念天堂一念地狱。如果石头的父母健在，那么他就不会挨饿，也就不会想着跟夏生一起出去闯。然后呢？然后他大概会快快乐乐地过上十几年，被冯瑞德带来的大军毫无怜悯地杀死。别忘了，在石头和夏生离开沈家庄的第二天，冯瑞德就因为几个逃兵而赌气屠了整个村子。

但石头身上也有着很多非常可贵的品质，正是这些品质，让他在今后几十年的沉浮中始终不倒，留得一条性命安度晚年。首先，他很忠诚，尽管经历了许多艰难残酷的事情，但他始终忠诚地对待身边的每一个人。大少爷对他有知遇之恩，所以他一直全心全意地跟着大少爷，在齐家遇难之际不惜赌上自己的命也要把大少爷救出去，这可以称之为

331

"侠"。夏生是他的好兄弟，他在十四岁那年对夏生许下保护他的承诺，就真的践行了一生，即使夏生后来疯了，不认得他了，他依然任劳任怨地拉扯夏生，这可以称之为"义"。颜如玉是他的结发妻子，很难说石头与颜如玉之间有没有过爱情，但石头却恪尽了为人夫君的义务。冯芷瑶是石头心底的朱砂痣，可是石头并不因此而亏待颜如玉半分，在发达之后也不曾嫌弃过颜如玉土气、见识少，亦不曾动过纳妾的念头，石头对于婚姻的坚守，可以称之为"情"。

其次，石头从本质上来说是一个良善的人。这里似乎有点矛盾，因为他确实为了生存做过很多恶事。杀过人的人，难道还配称为善良吗？这个问题困扰着石头，也困扰着我。直到整本书完成之后，我才能说，石头依然是个善良的好孩子，他从未主动害过人，虽然不那么完美，但我也不能否定他灵魂的闪光之处。

最后，石头一直有着强烈的求生欲和积极向上的心态。人在低谷的时候要一直保持乐观是不太容易的，然而石头就是这样做的。事实上石头的意志比这本书里的很多人物都要强硬得多。纵然世事险恶，前路渺茫，他也很少会感到绝望。他像是一株长在角落里的野草，貌不惊人，可是偏偏生命力惊人，好也能活，赖也能活，金樽斗酒与露宿街头，他都能泰然接受，并不会因为巨大的心理落差而失衡。这样的品质，对我来说是朴素而又珍贵的，也是我一直想要学习的地方。

说完了石头，再来说说这本书里的其他角色吧。相较于石头的卑微出身，齐清梧与冯瑞德则是含着金汤勺出生的幸运儿。齐家家财万贯，冯家有权有势，优越的成长环境赋予了他们很多便利，然而这并不代表他们能够安度一生。齐清梧在家破之前一直活得很天真，他博学多才，见多识广，可是对于人生的认识却是理想化的，在父亲的庇护下他是堂堂齐家大少爷，父亲去世，他立马被打回原形，变得什么都不是。他开始领悟到"杀人放火金腰带，修桥补路无尸骸"这种残酷的人生哲学，并付诸实践，这其中的转变对于向来温文尔雅的他来说有多么艰难，也就不必赘言了。

冯瑞德这个人，应该是属于比较坏的。他杀人如麻，贪婪敛财，处处留情，除了一副好皮囊和对于亲妹妹的悉心维护，别的似乎与其他大腹便便的军阀没有任何区别，而那副好皮囊，也只是基因传承的功劳，与他本人没有什么关系。之所以形成这样的性格，与亲情的缺失是有直接关系的。冯瑞德的亲生母亲去世得早，父亲又有着许多如花似玉的姨太太要宠幸，对他的关爱自然十分有限，在缺乏父爱母爱的情况下，妹妹冯芷瑶变成了他感情方面的全部寄托。他很少对女人动情，因为从小到大所见的都是父亲与女子间的逢场作戏。但妹妹是独一无二的，是他的掌中宝、心头肉。所以在妹妹死后，冯瑞德不但不珍惜别人的命，也不珍惜自己的命。唯一的光明被剥夺了，他对这个世界只剩下麻木与憎恨。从他的角度来说，加入军统并非爱国，而是为了报复。

还有夏生，夏生所引出来的是民国时期一个重要又特殊的群体——戏子。京剧在今天被我们称之为国粹，毫无疑问是一门非常优秀的艺术形式，但在一百年前的民国，戏子作为下九流的行当，遭到了很多人的轻贱。我写了梨园行里的君子，如顾壁成、周挽容，也写了小人，如顾云澜。当然，最重要的，我花了很多笔墨来塑造这个可怜的小戏子——夏生。如果说石头还有一股向命运抗争的狠劲儿的话，夏生则软弱得多，他一直随波逐流地活着，没有反抗的力量，也没有反抗的思维，他最后的悲惨结局既是因缘巧合，也是那个年代很多小人物的现实写照，我把他的艺名取为周生怜，也包含了我对他的怜惜与感叹。

最后，再来说说这个故事里的女性角色吧。我必须要承认的是，这个故事中我对于女性角色的塑造是有所欠缺，不够饱满的。民国时期涌现了许多传奇女子，她们各有各的才华，各有各的性格，各有各的心机，而这本书里的女性角色尽管我已竭力挖掘，但写完之后回头审视，却发现她们仍然处在一种相对次要的地位。颜如玉淳朴善良，可是封建意识浓厚；沛珊温柔娴雅，但很遗憾的是在独立人格方面展现不多；周洁空负美貌，可惜命数不济，一步步沉沦泥沼。今后如果有合适的题材，我想会尝试着从女性的角度来探索小说和女性主人公新的人生。

图书在版编目（CIP）数据

不管海水多么冰凉／张晓光著. — 北京：中国文
史出版社，2019.9

（跨度长篇小说文库）

ISBN 978 - 7 - 5205 - 1136 - 0

Ⅰ．①不… Ⅱ．①张… Ⅲ．①长篇小说 - 中国 - 当代

Ⅳ．①I247.5

中国版本图书馆 CIP 数据核字（2019）第 120853 号

责任编辑：牟国煜

出版发行：**中国文史出版社**

社　　址：北京市海淀区西八里庄 69 号院　邮编：100142

电　　话：010 - 81136606　81136602　81136603（发行部）

传　　真：010 - 81136655

印　　装：北京东君印刷有限公司

经　　销：全国新华书店

开　　本：720×1020　1/16

印　　张：21.75　　字数：320 千字

版　　次：2019 年 9 月第 1 版

印　　次：2019 年 9 月第 1 次印刷

定　　价：68.00 元

文史版图书，版权所有，侵权必究。

文史版图书，印装错误可与发行部联系退换。